血濺寒光劍

為報仇故，性命皆可拋

白羽 著

一個人如果有父母不共戴天之仇，
按我們武林道的規矩，
他是該報仇，還是不該報仇呢？
武林俠客許他報仇，還是不許呢？

目錄

目錄

自序

《血滌寒光劍》於二十九年（1940年）十月二十二日初刊報端，此日出書，複閱一過，頗不愜意。

羽自二十七年鬻文療貧，計至今日，成金錢鏢十一卷、寒光劍一卷、爭雄記二卷、聯鏢記三卷、偷拳二卷、話柄一卷；兩年之間，恰足二十卷。或問作者：何書為佳？羽曰：武俠故事，托體既卑；眼高手低，愧無妥作。若比較以求，《話柄》回憶童年，文心尚真。《聯鏢記》人物情節，頗費剪裁，確為經意之筆。次則金錢鏢二三四卷、爭雄記一二卷、偷拳下卷，不無一節可取。而讀者眼光與作者不盡相同，或有嫌聯鏢故事太慘者，謂作者慣置「正派英雄」於死地，一塵中毒，獅子林遇狙，不知是何居心？且脅之曰：「若再如此，永不再看閣下大作矣。」一讀者更專函相詈：「足下專替劇賊張目，豈小白龍之後代矣？」白龍名白，羽亦名白，羽固不敢斷言也。

然羽之寫聯鏢故事，預樹「悲壯」一義，而以緊迫之筆出之；或者筆不從心，徒悲不壯，令讀者掩卷不樂乎？今此寒光劍，勉徇眾意，力滅「彆扭」，期使觀者鬆心稱快。而首卷脫稿，文情散懈，俗氣逼人，方慚敗筆；乃不意書未付印，預約者、租版者、承銷者紛至，寧非怪事！

揭穿底細，敢告諸君；寒光劍首卷實非創作，乃是抄貨。第一章初踏江湖，竊材於《俠隱記》[01]。

[01] 法國大仲馬著，現譯名《三劍客》。

陳元照之問世，脫胎於達特安[02]，不過多添保父隨行，一路嘮叨，稍資點異。第六章劍奪爭鋒，則又為吾友證因所創意；其所作《黃衫客》，寫姑姪比武；羽不過補出結局，令摶沙女俠小覷元照，終為勢迫，以師姑下嫁師姪。嫁後怏怏，遂有惹起波折。「千古文章一大抄」，願讀者檢取原書對讀，當見「偷招」之巧、「竊贓」之妙。然偷而不搶，尚不致刀傷事主，此則差堪自豪者也。一笑為序。

三十年一月八日白羽記

[02] 《三劍客》之主角。

敘略

《血滌寒光劍》為《金錢鏢》二部作，敘女俠柳葉青三角戀愛及獅林奪劍的故事。

大俠鐵蓮子攜女及婿，南訪獅林，與秋野道人賭劍鬥拳。

秋野失劍，忿欲自戕；其師弟尹鴻圖、耿白雁等誓為復仇，遂結大隙。旋五老下遼東，訪鬥飛豹，鐵蓮子與婿楊華亦往。女柳葉青以臨蓐獨留，而仇人奄至；披髮苦戰，殆不能支。李映霞穴窗一箭，救柳於危。賊退，柳遂病劇，李又傾心侍疾。病既痊，柳感李德，潛萌英皇之念。詎李佯撫柳以歡好，而衷情幽恨，所受刺激已深。既而其兄李步雲與肖承澤，手刃二仇，千里尋妹，骨肉重逢。映霞捧兄手痛哭，竟登車告去，誓不再見楊柳。柳益感愧，與其夫聯袂登門，求李下嫁，竟遭峻拒。既無可如何，又強翬其夫，轉求肖承澤。肖為楊華好友，亦為步雲患難至交；一經倩冰，慨允為媒。知楊嘗背負映霞逃難，「一床三好」，步雲心以為然，遂率爾許婚。不謂一向妹言，頓遭駁詰：「吾李氏門，有為人妾者耶？」步雲大慚，囁嚅謂：「楊於李門有恩。」映霞愈嗔曰：「兄將以妹為酬恩之物耶？」因揮淚告兄：「吾李氏禍遭滅門，父母慘死。妹一息殘存，長齋誦佛耳。妹唯不能削髮為尼，恐玷門楣；亦望兄憐妹之志，勿以婚事見迫！」遂大痛，步雲亦哭。柳葉青聞之，躬再登門跪求，映霞閉門不納。而肖氏夫妻及其兄嫂皆同聲相勸，映霞不得已，始痛哭允婚；而以侍姑為事，避不當夕。既經年，始於楊華諧魚水歡。

敘略

既而楊柳仗劍遊俠，李侍姑治家，忽有陌生人夫妻，求見「二少夫人」。李於客堂延之，乃此來客實為寇仇，突發毒鏢，擊李倒地，大笑曰：「大名鼎鼎之江東女俠，技止此乎？」蓋李代桃僵，誤以映霞為柳葉青也。鄭捷馳至，砍傷二仇。楊柳聞耗遄返，李奄奄一息；楊柳抱頭握手，相對大哭，矢為復仇。

此為全書主結。開篇敘少年陳元照，初踏江湖，誤鬥師姑事。

第一章　初踏江湖

皖南青陽縣隱居著一位有名的老拳師，姓石，名叫振英，綽號人稱多臂英雄。這個綽號的由來，是因為他擅使多種暗器——他經常身帶匣弩、飛刀、蝗石、袖箭、鋼鏢、金錢鏢，遇到勁敵，各種暗器齊發，打得滿天飛舞。不少綠林中有名的人物，敗在他的暗器雨之下。

石振英自幼學武，十幾歲便拜在山東太極門名家丁朝威門下。後來，他與二師兄飛豹子袁振武因試招打惱，二人結下了怨恨。他一怒，退出太極門，改投武當派齊宣穎武師門下，成了齊老武師的掌門大弟子。

石振英技成出師，既不做官，也不當鏢師，卻當了商人。他專走西南一路，長途買賣邊疆的一些珍貴奇物。當時西南一帶地曠人疏，交通不便，商人販貨雖然利厚，卻常遭劫，貨物丟失，甚至搭上性命。石振英靠他一身絕技，在西南奔波十幾年，打敗一些路劫的綠林豪賊，竟然一向平安無事。正當他鴻運當頭的時候，突然聽說他那當鏢師的師弟陳嗣同夫婦，為護鏢被綠林強寇戰死。石振英聞訊立即替師弟報了仇，便攜帶師弟陳嗣同的孤兒陳元照，回家鄉買田築舍，從此便不再涉足江湖了[03]。

眨眼間就是十幾個年頭。這一天，石振英把姪兒陳元照叫到面前，說了一套話。說的是陳元照武功

[03] 以上三段文字是宮以仁補加的。

粗成，年逾弱冠，應該出而問世了。

陳元照生得中等身材，體格健強，面色微紅，長頰劍眉，兩隻大眼奕奕有神。只看外表，便知道他是個聰明外露，活潑強幹的青年。他今年恰好二十二歲，屬蛇的。

石振英教陳元照坐在自己身旁椅子上，他就捋著短髯，徐徐說道：「元照，你現在很不小了。你的五行連環拳打得不錯，很見功夫；你的雙奪，招數拆得也頗有進步。你若踏上江湖，足可以擔當一陣了。你馬上步下的功夫，樣樣都還拿得起來；盤馬彎弓，足可以進得武場，考個武秀才、武舉人，並不算難。你是我老朋友的兒子，從小沒爹沒娘；我又沒兒沒女。拿你當自己的兒子看待，你是很明白的。你已經二十二歲，你大娘屢次催我給你提親，我只說不忙。」

石振英又道：「我知道你年輕氣傲，不願埋沒鄉間；你早想出去混混，創一番事業；你又想應考投軍。我不是捨不得叫你出去，你的功夫雖然好，若說到出門在外，交朋友，對付人，卻怕你未必能行；我是為這個，有點顧慮。常言說：『在家千日好，出門時時難。』一路上車船店腳，莫說你們年輕人，就是我們這種老江湖，還覺得很難對付哩。你們年輕人血氣未定，有勇無謀；一句話說不上來，就要手臂根，講究打。老實說吧，那個不行。你們年輕人沒有功夫還好，既然會個三招兩式，我真怕你在外頭惹禍招災。在外面混，總得講究拉攏；兩眼烏黑，一點也行不開；所以必得交朋友。可是江湖結納最是難事，一個交友不慎，還怕他將你拖入渾水。我為了這些個顧慮，才攔你的高興，不肯放你單身出門。」

石振英接著說：「現在你也過了二十了，應該出世了；並且，也早該給你說親了。你大娘恨不得在本村給你訂下一個門當戶對的姑娘，擇日成婚，了卻這件大事。我的打算卻不然，我盼望你先出世，再成家。老早的娶個女人擱在家裡，未免消磨人的壯志。固然有我二老這點薄田，不愁你小兩口的衣食；

況且，還有你父親留下的那份遺產，現在也可以找你們本家，教他們老老實實吐出來；你更吃不盡，花不完了。但是這話也兩說著，創業難，守業更不易；哪怕有幾頃田，幾十所房子，單交給你們一個小孩子手裡，沒有老成人照護著，用不了三年五載，管保吃窮賣盡！」

陳元照微微一笑，才要開言。石振英兩眼盯著元照，笑道：「我這話你不信麼？我告訴你，北黃村黃四癩子，東莊蹭頓飯，西莊磨倆錢，你看他像個乞丐吧？你可知他三十年前，是有名的黃四少爺嗎？他就是爹娘早死，又遇上了壞人，把一份家當全教人算計去了。」跟著，又說到青陽縣某村某姓的獨生子，老爹一死，少爺當家，只幾年的光景，便把數頃良田，揮霍殆盡。原因是：自有些窮親戚、壞朋友，勾引你吃喝嫖賭；再不然，慫恿你謀官經商；早晚把你的良田化為烏有，那夥幫閒才肯告退。到那時少爺也有了經驗，成了大爺了；可也窮了，變成光蛋了。「年輕人不要自覺有把握；多麼有把握，也禁不住壞小子引誘。」

石振英接著說：「這都是舊話，說來你也聽不進去。你的武藝學得差不多了，真該出去歷練歷練了。我的意思，先叫你到鎮江，投奔你黃師兄，在鏢局混個一年半載；不為賺錢，先見見世面。一年以後，你願意幹鏢局子，你就跟著他做下去。你若是胸懷大志，不願當鏢客，那麼考武場，投軍伍，都隨你的便。現在教匪鬧得很厲害，朝廷中正在蒐羅人才，往後不愁沒有出路。老姪，你的主意怎麼樣呢？」

陳元照果然人小心不小，不願考武場，嫌遲慢；不願當鏢客，嫌卑微；他願意仗劍從軍，憑一身武技，殺賊立功，一舉揚名。石振英聽他說出己志來，微微一笑，暗暗不悅。石振英的打算，本盼望陳元照先投鏢局，有黃元禮師兄照應著，他好放心。庶幾不負當年老友陳嗣同臨終託孤之重。至於做官，他們這江湖人物大都不以為然；以為官場風險，非我輩粗人所能應付。

石振英身為保父，願意陳元照在鏢局至少混上兩年。要元照自己掙上百八十兩銀子，拿他自己掙來的錢，回來娶媳婦，辦喜事。教他稍嘗人生艱辛，然後再鬆開手，把家業都交給他，才算對得起故人。不料這一商量，叔姪二人的心路並不一樣。

陳元照很精神地坐在一旁，對石振英說道：「伯伯，我還是奔四川吧。我打算一徑投奔羅思舉羅軍門去。羅軍門也是江湖出身，憑一個飛賊，建立軍功，直做到提督份上，實在是個英雄。我聽說人人都誇他是現在的黃天霸，在他手底下做事，將來姪兒也可以混個一官半職，教伯伯、伯母看著喜歡。」

石振英搖頭道：「那不行！你是不曉得，教匪群中也很有能人啊！要不然，聲勢怎會一天囂張一天？羅軍門也連吃敗仗，很不得意哩。再說，別看羅思舉做了提督軍門，照樣受文宮旗員的氣。看你不出，你原來是個小官迷！你可不知道宦海風濤，險得很呢。我看你總得先到鎮江，見見你黃大師哥去。告訴你，你年紀輕，從來沒出過遠門；現在初出茅廬，你第一步先得學乖，後學做事；末了才說到升官發財、揚名立業哩。」

陳元照是石振英自小撫養大的，他的拳技又是石振英親手教的。另外，又給他請了兩位老師：一位教詩書，一位教弓馬。石振英總算對得起亡友。石振英的話，陳元照自然不敢違拗。當下，石振英吩咐老妻石奶奶，整治行裝，並且說：「把我的那把刀、那袋鏢、那匣弩和飛刀、蝗石、袖箭，都拿出來帶著；我足足有五年沒用這些東西了。」陳元照道：「怎麼，伯伯也要出門麼？」石振英笑道：「你一個人頭一趟出門，我怎能放心？我打算親自伴行，把你送到鎮江去，交給你黃元禮黃大師兄，我才放心。聽說你朱師叔單臂朱大椿也在那裡，給你黃大師兄幫忙哩；有他就更好了。你朱師叔的武功、眼力，處處都比我強。你也好跟他學學，總能得著進境。」

陳元照愣了愣，一定不肯勞動石振英伯伯。無奈石振英非常小心，定要帶著陳元照一同出門。陳元照力辭不能拒，只可依從。

數日後，石奶奶把行李、路費，一切應帶之物，通通備好。石振英一樣一樣指給陳元照看：「這是二百兩銀子，『窮家富路』，走在道上應該多帶錢。這是你的隨身衣服和兵刃。」又指著一個錦囊，給陳元照看：內有千金良方，治刀創的，防疫避暑的，破解蒙汗藥的。另有幾包難得之藥，乃是五種毒藥暗器的解藥——內有一種用琉璃瓶裝著，十分珍藏，非常貴重；是石振英的掌門師叔山陽醫隱彈指神通華雨蒼祕製的化毒丹，專破西川唐大嫂一派的毒藥鐵蒺藜、毒藥飛刀、毒藥梅花針。

這一晚，石振英將江湖上一切禁忌、唇典，應行應知之事，以及對人要和藹，論武莫炫才等語，又對陳元照講了一陣；從前本已說過，這一回只是重新叮嚀罷了。

年老的石振英對亡友的孤子，越是不放心，越諄諄地告誡。可是年輕的陳元照只覺得絮聒再三，未免聽著入耳生繭了。口中說道：「是啦！伯伯，我都記著啦。」

次日仍未成行。多臂石振英帶著陳元照，先進城打聽路程，道上好走不好走。石振英已有四五年沒出門了，他又一向多在川陝做事，江南道上並不很熟。打聽起來，近時地方不很安靜，也不是前一二十年的情形了。川陝土匪鬧得很凶；江南道上比較靜謐，可是水旱綠林很多；長江下游和運河漕道，頗有水賊縱橫，出門行路不甚容易。江南道上的江湖風氣，據說近來也有一變。從前頗講結納，著名鏢客的一桿鏢旗、綠林魁首的一支響箭，在當年到處可以行得開；目下可就難說了。各處冒出不知名的後起英雄很多，在綠林道中跋扈異常；許多武林前輩都說後生可畏。可是換個眼光來看，這時候又正是會武藝的人出頭露臉、創業爭雄的好機會。

石振英把路程問明，行裝備好，直過了三四天，叔姪二人方才負囊登程。由皖南青陽縣，往江蘇鎮江去，恰可搭江船，順流東上，一帆風送直到鎮江。叔姪二人都不願意坐船，卻願意步下走。為什麼？可以流連風景，看一看塵世間熙來攘往的情形。並且石振英還有一番用意，步行之餘，忽然搭短趟車，忽然搭小航船，多與車船店腳磨牙，隨處可以指點陳元照，教他學學見識。

多臂石振英久涉江湖，飽嘗世味。天涯寄跡，到處為家。這幾年息影故園，久與江湖隔絕；可是此日重上征途，頓憶前塵，儘管景物全非，卻重嘗旅味，如走舊路。不覺得喟嘆了一聲，說道：「韶光催人老，回想當年，又是一般情景了！」陳元照卻是山川觸眼，全覺新異。一老一少，心情各殊。

這一日風塵僕僕，叔姪二人來到蕪湖西南，魯港地方。石振英、陳元照已經走了幾天，走慣了，倒不覺勞累。江南春早，春陽當午，頗含夏意。兩人都有些燥渴。石振英道：「元照，你餓了吧？咱們進鎮，吃點什麼再走，我有點渴了。前一站就是蕪湖，是個大地方。我記得那裡還有個熟朋友，姓梁，名公直，現開著寶豐米棧，又接著辦得勝鏢局。我們徑可在此地打尖，今晚趕到他那裡，不必打店了。」陳元照道：「哦！他開著鏢局，這可得開開眼。咱們爺倆走了這幾天，還沒有遇著江湖上的朋友呢。」又說道：「我也有點口渴，倒不覺餓。」石振英道：「一到蕪湖，你就開眼吧。那裡也有鏢行，也有鋪把式場子的；並且很有幾位出名的武師。只不過，這都是六年以前的事情了。人事變遷無常，誰知道他們還在那裡不在呢。」

陳元照道：「反正這位梁鏢頭不會離開的，除非他是死了。」石振英咄的一聲，斥責他道：「你看你這孩子，這是怎麼說話？年輕輕的，怎麼一開口就說喪氣話？」陳元照笑道：「我說的是真的，你老人家不是對我們說過，這位梁公直梁鏢頭已經六十多歲。」石振英道：「哼，你還這麼說話！你們年輕人總是自覺聰明，不肯認錯；哪能一開口，就說人家死呀活的呢？」

叔姪二人且說且行，往魯港走來。這是個水鄉的小鎮甸，地點也還衝要；航船糧艘停泊得不少。檣桅如林，篷帆掠影，老遠就望見了。眨眼間，二人來到鎮口，村蔭下一連擺著四五處酒棚，全用木板支架起酒案子。碧綠的竹竿，撐起方丈大的布篷；案上擺著十幾隻小黃沙碗，旁有酒罈。這是江南特產的米酒，老遠的聞見酒香撲鼻。案上還有許多菜碟，盛著下酒的小菜，皮蛋、鹹筍、腐乳、豆乾等物。布篷下聚著好些科頭跣足的壯漢子，這都是負苦的腳伕。再往前走，進了鎮甸；鎮甸以內，熙來攘往，行人居然不少。一道長街，足有半里長；還有幾處酒館、飯鋪。路西有一家小酒館，帶賣清茶，字號是「小飲和」；三間小廈，竹窗大開，正臨街頭。比起別家來，似乎敞亮清潔。石振英道：「這裡帶賣飯菜，地方又涼爽，我們就在這裡歇腳吧。」

石振英領著陳元照，進了小飲和酒館；遂揀了一副座頭，靠窗涼爽的地方。叔姪對坐，叫來堂倌，先泡了一壺茶，消解枯渴。然後點了幾樣菜，要了四碗米酒。又要了一壺花雕。陳元照道：「伯伯，我不喝酒。」石振英道：「你不喝酒，很好。不過，這裡的米酒別饒風味，你只管嘗嘗。這酒只當茶喝，一碗兩碗醉不了人的。」

陳元照端起米酒，呷了一口，說道：「倒是比咱們家鄉的米酒強。」說著喝了半碗，就了一口菜，又道：「是好。」連飲兩碗，讚不絕口，「真是不錯，我再來兩碗。」這酒清醇淡香，陳元照一口氣連喝了五碗，還想再喝。石振英皺眉道：「行了，行了！你這個不喝酒的，比我這好喝酒的，喝得還沖。」石振英喝一口酒，吃一口酒菜，只是慢慢地品味。這個陳元照卻真個拿來當茶吃，竟不甚就菜。直等到把五碗酒喝乾，案上擺滿了空碗，這才讓道：「伯伯，你也喝呀。」石振英笑了，說道：「你倒是個海量，居然能喝寡酒。」陳元照道：「這酒和甜水似的。」石振英道：「你可留神，這酒有後勁。算了吧，你不要再喝了，堂倌，盛飯來吧。」那一壺花雕竟不教陳元照喝了，只催陳元照吃飯；他自己卻用小杯淺斟低呷，慢慢喝起來。一面喝，一面說：「你不用嘴饞，回頭米酒的力量發作了，只怕你又鬧燒心，快吃飯壓壓吧。」

叔姪二人在酒館，飲酒用飯，歇腳打尖；小小行囊和兵刃等物就放在了座邊。才入座時，覺得燥渴，此時坐定，漸漸涼快。石振英連啜了三杯花雕，見陳元照只吃菜，飯還沒有來，便拿大酒杯，斟了一杯，給陳元照道：「你真眼饞。你只喝這一杯吧。」陳元照欠身接了，又給石振英斟上一杯，叔姪二人倒酬酢起來。一邊飲啖，一邊憑窗眺望。雖然望不見江邊，卻能望得見街上過往行人。小酒館酒客寥寥，因為這時並不是用飯飲酒的時候，十來副座頭，除了石家叔姪，只有四五位酒客罷了。有兩個酒客正在閒談，好像正說著本鎮上一樁新聞：福元巷談家，教人找上門了。石振英聽了，並不理會。

忽然聽得街頭上嘩楞楞、嘩楞楞一陣山響，似由街北向街南而來。陳元照道：「這是什麼響？」不由得欠身而起，探頭外望。石振英側耳一聽，說道：「這是搖虎撐的。」陳元照道：「虎撐是什麼？哦，可是賣野藥的串鈴嗎？」石振英道：「我不是對你說過了，金、批、彩、卦，風、火、雀、耍，是為八大江湖。這搖串鈴賣藥的，他那串鈴在門裡就叫做虎撐。」陳元照停箸回頭，眼觀外面道：「我知道，怎麼這串鈴響得這麼震心呢？伯伯，你老瞧瞧，這個賣野藥的，他那個虎撐怎的這麼大？」陳元照觸目皆詫為新奇，石振英卻懶怠看，仍喝他的酒，道：「串鈴有一定的尺寸，左不過一掌圓的圈口……可是的，這個串鈴聲音個別。」也不覺側目往外尋看了。

隨著嘩楞楞、嘩楞楞的響聲，搖串鈴的賣藥郎中已經踱了過來。口操川音，唸誦著生意經；是什麼專治疑難大症，小兒科婦科，頭疼牙疼，痢疾鼓症，疔瘡痔瘡，五勞七傷，跌打金創，善扎八法神針，以及什麼仙傳妙方，移花接木，起死回生。在他口中，沒有治不了的病；反掉一句話，卻有救不了的命。石振英臉上浮出笑容來，向陳元照道：「你這傻小子，倒看直眼了。這都是江湖上混飯騙錢的。」陳元照道：「我知道。伯伯，你老瞧瞧，這個人真古怪。」石振英道：「那有什麼古怪？」說著，順著陳元照指點的手，向外尋看起來。只這一看，石振英也不覺心中一動，道：「咦？」

但見這個賣藥郎中，年逾中旬，頭頂半禿，黃暗暗的一張瘦臉，卻生得圓溜溜一對暴眼；腦後拖著一條小辮，曲如豚尾。穿寧綢長衫，擴落肥大，越顯得身形瘦削；高襪雲鞋，鞋新襪舊；人物與衣履十分不稱。左肩頭挎著一隻小藥箱，十分敝舊；右手套著那隻虎撐，往上一舉，袖口肥大，腕子全露出來；手臂青筋暴露，手腕枯瘦如柴。只有他手掌中那個串鈴，比起尋常江湖人所用，直大過兩倍；鈴唇歪曲，半開半闔，似用過百八十年；裡面的鐵珠有棗兒那麼大，在串鈴裡面滾動時，幾乎要從鈴口掉落出來。賣藥郎中搖著串鈴，嘩啦嘩啦的響，把一對暴眼半開半閉，口中唸唸有詞，將次走近小飲和酒館。這人的奇形怪態，大抵是風餐露宿煎熬的，引得路上行人都向他看。

石振英把此人打量了一遍，回頭對陳元照道：「元照，你看怎樣？你也覺得這個人古怪吧？」陳元照用筷子敲著飯桌，閒閒地說道：「這個人的形容穿著，好像不倫不類。大概這個人久走江湖，一定也不是安善良民……」他只是信口胡猜；多臂石振英忍不住失笑道：「你不要裝假行家，我問的不是這個。八大江湖本來就是騙局，欺騙鄉愚婦人，乃是他的本領。我叫你留心察看，這個人究竟是幹什麼的？」

陳元照脫口道：「不是賣野藥的麼？難道是喬裝改扮，微行私訪的官人不成？」石振英道：「你越說越離格了。我要試試你的眼力，不是叫你胡蒙；你再仔細看看他。你難道不覺這個人的面相和他的眼神，很有奇特的地方麼？」

陳元照道：「唔？」立刻把兩眼睜得大大的，探起身來，重新細看這賣藥的男子。這男子手搖虎撐，肩挎藥箱，一晃一晃的，已經越走越近，就要來到小飲和酒館門口了。

這個賣藥的郎中，形容憔悴，徐行在街心；那一對圓眼珠半睜半閉，隱呈迷離之狀，好像熬了夜似的。偶然側目旁睨，眼光往外一掃，卻閃閃含光，直像一把夾剪。轉眼越過了酒館臨街的敞窗，把竊竊私議的石振英叔姪盯了一眼，又送了一眼。隨即扭頭看到別處，口中誦唸道：「善治跌打損傷，傷筋動骨，中風不語，左癱右瘓，五勞七傷，男女疑難大症，小兒急慢驚風，痞積雜症，婦人七十二雜症。手到病除……」

陳元照這才看出這個人的怪相來，叫了一聲道：「伯伯，我瞧出來了，這個人一定會功夫！你老瞧，他的眼神夠多足，那隻搖串鈴的手臂直挺挺地伸出來，總這麼端著，你瞧他一點不嫌累。並且他的腳步別看踉踉蹌蹌的，你看他一提足，一落足，夠多麼穩健……」他還要往下說，忽聞背後也起了喁喁私議之聲。一個人道：「二哥，你聽，這兩位一定也是行家，人家也看出來了！」另一個人道：「少說話，看人家聽見！」石振英愕然回顧，隔著桌子，有兩個酒客，正低聲說話；一個中年漢子，一個青年，看模樣像是本地商人，偶來小酌。兩人四隻眼正往這邊瞅著，細辨眼神，倒不盡瞅自己，恰和自己一樣，從窗口直望到街上，正在尋看那賣藥的郎中。和石振英眼光一觸，那個青年把中年人推了一下，兩個人登時不言語了，低下頭就吃菜；一面吃著，仍然喂喂私語，話可聽不出來了。石振英暗笑著，打量這兩人；忽然又有一個響喉嚨的人，在那邊叫道：「王二爺，快過來，你瞧那個傢伙又來了。」

石振英扭頭一看，酒館門口立著一個跑堂的，手拿一條白手巾，一面倚門外窺，一面向另一個酒座點手。這位酒客大概就是所謂王二爺，竟應了一聲道：「真的又來了，這可不好，保不定要出事！」停箸輟食，慌慌忙忙地走到門前張望，把脖頸伸得很長。但是賣藥的郎中已經走過去了；只看見背影，看不見面貌了。還有一個堂倌、兩個酒客，都擁到窗口門前，直眉瞪眼，齊往外瞧。

小小一座「小飲和」酒館，竟騷然聳動。一齊盯看賣藥郎中。直到這賣藥郎中走出街外，大家還在呆看；並且七言八語，議論紛紛。曉得是怎麼回事的人，就嘖嘖駭異；不曉得的人，就一迭聲打聽。

一個酒客說：「不錯，就是這傢伙，連這趟一共來了五趟了。」

堂倌說：「怎麼五趟？」搖著手指頭，數算道：「昨天四趟，前天兩趟，今天這一會兒，就兩趟。哼，光我瞧見的，這傢伙足來了九趟……至少也有八趟。」

青年酒客低聲說道：「福元巷談家二少爺怕要搪不了！」

中年酒客低聲答道：「這傢伙竟敢堵著門口吵罵，一定有來頭的！」

另一飯客說：「我就不信這個！憑他光桿一個人，談家上上下下足有十幾個長工，叫出來，一頓侉揍，把這東西打跑。再不然，報給地面，把這東西捆送衙門，拿他當土匪辦。無緣無故，在人家門口蹓躂，這就有偷竊踩道的嫌疑，何況他嘴裡還不幹不淨地罵街呢。」

一個人道：「他罵什麼？」

那個堂倌答道：「上次王二爺跟過去聽見了。」

這些人齊聲問那個王二爺。王二爺抹著嘴，搖頭說道：「罵的話，咱們也聽不很懂。好像是說，『姓談的父債子還，爺們討債來了』。」

青年的酒客隔著桌子問道：「真是討債的麼？」

中年酒客道：「憑談家豈是賴債的？你又裝糊塗了，『父債子還』，不過是一句比喻，這小子一定是尋仇的。」

那個王二爺好像口快心直，突然說道：「不錯，真是尋仇的。那傢伙堵著門口嚷，什麼『兩刀加一鏢』啦，什麼『半隻手臂一條命』啦，又是什麼『怎麼欠的怎麼還』啦，究竟是怎麼回事，到底也聽不出個所以然來。」

一個人復問道：「沒聽見談家說什麼嗎？」

王二爺道：「什麼也不說。豈但不說，把大門一關，任憑人家堵門口叫罵，連搭腔都不敢。」

堂倌嘆道：「可嘆談五爺一世英雄，無奈兒子不爭氣！」

那個中年人道：「他一個書呆子，想爭氣，也不會動刀子拚命啊！」

又一人道：「本來，談五爺當年在西川道上，轟轟烈烈，威震江湖，保不住跟綠林結過怨。現在叫人家找上門來，就看這位談二少爺怎麼應付吧。」

忽一人插話道：「我跟你打聽打聽，這傢伙就一個人堵門鬧，談家的人真個的連出來答話的都沒有麼？這傢伙恐怕明著是一個人，暗中一定還有同黨吧？」

另一個人道：「那可說不定。強龍不壓地頭蛇，談家是本地紳士。他膽敢登門尋釁，暗中說不定就有幫手。」說至此，戛然語住聲斷。三四個人的眼光虛虛怯怯的，齊向石振英盯來。原來內中有一個人，瞥見了石氏叔姪身旁凳上放著的行囊，暗向眾人一指：這行囊呈長條形，外有一把帶鞘刀，內有一對銀花奪。這幾個人忽生戒心，一齊住口，散開了。酒客忙坐下來吃酒，堂倌也過來照應買賣，所有的人全不言語了。

多臂石振英不由暗笑，回頭一看陳元照，把一對大眼都聽直了。石振英低聲說道：「元照，你坐下。」陳元照憬然有悟地說道：「伯伯，你老聽見了嗎？這裡面很有文章。」說時一指窗外道：「好像這個賣野藥的是個江湖上尋仇的人物。咱爺兩個打聽打聽去，好不好？」石振英微微一笑，暗使眼色道：「坐下。」故作勸酒，一按陳元照的手背，低告道：「你小心點，你剛才太露相了。」陳元照忙道：「我怎麼了？」石振英道：「你不知道？」背著身子，悄指那些人道，「你把眼全瞧直了，他們都衝咱們扭嘴。他們錯把你當作奸細了。」陳元照把眼一瞪道：「是誰？」立刻眼光四射道：「我們哪地方像奸細？」石振英急急把他攔住道：「傻子，你的神色就像跟賣野藥的是一夥。咱們分明是外路人，況且又都帶著兵刃。」陳元照恍然道：「哦！」又不禁扭頭回顧那幾個酒客。那幾個酒客果然還在偷偷打量石、陳叔姪二人。那個年輕人伸著脖頸，探看陳元照身旁的行囊和裹兵刃的那個黃包袱。陳元照一回頭，那人連忙低下了頭；陳元照連瞪了他兩眼。

酒座那邊，還有幾個人喁喁私議。多臂石振英對陳元照說道：「你只低頭吃菜，不要瞧他們。你一瞧他們，他們更多疑了，什麼話也不說了。這個賣野藥的一定不是尋常百姓，這裡面一定有事故。你要是願意打聽，你只裝沒事人；他們過一會兒，一定還要講究的。茶寮酒肆，一向是鬧事鬧非，亂講究的地方。你只張開耳朵聽，咬住舌尖看好了，千萬別問。你要明白，在生人面前，越問越不說，越打聽越瞞著。」

陳元照翻著大眼想了想，石伯父的話似乎有理，便不多話，低頭吃飯；卻仍翻著一對黑眼珠，抽冷子往酒座那邊偷看上一看。果然石振英的話很有道理，起初他們只望著石、陳叔姪，避忌著不肯再說；過了一會兒，見陳元照只顧飲啖，毫不注意他們，他們就漸漸地重複講究起來。過了一刻，越說聲音越敞，到底又高談闊論起來。有人親眼看見賣野藥的，堵著福元巷談家門口，拍門找人；兩邊巷口竟各有一個口音個別、形色刺眼的人物，在巷口外走過來，溜過去；賣野藥的出巷，他們才遠遠地跟著走了。一連兩日，都是如此。談論的人不禁替談家二少爺扼腕著急。尋仇人厲害，恐怕不僅鬥毆出氣就完結的，保不定「白刀子進去，紅刀子出來」。酒客們反覆議論賣野藥的登門尋隙，如何聲色俱厲，如何潛有黨羽，如何談宅閉門納氣，不敢支吾；卻沒有人說得出尋仇的緣故，也不曉得起隙的由來。……陳元照草草吃飯，眼望伯父石振英，有點焦急，低聲催促石振英，要過去打聽一下。又問：「伯伯，你老看，我們先不上蕪湖，行不行？小姪的意思，……」說著笑了，道：「我打算……」石振英眼含著逗弄人的微笑，說道：「你打算怎麼樣？」陳元照不肯說出己意。石振英道：「我替你說了吧，你打算打聽打聽，你打算打個抱不平，你打算在這裡打店，對不對？」陳元照嗤地笑了，道：「好伯伯，你老真會猜，咱們今晚上在這裡打店吧。況且，你老人家把我教出能耐來，總得露一露，試上一試。這一件事，多麼氣人。你老訪一訪，咱們也看個熱鬧。行不行？」

叔姪二人正在低笑著爭執，那一邊酒座也在嘩笑著爭論。有人說：「賣藥的不再來了。」另有人說：「不對，他今天還得再來一趟。」兩人正在打賭猜測，堂倌忽然大聲叫道：「王二爺，還是你老猜著了，那傢伙真又回來了。」

這三五個酒客紛紛立起來，道：「又繞回來了麼？」堂倌道：「對，他在對過酒攤上，坐下買酒喝呢。」人們齊說道：

「哦，喝酒了，就只他一個人嗎？」都湊到酒館門口，向外面張望。陳元照也忍不住，探身往窗外看，卻看不著。隨即說道：「伯伯，我們出去看看。」石振英一笑起身，竟跟元照一同走過來；隨即站在酒館門口，往外端詳。在酒館斜對面小小一座酒棚下，果然見那賣野藥郎中，把藥箱放在酒案上，叫了幾碗米酒、兩碟酒菜，臉朝外吃喝起來。嘴喝著酒，兩隻眼骨骨碌碌，東張西看；顧盼之間，隱含煞氣。

街上行人好像都對他注意。酒棚下有三四個腳行粗漢，也在那裡喝酒，似看著這賣藥的，神情古怪。其中一個多嘴的，就向他搭訕道：「喂，先生，今天的生意不壞吧？」賣藥郎中翻了翻眼珠子，說道：「啊……不壞。」仍啜他的酒，有點帶搭不理的樣子。尋常的江湖生意人，巴不得有人和他說話，他好打開生意經，流口轍；這個人卻離奇，不但寡言，而且口角生硬。那個饒舌的粗漢一指矮凳上的小藥箱子，又問道：「先生，你這箱子裡有什麼藥？都治什麼病？」

賣藥郎中把酒碗一放，臉上就像掛了一層霜，說道：「什麼藥都有，單看你犯什麼病了。你要治病嗎？」

粗漢碰了一個釘子，別人都衝他擠眼齜牙。這個粗漢也沉不住氣了，登時發話道：「我說，咦，你這個人是怎麼說話！我好好地問你，你怎麼說我犯病？想必是你犯了什麼病吧，這是什麼生意話！」

酒館的人指指點點說道：「你瞧，要吵起來。」

再看賣藥的郎中，忽有所悟似的，把精神一提，眼光一轉，枯臉上堆下笑來，說道：「我這藥箱，你別看著小，貴重的藥可不少。不敢說起死回生，也管保藥到病除。樣數倒不多，一百單八味，丸散膏丹，應有都有。——掌櫃的，再來一碗。我是不會說話，朋友別見怪！」對這粗漢敷衍了幾句，便戛然而止，不再往下說了。卻還是要酒要菜，左一碗，右一碗，喝個不住，對眸炯炯，仍望著那邊巷口。

那個粗漢這才把臉色轉過來，笑了。好像這個粗漢和他的兩個同伴都不知道賣藥郎中的來派，有點故意囉唕他，拿他當下酒物，說道：「喂！先生，你能治童子癆、黃病、雜瘵病不？」

賣藥郎中道：「能治。」

粗漢一指賣酒的老頭子，說道：「你瞧，這位黃老闆，他耳朵底下那個大瘤子，你能給他治嗎？」賣藥郎中連頭也不回地答道：「能治，沒有治不了的病。」

粗漢道：「這大概得拿刀割開，擠出膿血來。」

又一粗漢道：「用藥蝕，行不行？」

賣藥郎中竟不搭腔，仍白吃酒。鄰近酒攤上，恰有一個漢子，光著一隻左腳，在那裡吃羅漢豆，這正是河邊的一個腳伕，腿上長了一個瘡。先前那個饒舌的粗漢便道：「趙老幺，你那條腿還沒有好？現有先生，你怎麼不叫他給你看看？」另一粗漢說：「這個得貼膏藥，拔毒膏什麼的。」

幾個人一齊慫恿趙老幺，趙老幺拖著他那條病腿，走了過來。原來是黃水瘡，流膿滴水的，失於潔淨，鬧得很重了。挨到這邊來，把那條病腿往凳上一放，整放在賣藥郎中的面前。

賣藥郎中禿眉一皺，連連搖手道：「這個瘡我不能治……」才說出口，又嚥回去，改嘴道：「你這病叫做千年瘡，我這裡有藥專治你這瘡，只怕你捨不得花錢。」

粗漢們七言八語道：「你這先生可是外鄉人，瞧不起我們幹腳行的，爺們花個十串八串，還憋不住。來吧，你那藥多少錢一副？是膏藥，還是面藥？」

賣藥郎中哈哈一笑道：「我這裡有五福提毒散，又叫七厘散、斷毒丹，十五兩銀子一副。」

粗漢們譁然吐舌道：「你窮瘋了！」先說話的那個粗漢就挖苦道：「你蒙老娘們行了，爺們都是外面闖江湖的，你開方子也得掂量著份量。你把你那馬眼睜開了！」還要往下說，那賣藥郎中啪的一聲拍酒案子，震得酒濺杯傾，厲聲道：「我沒有強逼你們瞧病，也沒強逼你們買藥。十五兩銀子，愛治不治！」

雙目一睜，閃閃地吐出寒光；把頭一轉，如一把利劍似的，將這四個粗漢挨個斜瞪了一眼，說道：「我還告訴你，不怕得罪你們幾位。你不是說貴麼？我還不賣給你們。貨賣識主，我這是真藥，不賣假行家。——掌櫃的，再來一碗酒！」

四個腳行登時鬧了起來。這個賣野藥的別看人單勢孤，雙眼一瞪，比腳伕們還厲害。賣酒的老黃一看要打起來，連忙央告勸解。街上過往行人也圍過來，七言八語地排解。酒棚下聚了許多人。「小飲和」酒館門前那些人雖然聽不見因何吵鬧，卻高登臺階，看得清清楚楚。堂倌對那王二爺說道：「王二爺，你瞧怎麼樣？這個賣野藥的真橫廣。」才說出這一句，另一個人攔他道：「嘻，少說閒話！」堂倌立刻住了口，不言語了，向石家叔姪偷看了一眼。

多臂石振英扶著門口，和陳元照並肩而望，也都看見這一場小熱鬧。陳元照劍眉一皺，向石振英說道：「這個東西真可惡，一定不是好百姓。伯伯，咱們過去勸勸。」說是勸勸去，實在是想管管去。多臂石振英哈哈一笑道：「孩子，出門在外，多看少管，多聽少道，這裡頭不定有什麼離奇把戲呢。咱們快吃飯，吃完了飯就依你，咱們徹頭徹尾把這一回熱鬧看完了。」

叔姪歸座，不再喝酒了，催著上飯。石振英一面吃飯，一面低告陳元照：「你知道他們為什麼吵麼？」陳元照道：「沒有聽見。」石振英道：「看他們比手畫腳，指一指大腿，又指一指藥箱子，一定是瞧病講價說擰了。本來，這種賣野藥的專會訛人。半文不值的切糕丸，他愣敢瞪著眼要三吊五吊，甚至一兩二兩。」

一霎時吃完了飯，付過飯帳要走。石振英扶著桌子，低頭一想，忽又說道：「堂倌，再泡壺茶來。」陳元照睜著一對大眼，只看著石振英。新沏的龍井茶斟了兩碗，還沒有冷到可口；石振英往外一瞥，突然站起來道：「元照，咱們走。別喝了，咱們到店房再喝吧。」掏出茶錢，往桌上一放，伸手提起行囊，催陳元照快走。陳元照急忙探頭往外一看，那賣野藥的郎中和那四個粗漢吵得很凶，高一聲，低一聲，搓拳挽袖，好像就要打架。賣酒的老黃橫在當中，作揖打躬地解勸，只是勸不住。不知怎麼一個講究，那賣野藥的聲勢咄咄，將揮老拳，卻突然一變，滿臉堆下笑容來。只見他兩隻手比比畫畫，不知說了幾句什麼；忽一俯腰，打開小藥箱子，拿出一個小瓦瓶來；從中倒出一些粉末，拿紙包好，竟塞在賣酒的老黃的手中。

老黃就遞給爛腿小趙，小趙衝著賣藥的作揖；賣藥的就連連擺手，從身上掏出一把銅錢，嘩啦丟在酒案子上。立即見他匆匆挎起藥箱，從好幾個看熱鬧、勸架的人身邊擠出來，邁開大步，奔小巷口走了。

第二章　小賊孩

陳元照愕然不解，隨著那賣野藥的後影，急張目尋看時，巷口內什麼也沒有。他不禁失聲道：「唔？」冷不防聽背後撲哧一聲，道：「怪呀！走了不是？別發愣了，傻孩子，跟我找店去吧。」石振英將發呆的陳元照扯了一把，出了「小飲和」酒館。

這時，街上的好多閒人，七言八語，哼著哈著，綴下那個賣野藥的，也奔向小巷口去了。陳元照隨石振英出離酒館，也要跟蹤過去，卻被石振英拉住一隻手臂，生生拖往後巷口江堤那邊。陳元照連連問道：「怎麼，怎麼？」石振英四顧無人，低聲說道：「凡是綴人，別從背後綴；你要斜繞過去，迎頭綴最好。」陳元照點點頭，也回頭看了看，低聲反問道：「那個賣野藥的吵鬧得正凶，為什麼忽然走了？他把他的藥是賣給那個腿上生瘡的人了，還是捨給他了？」

石振英欣然說道：「你猜得不錯，他是把藥捨給人家了。你大概沒有看見，這個賣野藥的是個老江湖，我猜他脾氣必然很暴，自己按捺不住，所以才和人吵起來。正在吵著，那邊曲巷口大約有他一個同伴，向他通了一個暗號，大概是責備他不該和一般腳伕、粗漢惹閒氣。所以他這才換出笑臉來，把他的藥交給勸架的，再由勸架的送給買藥的。他既然在這裡生了事，自然不便再在這裡留戀了，他一定是追他的同伴去了。」

石振英說罷，又問陳元照道：「據我猜想是這樣的，你想對不對呢？」

陳元照十分佩服地笑了，說道：「你老人家猜得很對。」

但是，石振英猜得並不全對。那個賣野藥的並非因為吵了架才躲開。他是忽然接到同伴的警報，才走開的。在東巷口，有一個穿短衫的漢子，向他調侃：「窯口西邊添了生點，二人擔托來兩個蓮果，老合馬前把合把合！」這句黑話說的是：「仇家門前，忽有兩個女子坐轎來了，催他快去看看。這坐轎來的女子，固然不見得準是談家邀到的能人，卻保不定他們要喬裝改扮，伺機逃走。這斷不能放鬆，賣藥郎中顧不得再和腳伕慪氣，立刻回嗔作喜，丟下一包藥，如飛地奔往福元巷。石家父子也急急繞了過去，晚了一步，只看見兩頂空轎，六個轎伕，轎中人早已進談家內宅了。

再看那賣藥的郎中，大概也是一步來遲，沒有看清轎中人的面目似的。那個短衣人在前急走，似乎引導著他，他把串鈴搖得嘩朗響，大岔步緊走到談宅門前，直眉瞪眼，往門內端詳；不料門口卻忽隆的一響，雙門緊閉了。賣藥郎中僅僅看見了轎中人的兩個背影；不錯，是兩個女子：一個中年婦人，一個少女，纖足，穿裙。

石振英和陳元照裝作過路人，由西口往東口走。那個短衣人忽走到空轎前面，向轎伕道一聲辛苦：「朋友，從哪裡來？」轎伕用手一指，說道：「西邊。」再問就不答了，忙著用根竹板，剔腳上的泥。

那賣藥郎中卻一聲不響，只上下打量這乘轎，忽然冷笑著扭頭就走。他卻又抽身，對著談宅的門口，大聲喊道：「相好的，時候可是到了。見也在你，不見也在你，爺們對不住，邀駕也只這一回了！」忽伸手一挖串鈴，從鈴唇歪露處，掏出一個鐵球來，一抖手，「啪！」打入門楣「五世其昌」的昌字上，喝道：「事不過三，太爺催第三回駕！」看熱鬧的聚了七八個人，一齊仰頭看時，那賣藥郎中搖起串鈴，分開看熱鬧的，昂頭而行，形跡不斂，一直往巷東走去了。又一拐，鑽入另一小巷。

陳元照道：「伯伯，快追！」石振英道：「別忙。」忽見另一小巷，鑽出一個十幾歲的小窮孩子，奔到談宅門口。石振英低聲道：「你別急，丟不了他。咱們先到談宅門口看看，回頭就找店，反正他得住店。」陳元照說道：「萬一他在此處有朋友呢？住在朋友家呢？」石振英‧怔道：「對！……可是，你又忘了，他一定要到談宅來。我們找不著他，只要在談家門口等他，再不會撲空。」陳元照這才釋然。

叔姪二人順巷路，緩緩地往談家門口走來。看熱鬧的指點著談家門楣，紛紛講究，還在聚而未散。那個小窮孩子也來看熱鬧，跟那幾個轎伕東一句、西一句瞎搭訕。陳元照趨近談家門口，仰頭一望。那「五世其昌」的橫楣，除了「其」字，竟每個字都嵌著一個鐵球；鐵球深入，幾乎陷沒不見。談家的街門，仍然靜悄悄交掩著。雖然人至轎停，也還是緊閉不開；已開，復閉了。

陳元照回頭一望，情不自禁，竟趨奔向門櫃檯階，伸出手來，就要挖那鐵球。背後的石振英吆喝道：「喂，幹什麼，別討人嫌！快過來吧。」石振英正立在轎旁邊，暗中打量小轎的款式、形跡；一面聽那個小孩子和轎伕搭訕閒談，暗自點了點頭。那個孩子竟是本地口音，石振英不禁又把這孩子看了一眼。看熱鬧的人個個齜牙吸氣，紛紛議論。石振英聽了一會兒，略有所得；又將談家門戶仔細看了看。這是一片瓦房子，大院落。數十間平房，還有幾間樓房，建在福元巷的後面。在福元巷前面，僅僅看見小樓一角，猜不出這幾間樓房是住房，還是佛樓。一回頭，見陳元照正傾聽看熱鬧人的聚語，遂低低噓唇，微嘯了一聲，把他嘯過來。兩人搭伴，繞著談宅前後，走了一遭。

二人卻才轉了半圈，走近後巷，忽聽頭頂吱地響了一聲。

石振英抬頭仰視，有牆擋著，任什麼也看不見。急走開數步，再仰面一望；談宅後院那一角小樓，忽然樓窗半開，有兩個女子的面孔，正朝樓窗下窺。一個中年婦女，豐容盛鬋，衣飾雅淡。一個青年女子，荊釵布裙，十分整潔；生得鴨蛋臉，直鼻小口，形容俏麗，膚色微黑。這兩個女人並肩往下看，星眸直注射到西巷口江岸那邊。兩個女子喁喁細語，忽然呱嗒一聲，樓窗闔掩，看不見了。跟著，談家的街門忽開，出來一個老頭子，把六個轎伕都叫進去了。石振英心中一動，把陳元照一扯，急急地轉彎抹角，奔到江岸那邊。

這江岸其實和福元巷還隔著半里地。走出了福元巷，外面乃是空堤。堤上有一個短衣人，倚樹站著，似臨江閒眺。忽見那個賣藥郎中從小巷出現，斜趨江堤，向那短衣人走去；兩人似乎打了個招呼。旋即見那賣藥郎中折奔碼頭。石振英不便過去，隱蔽在牆角，向外探看。那短衣人獨自倚樹而立，似有所待。

果然耗了一會兒，那十幾歲的小窮孩子，從福元巷奔來，跑到男子身邊，好像告訴什麼話。那個男子翻來覆去地盤問，小孩子就扯東拉西地回答。一問一答，過了好半晌，那男子掏出一把銅錢，遞給了小孩子。小孩子接了錢，道：「你還打聽什麼不？」那短衣男子說道：「不打聽了，你去你的吧。」那小孩子得了錢，歡天喜地地奔小巷走去了。

石振英心下恍然，看這堤上的短衣男子，向談宅小樓瞥了一眼，逕自下堤，也踱進碼頭去了。

石振英忙和陳元照也抽身回轉小巷，躲著短衣人的視線，轉過福元巷，追著那個小孩子，向小孩一招手，叫道：「喂，我說小兄弟，你過來，我煩你一點事。」那小孩子回頭一看，笑了，走過來說道：「客人，你也要打聽什麼事麼？」石振英說道：「正是。」立刻拿出二百錢來，說道：「小兄弟，你叫什麼名字？」小孩道：「我叫唐六。」石振英說道：「唐六，我向你打聽打聽這裡的店房一共有幾家，哪一家好？」小孩答道：「這裡只有兩家店，一大一小；一家叫慶合長客棧，一家叫招遠客棧。客人你要是不認得，我領你去。我可不白領，你得給我幾文辛苦錢。」石振英笑道：「那是自然，我知道你是專管跑碼頭，跑腿拉縴的；你先把這二百錢拿了去。」

小孩子很歡喜，把錢接過來，先數了數，道：「這是二百錢，剛才那位客人給了我一串。」石振英道：「別忙，你把我們兩人領到店房，我也給你一串。」小孩子大喜道：「我今天買賣真好，不大一會兒，就賺了兩串。回頭我買蜜餞櫻桃吃去。」

這個小孩子才十四五歲，卻生得很高的身量，專在碼頭上，給客人引路、跑腿、遛牲口、搬行李，做些苦累的事，每天找些零錢過活。石振英遂命小孩引路，先投客棧。陳元照跟著石振英，東鑽一回，西跑一頭，心中覺著古怪。眼見那個搖串鈴賣野藥的男子彈門示威，揚長而去，應該追趕他去；而現在反倒做這些迂遠的舉動，先要投店。可天氣又早，似乎很不必；不由向石振英嘀咕了幾句。

石振英不耐煩地說道：「有什麼話，到店裡再說。」陳元照仍然說道：「那個賣野藥的，只怕找不著了。」石振英說道：「你怎麼……哼！少說話，跟我走。」

那個小孩子在前引路，聽見了，回轉頭道：「二位要找那個賣野藥的嗎？你可以問我，我知道他的住處。」

陳元照忙道：「真的嗎？你……」石振英急忙說道：「我們又不害病，找他做什麼？他不是住在招遠客店嗎？」小孩子道：「咦，你怎麼知道？」

石振英哈哈一笑，說道：「我怎麼會不知道？小夥子，你把我們引到慶合長客棧好了。到了地方，我給你一串錢。」小孩道：「是啦，我謝謝你老。不過你老倒不如住招遠客店，又近又乾淨，慶合長又遠又不好。」

陳元照說道：「伯伯，咱們住招遠店吧。」石振英說道：「啥，我們還是住慶合長，慶合長是熟地方。小夥子，你還是領我們到慶合長吧。」

石振英自己也把話說漏了，可是陳元照和小孩子全沒聽出來。慶合長客棧既是熟地方，他可是還要小孩子引路，這話本就有語病。石振英自己也笑了，便催著說道：「小兄弟，你快領我們去。」

唐六點頭前行，進入碼頭，曲折循行，到了慶合長客棧那條街上。唐六一指街南，說道：「客人，一進這趟街，你再往東拐，路南第七個大門，就是慶合長。客人，你自己尋了去吧。你把那一串錢給我，我不進店了。」

石振英說道：「這又怎麼了？你總得把我們領到地方啊。」

小孩搔頭說道：「我不進那店，那店裡的夥計太可惡，總欺負人。」石振英說道：「這店欺負人嗎？那誰還肯住他的店？」小孩嗤地笑了，說道：「他不是欺負客人，他們專欺負我們小孩。」石振英問道：「原來如此，他怎麼欺負你了？」小孩子笑了笑，不肯說。石振英一迭聲催問，他這才說道：「他們那裡的夥計淨誣賴人，說我們偷東西。」

石振英撲哧一笑道：「哈！原來你是小賊！」唐六臉一紅道：「你老別罵人，你快把那一串錢給我吧。」多臂石振英留神把唐六看了一番，這個小孩細長脖頸，禿腦袋，果然生得滑頭滑腦，衣服很襤褸；笑著說道：「唐六，你別怕，你儘管跟我進店。來，你給我們扛著行李，他們自然不敢誣賴你了。」

唐六兀自不肯去。石振英說道：「你不送到地方，我可不給你一串錢。那麼一來，只可減半，算五百文了。」唐六不由發急。

石振英、陳元照一齊笑了，說道：「我逗你呢，你別著急。錢一準給你，你只管進店；進了店，我們還要煩你別的事呢。你再掙一串，不更美嗎？」

這小孩子想了想，點頭應允；替陳元照接過行李來，往肩上一扛，就往店房走。慶合長店的夥計一見唐六，便要動手打他的頭，齊嚷道：「小賊孩又來。」唐六歪著腦袋叫喚。

石振英忙道：「夥計，不要打攪，這是我們雇的。」叫夥計找了一個乾淨房間住下；又吩咐打臉水、泡茶；又命小孩唐六把行李放在板床上，叫他坐在凳子上，閒閒地和他攀談道：「唐六，你別忙，我還有話問你哩。」

這個唐六卻坐立不寧，一味向石振英討錢要走，口中說道：「客人快點吧！你給我錢，我還有別的生意哩。」石振英笑道：「你有什麼生意？不過是給人家引路，遛牲口，搬行李，跑跑腿，賺個三文五文的。算了吧，今天你發財了，兩水買賣得了兩串錢，很可以歇歇了。」唐六著急道：「怎麼沒有買賣？你老別小看人，我哪一天不賺個五百六百的？快給我吧，一會兒糧船就來了，我還得攬客商去哩。」他眼巴巴地盯著石振英的錢包，恨不得動手自己去拿。

陳元照見了，很覺好笑，調侃他道：「這幾步路，就要一串錢？你別訛人，給你五十個大錢，就不算少。」唐六把眼一瞪，叫嚷道：「那那，那可不成。咱們是怎樣講的？你耽誤了我好半天的工夫，少給錢可不成。」

石振英擦完了臉，夥計泡上茶來。一見唐六嚷鬧，夥計走過來，便要捉耳朵，往外攆他。石振英攔住道：「夥計，你不用管。我還要雇他有別的活做哩。」遂命店夥退出去，先取兩串錢，提在手中，笑著對唐六說道：「小夥子，你不用發急，我們是和你做耍的。你不要另攬生意去了；你看，這是兩串滿錢，我都給你。我向你打聽幾句話，你可一字一板地告訴明白了。」

唐六盯著兩串錢，道：「真的麼？」

石振英笑道：「我騙你做什麼，你不放心麼？這麼辦，我先給錢，後買貨。來，你先拿了錢去。」

唐六大喜，劈手便來抓錢。石振英將左手一攔道：「小夥子，你就認得錢，你可知道我要問你什麼事，你都答對得上來麼？我出這兩串錢，不光問你一兩句話；我是要雇你一整天，有好些事哩。」

唐六兩眼仍然盯著錢，將禿頂一晃道：「行行行，兩串錢雇一天，幹！要講究抬抬拿拿，你老別看我人小，哼，準比大小夥子不含糊。就是整包的米扛不動，別的像什麼行李、絲捆、棉花包，咱都能拿得動。」

石振英笑道：「我們不是雇你扛東西，我們還是向你打聽事情。這裡的情形，我們不大熟悉，我打算雇你當個嚮導。」

「嚮導」二字，真把唐六矇住了，瞪大眼問道：「嚮導？嚮導管幹什麼？」石振英說道：「嚮導就是領道的，我們要向你打聽打聽這地方的詳細情形。」唐六說道：「噢，我明白了。你老是外鄉人，新來乍到，你老準是要打聽路程……」

陳元照搖頭一笑，剛要說話，唐六越發抖精神，逞聰明道：「再不然，你老是要訪朋友，打聽地名；再不然，你老一定是打聽米行行市。你老別瞧不起我，我還真是個地理圖，小探子；什麼事咱全知道。你老儘管問，只要出不了魯港，我全能不讓你老白花錢。」這個小窮孩子實實在在地坐在凳子上，把大腿放在二腿上，腰板一挺，道：「你老問吧！」一對小母狗眼還是盯著石振英手裡那兩串錢；又說道，「你老快問，我還沒吃飯呢，我得先出去買點什麼吃。」把手一伸道：「你老先借給我一串。」

石振英縱聲大笑，陳元照也笑起來，隨將兩串錢都塞在唐六手裡，道：「你這小傢伙，怎麼不放心，總怕人家白使喚你？」唐六接錢在手，精神一振，立刻滿臉都是笑容，高聲說道：「嘿！你老是好人。你老不知道，那些糧販子、絲販子可惡極了，他們慣會白支使人。把人家支使一個夠，臨了要錢一瞪眼，再要就想動手打人。我唐六再不上那種當了，現錢買現貨，他們不先給錢，我絕不幹。」

石振英笑道：「你今年十幾歲了？」唐六答道：「十五。」陳元照道：「我不信，你頂少也有十七歲了。」唐六道：「真的，我是十五歲，屬鼠的，我長的個子高。——還是不行，我真餓了。你老等一等，先讓我出去，吃點什麼，行不行？」說著就站起來。

陳元照把眼一瞪道：「好！你要溜？把那兩串錢吐出來，你再走。」唐六說道：「嘖嘖嘖，你老還怕我拐了錢走不成？我是小孩，我可不敢做那事；那麼一來，誰還照顧我？」石振英道：「唐六，你得了錢，一點事還沒有給我辦呢，你就餓了？這麼辦，小夥子，我請你吃一頓，好不好？」高聲喊叫夥計，給唐六叫來一份飯，當面看著他吃。

唐六並非真餓，他是饞了。身上憑空得了這些錢，這錢在腰間可就立時蠢動起來；並且，粉蒸肉也想他了，皮蛋、熏魚也想他了，蜜柑也想他了。他倒沒打算帶錢一跑，只是要趕快把錢花出幾文去，省得舌頭在嘴裡難受。

這麼一鬧，反又白賺來一頓好吃喝，這個小孩子越發眉開眼笑了。看著桌上的一盤油燜筍、一碗粉蒸肉、一大碗肉湯，把舌頭舐著鼻梁，向石、陳叔姪笑道：「客人，你二位不吃點嗎？我可有偏了。」他毫不客氣，把凳子挪了挪，大吃起來。

把個慶合長的店夥看得直吐唾沫，道：「這小子，八輩子積德。今天得著這一頓飽飯。慢點吃，別撐破肚腸子，還得找鍋匠！」

此時陳元照已將行李展開，把褥子鋪在板床上。石振英那柄帶鞘的折鐵刀，和陳元照的那一對卍字銀光奪，以及匣弩、鏢囊、蝗石袋、袖箭筒等，都卸在床角。石振英隨便往板床上一躺，側著臉，漫不經意，且向唐六有一搭沒一搭，問著閒話。陳元照卻在對面椅子上一坐，信手取過自己的兵刃，將黃包袱套褪去；一面用布套，來拂拭兵刃，一面聽石振英向唐六問話。

唐六這小子隨問隨答，且吃且說，眼睛卻不肯閒著，骨碌碌地看著石氏父子。一抬眼，卻又看見了床頭那把刀、那些暗器包囊，又看見陳元照手中這一對卍字奪。這一對「奪」，奇形怪態，上頭尖鋒全似槍頭，鋒下卻有個卍字錠；卍字磨鋒，可勾可掛，下頭把握處有月牙護手。柄端有尖鑽，像是去了鉤頭的虎頭鉤；又像是半截戟倒裝上卍字槍頭。這奪只有二尺八寸長，連桿帶鋒，通體是純鋼打造。唐六哪裡見過這個？不由一動，問道：「喝，這是什麼玩意兒？原來二位客官全會把式呀？」不知不覺地有點發毛，眼珠子直向陳元照身上打量。陳元照不住手地用他那黃包袱皮擦那卍字銀光奪；擦了這支，再擦那支。

石振英眼看著唐六把菜飯都吃淨，連湯也喝完了，就問他道：「小夥子，飽了麼？」唐六看了看空盤碗，說道：「飽了。飽了。」把嘴一抹，搬過茶壺來，便要嘴對嘴地喝茶。陳元照把他攔住，厲聲喝道：「嘻，嗐，這不有茶杯嗎？」唐六一縮脖道：「是啊，我知道。」放下茶壺，便來抓茶碗。石振英從床上坐起來，說道：「唐六，不怕燙死你？那是剛沏的熱茶，大概這菜鹹一點吧？」唐六道：「不鹹，還可口。」陳元照笑道：「要是空口舐盤子，好像口重一點，快喝茶沖沖吧。」

唐六也不回嘴，只顧往肚裡灌茶。茶熱口急，就要出去找涼水喝。陳元照說道：「不行，你別走了。你拿了我們的錢，就算賣給我們了；將就點，喝點龍井吧，喝慢點也行。」唐六吸口涼氣道：「你老真把人看扁了，我為什麼跑？這茶真燙嘴，喝著不得勁。」

恰好店夥計來收食具，石振英笑道：「夥計，你給我們送一壺涼開水來，我們要飲飲小牲口。」夥計一笑答應了，把涼開水送來，警告唐六道：「吃腥喝冷水，準鬧肚子，你可趁早預備手紙。」

唐六還是不搭腔，把涼開水對熱茶，喝了一氣。果然有點皺眉咧嘴，似乎肚子不大好受。因見石家叔姪臉上都帶笑直瞅他，他就把肚皮一彎，用手捂著，說道：「客人，你老有什麼事，說吧！」

石振英笑著想了想，問道：「唐六，你家裡都有什麼人？你是本地人麼？」唐六道：「我是本地人。我們家裡呀，一個老娘、一個哥哥、一個嫂子，嫂子現在住娘家去了。」石振英道：「你不是行六嗎？」唐六道：「是行六啊！我哥哥行四；我還有四個姊姊，死了兩個，嫁了兩個。客人，你老打聽什麼事，快問吧。我還要回家，給我娘買米去哩。」陳元照道：「你又有事故！不許你動；我們雇了你，你得老老實實待著。」唐六忙道：「我沒想走，我是這麼說。」

石振英先問了幾句閒話，跟著問道：「剛才堤上有一個人，給了你一串錢，是不是？」唐六道：「是呀。」石振英道：「他向你打聽什麼話了？」

唐六眼珠一轉，支吾起來，說道：「他沒有打聽什麼？」石振英把臉一沉道：「唐六，我給你兩串錢雇你，就是要跟你打聽這些事；你不肯告訴，可不行。」陳元照走過來，伸手道：「把兩串錢退出來。」

唐六把禿頭一晃，眼珠又一轉道：「噢，我當是你老花錢打聽正經事情哩，你老就打聽這些閒篇呀！我說，我一定全告訴你老。剛才那人是出了五百錢，先雇我打聽打聽福元巷談家最近來人沒有；又打聽談家最近有人出門沒有。回頭他看見談家門口來了轎，又加了五百錢，叫我打聽那個轎伕，轎是從哪裡來的？坐轎的是誰？」

石振英一聽，衝著陳元照點了點頭。陳元照便問：「你打聽出來沒有？那兩頂小轎究竟從哪裡來的？」石振英接過來又問道：「唐六，你就把他問你的話，和你答應他的話，一點別漏，全告訴我們。我還有別的好處要給你哩。你說，那個人姓什麼？是哪裡人？不是本地人吧？」

唐六立刻精神一聳，向石、陳兩人偷盯了一眼，臉上似乎流露出一點疑慮之情；跟著又坦然了，說道：「那個人不知叫什麼，也不知是哪裡人。他可絕不是此地人，他是最近這幾天才來的，總在福元巷轉悠。」想了想又道：「他跟一個賣野藥搖串鈴的傢伙，大概是夥伴。二位，你老問這個，你老別是衙門裡私訪的老爺吧？」

陳元照道：「你倒說得不錯。你既然明白，趁早說實話。」

唐六道：「怎麼樣，我一瞧二位，就像衙門口裡的老爺。」

石振英搖手道：「別胡說了。我問你，那幾個轎伕究竟是從哪裡來的呢？坐轎的是什麼人？」

唐六道：「抬轎的小子不肯告訴我，他只說來的地方很遠很遠。坐轎的我倒知道，我全看見了，是談家的大奶奶和一個二十來歲『黑裡俏』的姑娘。」

石振英、陳元照相視唔了一聲，繼續追問唐六：「你怎麼答對堤上那人呢？」唐六道：「我自然就實說，告訴他轎是打遠處來的，坐轎的是談家的人，一個媳婦，一個姑娘。那傢伙疑疑思思的，催我務必把轎的來路打聽出來。要打聽不出來，就分文不給。我沒法子……」說至此，不由一笑。

石振英道：「你就扯謊了！」唐六笑道：「我對他撒謊，我可絕沒跟你老撒謊。我告訴他，這兩頂小轎打廬州府來的。廬州府是談大奶奶的娘家，我這一胡謅，他倒信了。」石振英笑道：「奸東西，會搗鬼！他沒問談家大奶奶由打哪天回的娘家嗎？」唐六道：「他問了，我就告訴他上月去的，去了二十多天啦。」石振英忙問：「是真的嗎？」唐六又啞然一笑道：「誰知道啊。他這麼問，我只好這麼答。其實談家大奶奶住娘家沒住娘家，我哪裡知道？更不用說多少日子了。」

石振英道：「你可告訴人家說知道。你究竟哪一句話是真話？」唐六正色道：「我跟你老說的全是真話。你老又管吃，又給錢，又是前後兩串文；憑良心說，我絕不能騙你老。那傢伙硬逼我打聽，我打聽不出來，有啥法子呢？我只好扯謊了。我在你老跟前，絕不會那樣。」

石振英不禁失笑，說道：「你騙我不騙我，那就隨你了；我回頭就找談家去問。」唐六道：「你老只管去問。」石振英道：「你就是扯謊，我可有地方找你去；這店裡就知道你的住處。你要估量估量我是幹什麼的。」唐六道：「你老放心，我要對你老說謊，我就是畜類。」

石振英放了心，又問：「談家大奶奶是三十六七歲的一個中年微胖的女人，對不對？同她來的那個姑娘，個兒比談家大奶奶高半頭，對不對？穿的不講究，是一身土布衣裳；圓臉蛋，長得很俊，可就是臉上稍微黑點，是這樣的麼？」

唐六愕然道：「咦，你老看見她們下轎了？可是，她們下轎，我正在那裡，怎麼我就沒瞧見你老呢？」

石振英微笑不答，突然問道：「那個搖串鈴、賣野藥的，你可認識他嗎？」

唐六這小子非常之詭，聽石、陳二人只打聽談家，就曉得他們要問何事了，忙迎著口氣說道：「我知道這個賣野藥的，他也是外鄉人，最近才來的，他是找談家打架的。」當下，唐六把賣藥人尋隙的情形和談家的故事，模糊印象地說了出來，自然多半靠不住。

第三章　半隻手臂一條命

這個賣野藥的郎中，姓巴名允泰。這次由鄂北來到魯港，前後不過十一天；到談家去，竟一連去了四天，八九次，每天至少總要去兩趟。堵著門口尋隙，叫明了，是為十多年前半條手臂、一條性命的冤仇來的，但是談家竟無法應付。

談家數代習武，打談二少爺談維銘這一輩起，才忽然改武習文。談二少爺的父親談炳光，在江湖上，人稱飛刀談五，以先天混元掌成名。他久闖西川，和川邊土豪康允祥，為了一件事情，結下大怨。

飛刀談炳光生有二子：長子談維鈞，次子便是談維銘。談維鈞和談維銘是親兄弟，可是兩人的歲數相差很大，談維鈞是老大哥，竟比弟弟談維銘大著十三歲。在他兩人中間，還有兩個姐妹，都早出嫁了。不幸談大少爺維鈞隨父創業，在西川鋒芒過露，竟與人凶毆，負傷而死，只留下年輕寡妻倪鳳姑，和一個小孩談柱兒。飛刀談五時尚健在，眼見頭大的兒子中年凶死，心中十分難過。並且談五之父也是病傷而死的，談五的二哥、三哥也是戰死的。真個是「瓦罐不離井口破」、「會水的淹死在河裡」！以此談五爺對本門武功，起了厭惡之意，決計要變換家風，棄武修文。飛刀談五親自訪仇，先把長子的仇報了；然後一賭氣，收拾收拾，離川還鄉，將大兒子的棺木帶了回來，鏢行事業從此洗手不幹。

此時，談維銘談二少爺剛剛十六歲，跟著嫂子，已經粗粗學了一點本門武功。談五一到家，把長子安葬，立刻令次子談維銘從此停練武功。飛刀不准學了，混元掌也不教練了。家中有錢，立刻改延老秀才，成立家塾，逼次子維銘讀詩書，念文章。而談五的長孫談柱兒，這時年已六歲，也隨著小叔叔維銘，入家塾讀書。談五爺對家人發誓，家中不許再有兵器，後輩兒孫從此改業。只有長媳倪鳳姑，乃是盧州武師倪法章的女兒，自學會娘家一套很好的功夫；嫁入談門，又學婆家門的飛刀和混元掌。現在夫死子幼，成了長門寡婦；她以為丈夫死得太慘，不願叫自己的孩子談柱兒習武，和翁公倒是懷著一個見地。

歲月荏苒，談二少爺談維銘到了二十一歲時，考中了秀才，後又得了廩生，在本縣頗富文名。等到談五爺一死，談家門風居然改變了。現在仇人尋到，談二少爺已經二十九歲，他的寡嫂倪鳳姑三十八歲，他的孤姪談國柱也十九歲了，他叔姪全是手無縛雞之力的儒生。談五爺去世業已八年之久了！

這夥子仇人便是專找談五爺來的。到了魯港，才曉得談五已死，只有談五的次子廩生談維銘、長孫童生談國柱和談維銘的兒子談國基在。

仇人和談家有仇，是因這個賣藥郎中巴允泰的師兄康允祥，當年失手殞命，斷送在雲南獅林觀一塵道長的青鏑寒光劍下。一塵道長於二三百人群毆械鬥中，飛身馳入；寒光連閃，把為首的康允祥，斜削一劍，砍斷一臂；順手一抹，血溢咽喉；康允祥當場喪了命。康門眾子弟當然認定死對頭是一塵道長；但是究源溯始，這件事的起因，卻由於飛刀混元掌談五。康家師兄弟和子姪輩，當時惹不起談五爺，更惹不起一塵道長。但是怨毒所中，到底應了那「君子報仇，十年不晚」的一句俗話。賣藥郎中巴允泰，受大師兄康允祥的兒子康海的跪求，賴師妹海棠花韓蓉夫妻之助，幫助康海，巧設假採花計，在鄂北光化縣老河口地方，尋著了頭一個仇人一塵道長。幾個人施暗算，發毒蒺藜，用纏戰法，把個威鎮南荒不可一世的一塵道長置於死地[04]。

康海等仍不滿足，又央告師叔巴允泰、師叔唐林、師姑韓蓉、師兄喬健生、喬健才等幾個人，再搜尋第二個對頭，於是來到江南魯港。起初他們一共七個人，歃血訂盟，人稱峨眉七雄。他們不僅武斷鄉曲，又是西川的祕密會幫，在川貴一帶很有一些潛伏勢力。飛刀談五素在西川創業，和他們衝突數次；實在是談五爺的長子談維鈞和喬健生、喬健才先挑起來釁端，終致激起械鬥。一塵道長在雲南遊俠，素聞他們這峨眉七雄私行不軌，欺壓良懦，久有剪除他們的決心。這一回，川省一家姓沈的土豪，和當地一家姓楚的大財主，兩下鬧起械鬥。飛刀談五和楚家本是有著財東的關係，峨眉七雄又和姓沈的土豪素有來往；這麼一鬧，骨子裡倒造成了峨眉七雄向飛刀談五較技復仇的機會。但是談五這邊勢力孤單一些，遂被一塵道長趕上，陌路仗義，拔劍助戰，一下子把康允祥殺死。因此他們不但啣恨一塵道長，更憎恨談五。

不過他們七個人中，有的以為「人死不結仇」，談五已死，可以把談家子弟放過。況且已經把談五的長子談維鈞拚死了；也算一報還一報，總算對得過去了。談五的次子談維銘又是一個書生，更值不得一鬥。那海棠花韓蓉，卻因暗算一塵道長時，自己一縷青絲被人家的寒光劍削落，還把頭皮劃去一片；以此引為深恥，主張著既報仇，定要報個痛快。那康海因為他父死得太苦，更切齒痛恨，不肯罷休。巴允泰也曾被談五的飛刀傷過。峨眉七雄中已有三個要深究舊仇。商量一陣，既已群集魯港，也就不便空回。於是。由喬健生、喬健才踩盤子；巴允泰出頭，來到福元巷談家，堵門口一鬧。結果沒把談家的人鬧出來，卻意外地驚動了過路的英雄多臂石振英和初創「萬兒」的陳元照。

[04] 這個故事在《十二金錢鏢》中有詳細交代，這裡不必細表。

當下，石振英和陳元照向那窮小子唐六，細問談家的事實，竟問出一些頭緒來。石振英曉得這個飛刀談五也算是武林中過去的熟人；雖沒見過面，卻也久聞其名。又問出賣藥郎中巴允泰數度尋隙，彈打門楣的示威情形。唐六更說出，這賣藥郎中，眼下就住在招遠客棧。並且還說，在店中他們還有兩個同伴（這兩個同伴便是喬家弟兄喬健生、喬健才；在堤邊買囑唐六，向轎伕套問轎中人的來路的那個短衣男子，便是喬健才）。又說這個賣藥郎中來此日子並不久。石振英忙又問他：「這個賣藥郎中到底一共有幾個夥伴？」唐六究竟是小孩子，雖然機靈，卻只看出有兩個同伴；殊不知在別處暗中，還藏伏著好幾個人哩。

石振英翻來覆去，把唐六盤問多時；又把唐六的話，揣情度理，對證了一遍，覺得實多虛少；除了他猜不透、看不準外，倒還沒有扯謊。於是低頭尋思一過，正要把唐六遣出去，陳元照插言道：「伯伯，我也有點不舒服，這條大腿只痠痛。我說咱們就教唐六把咱們領到招遠客棧，找那個賣藥的郎中，討點藥吃吃，你老看好不好呢？」

唐六把一對小眼骨碌碌一轉道：「客爺，你老要找賣藥的，你老可自己去，我，我，我……可還有事呢。」說至此，一看陳元照又衝他瞪眼，忙改口道：「客爺，我實話告訴你老，那個賣野藥的不好惹。他是找談家打架的，你老趁早別找他，他不是好人。」

石振英嗤地笑了一聲，道：「唐六，你這小孩太詭了。我們找他做什麼？我們有病，還找名醫呢。小孩，你家住在哪裡，你給我留個地名，我明天還打算用你哩。」唐六把禿頭一晃，虛指一指店後道：「我家離這裡不遠，你老要雇我，那敢情好，明天我自個兒來好了。」說著要走，陳元照忙喝道：「小孩，你別溜！」

石振英從床上一扯陳元照的後襟，微微示意；隨即坐起身來，對唐六道：「好了，你先回去吧。明天我再雇你，就打發這裡的店夥找你去。」唐六欣然站起來道：「好吧，你老若要打聽什麼事，儘管找我。」說了一聲：「謝謝，回頭見！」轉身就走。石振英忽地站起來道：「等一等，唐六。」又拿出一串錢來，把唐六叫到面前，低囑道：「小夥子，你很機靈，你是個好孩子。可有一節，你的嘴要嚴密一點；我教你打聽什麼，你不許往外頭嚷嚷。你能夠嘴嚴，我再給你這一串；我明天還要雇你打聽別的事。你要是信口胡講，那可就完了。」

唐六忙將這一串錢接過，笑吟吟地說：「你老放心，我準不說，我連家裡人也不告訴。」石振英道：「告訴你家裡人，倒沒干係。」唐六忙道：「噢，是啦，你老打聽的話，我一定不對外人講，我也不對談家說，我也不對賣野藥的說。」石振英笑道：「這就對了。好小子，你真明白。這麼辦吧，你不用拿那幾串錢了，我把這一小錠銀子給你吧。」說著掏出一兩多銀子來。唐六卻不要銀子，只要銅錢，忙道：「這就很好了，你老留著銀子吧。你老沒事，我可要走了。」石振英道：「今天沒事了，咱們明天見。」唐六道：「明天見。你老望安，我準把話憋在肚子裡，誰也不讓他知道。」又謝了謝，出房門走了。

唐六剛走出店房門，便聽他噢嘮地怪叫了一聲，一個店夥計竟把他捶了一下。這小子又是央告，又是罵，一溜煙地跑出店外了。唐六去遠，陳元照陡然站起來，向床前一站道：「伯伯，咱們現在就往招遠客店去一趟，這總可以吧？」石振英哂然一笑道：「你忙什麼！你看看人家才十五歲。」陳元照臉上一紅道：「我太呆了。」石振英笑著一點手，把陳元照叫過來。二人並肩坐在床上，低聲說了一會兒話。歇了一刻，便又喊店夥計，繞著彎子，向店夥套問了一番。跟著到晚飯的時候，叔姪二人不在店中用膳，一徑鎖門出去；找了一個小飯鋪，隨便叫菜，飽餐一頓，又喝了一點茶；挨到掌燈時分，石家叔姪一直尋找招遠客棧而去。招遠客棧的坐落地點，早從唐六口中問明，不費事便找到了。石振英低囑陳元照：「不要多嘴，你得聽我的。唐六這小孩子，只說賣野藥的有兩個同伴；我疑心他既敢登門尋仇，來的人必不在少數。你要小心，我們現在就要踩探。你千萬不要直著眼看人；你那麼一看人，倒把人看驚了。」囑罷，相偕進了招遠客棧。

石振英來在招遠客棧前，本想直奔櫃房，假裝找人，繞著彎子，刺探賣藥郎中的姓名。又一轉念：「這傢伙指名尋仇，必有戒備。我若冒冒失失，向店裡索要店簿，究問他的姓名；恐怕打草驚蛇，反倒驚動了他。」想到這裡，立刻變計。進入店門洞，衝著櫃房招呼道：「喂，夥計，你們這裡有乾淨的上房沒有？」店夥迎出來，就在門燈下，先把石家叔姪一打量，忙說：「有乾淨房間。客官，你老一共幾位，要用幾間？」石振英道：「我們一共好幾位，全在後邊呢。我們有家眷，我兩人是前站，先來看房間，打公館的。要三間上房，一兩間廂房，有麼？」

店夥一聽是好買賣，滿臉堆下笑來，說道：「你老要三間上房，有有有。我領你老看看去；可不是北房，是跨院，西房為上，很乾淨，朝陽，一點也不潮溼。」石振英道：「沒有北正房麼？」店夥計道：「你老來晚了一步，剛有一撥客人占住了；不過這三間北上房緊挨著馬號，倒真不如跨院清靜。你老要是有女眷，住跨院太好了。我領你老看看去，準可你老的意。」

石振英道：「這個……」臉上裝出猶豫不決的樣子，回頭向陳元照看了一眼，店夥計自然極力招攬。陳元照在旁邊聽著，已經明白石振英的用意。石伯父笑他不如唐六機靈，他就故意露一手，在身後插言道：「我說咱們就將就點，住下吧。不過一兩天的事，病人要歇歇，趕快定下公館，好讓大夫抓藥。咱們先看看這跨院，也許清靜可住。」石振英笑著回頭道：「也好。夥計，你領我們看看。」店夥欣然道：

「我就領你老去，你老往裡請。二位這是從哪裡來？一共幾位？你老是坐轎來的，還是坐船來的？」陳元照答道：「坐船來的。病人暈船，又受了點風；要不然，我們還不打店哩。你們這裡有好醫生嗎？」一面往店中走，一面這麼說；兩眼東張西望，查看店房的格局、間數和住店的客人。到底是石振英，裝出了風塵勞累的樣子，腳下走得很慢，有意無意地說道：「嗐，在艙裡蜷臥得腰板酸，真得好生歇歇。我說夥計，你們這裡一共多少號？」

這招遠客棧實在不如慶合長。穿過店門道，一入院內，便已疏疏落落，看清了前院，不過二三十間房。院子倒寬展，西邊跨院非常小，僅僅五間房罷了。店夥側著身子，挑著一隻紙燈籠，在前頭引路，一面回答著話：「小店只有三十七間房子，可是都夠乾淨的。這裡有大夫，也有藥鋪。」說著，到了跨院的西上房，開了門，請客人進去；將燈籠高高一舉，請客人看房間。這三間房並不十分潔淨，間量又窄，可是倒很乾燥。石振英看了看，一指對面那兩間東房，說道：「這兩間賃出去沒有？」店夥道：「這東房是兩個單間，有一間是一位客人早包下的，還空著一間。你老要是人多，分個上下房。這太合適了。我給你老點燈，你老二位是住這三間，還是單給你開這小單間？」又要取火種，又要給兩人打臉水；居然強按頭皮，認定客人把房看妥，準住無疑了。——這也是店夥的一類手段，這麼一巴結，客人就不猶豫了。但是，他哪裡知道石家叔姪的來意呢！

陳元照便淘氣地說道：「這房子哪裡能住！不成，不成，我說咱們再看別家怎麼樣？好在他們明天過午才來，咱們找店，還有富餘工夫呢。不然，咱們先找醫生吧。」石振英暗笑：「這小子，倒別瞧不起他。」臉向著店夥，話對著陳元照說道：「我聽說這裡就只有兩家店，還不知那一家比這裡遠近。」店夥忙道：「客官，我可不該說！你老是常出門的，這魯港就只有我們這招遠店和慶合長。慶合長那邊就是亂點，常有串店門、唱曲子的姑娘們，有女眷的，住著不大方便。咱們這跨院把門一關，什麼閒雜人也進不來。他們慶合長那裡可不成，別看它房間多，可是太散漫，一點也不嚴緊。」石振英笑道：「哦！」

故意把房間看了看，又把東單間也看了一遍，皺著眉，對陳元照說道：「西房好，東房潮點。」陳元照道：「還可以將就住。」

石振英道：「只是間量少點，咱們人多，怕住不開。」

那店夥極力兜攬道：「你老住不開，不要緊，跨院外邊隔壁還有兩個單間哩。你老要是有病人，住在這裡更方便了，離咱們這裡不遠，就有藥鋪。那裡有位陳子和陳郎中，就在藥鋪坐堂看診，他的脈理高明極了。」陳元照道：「你們這店裡不是還住著一位賣藥……」石振英忙把話截住道：「哦，這位陳郎中也出馬嗎？」夥計欣然說道：「出馬。他遠處不出馬，要是咱們店裡的客人請他，一請準到。他老先生跟咱們櫃上有交情。」

當下，石、陳父子往東單間床上一坐，閒閒地問話。店夥就認為買賣已成，忙去點燈，打臉水，泡茶，極力地張羅。石振英話接前言，笑了笑，當著店夥的面，向陳元照道：「不過，我總怕這種坐堂的郎中脈理未必準高。你可曉得麼？凡是郎中在藥鋪掛門診的，一定都不是紅郎中。脈理往往不見得高明。凡是高明的郎中，他總是另有醫寓的。要是在客棧掛牌行診的，倒準是高手，至少他是個最時興的名醫。那個慶合長客棧，聽說就住著一位名醫，占著三間店房，一定錯不了的。」

石振英信口說了這些不吃緊的話，陳元照初聽不甚明白，落到末尾，含笑地會意道：「這話一點不假。咱們在碼頭上，就聽說慶臺長客棧有一位名醫，是姓什麼……」彈著頭額道，「姓……我忘了。」

那店夥很詫異地說道：「慶合長客店沒有住著醫生啊！倒是我們這小店裡，住著一位賣野藥的郎中。」

石振英眼看著陳元照一笑，陳元照也向石振英一笑，面向店夥道：「這個賣藥的郎中，能給人瞧病麼？」這句話好像是呆話，然而不呆。店夥連忙說道：「能瞧病。人家是郎中，也瞧病，也賣藥。」

石振英道：「這可方便；守著郎中，馬錢總可以少算。這位郎中住在幾號？」

店夥一指跨院外面道：「就在跨院隔壁，隔著兩號房，是七號房。」

陳元照忙道：「他姓什麼？」

店夥道：「姓包。」

石振英道：「姓包？這個人的醫道怎麼樣？」店夥道：「也可以。你老要是找他看病，我給你老請去。」石振英道：「不忙，病人還沒到哩。不過，聽你說，這人是個賣野藥的郎中。他可是背藥箱子，搖串鈴，那種串百家門的郎中麼？」店夥道：「是的，他倒是個搖串鈴的。」石振英連連搖頭道：「那麼，他也會診脈麼？」店夥道：「這個，可不曉得。」

陳元照到底沉不住氣，一股腦兒盤問道：「這個姓包的賣藥郎中，有多大年歲？什麼長相？是本地人，還是外鄉人？他久住在你們這店裡麼？他是一個人，還是有夥伴？」石振英忙接過來道：「這個賣藥的郎中，在你們這裡住著幾間房？同屋有同行沒有？他有徒弟麼？」面向陳元照道：「他要是占的房間多，一定醫道好，生意強。賣野藥的別看是生意，可是偏方治大病；真有好能耐的，推推拿拿，治個外傷，比起診脈的內科儒醫還高。不過要教他治傷風咳嗽，可不知對症不對症。夥計，咱們先不找他看病，先找他談談可行麼？」店夥道：「你老要找他談談，總可以吧。……不過，這位郎中好像不太愛說話。」跟著，把石、陳剛才問的話一一回答了：這賣藥郎中四十多歲，是外鄉人，黃瘦臉；在七號住著一個小單間。只有兩個人和他同屋，好像不是徒弟，像是給他打下手「點黏」的。

石、陳又問：此人何時在店？此時在屋不？又順口搭音地問了一句此人在店中住了多少日子？店夥只道是客人好問話，全都實話實說，告訴了石、陳二人。這個姓包的賣藥郎中，果然正是尋仇人巴允泰。店夥當下說：「這個賣藥郎中來了十多天啦，天天一早出去，傍晚才回來。這工夫大概回來了，你老要請他，我給你老把他請來。」陳元照道：「剛才不是告訴你了，我們的病人還沒到呢，等明天晌午才進店。」

店夥見買賣已妥，初步伺候已畢，便問二位客人：「可用飯麼？咱們店裡有廚房，價錢便宜。」石振英搖頭道：「不，我們出去吃去。」店夥便退到門口道：「客官，你老還有事沒有？」

石、陳二人齊道：「沒事了。」店夥這才賠笑拿來店簿，詢問二客的姓名、年歲、籍貫、來路。因二人沒有行李，行李已放在慶合長客店內了，便請二位把三間西上房和東單間當天的店錢交了。

陳元照道：「怎麼，還有先要店錢的呀？」店夥賠笑說：「這裡是這個規矩，你老別見怪。」石振英道：「什麼是這裡的規矩，你們開店的都是一樣，單身客人不帶行李，你們就先要錢。我要找你們賃被，你更得多要錢了。這是店錢，給你拿了去。」卻只拿出東單間當天的一間房錢；西上房的三間店錢，石振英說：「明天女眷來了，我們再起店錢。」

店夥很失望，這個客人太滑了，忙道：「你老要是不交定錢，你老別過意，櫃上可不敢給你老留房。恐怕賃出去，你老的家眷來了，沒地方住，可就麻煩了。」石振英笑道：「不相干，我們再往別處賃。」店夥吸了一口氣，只得說道：「那就是了。不過，我不得不說明。這工夫正是上客的時候，這三間西上房又是好房間，回頭就怕一準賃出去。」他很不高興地接了一間的店錢，便要往外走。石振英道：

「夥計，你等一等！我們這就出去吃飯，你先把這房間給我們鎖了。我們的鋪蓋還在碼頭上呢，我們也得取去。」

店夥答應著，拿來鎖鑰。石、陳二人又搭訕著問店夥道：「這裡哪裡有飯鋪？近處可有澡堂沒有？我們還要洗洗澡。」店夥說了，石、陳道：「好吧，你鎖門吧。」站起來，走到門口，卻又止步道：「我說夥計，你瞧瞧那個賣藥郎中，這工夫在屋沒有。這是五百錢，你拿去喝酒；明天我們的女眷來了，茶水燈火等等，你要好好地照應。」店夥登時又提起精神來，欣然說道：「你老還花錢。我謝謝你老！這位郎中大概回來了，我給你老看看去。」忙接了錢，往外面走。石振英忙追出來道：「喂，我說夥計，你只看一看，不必驚動人家，我們明天才請人家看病哩。」店夥計道：「是啦，你老稍等。」

店夥走出跨院，到七號房門前一看；窗紙映出燈光，內中自然有人。他便一推門，往裡探頭。那個賣藥的郎中並沒在屋內，只有他的一個夥伴——是個三十多歲的男子，只穿著短衫，正在床上躺著假寐。他一聞門響，翻身坐起來，問道：「誰？幹什麼？」店夥忙道：「是我，你老要開水麼？」那人道：「這裡誰也沒叫你。」店夥賠笑道：「我聽錯了，你老要什麼不要？」那人登時將面孔一板道：「出去！不叫你，不要伸頭探腦的！」店夥討了個沒趣，退了出來。哪知他才出了七號房，已看見新來的二客石、陳父子雙雙地從跨院鑽出來，正探頭望著自己。一見店夥碰釘出來，石振英一扯陳元照，父子二人重回了跨院東單間。容得店夥進了房，石振英笑道：「這個客人很不好說話吧？」店夥道：「可不是，姓包的那位賣藥郎中現時沒有在屋。」陳元照道：「剛才那是誰同你說話呢？」店夥道：「就是姓包的一個夥伴。」石振英道：「姓包的沒回來，還是回來又出去了？」店夥仰著頭，想了想道：「大概是回來一趟，又出去了。」

石振英道：「現在他屋裡有幾個人？」店夥道：「就只一個人。」石振英道：「這個人姓什麼？可是三十多歲，中等身材，臉上有麻子的那個人麼？」店夥道：「沒有麻子，倒是三十多歲，他姓汪，你老認得他麼？」石振英道：「我怎麼會認得他？你鎖門吧。我們先出去吃飯，明天再請他。別看他不好說話，有買賣上門，他也就喜歡得齜牙了。」說得店夥也笑了，忙道：「好吧，你老什麼時候請，只管招呼我，我給你老請去。」又道，「二位什麼時候回來？」石振英道：「恐怕得過二更，我們還要洗澡哩。」

說著話，石、棟二人出了跨院，一徑往外走。從七號房窗前，邁上甬道，兩人四雙眼炯炯注視小窗。這時早過黃昏，店院雖有燈光，並不明亮。那店夥代鎖上房門，忙跟了出來，做出送客的樣子；心中卻疑疑思思的，以為石、陳二人問的話有點奇怪，舉動也似乎詭祕。不想，石、陳二人走至院心，那七號房的客人已經當門而立，兩眼炯炯，也正往院心張望。雙方六目相對，石振英忙低下頭來。陳元照卻將一對大眼一睜，從黑影中把那人深深地盯了一眼；那人也把陳元照深盯了一眼。

那人是個很眼生的人——不是堤上的短衣客，更不是賣野藥的那個怪漢。那人披著一件夾袍，瘦細中等身材，臉色黑中帶黃，似從眉宇間流露出一股子精悍之氣。石振英匆匆往外走，陳元照已走近店門，忍不住要回頭看。石振英拂然低叱道：「看什麼？快走。你不餓，我餓了。」陳元照臉一紅，明白過來，叔姪二人出離了招遠客棧，到了街上，石振英這才回頭反顧。陳元照要往慶合長客店那條路上走去，又被石振英低喝了一聲，道：「喂，吃飯去！」這才依著店夥所說的那個飯鋪所在地，找尋過去。連走過兩條街一條小巷，石振英後顧無人，知道沒人跟蹤，這才放緩腳步，引領陳元照，專擇黑道，奔慶合長客棧而去。

已到慶合長客棧，石振英又張目四顧；無人，方才舉步進入店院。招呼店夥，開了房門；進了自己房間，點上燈，泡好茶，把店夥支走。他又看了看屋裡窗外，打了一個哈欠，往板床上一躺；指一指緊挨床前的椅子，叫道：「元照，過來，你坐在這兒，我有話告訴你。」低言悄語，把陳元照數落一頓，道：「小子，你怎麼這樣大意，一點也不檢點？你還是那麼直眉瞪眼地看人？」陳元照早曉得要挨說，滿臉賠笑道：「七號房那傢伙，未必會看出咱們來。」石振英一指元照的嘴道：「哼！你別自覺著聰明；你不要拿別人當傻子。你太露形了，你還不服說？」陳元照嘻嘻地笑了起來。

石振英把陳元照疏忽的地方，一一指責出來；直到陳元照認了錯，方才住口。過了一會兒，石振英出去解小溲，半晌回來，衝著陳元照，很詭祕地一笑。陳元照道：「伯伯，你老笑什麼？」石振英不答，只一指板床道：「元照，你也躺一會兒吧。回頭一過二更，我還要領你到一個地方去一趟，你得把精神養足了。」陳元照一聽，欣然答道：「可是去福元巷談家嗎？」

石振英道：「也許。你就給我乖乖地躺下，睡一覺吧。我再告訴你，今天晚上，咱們興許一通夜不睡，你得先睡足了才行。……你不是要看熱鬧麼？這個賣野藥的恐怕今明晚一定要有舉動。」

陳元照大喜，急忙往床上一倒，道：「伯父，咱們今晚上得帶兵刃吧？」石振英道：「你又沉不住氣了。我問你，這個賣野藥的一共有幾個同黨？你可知他們此時往哪裡去了？」陳元照道：「幾個同黨？咱們看見的不就是三個麼？他們此時也許正在福元巷附近埋伏著哩；再不然，就藏在近處廟宇裡，或者他的朋友家裡；反正不出這三個地方。」石振英道：「你就不想他們也許就窩藏在咱們這慶合長客棧裡麼？」

陳元照不由一驚，陡然坐起來道：「嗯，有理！」立刻張眼四顧，便要出去搜查。石振英道：「待著你的吧！我早查問過了。」原來石振英已經到櫃房打聽了一遍，各房間也都草草窺察了一個大概。歇了一會兒，候到二更過後，便和陳元照悄悄出來，往各處重窺了一次。然後回來，和陳元照一齊將渾身上下，紮綁俐落，卻把長衫往身上一披；暗暗將兵刃暗器一一帶好；和夜行用物，每人各打成一個小包袱。被縟、行囊仍留在店內；招呼店家，付了店帳。店夥詫異地問：「客人，這麼黑的天，你老上哪裡去？」石振英道：「我們到這魯港來，本為瞧看親戚。現在我們已經把親戚的住處打聽著了，我們這就去看他們。我們今晚上也許不回來，也許回來，你把門鎖好了。」

於是石振英先把陳元照遣出去；自己留後，到櫃房又交代了幾句話：「不論誰來打聽我們，或者找我們，你就告訴他，我們出去了，到六眼井去了。」這是石振英在路上觀看來的一個地名。「你們可千萬記著問問來人的姓名，記住來人的長相。因為我們後邊還有一個同伴，說不定今明天要來找我們。」

囑罷，慢慢踱出客店。陳元照在街隅黑影中，提著長條小包袱等候著。叔姪二人聚到一處，便齊奔福元巷。卻才走了幾步，石振英又想起一事，忙叫陳元照：「你先到福元巷巷口等我，我還得到招遠客店看一趟去。」陳元照道：「那是做什麼？

莫非你老要一徑登門，找那賣野藥的郎中麼？咱們爺倆一塊去吧。」多臂石振英搖頭道：「不是。你快去吧，天已不早，恐怕他們早到福元巷去了。」

陳元照道：「噢！」登時精神一抖，拔步向福元巷走去。

石振英忙又追囑道：「遇見人，千萬別妄動，只綴著，別搭腔。我立刻就來，你也不要往談家窺視。」陳元照道：「是的，我明白，我絕不魯莽。」石振英道：「好！」叔姪二人立刻分途走了下去。

此時，夜色已經極深。陳元照繞巷堂，撲奔福元巷；石振英順大街，重尋招遠客店。手提一個小包，到了招遠店門，一直往裡走。行至院心，往七號房窗上瞥了一眼，燈火已滅。店夥迎上來道：

「啊，客人回來了。那一位呢？」便提著燈籠，要取鑰匙，開跨院東單間的房門。石振英打咳道：「糟糕，麻煩了！我們的船來了，可是弄錯了，他們全住到別的店裡去了。」

店夥道：「唉喲，剛才有一撥客人要住跨院西正房，你老定下了，我們沒敢留，我們還給你老留著哩。」石振英明知他是措辭，笑道：「對不住，我們今天不能在你們這裡住了，我賠你一天店錢吧。可是，我們的病人的病勢又加重了，藥鋪這時一定關門了，坐堂的郎中也回家了。沒有法子，我們只好請一請你們店裡那個賣藥的郎中。他不是在七號住麼？」七號室昏暗無光，石振英早已窺見門已鎖上，卻故意趨過去，請這郎中。

店夥道：「這可不巧，賣藥的包先生剛才回來，又出去了。要不然，我給你老另請一位醫生吧。」石振英道：「唉，這是怎麼說的！咱們快看看，也許他吹燈睡覺，沒有出門。」說著，便往七號門口走。七號門窗漆黑，石振英四面一看，忽伸手把窗紙點破，便往房內探看。店夥急忙攔阻，把燈光一照道：「你老瞧，這不是鎖著門麼？喲，你老怎麼把人家的窗戶給弄破了？這可不好。」石振英早已猝出不意，窺了一眼，回頭道：「呀，可不是，真是鎖著門呢。來來來，你拿燈籠給我照一照，這屋裡賣藥的藥箱子拿走了沒有？」說著，將一小塊銀子塞在店夥手內。

店夥不覺得依言提燈一照。石振英模模糊糊瞧了瞧七號屋內的情形，立刻說道：「糟，連藥箱子也背走了，我還得砸藥鋪的門去，抓點成藥，給病人吃吃吧。」

石振英這番做作，全靠手疾眼快，其實早把店夥惹得動疑了。店夥只顧慮七號房客人，怕他恰恰此時回來，碰上了不合適；倒不問石振英這番作為有何用意了。石振英探罷虛實，口中嘮嘮叨叨，向店夥敷衍著，抽身出店，慢慢踱到街上。又回頭一看，店夥沒有跟出來，四外也沒有什麼行人，他就立刻施展開身法，疾如星馳，繞道擇途，往福元巷奔去。

此時，夜色沉沉，已近三更。卻還來得巧，陳元照還沒有做出意外的舉動來。石振英奔到約定的巷口一嘯，陳元照從暗影中閃出來，很著急地說：「你老才來？剛才有兩個人影，圍著談家臨街的牆繞了一圈，又走了。不曉得是不是那個賣野藥的夥伴。」石振英道：「哦！談家有人出來沒有？」陳元照道：「也沒人出來，也沒人進去。」石振英道：「有人開門探頭沒有？」陳元照道：「沒有。只聽見街門響了一聲，到底沒見出來人。」石振英詫異道：「唔？」又問那兩個人影，「從哪裡來的，往哪裡去了？」陳元照道：「由江岸西北繞來的，圍著福元巷轉了一圈，仍往西北去了。我本想綴下去察看察看，因為你老囑咐我別離地方，我又怕認錯了人，只好在這裡等。我說伯伯，咱們是潛進談宅，暗助他們一臂好呢？還是追緝下去好呢？」石振英忙道：「談宅萬萬去不得，他們也許把咱們當作歹人哩。」陳元照一指西北道：「那麼，咱們往那邊看看，怎樣？」石振英不答，叫著陳元照，進了福元巷的後巷口。

第四章　尋仇人來

福元巷內，談家全宅昏黑無光，街門緊掩；只那後院一角小樓，樓窗虛掩；從窗隙中微微透出一星火光來。多臂石振英和陳元照，退到鄰舍高臺階上，向談宅後院看了半晌，宅內一點動靜也沒有。石振英遂又一拉陳元照，轉到江岸，眺望了一回。正當三更，一鉤新月，斜掛在天空，被浮雲遮掩，只隱約望見浩浩江流，煙霧迷濛。在白天，江上檣桅如林，這時候月暗雲低，通通看不見了，僅僅望見裡許外數點漁火罷了。江風吹來，岸邊樹林發出沙沙的聲音，越顯得夜味淒涼。陳元照又一指西北角道：「伯伯，你看，那兩條人影就是奔那邊去的。」

石振英順著手一看，果然在江堤的西北角上，有一片濃影，大概距離江岸半裡之外，距離福元巷至少尚有二三里地；不知這濃影是江村，還是荒林。他回顧陳元照道：「你看看那一邊黑影究竟是什麼？白天我沒有留神。」陳元照道：「那是一座樹林子。」石振英道：「哦！」把陳元照引到暗影中，然後說道：「尋仇的人大概是在樹林子那邊糾集，不久必要到談家登門尋仇。」說著，不由嘆息道，「這飛刀談五也是一世的英雄，他生前和我也有一面之緣。想不到身死之後，繼嗣無能，竟教人家欺壓到門口上了。只怕這一回，免不了被人家瀝血復仇。」

陳元照一聽，把背後包著卍字銀花奪的小包袱摘下來，道：「那麼，伯伯，你我不能袖手旁觀，總要拔刀暗助一下。我們把他們一夥尋仇的歹人嚇跑如何呢？我只恐他們施絕戶計，半夜放火，把談家男女老幼全害了。」石振英搖頭道：「他們不是吃嚇的。我看他們的舉動，絕不是尋常賊匪。他們既然登門挑釁，絕不肯暗算人的，也不會半夜放火的。元照，你跟我來，你看我布置。這一回閒事，我一定要管管。等他們報仇的人來了，我們看事做事。你把兵刃和暗器預備好了。」

陳元照道一聲「好」，躍躍欲試地打開小包袱，將一對卍字銀花奪，取在手中。由石振英引領，相度地勢，重返福元巷。貼近談家後院，找了一所鄰舍。繞行一周，四顧無人，石、陳父子各將長衫打在包袱內，繫在肩頭；各將兵刃握在掌中，暗器帶在身邊，然後飛身跳上房脊的後面。卻不藏在一處，一在左，一在右。石振英借瓦獸，障著頭頂；陳元照借房脊上的煙囪，障著上盤。在這裡，兩人只一探頭，都可以窺見談宅的庭院和小樓；一回頭，又可以望見江邊，把身形避好。

石振英又低告陳元照：「尋仇人若果夜裡來，一定從後院矮牆跳進去，你留神後院吧。他們要是放火暗殺，你我就立刻動手。他們要是登門挑鬥，你我先看看。」陳元照點點頭道：「對！」凝雙眸注視著談宅內外，靜候峨眉七雄尋仇人到來。

這宅院內，是所四十多間的三進大四合院。房子建築得很高大，很講究；有跨院，有小花園似的練武場子。後院那座小樓，上下各五間，好像是佛堂。這三層正院，一點燈火也沒有；只有小樓上從窗隙微透光亮罷了。全院昏暗暗，靜悄悄的，似乎宅眷均入夢鄉。

約莫過了一頓飯的時候，還不見尋仇人到。陳元照漸漸等得心焦，正要挪身往石振英跟前湊問；忽然見石振英向他一擺手，又往談家小樓上一看；一比手勢，催陳元照伏下身去。陳元照依言，重伏在房脊後，抬頭往小樓上一望；猛聽吱的一聲，樓窗半啟，露出一個人的半張臉來；爾後，樓頭燈火倏然黑暗，不是吹滅，就是被掩住了。陳元照把精神一整，從房脊上也只露出半個頭頂和一對眼睛來，凝神注視著那半扇樓窗。

樓中燈光雖暗，可是月光依稀，恍惚看得見窗口左側，似是一個女人，借窗扇遮掩身形，也正往外遠眺。跟著又吱的一聲，那另一扇樓窗也開了，忽然也露出一個女人的上半身來。影影綽綽，只看見人影，看不出人的面貌和衣服的顏色。再往下窺探，談宅中層院落，三間東廂房，紙窗通明，忽然點起了燈火。在前院，類乎客廳的五間南倒座，也忽然窗明燈亮了。跟著呼隆一聲，南倒座廳房門突開，走出來一個長衫的男子；一聲不響，登階四望。忽然舉步下階，直趨庭心；走角門，穿走廊，往中院走來。中院的正房和兩間倒座，依然屋門緊掩，窗扇漆黑。

此時月光微明，清輝匝地。忽聽樓門吱嘍一響，走出一個女子來；但見她通身穿著夜行衣，手中還提著一物，看不出是何物件，但絕不是兵刃。只見她循樓梯，姍姍地走下來，一面向各處張望。忽然穿走廊，直赴中庭；走到正院上房檐下，把上房堂屋嚴扃的門扇連拍四下，好像對著門口，說了幾句話。

五間上房昏黑無燈；跟著拍門聲，忽然火光一閃，上房東間的紙窗亮起來了。人影一晃，隱隱聽見開門之聲。門外那女子又說了一句什麼話，上房的燈光已明，又滅了。雖聽見堂屋拔門之聲，到底門扇沒有開，推想是被那女子止住了。那女子提著手中物，又轉奔前院；到南倒座門口，先叫了一聲；竹簾吧嗒一響，一徑進去了。南倒座三間屋本有燈光，卻不明亮。女子一到，轉瞬間燈光一亮。不大工夫，那女子同另一個穿短衫的男子，先後掀簾出來。

陳元照手握雙拳，藏頭在煙囪後面，有點看呆了；一時忘其所以，跟著那長衣男子的行蹤，想直起身子來，往下尋望；忽被多臂石振英一把按住，低喝道：「別動！你不怕教人家看見你，拿你當賊嗎？」

陳元照忙又伏下身。石振英怒道：「這還不行，整露出一個腦袋來，行家只一打眼，就看出來了。」拉著陳元照的一隻手臂，叫他仍貼煙囪藏好，只許露出半邊臉，一隻眼。

那個長衣男子曲曲折折，穿著走廊，由前院往裡院走。忽然隱住身，看不見了；忽然又現出身來，眨眼間，穿過中院，走近後院小花園。有假山石擋住，又看不見此人的去向。陳元照心中疑悶：這個男子不像護院值夜的更夫，孤零零一個人，又沒拿兵刃，而且深夜穿行內宅，不提燈籠，摸著黑走；正不知他是宅中的奴僕，或是主客，也不知他到底有何舉動？陳元照忍不住又要挪身探頭，尋窺究竟。他忙側目看了看伯父石振英，也正伏身蛇行，往前移動。陳元照立刻照樣慢慢地往前湊。驀然見那男子在小樓下面現出身形來，面對樓梯，仰面招呼了一聲；聲音很低，也沒聽清喊的什麼話。樓上立刻有一個女子說了一句什麼話，跟著樓梯噔噔響了一陣，這男子似乎也上樓了。登樓的足音才住，小樓窗扇突然合上，樓內燈光立刻一閃重明。偶爾一陣風過處，恍惚聽見樓內有人喁喁共語。再一傾聽，又聽不見了。陳元照把一對大眼睜得一般圓，努力往小樓上面看。不料石振英在他耳畔低叫了一聲道：「元照，快看，街門洞裡面有一個人。」陳元照急忙轉臉尋看，雲遮月影，門洞漆黑；看而又看，還是沒有看出什麼來。大概門洞內定有門房，這另一個人或者已經進了門房。陳元照在鄰舍房上，當然看不著了。

樓梯忽又傳來噔噔之聲，一個曳長衣的人腳步輕輕，走下樓來。行至樓梯半腰，忽復止步。斜倚欄杆，往前院街門外瞥望了一眼；旋又舉步，往樓下走來。石振英道：「你看見了沒有，這一個才下來的，又是一個女子。」陳元照急忙一看，低答道：「許是吧，她大概穿著裙子。她這是要往哪裡去呢？」

就在同時，院中的一男一女出離南屋，雙雙走下臺階；南屋的燈光倏然又滅。石振英暗暗點頭，猜想南倒座裡面一定還有人，這是屋中人用東西把燈光掩住了，並非吹滅的。果然談家暗有防備，只不知他們安下了多少人，也不知用何手段對付仇人。

再看這短衣女子和這短衫男子，直走中廳，連穿三院，陡然翻回來，改了走法。兩個人趨走飛快，一東一西，從走廊兩面梭巡起來；把那手中物一弄，突然發出兩道強光。原來這一男一女，手中拿的是兩盞孔明燈，圓光如輪，發出兩道黃光，一個在這邊，一個在那邊，往院中暗隅不住地照射。再凝眸細看，兩個人此時都帶著短兵刃了；背後露出把柄，不是單刀，便是單劍。那女子肩頭上還挎著一個袋囊，像是暗器。

那女子和那男子一聲不響，從兩廊梭巡前後各院，只匆匆地繞了兩轉。忽打了一聲招呼，二人嗖地一竄，登牆頭，上了房頂。然後倏分兩路，登房越脊，把宅院的裡裡外外、上上下下，用燈照著搜尋起來。陳元照還像傻小子似的，細看兩人的舉動。見男女二人飛竄上房，他便心中一動，且又竊喜，回頭對石振英道：「伯伯，咱們不用替人家擔心了。」多臂石振英猛然說道：「不好，快下，別教他們照見咱們；免得把你我當作仇人！」陳元照道：「那可說不定。不過，但是離得遠，看不到吧？……」

這時候，那女子的孔明燈尚在前院亂晃。那男子的孔明燈已繞到後院，側立在花棚房頂上，也正晃動燈光，往鄰家房頂上照來。石、陳二人的潛身處，恰和談家後院，隔著兩層院子，相距還有七八丈。在平常人眼裡，本來不要緊；但是，石振英卻恐怕躲不開行家的眼，急急的一托陳元照，溜下房脊，道：「不對，不對！咱們看得見人家，人家就看不見咱們麼？

快下來吧；沒的助不了拳，反倒替歹人頂了缸。別看了，往那邊平地上卡著去好了，平地上絕不會被人拿來當賊看的。」

叔姪二人滑下房脊，彎著腰，往旁邊溜。夜靜聲清，忽聽那一男一女，低發了一聲輕嘯。陳元照忍不住一直腰，一伸脖，又要探頭；一男一女的一對孔明燈，一直的分往西北、東南照射過來。石振英下死力，把陳元照扯趴下，喝道：「你非教人家撲奔你來，才痛快嗎？」叔姪二人溜下鄰家牆頭，躲到隱避地方，這才側首仰面，往天空一望，依稀辨得出孔明燈掠空的微光。

石振英急急地繞過牆頭，借房山障身，直起腰來，順著談家的燈光，再往西北面尋看。陳元照道：「呀！你老快看，那邊有一堆人影！」石振英急看時，果然在西北角江岸那邊，月影之下，有一堆人影蠕動。隔得遠，看不出趨走的方向，但看出人數至少在三四個以上。辨認片刻，旋復認出這一堆人確由西北角，一條線似的趨奔這邊來，忽又轉成扇面形。人影歷歷，仔細一數，是四個人。叔姪二人相視愕然道：「來到了！」

就在這一愣神的剎那間，石振英眼觀六路，耳聽八方，忽然在隔巷鄰舍牆後，撲通的一聲，跳下一個人影，如飛一般奔江堤逃去。緊接著又吱嘍的一聲。這幾聲引誘得陳元照，又要現身往回看。石振英著急道：「快往地上跳，往西邊去！人都來了，你怎麼還要露相？」頭一個竄下房來，陳元照也只得跟蹤跳下平地。叔姪二人恰落在鄰家的小院內。先已試探過，這院內沒有狗；然後，躡足急趨至鄰牆根，騰身翻出去，已經置身在福元巷的隔巷了。石振英道：「留神狗叫！」兩個人躲著談宅，直趨出十數步以外；恰好尋著一棵大樹，急急地盤上去……

這時候，飛刀談五家後院的佛樓，樓窗大啟，樓內燈火已滅。月影中，樓窗口又探出二個人的上半身來，手中也提著一盞孔明燈；好像故意亂晃，與那房上、牆上的兩盞孔明燈，遙為呼應似的。談宅內三五十間房，所有有燈亮的屋子，都已掩蔽住了，全院陷入黑暗中，教淒暗的月光籠罩著，越顯得三盞孔明燈的火光燦如三道銀蛇。

三盞孔明燈晃照了一陣，旋即停止，合上燈版。月影中，重聞得數聲輕嘯，跟著又聽見門扇開合聲，樓梯登踏聲；跟著聽見嗖的一聲，又唰的一聲；並且還有踏破屋瓦聲和踐落牆土聲，紛然雜作。就在同時，西北面出現的人，一共四個，星馳電掣地奔了過來。將近江堤，忽然從小巷吱地響起一聲尖銳的呼哨，驀地跳出一個人影來。

西北角奔來的人群，正是登門尋仇的賣野藥郎中巴允泰和他的夥伴——陡然一散，往旁一閃，登時止步搭腔。那小巷跳出來的人影，不知說了幾句什麼話，似乎轉身要走。陡然間聽那尋仇的人大罵，個個回手拔兵刃，沿著江堤，往福元巷奔來。那巷前出現的人影當先開路，也回手拔兵刃，又吱地嘯了一聲。

尋仇的人已經出現了五個。多臂石振英和陳元照盤在大樹上，把江堤看得分明；談家的情形卻看不見了，但是小樓一角還可望見。樓頭已經沒有燈光，沒有了探窗窺下的人影，也沒有了孔明燈。陳元照著急地說：「伯伯，惡人太多，恐怕暗處還有黨羽，談家要吃虧；咱們父子快迎上去吧！」身隨話聲齊落，唰的一鬆把，由樹上跳落平地。石振英忙道：「別動，先聽聽！」陳元照道：「聽見動靜再過去，談家可就糟了。你老別不緊不慢的了！」竟不聽石振英的話，把卍字銀花奪一整，拔步橫截過去。

石振英很生氣，從樹上施展「白猿墜枝」的招數，唰的往平地上一竄，輕飄飄落下來；仗身法輕捷，已經斜竄出一丈以外，方才落地，腳下微微一點，又騰身而起，橫遮到陳元照的前面。竟將陳元照的手腕子一捉，道：「你真不聽說！跟我來，這邊等著。」

多臂石振英已看出談家的布置，他還想看一看尋仇人的舉動，究竟是否按江湖道行事。因此提刀躡足，循牆貼壁，輕輕的，然而是急急的，往談家後門溜了過去。揣想談宅房舍建造的局勢，賊人若來，必走後門。自己可以匿在後門對巷，見機而作；或者拔刀助拳，或者武力解紛。不想他這回竟沒打算對，這一夥尋仇人雖因不敵，暗算過一塵道人；這一回找談家復仇，卻是明目張膽，登門挑鬥。只把談家的男口殺死便罷，犯不上戕害女眷。哪知道談家的男口自是無能，談家的那個寡婦大奶奶卻有點不好惹。她已經連夜邀來了能手，便是那個俏眼圓臉、膚色微黑的布衣姑娘。名叫摶沙女俠華吟虹，和她的父親風樓主人彈指翁華雨蒼，還有她的掌門師哥段鵬年。

現在這個布衣姑娘早換上一身夜行衣。腰繫五雲盤鳳的絲帶，足登鹿皮鐵尖窄蠻靴，肩挎一隻銀花鹿皮囊，囊裝一袋五毒神砂；另一隻鹿皮赤灰弩雲手套，就掖在毒砂袋口上。右手提著一盞孔明燈，孔明燈的燈版早已關上，肩住圓光，不再透亮了。左手倒提著一口折鐵鏤銀五鳳劍。這時節，她曼立在前庭東廂房房頂上。這個女子是個二十一二歲的大姑娘。

另外登高梭巡的那個短衣男子，便是段鵬年——她的二師哥。白面微髯，中等身材，儒雅氣象；穿緊衫肥褲，盤辮子不打包頭，繫絲絳，登快靴，背插單刀，肋佩鏢囊。手中也提著孔明燈，燈版也早關上了。立在後院。雙眼灼灼，極力地注視著後巷。原來，他已聽出後巷有人了。他忙將燈放下，暗暗掏出一隻鏢；只要後巷的人一露頭，先殺他一個下馬威，向不致命處給他一下。然後再喝問賊黨，是何來意？有何不可解的仇怨，向人家孤寡門前索鬥？這一來，陳元照真是僥倖；直撲到後巷，他還想往談家後門湊，多虧石振英把他攔住了。

還有西樓頭，窺窗瞭望的人，便是談家的寡居大奶奶倪鳳姑，正是這一回邀助禦仇的主動人。她已經三十七八歲，快四十歲的人了；卻生得豐容盛鬋，俊眼曲眉，是個會武功的健婦，看外表只像二十八九的少婦，隻身量稍矮，體格稍胖了一些。此外，談家宅內還藏伏著幾個人。

尋仇的五客如飛地奔來。談家頭一個發現仇蹤的，竟不是房頂梭巡的一女一男，乃是樓頭窺看的談家主婦倪鳳姑。首先低嘯示警的，卻是那個白面微髯的段鵬年，但是他卻看錯了，誤將鄰房上伸頭探腦的陳元照，認成尋仇人的探子。哪想到樓上的倪鳳姑遠遠望見鄰巷竄出一條黑影，房上的女俠遠遠望見西北面奔來四條人影，便也互打招呼，互相示意。都以為自己看見的，也正是別人看見的；卻不知別人看見的，並非自己看見的。直等到西北角上四個人奔過來，與那巷口的人合在一處，然後談家男女三人方才聳然警動。立刻又互相關照了一遍，慌忙預備好了暗器，跟著又投下五塊石子，向宅中報告仇人來到的數目。宅內樓上屋中的人登時也準備了；把燈吹熄，把兵刃操在掌中。

轉眼間，五個尋仇人馳入福元巷。那個踩盤人，名叫快手盧——盧登，提刀當先引路。那個賣藥郎中巴允泰，此時換了一身夜行衣，洗去臉上偽裝的黃色，手持一拐一刀。那尋仇的正主康海，也是一身短打，背單刀，帶箭囊，緊緊跟隨。喬健生和喬健才稍稍落後，預備巡風。五個人分兩面，繞奔前巷口；便要圍著談宅膛道勘伏，從鄰舍牆頭襲上談家。快手盧急忙低呼道：「併肩子，留神房脊，還是奔後巷的好！」

搏沙女俠傾耳一聽，索性一直腰，亮出全形來。在前院房脊上巍然一站，一揚手，吱溜一聲，發出嘹亮的響聲，乃是一隻響鏢。然後，嬌叱道：「喂，線上朋友來了！你們是怎麼個來意？若要開耙打搶，可以好說。本家雖然沒錢，也還可以借盤川給你們。若要尋仇鬥技，你們說出道來，本家雖然沒人，也能接著。你們成群搭夥，黑更半夜，一聲不響地奔來，你們來得不道地了！你們哪一位是正主？你們堵著人家門口鬧事，欺負本家沒人！你們那位在門框上露那麼幾手，我們也看過了，並不算稀奇。喂，你們不用唧唧噥噥了，快說吧！夠朋友的，先報個萬兒來。」

黑衣女俠華吟虹向地上尋仇的人發了話。那一邊的段鵬年已經聽見;顧不得後院,急急地向後院花房,投去一塊石子,又招呼了一聲,連忙登房,奔到前院。剛一現身,被黑衣女俠向他倒背手,做了一個手勢。段鵬年會意,便不露面,退藏在房脊後,側耳聽著。

尋仇的五個人一齊止步,仰視談家。浮雲微掩,月光依稀,已辨出人形。喬健才忙向巴允泰耳語;巴允泰點點頭,用手中兵刃,封住門戶,湊上半步道:「女朋友請了!」說話就含著輕蔑,跟著一陣冷笑道:「我們千里迢迢地奔來,專要拜訪談五爺的本人。可惜一步來遲,聽說他本人已死。他本人雖然死了,我們都是十幾年的老交情,舊約會,我們還要見見他的後人談維銘。我們明明白白,登門求見,我們一定要留名的。不過妳這位娘子,不知跟談二爺是怎麼個交情?也請妳說明了,我們再報萬兒。妳放心,我們男子漢、大丈夫,做事光明磊落。我們找姓談的,也沒有多大過節,只不過半條胳臂、一條性命,如今過了十幾年,三分行息,加一帳,我只要姓談的一個兒子、兩個孫子,女口一個也不要。我敢說,我們這番報答,走遍江湖,都說得出口去。女朋友,妳貴姓?」

黑衣女俠沒等聽完,便夾耳根泛起紅雲,十分恚怒;放下孔明燈,一回手,將劍插在背後,又一探手,把那鹿皮手套,套在右手上。段鵬年一眼看見,知道她要動手;連忙現身攔住,橫身探頭,向下喝道:「朋友,你失言了!人家乃是姑娘。看你的舉動來派,絕不是放把火、暗算人的下流江湖。你白晝登門,指名尋仇,足見是光棍行為。但是你剛才說的話,可不大像人言。姓談的不知道欠你們哪一位的胳臂性命,你們來了這些位。可見人人都有朋友,人人都可以幫朋友的。我告訴你們,這位姑娘跟在下都和談家是朋友,特為給你們了事來的。你嘴裡說話要乾淨點。我請問你,你老兄是姓巴,還是姓康?」

賣藥郎中巴允泰一愣，忽然哈哈大笑道：「算你會認，我便是姓巴的，我們沒打算隱名埋姓。你們一男一女，自然是來給談家助腰的了。好吧，我們就要討教討教。」

段鵬年忙接過來道：「討教容易，我們正想討教呢。不過，我們不願在自家門口，跟別人較量，好像欺生似的。朋友，在這裡絕沒有你們的便宜。你可以指定一個地點，規定一個時候。」

巴允泰道：「好！」五人中那個叫康海的長身男子厲聲接腔道：「相好的，我們不是找便宜的。我們是清舊帳的。你要我們定地點，定時候麼？好好好，來來來，請你快下來，咱們就在此時，就在此地！」劍拔弩張，做出索鬥的神氣。巴允泰一聽這話，疏眉一皺，立刻低聲先把康海穩住。段鵬年不願堵門口拒仇敵，恐驚了宅中人；巴允泰也不願堵門口鬥仇敵，恐受了暗算。巴允泰仰面答道：「喂，房上的男朋友和女朋友，咱們就往西北邊那座樹林子裡，比量比量，也省得嚇著談家的大人孩子。」段鵬年冷笑道：「樹林子裡就有你們的朋友，我們也不怕。不過天不早了，我們還想睡覺；朋友你將就點，咱們在江邊見吧。」

搏沙女俠忍耐不住，怒斥道：「跟這一群畜生，哪有那些廢話！呔，姓巴的，快帶你們這群狗黨，往巷外等著去吧！姑奶奶這就下來，把你們的一個個狗舌頭先拔下來，省得再嚼蛆。」她那口折鐵五鳳劍本已插在背後，她並不要拔取，卻將右手一伸，套上皮手套，要來掏取鹿皮囊裡的五毒神砂。捻了一把，似要先往下一揚，跟著縱身硬往下跳，來一個敵前登場。奪命神針段鵬年看出她的用意，急急地低喝一聲道：「使不得！」談家在故鄉乃是良民，他家門口實在不能濺血橫屍的；忙向華吟虹打了一句啞謎，又一指後門；暗示著華吟虹，趁自己與仇人答話，可以開門出去。下面尋仇人康海也看在眼裡，往旁邊一退，拔刀在手，昂然叫道：「相好的，你們一男一女全不是談家的正點子。你們要替他頂缸，我們管不了許多，總教你死而無悔。你可要知道，爺們奔尋千里，一定要見見談家的正枝正葉；光你們兩人，爺們還犯不上拔刀。」復厲聲喝道：「姓談的，你們盡邀旁人頂缸不行，快給我滾出來。你們要不出頭，爺們可要不客氣，挑你們的窩了！」女俠厲聲道：「你狗賊有本事，先把這一男一女打敗了，再找談家的正枝正葉。」

兩方面正在叫陣，陡然細腔細調，一個廬州府口音的婦人，由房上接了聲：「姓康的朋友請了！我們正要見你，你居然賞臉光臨了，好得很。談家的正主就是我，我就是談維鈞的妻子。請你們讓開一步，容我們下來請教。」

峨眉群賊巴允泰、康海、喬健生、喬健才等，一齊仰望。

在房上挨著黑衣女俠的肩下，出現了這麼一個中年婦人，纖腰細足，包頭佩囊，一身短打扮，手中只提著一把短刀。喬氏弟兄忙尋看她背後，背後似乎沒帶著飛刀的刀囊。

賊人卻不知飛刀談五傳下來的飛刀，有長短兩種。長的飛刀一尺多長，一共五口，插在背後，露出肩頭；短的飛刀一槽七口，長才七寸，窄刃細把，上繫綢條，名為刀衣。另有現成的皮製刀囊，並排成七鞘，每鞘插一口刀；僅僅露出七口的刀尖，並非刀柄在上。刀鋒尖銳，卻非十分鋒利。尋常佩帶，把刀囊斜挎在右肩頭，左肋下，微偏在左背後面，使用時，便可推過刀囊來，用手指一掐刀尖，向外一甩，便可倒擲而去。只一翻轉，立即達到敵人身上。談家大娘子倪鳳姑現身而出，確實在肋下佩著七口短形飛刀，還在袖底藏著雙筒袖箭，但全是沒有毒的。她恨極了仇人，膽敢欺負到家門口；為保全談家後代，一弟、二子姪，她定要下毒手，與仇人拚命。彈指翁獨獨勸她手下留情，免得過傷了仇人，再一再二尋仇。黑衣女俠卻勸她應該下毒手，殺一儆百，免得賊人再三再四，窮追沒完。

正是各有各的看法。倪鳳姑先把小叔和愛子、姪兒藏起來，然後自己挺身應敵。寡婦心情，未免心軟，但卻抱恨甚深。她考慮了一晚上，到底是，暗器仍要用，毒藥暫可不使。

峨眉群雄露面的五個人，都注意倪鳳姑，卻都不認識她；都提防談家門的飛刀，卻沒理會倪家門的雙筒袖箭。他們聚精會神地打量倪鳳姑，卻不曉得可怕的不止倪鳳姑，還有那奪命神針段鵬年的梅花針和搏沙女俠華吟虹的五毒神砂。

巴允泰是老江湖，見談家又出現了一個女的，心中嘀咕起來。這可真是勝之不武，敗了最丟人；並且女子會武，必非拳技刀劍警人，她們一定是以巧降力，慣耍弄暗器的。忙暗囑同伴：「小心了，她們的暗青子！」康海和快手盧也覺出這一點來，同聲叫陣道：「姓談的女人聽真！我們男子漢，大丈夫，遠道前來，訪朋友，清舊帳，我們可不願意和一個腳指頭的娘們打交道。……嗐嗐嗐，姓談的子孫難道都死絕了嗎？你們當是搪債主子哩，把男人藏起來，放出女人來對付？可惜爺們不是那種人！」

二女俠一齊大怒，奪命神針段鵬年也忿不可遏，叫道：「呸！好一群不知自愛的奴才，穢口傷人，貽笑江湖！看你段二爺對付你，閃開了！」回首向內道，「談順，快開街門！」對二女俠又一揮手，登時聽院內嗖的一聲。然後二女俠一轉身，跳下房來，落到院內。段鵬年也一栽身，跳到鄰房。談宅前院房上登時沒了人。

喬健生、喬健才一見這種情形，忙向同黨一指鄰牆，低呼道：「上！」打算乘虛上房，入攻談宅。巴允泰忙道：「嗐，不行，快上這邊來。姓談的朋友，我們就依你，江邊見！」向眾人一揮手，唰的撤退下來，斜趨江邊。幾個人剛一挪步，談家房頂上嘩啦一響，露出半個人面來；托著一桿花槍，槍尖探出房脊，暗示著尋仇人趁早別往房上闖。峨眉群雄均已看明，巴允泰低聲道：「如何？還是江邊好，可以往樹林裡誘他們。」巴允泰自以為大方持重，哪曉得談家房上，那一個人面，半截槍頭，乃是故布的疑陣。

當下談家大娘子倪鳳姑，和摶沙女俠華吟虹、奪命神針段鵬年，聯袂爭先，從鄰院跳出來，如飛地趕到江邊。尋仇的峨眉七賊也鑽出巷口，如飛地撲奔江堤。談家只有二女一男三個人出頭，仇人過來的已經五個，並且還有潛伏未到的接應，雙方勢力不敵。倪鳳姑和摶沙女俠毫不介意，拚命地迎上來。登時雙方交手，在黯淡的月影下，往來拚鬥。這時，卻把局外旁觀的陳元照急得了不得，急急地催促伯父石振英，快奔江岸，拔刀助戰。石振英也替談家著急，她們不該擅離家院，萬一仇人乘虛襲入，談宅就要遭害；思量著要替談家護院。石、陳叔姪二人各著各人的急，到底小的扭不過老的，石振英疾引著陳元照，往談家後宅鄰院湊過去。

不料叔姪兩個身影一晃，談家小樓上陡然火光一閃，同時前院房上故布疑陣處，竟有一個活人伏在那裡，突然舉起一盞孔明燈，一道黃光竟照石、陳二人藏身處射來。陳元照道：「不好！」一言未了，嗖的飛來一支弩箭。石振英和陳元照急急一縮項，退到房脊後。石振英向陳元照低笑道：「好！人家有防備，這裡不用咱們管了，咱們快奔江邊，看熱鬧去吧。」到了這時，石家叔姪心下釋然，便嗖的跳下房來，循巷貼牆，往江邊溜去。將出巷口，未肯再冒昧，兩人藏著身子，往外探頭。

第五章　江邊決鬥

此時，打得十分激烈。談家大娘子倪鳳姑手持利刃，力敵二仇——正對頭康海和快手盧。黑衣女俠運五鳳劍，獨戰喬健才；劍光揮霍，應付裕如。段鵬年和那個賣野藥的巴允泰，一口刀對一刀一拐，單打獨鬥，一來一往，打得最凶險。那喬健生把手中刀一抱，在一旁觀風，掌中暗捻著一支鋼鏢，預備相機援應自己的人。

巴允泰認定倪鳳姑是談家的正對頭，一面動手，一面側目旁睨。談家這男女三個人在右肩頭，左肋下，竟都佩鹿皮囊，料想必有厲害的暗器。巴允泰且打且變換腳步，往康海那邊湊過去。連打招呼，教同伴們留神飛刀暗器，務必把這三個男女緊緊裹住，別容他們緩手。黑衣女俠華吟虹只是冷笑，一連數劍，把喬健才砍得連連倒退。倪鳳姑運一把短刀，雙戰快手盧和康海；只走了幾招，便識出康海的樸刀手法很毒，刀也份量沉重。那快手盧卻又十分狡猾，手快而刀疾。兩個人都是勁敵，倪鳳姑便不敢戀戰，用刀一衝，往旁一竄，就想掏飛刀。巴允泰大嚷道：「纏住她！」康海喝道：「臭婆娘，少搗鬼！」樸刀一挺，立刻跟上來，一個「白蛇吐芯」，照倪鳳姑猛刺。倪鳳姑不敢招架，閃身一躲。快手盧道：「女朋友，少使暗器！」

跳過來，從斜刺裡照倪鳳姑肩頭剁來一刀。倪鳳姑轉身一順兵刃，往外封架。康海早又趕過來，惡狠狠把樸刀一揮，下掃雙足。倪鳳姑纖足一點，微胖的身體騰空竄起來。她剛躲過這一刀，快手盧的刀又到。兩個仇人果然提防著倪鳳姑的暗器，雙雙纏鬥，一點也不放鬆。倪鳳姑的暗器一時無法出手。

那一邊，巴允泰和段鵬年各用純熟的招數。刀拐翻飛，互相刺擊。段鵬年隱聞倪鳳姑似因體胖，呼吸短促；忙打定主意，施展絕招，要先打倒一個敵人，騰出身子來，好幫助二女俠。並且敵人較多，自己這邊更不便跟他久耗。那喬健生仗刀觀戰，更防他抽冷子潛下毒手。段鵬年當下喝一聲：「朋友，看刀！」刀鋒一展，展開了一套精熟的刀法，泛起縷縷寒光，向巴允泰猛砍過來。巴允泰久經大敵，立刻也將手中刀一揮，施展開六合刀法，用刀迎擊上來。登時只聽得嗖嗖的閃竄之聲和利刃劈風之聲。月影下，刀光掠影，交織成兩團白光，翻翻滾滾，隨著身形亂竄。兩個人棋逢對手，打得十分出力；卻是各仗精熟的招數，攻打敵人，全不肯硬砍硬架，聽不見兵刃磕碰的聲音。

戰過多時，忽然間聽得一聲嬌斥道：「倒下！」摶沙女俠劍尖一挑，突然使了一個誆招；誘得對手喬健才整個身子攻進來，她就劍花一撩，又一顫，叮噹一響，把喬健才的刀彈落塵埃。這一招得手，第二招跟著又發出來。喬健才拚命往旁一竄，哧的一聲，左肩頭衣破血濺，踉踉蹌蹌，向圈子外竄去。

黑衣女俠華吟虹雙眼一瞪，喝道：「哪裡走？」揮劍便追。那一邊，觀風的喬健生吃了一驚，飛身一竄，急一抖手，把那一隻鏢一聲不響，劈面打出來。相隔才四五丈，只一揚手，鏢已打到摶沙女俠身邊。摶沙女俠華吟虹伏身一閃，掌中劍不依不饒，仍向外吐，照那丟刀失措的喬健才劈去。喬健才翻身敗走，撲地摔倒。喬健生忙一個箭步，從斜刺裡脊背後，掩襲過來。讓過喬健才，斜肩帶臂，猛砍女俠華吟虹。

華吟虹其實早就防著這個袖手旁觀的敵人；陡見敵刀襲到，她不閃，不躲，不退；耳聽得利刃劈風，看看將到自己背後，她這才猛然一撤身，劍鋒一轉，硬往外滑著一封。卻不是真封，左手早將鹿皮手套帶上。喬健生刀到人到，兩人幾乎對撞。華吟虹猛然把左手一揚，嬌斥道：「看招！」一把五毒神砂劈面灑打出去，敵人的刀也劈面剁進來。她這才掄劍一撥，倒退著往後一竄。鐵砂子如一團黑霧籠罩過去，立刻聽見哎呀一聲怪叫。喬健生閉住一口氣，極力側身往旁一閃；耳輪上，左腮上，挨了兩粒鐵砂子，深深嵌入肉內。他就拚命往外一跳，捫耳撫腮，將鐵砂撥落，受傷處微微汪出兩滴鮮血，熱辣辣的有點疼痛，厲聲大罵道：「好騷娘們，什麼東西濺了我一臉！看刀！」竄上去，掄刀就剁。

那喬健才栽倒在地，趁這空隙，一骨碌竄起來。肩頭劃傷，幸不甚重，一咬牙，把腰間的七節鞭嘩啷啷一抖，亮開了，與喬健生同聲大罵著，反撲過來。墊一步，夠上部位，七節鞭摟頭蓋頂，對準搏沙女俠打去。

黑衣女俠華吟虹方將毒砂發出手，早又換右手，又抓了一把。往前一趕步，正待揚手追擊喬健才的上盤；不防喬健生面中鐵砂，仍然戀戰。喬健生的刀竟先砍到，喬健才的七節鞭也隨後打到。這倒出乎意外！黑衣女俠華吟虹急急地一倒步，身往後退，手向前揚，唰的打出第二團黑霧，冷笑著罵道：「不知死活的奴才，叫你罵，叫你砍！」第二把五毒神砂，突然衝喬健才打去。喬健才的七節鞭吧嗒打空，擊得平地塵飛。忙將鞭一帶，嘩啷啷折回來，五毒神砂的黑霧又迎面打到。他也吃了一驚，月影下不曉得什麼暗器，只疑心是迷魂砂之類，伸手將鼻子一捏，右手忙將鞭盤一空掃，斜著身子往旁一竄。七節鞭衝開黑霧，鐵砂子向四外飛濺。搏沙女俠華吟虹纖足一點，霍地遞劍進攻。喬健生剛剛衝上來，嚇得急忙旁退，身上又著了一點，幸未打透夜行衣。喬健才卻未躲開，半邊臉上和右手背上，照樣也挨了三兩粒鐵砂子，熱辣辣地疼痛。

喬健才比健生精細，一抖鞭竄出圈外，右掌一繃勁，把砂子迸落。急伸手將臉上嵌著的那一粒砂子摳出來，就月光一看，不過像綠豆粒大小的一顆鐵砂，卻不懂得是何暗器。忙往鏢囊內一放，罵道：「臭婆娘，拿鳥槍的鐵砂子打人，還算什麼暗器？看鞭吧！」搶步重又向前，和喬健生仍然雙戰女俠。

黑衣女俠冷笑不止，一面招架，一面斥道：「呸！瞎眼的奴才！姑娘就用這裝鳥槍的鐵砂子，打死你這一對不知死活的賊兔子！」

二喬弟兄真個不知厲害，纏住了女俠。一刀一鞭，一遠一近，一軟一硬，攻個不停。看樣子，女俠似乎被打得應接不暇，兩個人越發得意。但是黑衣女俠且戰且繞，一雙星眸不住地閃看周圍。見談大娘倪鳳姑那邊，被康海和快手盧追得緊急，空有飛刀，緩不過手來；她就往倪鳳姑那邊湊過去。

二喬忽然哼了一聲，兩個人臉上的傷，起初熱辣辣的微疼，轉瞬又不疼了。焉曉得那不是不疼，乃是發麻；麻過去這一陣，便立刻轉成灼疼。喬健生臉上那處傷挨近左眼，到了這時，突然覺得左半邊臉麻木；好好一隻左眼，忽然模糊起來，而且眼珠發脹。喬健才的左肩傷處，也忽然扯得左臂沉重了。

兩個人齊說：「不好！」忙叫，「二叔！留神這個雌兒，她手裡可是打鐵砂子！」

此時，那賣藥的郎中巴允泰，向段鵬年屢施險招，未能得手。陡然改了主意，往倪鳳姑這邊湊來；也似乎是一面應敵，一面要幫著康海，把仇人正點毀了。段鵬年一口刀劈、刺、劃、掃，和巴允泰力鬥。見敵人不住地變換步眼，便將計就計，跟著敵人，往談大娘倪鳳姑這邊轉來。兩方面，三撥對手，本來散在江岸相打，都相距數丈；此時不約而同，以倪鳳姑、康海為中心，齊往一處團湊。

巴允泰抖擻全副精神，對付段鵬年，不時偷眼盯著倪鳳姑左肋的飛刀刀囊。忽聞得二喬這一喊，急急回頭尋看；他還不曉得二喬身已受傷。驀地瞥見了黑衣女俠手戴著皮套，巴允泰登時大吃一驚，急喊喝道：「喂，你們留神，這兩個蓮果都有暗青子！這個胖娘們不是飛刀，就是甩手箭；這個丫頭不是毒蒺藜，就是毒砂子。你們千萬把她倆裹住了，別教她發暗器！」

警告可惜遲了。突然聽黑衣女俠縱聲狂笑道：「狗賊，算你識貨！大姐姐，閃開了！」倪鳳姑往旁一竄，沒有竄開；快手盧挺刀追來，康海也掄刀剁到。倪鳳姑盡力往圈外一掙，喘吁吁叫道：「妹子，快發五毒神砂！」黑衣女俠一見這種戰鬥的情形，把雪白的牙齒一咬，奮力將二喬衝開；只一跳，來到倪鳳姑身旁。一探囊，又撮出半把五毒神砂。奪命神針段鵬年急喝道：「師妹別發那個！」但是，這話也吆喝晚了。黑衣女俠唰的一揚手，一團黑霧彌空，竟照康海打來。巴允泰驚叫道：「快躲！」康海大驚，急掙命一跳，埋頭伏腰，反跳到仇人倪鳳姑的身後，僥倖躲開了。巴允泰狂呼道：「風緊，是五毒神砂！快擋頭臉，遮手背，別叫它打著肉皮！哎哎，快扯活！」黑霧又飛起來，巴允泰只顧驚呼，稍一分神，奪命神針段鵬年嗖的一刀，照肋下刺來。巴允泰險些失手，唰的一跳躲開。

「五毒神砂」先聲奪人，倪鳳姑、巴允泰一言道破，尋仇的五客一齊震動。二喬頓然驚悟，尤其張皇，登時覺得受傷處支持不住。快手盧盧登十分手快，趁著紛擾，照倪鳳姑下盤，唰的掃來一刀。倪鳳姑體胖，飛縱的功夫久已擱下了；努力地一竄，僅僅躲開。康海驚魂稍定，也順手劈來一刀。談大娘倪鳳姑橫刀一架，趁著毒砂得手，連連退出好幾步；將兵刃交到左手，右手一捏刀囊上吐露的刀尖，只一扯，又一甩，七寸長的飛刀脫手飛出來。可是飛刀才出手，快手盧的刀又已捉空剁到。倪鳳姑兩隻小腳一登，嗖的一竄，閃開了。康海躲著黑衣女俠，揮刀重奔倪鳳姑。突然間，一葉飛刀疾如電掣，直鏢到康海的面門。康海只防備五毒砂，不想飛刀已到，急急一側臉，刀鋒掃耳輪劃過去，削破了一道血口子。他怒吼一聲，揮刀進戰。不想倪鳳姑只一得空，登時把七口飛刀，不住手地放了出來。

賣藥郎中巴允泰看著情形不對，再要不識起落，必吃大虧。急厲聲叫道：「喬老二，老三，快走！」把自己的暗器鐵菩提也掏出一把，照準身邊的段鵬年、倪鳳姑，沒頭沒臉連發數粒。段鵬年、倪鳳姑一竄閃開，一齊動手，各發暗器。相隔過近，閃躲太難，雙方的人不由各往後退出數丈。倪鳳姑的飛刀很準，只可惜打得太急了，七口飛刀連氣發出五口。尋仇人閃展騰挪，使盡身法，俱都躲開，只有快手盧挨了一下，她自己也中了一鏢。倪鳳姑竟十分英勇，拔去鏢，仍在力戰。她一面發暗器，一面喊叫：「段二哥，別留情了！怎麼還不放梅花針？不要叫這些惡賊跑了！」忙又將袖中的雙筒袖箭打出來。奪命神針段鵬年見她急怒，忙叫道：「大嫂往這邊來。看小弟來，您就不要發暗器了！」橫身擋住了倪鳳姑，把他的奪命梅花針發出來。

黑衣女俠華吟虹的五毒神砂，奉師父嚴命，不准輕發；必須敵人雙戰自己，或者自己陷於死地，非此不能逃生，才得揚砂救命。奪命神針段鵬年連聲喝止，不叫她妄發。黑衣女俠卻得了理，再不肯讓，連聲說道：「那不成！他們兩個打一個，不下毒手不行！二哥，你狠狠打吧！」談大娘倪鳳姑更慮到後患，對仇人最好斬草除根，一迭聲催促女俠：「么妹，快發毒砂，快發毒砂！這可饒不得，他們欺負到門上來了！一日縱敵，百年養患！」一樣的應敵拒仇，各人的看法不同。

尋仇人一番惡鬥，竟未得手，反而傷人丟醜。為首的巴允泰和康海恨惡萬分，想不到那麼厲害的一塵道人，居然把他毀了；談家孤兒寡婦，反倒栽給他們，這口氣如何嚥得下去？

巴、康二人注視著女俠的五毒砂和段鵬年的梅花針，眉峰緊皺，切齒咬牙，齊呼一聲：「風緊，扯活！」唰的沿江退下。二喬、一盧當先飛跑，直投西北樹林。巴允泰、康海橫刀斷後，擋住了段鵬年、華吟虹、倪鳳姑；一面退卻，一面謾罵醜詆，一面用暗器遙擊。奪命神針段鵬年大怒，搶先追趕過來。

他的梅花針有的無毒，有的有毒。仇人雖惡，他仍不肯傷敵要害；只用無毒的針，往不致命處打去。梅花針不能及遠，至多不過三兩丈。雙方各用暗器遙攻，兩邊距離漸遠。賊人且戰且退，退到江堤；巴允泰、康海忽地轉身，向段鵬年叫道：「相好的，我們認栽了！請你報個萬兒來！」

段鵬年手握利刃，暗捻梅花針，用刀尖一指，正要答應；黑衣女俠華吟虹搶先報導：「告訴你，嚇破你的狗膽！姑娘乃是摶沙女俠，這是我段二哥，奪命神針。你們若有膽量，上陝西找我們去！」尋仇人等吃了一驚，巴允泰接聲回答道：「好，我們栽得還有道理，咱們再見吧！」招呼一聲，和康海轉身飛跑，趕上了二喬、一盧，一同搶奔西北。段鵬年忙叫道：「朋友，好漢做事，有起有落。你們先別走，咱們今晚上這場事怎麼樣，算完了吧？喂，朋友，請你也留下個萬兒。」巴允泰略一旋身，冷笑道：「你們自己想吧。這沒有完！」康海更厲聲道：「一輩子沒有完，你們等著吧。你們有膽量，來來來，咱們到林中再會會。」

段鵬年又緊趕了兩步，很生氣地喝道：「你們還不打算完？好漢別走，今晚上我們一定要見個起落。」尋仇人並不理會這話，巴允泰握刀拒後，快手盧和康海分攙著喬健生、喬健才，五個人連打呼哨，似在呼援，一齊投向樹林。

黑衣女俠大怒，掄折鐵五鳳劍，拔步便追，道：「好一群不識好歹的奴才，哪裡走？今天姑娘我叫你們全完！」賊人不答，只是不住聲地連打呼哨。段鵬年急急地往林邊看了一眼，果從林影裡又衝出兩條人影，在林邊堤上來往打晃。段鵬年不由心生疑忌。摶沙女俠卻不管不顧，竟飛身往前窮追。段鵬年急道：「師妹不要追了，別中了人家的調虎離山計；妳快回來，看看談大嫂吧。」

談大娘倪鳳姑豐肌纖足，此時累得呼吸緊促，竟坐在地上緩氣。段鵬年忙問道：「大嫂受傷了沒有？」倪鳳姑一笑站起來，道：「沒有，沒有。只是我久已沒練功夫了，氣兒未免支不住。」段鵬年搖頭道：「大嫂，妳怎麼還瞞著？我分明看見你，教那賊子打了一暗器。」倪鳳姑微笑不言，卻將手臂擺了擺道：「那不要緊！……喂，妹妹，妹妹，妳快回來，妳怎麼一個人趕下去了？段二哥，你快把她追回來吧。」

兩個人急趕黑衣女俠。倪鳳姑追出幾步，唉喲一聲，又要坐倒。段鵬年止步回頭，大叫道：「師妹回來，師妹回來！快看看大嫂吧！」這搏沙女俠華吟虹竟捷如飛鵲似的，奔騰飛躍，望影跟蹤。仗一口五鳳劍，一袋五毒砂，公然窮追下去，她要以一己之力，擒拿五個尋仇之人。段鵬年叫她不應。

段鵬年顧得了倪鳳姑，就攔不住華吟虹；要追回華吟虹，又不放心倪鳳姑。急得他不顧一切，連聲大叫：「師妹，師妹，妳怎麼不聽話？談大嫂掛綵了，妳怎麼還要趕？不會先回來，叫來人再趕麼？」

搏沙女俠華吟虹雙眸直注著叢林敵影，傲然回顧道：「大姐，妳真受傷了麼？……二哥，你快把大姐救回去。這一群不要臉的東西，必得追上他，除治了才好；不追，怕他們還要再來。你沒聽見他們剛才的話嗎？」搏沙女俠略略地遲徊了片晌。

月影下，瞥見倪鳳姑已經站起身來，同著段鵬年，追呼自己。她便笑了一聲，反倒放下心，連連揮手道：「我得追他們。大姐姐，二師哥，你們快快回去勾兵吧。我先綴下去，省得叫狗賊們溜了。」說罷，一壓劍，猛旋身，又如飛地追逐下去。奪命神針段鵬年空是師哥，兀自攔不住她；不由頓足生氣道：「這個姑奶奶真急煞人！大嫂，這怎麼辦？老爺子一向不許姑娘們對敵，這一回一定要鬧我。」倪鳳姑忙道：「不要緊，我跟你一塊追她去。」

倪鳳姑的傷並不算輕。段鵬年一個男子，既不便替她裹傷，又不便攙扶她。況且，她又是一個孀婦；雖然稱她為大嫂，實在比自己年輕，還是個弟婦輩分。這正應該由自己追敵，喚回華姑娘來，教她把倪鳳姑攙回家去，才是兩便。偏偏這位華姑娘自學會了一身本領，從來還不得機會施展。今夜好容易抓著了逞能的地方，哪肯空空放過？眼看她緊綴著五個逃賊的背影，奔向林邊去了。段鵬年乾著急，進退不得，只有大聲地喊叫。可是，華吟虹連話也不回答。倪鳳姑也不放心，只催鵬年休管自己，快追回幺妹來。姑娘們與人較技，只許勝，不許敗，敗了怎對得起她的老人家。可是倪鳳姑一步一瘸，分明需人救護；把個白面微髯、斯斯文文的段鵬年，窘得束手無策，又喊又跳。

那邊退走的五個仇人如飛逃去，其中喬家弟兄毒已發作甚劇。快手盧和康海各攙著一個，見二喬渾身打戰，步履傾跌，不住呻吟，又望見黑衣女俠疾如電掣地趕來。兩個人一齊驚恐，對著樹林，喊叫援兵：「師叔快出來，咱們的人受傷了！壞了！」

巴允泰本甚驚懼，一見手下這四個師姪害怕的神色，他就憤然大怒道：「不要慌！我先擋他一陣。不就是這小妮子一個人嗎？」一擺手，催二喬和康海、快手盧速退。二喬以慘厲破裂的嗓音叫道：「師叔發暗器呀，可別教她打傷了！我們倆受的毒很厲害，今晚上怕挨不過去了！」巴允泰狂吼道：「怕什麼？我不信華家門的五毒砂，會比得過唐家門的毒蒺藜。那都是一種毒藥，一種解藥，打傷了也有法子治。你們別慌，有我哩。」巴允泰忙又趕上來，先把二喬的臉色看了看，急掏出一包藥來，交給康海、盧登。然後一橫刀拐，扼住來路。

那搏沙女俠已經歡天喜地地揮五鳳劍，捏五毒神砂，雀躍著撲過來。她乍試身手，一戰獲勝，說不出的高興，把這拚命的事看成了兒戲。相隔尚在一箭地以外，巴允泰大吼一聲，擺出拚命架式；只見他右手摸摸索索，掏出一把鐵菩提子來。這東西是無毒的，但是他的這菩提子份量比較加重，可以及遠。

他要手發菩提子，擋住摶沙女俠華吟虹，不令她近前。那前面奔跑的峨眉派康、盧雙賊，架著二喬的手臂，奔出數步，急將救藥給喬家弟兄分服了。沒有水，只可乾嚥；並且這只是一包硃砂化毒丹，只能定痛，並不是五毒神砂的對症解藥。天道好還，他們剛用毒蒺藜暗算了一塵道長；現在未及一月，他們也要乾吞解毒丹了。摶沙女俠也和他們一樣，毒器雖已傷人，依然窮追不捨，趕盡殺絕。康、盧二賊又怕又怒，剛剛看著二喬直著脖頸，嚥下藥粉去，一回頭，黑衣女俠如風捲殘雲般追到。兩人急一伏身，背起二喬，狂奔下去。仍然振吭高叫道：「師姑啊，師叔啊！快過來吧！咱們的人受傷了！中了五毒砂了！」

突然一個清脆的喉嚨答上腔：「孩子們別慌，我來了。什麼人使五毒砂？」

林影中嗖嗖一陣響，如飛地奔出來一雙人影；康海、二喬一齊歡呼。

當時巴允泰回頭瞥了一眼，也心中大喜。估料遠近，援兵要後到一步，敵人卻要搶先一步殺來。巴允泰心中實在懼怕人家的五毒神砂。雖承師弟唐林夫妻給了自己一包解毒藥，卻是治毒蒺藜的；偏偏又世襲珍藏，未帶在身邊。現在勢逼如此，只可豁出帶傷，先去抵擋一陣。於是緊咬鋼牙，大罵道：「華家該死的丫頭，我們與妳素日無仇無恨，我們讓了妳，妳還追？看毒鏢！」把鐵菩提抖手打出去三粒。

巴允泰志在阻追兵，以待救至。摶沙女俠早已看破，嘻嘻地一陣輕笑；但見她忽地一閃身，躲開了鐵菩提子。猛頓足，一躍兩丈，施展開「蜻蜓三抄水」的輕功，往斜刺裡，讓過巴允泰的邀截，一抹地繞衝上來，撲奔了快手盧和康海。康海背著二喬，沒命地往林叢跑，且跑且回頭往後看。喬氏弟兄臉負傷毒，神志半昏，嚥下化毒丹，心神略定；驟見敵至，偏偏又是摶沙女俠。兩個人不由失聲大喊起來。急忙一拍康盧的肩頭，叫道：「師哥，表哥，快著快著，死丫頭追來了！……不好，過來了！你快把我倆放下吧！……」

康海和快手盧驚愧交進，堂堂五個男子漢，竟教一個女娃子追得望影而逃，何等可恥！快手盧自持腳下快，還是拚命往前跑。康海卻性子暴烈，陡然止步叫道：「喬表弟，你別怕，我擋她一陣！」一斜身，放下喬健生，二次抽刀上前。喬健生腳踏實地，臉腫目昏，心上還明白，忙叫道：「表哥，你別跟她打，快拿暗器揍她！別教她過來。」康海道：「對！拿鏢鏢她這個死丫頭片子！」喬健生挺然支持著，一晃一晃站在地上，也把囊中鏢取出來。眨眼間，摶沙女俠繞過來；可是，巴允泰也倒追過來，拿鐵菩提追打女俠的後背。

摶沙女俠身手十分矯捷，如水蛇似的，左閃右竄，躲著巴允泰，專追康、盧。她戴上皮手套，握了一把毒砂；一回手，先照巴允泰發去。巴允泰拚命地往後一退，竄出兩丈外；急急地一旋身，一個大彎腰，把頭面和兩手都藏起來。摶沙女俠張眸冷笑，跟蹤一跳，五鳳劍唰的追剁過來。巴允泰剛躲過飛砂，直起腰來；一回頭寒風劈到，急雙足一蹬，躲開這一劍，又發鐵菩提，攻擊女俠。女俠只砍這一劍，忽又抓毒砂，一揚手喝道：「打！」巴允泰大驚急竄，不想這一團黑霧反衝康海發來。

巴允泰急喊：「快躲頭臉，發暗器！」康海果然退身埋頭。

這次隔得遠，很可以躲毒砂；但是，女俠的五鳳劍卻會趁機襲來。連人帶劍，一陣風似的，隨著那一把飛砂，直追到康海背後。康海急急竄開，忙又伸手取鏢：「嚇，好糟！」鏢囊中的一槽鋼鏢，已經剩了一支了。剛才一陣亂打，耗失過多，連喬健生的暗器也差不多快用完了。只有巴允泰的鐵菩提子數目較多，尚有餘剩，但總多不過女俠的五毒神砂；那是沒有數的，整整半袋。

女俠的五鳳劍向康海一掃，女俠的五毒砂又奔了喬健生。喬健生毒發面腫，哪裡逃竄得開？掙命地往旁一跳，也一彎腰，埋頭藏面；隔得近，瞄得準，打得狠，喬健生哎呀一聲，脊背後和臀部又中了數粒毒砂，竟穿衣入肉。肉未破，血未流；只覺有些疼。喬健生卻是驚弓之鳥，登時嚇了個骨軟筋酥，咕噔栽倒地上。手中兵刃當地拋出去了；微哼了一聲，如死人一般，連動也不能動了。

巴允泰、康海沒命地跳過來，兵刃齊舉，飛刺女俠；兩個人都忘了施暗器。搏沙女俠華吟虹好生大膽，一著得勝，竟然將自己的背後賣給敵人；一挺手中五鳳折鐵地青鋼劍，嗖的一個箭步，跳上前，「撥草尋蛇」，猛刺中傷倒的喬健生。喬健生人已昏迷，卻有多少年苦練的武功，依然有自衛的機警。驚惘中不知怎的似聽見利刃劈風，敵劍急襲已到；他竟從地上唰的一滾身，又一翻，又一滾，連滾出數丈，突然「鯉魚打挺」跳起來。還是支持不住，又哼了一聲，撲通跪倒。

當此一髮千鈞之時，巴允泰的刀已先刺到女俠的後心，康海的刀也唰的斜扎到女俠左肋。搏沙女俠初出茅廬，武功竟如此輕靈，膽又大，心又細，目力又強。她陡然一劍刺空，微微一愣，把喬健生一看，見喬健生逃躲開，又栽倒了。女俠柳眉一挑，方要再追刺一劍，卻驀然一動，耳畔聽見風聲，立刻一轉身伏腰，五鳳劍疾如電掃，往後面一撩，緊跟著一長身，寒光閃閃，讓招進招，劍尖直劃到巴允泰的肩項。巴允泰一退步，微側身讓開了；刀拐一展，將發第二招。搏沙女俠輕盈的身材一跳，倏然一縷寒風空掃過去，康海急襲的第一刀已落空，巴允泰的第二刀也同時落空。巴、康二人立刻凝步轉身；好女俠，未容得巴、康二敵變招重攻，她就將左手的灰色鹿皮手套高舉著一張，嬌叱道：「看砂！」康海慌忙一閃身，又一埋頭。不料這是一個誆招，女俠並沒有揚砂，只將高舉的手一回，就勢探囊一握，又抓出一撮五毒神砂。

這誆招只騙了康海；那巴允泰雙目炯炯，盯定了女俠的鹿皮手套；見她徒張空把，未見黑霧，他就罵了一聲：「好丫頭，看刀！」他想用自己的暗器，側身取出兩粒菩提子，忙將刀一掩，猛然發手打出。究竟搏沙女俠應敵的經驗淺，恃勝而驕，只顧自己誘敵，忽略了敵人誘己；只一眨眼，兩粒鐵菩提奔面門打來。她急急地一扭臉，又一矮身，猛然往旁一跳。鐵菩提連打出三粒、四粒、五粒。女俠張皇失措，後退，旁躲，閃身，伏腰，忙了個不亦樂乎。巴、康大喜，雙雙攻來。

女俠的一雙星眼光力極足，有夜眼之譽；月光下躲暗器，並不為難。頭兩粒鐵菩提，打她一個措手不及，以後她便留了神。她忽要佯敗取勝，乘著一施身躲閃暗器之時，早又抓出一把毒砂。故意地失足一栽，容得巴、康挺刃進擊；她就一揚手，唰的一團黑霧，灑將出來。巴允泰挺刀揉進，暗捏著一粒鐵菩提，正要搶攻過來；猛見女俠的皮手套又一揚，叫聲：「不好！」鐵菩提脫手打出去，上攻女俠的眼睛；他自己雙足一蹬，一個倒翻身，直翻回去。康海也急忙一側身，嗖的一個虎跳，斜跳出去。女俠這才軒眉一笑，五鳳劍一揮，纖足輕點，柳腰微俯，嗖的如小燕穿林，飛投到喬健生跟前，五鳳劍往下便扎。

喬健生雙手據地，一條腿跪著，已竟左目如盲、左耳全聾了。女俠人到劍到，他渾如不覺。女俠大悅，一聲不響，正要下毒手。陡然聽得對面唰的一下，似暗器破空之聲，黑乎乎一點寒星直打面門；跟著黑乎乎一個人影也撲過來。搏沙女俠是個打暗器的能手，聽暗器劈風之聲，銳而且輕，猜想必非鏢箭，也似毒砂。她就急急地一轉身，單足著地，右膝一曲，左足一伸，身軀往右一傾，幾乎斜臥在地上。可是手中劍仍然甩出來，「孔雀剔翎」，掃斬喬健生的腰肋。吧嗒一聲微響，暗器從肩頭掠空落地。對面的人影忽失聲叫道：「呀……呔！」緊跟著叮噹一聲嘯響，激起一團火星。搏沙女俠右手劍一震，吃了一驚，右足急急地一蹬，斜竄出兩丈以外。急抬眼一看，對面一個穿夜行衣的女子，正搶在喬健生的前面，把喬健生抓起來，往背後一掄，復面對月光，急急驗看手中的兵刃。

這個女子正是海棠花韓蓉。她的單刀竟被女俠華吟虹的單劍削了一個缺口，華吟虹的手勁較她大得多，華吟虹的單劍又是極犀利的一口利刃。海棠花韓蓉心知遇見了勁敵，但她恃藝不懼，挾眾不退，厲聲嬌叱道：「呔，妳這丫頭，報個萬兒來！幹什麼這麼趕盡殺絕？人倒了，妳還砍？」說罷，凝眸端詳摶沙女俠華吟虹。只見女俠細腰纖足，看不清面目，只看出黑如點漆的一對大眼，正瞅著自己；她和自己一樣，右肩頭，左肋下，也挎著一個皮囊。

摶沙女俠華吟虹閃身退開之後，也是凝眸先觀敵人，後驗兵刃；自己的寶劍一點沒傷，於是手按毒砂囊，急急地先一尋看四面，又復正窺當前的敵人。只見這個從林中奔來的女子，纖腰細足，青衣佩囊，頭上包著很大的包頭；也看不清面色，可是估量聲容舉止，知是個三十來歲的婦人。

此時，那林中第二條人影，韓蓉的丈夫唐林，也如飛奔到。搶上前，抱起喬健生，忙退出數丈以外，急急地招呼巴允泰和韓蓉，一同上前阻敵；又招呼康海，趕緊退回來，亮火摺子，幫同驗看喬健生的傷。只一瞥，大吃一驚；喬健生整個頭顱已經青腫，一雙眼珠已經血紅。唐林驀地對妻子叫道：「喂，妳可留點神，健生臉上中的真是五毒砂！」巴允泰急一指摶沙女俠道：「就是這個丫頭打的！」唐林催康海背著喬健生，快手盧背著喬健才，自己拔刀隨後，一齊退入林中；急忙拿出藥來，給二喬治毒裹傷。樹林外單留下巴允泰和海棠花韓蓉，向摶沙女俠答話。

兩個女子對面為敵。賣藥郎中巴允泰持刀在旁喝喊：「弟妹，招子放亮了！這個丫頭姓華，她手上就有五毒砂！」海棠花韓蓉道：「是山陽華家嗎？……二哥閃開了，看我的。」伸手探囊，先將皮手套戴上；又一伸手，重拔出刀來，將右肩頭左肋下的鹿皮囊推到前面。一墊步，輕輕一跳，跳到摶沙女俠的對面三丈以內。搏沙女俠見對方來了援兵，也是女子，也戴手套，佩皮囊，便不忙著動手了。她將五鳳劍一順，也把肋下的毒砂囊推了推，一言不發，看住正側面的二敵。

搏沙女俠形若木雞，臨敵不動，反倒鎮定下來。海棠花韓蓉急往前邁進半步，月光下重新打量敵人。敵人意態安閒，雖然一個人對付兩個人，好像一點也不介意。海棠花被一塵道長削去頭髮，傷了頭皮，此刻應敵，特別謹慎。把手中刀一指，側身斜進，輕輕地喝道：「對面的女子，妳可是山陽華家嗎？」

搏沙女俠脫口道：「正是。哇！什麼華家不華家，我就是不許你們狐群狗黨欺負人家老談家的孤兒寡婦。不用說，你也是個女賊了；識相的，我勸你夾尾巴滾回去，少在這裡自找倒楣！」

這末尾四個字還未收聲，陡然間，海棠花韓蓉疾如閃電，伏身猛進，「白蛇出洞」，唰的刺進來一刀。女俠微微一笑，俊眉一挑，身形一側；腕下用力，展五鳳劍，唰的硬往外一封。噹啷一聲，把韓蓉的折鐵柳葉刀彈開，就手劍花一繞，往外一送，險些刺中了韓蓉的肩頭。

韓蓉急側身閃開了，覺得右手虎口一陣發熱，立刻罵道：「好丫頭！」往回退一步，復又進擊。第二刀不敢直扎，改取斜掃；「連肩帶臂」，照搏沙女俠砍來。搏沙女俠紋絲不動，掌中劍又往外一磕。韓蓉身手靈活，再不肯硬碰，倏地把刀抽回，卻又一咬牙，第三刀登時又發出來；改斜取為平進，奔中盤，「黑虎掏心」，直刺當胸。黑衣女俠仍然不動，五鳳劍復往外一搪；未容得敵人收招，她立刻還手。左手劍一領，斜身探劍，緊貼韓蓉的刀鋒，往外一撒招，「鐵鎖橫舟」，劍尖直點韓蓉的右腕。韓蓉忙把刀往下一沉，一橫身，右臂外展，「白鶴亮翅」，柳葉刀直斬女俠的下盤。二女連換三招，那賣藥郎中巴允泰往前一跳，突然側襲女俠的背後；刀挾勁風，斜劈過來。

摶沙女俠華吟虹雖然被夾攻，依然從容不迫；雙足一點地，騰身躍起，斜竄出丈餘。華吟虹雙足才往下一落；海棠花韓蓉一刀削空，改招急進；用「進步連環」，兩個盤旋，翻身往外撤招，「青龍探爪」，柳葉刀向女俠華吟虹的右肋扎來。巴允泰也忙縱步欺身，刀拐並進，拐守刀攻，「封侯掛印」，利刃側點女俠的面門。摶沙女俠身移步換，微縮身偏頭，巴允泰刀走空招，女俠又側身一跳，韓蓉的刀也貼肋穿空。摶沙女俠這才雙眸一張，利劍連揮，用「仙人換影」「倒掛金爐」，一招分兩式，五鳳劍反挑巴允泰的中盤腰肋；巴允泰急用刀猛架。女俠這一招竟是虛式，唰的劍鋒一轉，反向海棠花韓蓉的刀上削來，韓蓉忙用「翻身滾手刀」，先把這一招救回。女俠華吟虹一領五鳳劍，用「烘雲托月」，劍光閃閃，向韓蓉的右臂點去。

韓蓉勢須撤招，急急地將右腕一收，身形往回一縮。華吟虹趁勢往外一層劍鋒，點咽喉，刺兩肩，五鳳劍渾如青蛇吐芯。韓蓉微微一驚，努力往後一偏頭，把刀往外一封，上護咽喉，橫顧肩項。

不料這一下，正中了摶沙女俠誘招的譎計。二女才一交手，華吟虹便已試出韓蓉技高力弱來，於是五鳳劍單找韓蓉的柳葉刀口，給她一個硬刺硬架，硬砍硬削——和對付巴允泰截然不同。這一劍斜劈上盤。儘管韓蓉收招快，躲招疾，卻是這回為救要害，便躲閃不開刀劍相磕。一霎寸，又嗆啷一聲嘯響，激起一團火光，柳葉刀竟被打落在兩丈外。韓蓉失聲一呼，斜竄到一邊。摶沙女俠嘻嘻一笑，跟蹤追來。巴允泰大喝一道：「呔！」急揮刀攔戰。韓蓉趁空一跳上前，俯腰拾刀，女俠喝道：「留下刀！」嗖地繞追過去；人未到，五鳳劍先劈出來。巴允泰忙挺刀阻擋。

就在這時候，韓蓉佯作拾刀，已掏出三個毒蒺藜，喝道：「閃開了！」陡然一揚手，毒蒺藜從巴允泰頭頂越過去，惡狠狠照女俠上盤打來。把個巴允泰嚇得一縮頭彎腰，急急地竄到一旁。摶沙女俠果然衝到；海棠花韓蓉叫了一聲：「僥倖！」心中大喜，以為一擊成功。卻不料女俠這一撲，佯為攻敵，也和韓蓉潛運著一樣的心思，嬌軀微側，左手探皮囊，暗將五毒神砂抓出一把末。她往前一竄，猛然住腳，五鳳劍只一轉，似往外扎，忽然掣回去；一握毒砂陡然發出手來，一團黑霧直罩到韓蓉面門。可剎那間，那鐵蒺藜三點寒星也早打到摶沙女俠的臉前。

臉面不比別處，只要一傷，便是重傷。這兩個女子一樣的眼尖，一樣的手快，登時各吃一驚，唰的一齊一閃。寒星先到，黑霧後來。摶沙女俠一個「鐵板橋」的功夫，左足登空，右足踏地，把上半身直仰向後方，才勉強躲開毒蒺藜。那海棠花身本微蹲，就勢唰的往旁一躺，「燕青十八翻」，纖足登空，肩背找地，唰唰唰，直滾出毒砂所及處兩丈方圓以外；陡然一挺，「鯉魚打挺」站起來，可是被敵打落的那把柳葉刀，趁這一滾，早已被她順手抓到，握在掌中了。韓蓉咬牙切齒罵道：「好狠的丫頭，好快的爪子！」摶沙女俠也喝罵道：「好不要臉的婆娘，你就會打滾撒賴！」

第六章　劍奪爭鋒

二女躲過對手的劇毒暗器，也各自驚出一身冷汗。

搏沙女俠華吟虹星眸閃閃，注視敵人，心中也很佩服韓蓉這一手就地十八滾；一面躲毒砂，一面撿墜刃，難為她身手這麼迅疾，心思這麼靈透。卻將賣藥郎中——峨眉七賊的第二人巴允泰嚇了一大跳。當五毒砂盤空飛灑，鐵蒺藜越頂飛掠時，巴允泰伏著腰，直竄出四五丈，才敢轉身反顧。兩個女子早已刀劍齊舉，往當中一湊，又比畫起來。

巴允泰有點驚慌，心懼毒砂，不敢上前。他深知山陽醫隱彈指神通華雨蒼祕製的五毒神砂太已歹毒，就有對症的解藥，可是醫治起來，剜肉補創，與鐵蒺藜是一樣的費事。固然毒砂必須打中手臉，見血才能中毒。但若迫近了對敵，兩丈以內，也能打透衣衫，傷皮破肉的。現在弟婦海棠花韓蓉抬刀重戰，勇氣不衰；自己無論如何，不能袖手。他便一狠心，掏出鐵菩提子，繞在三丈以內，依然是伺機窺隙，瞄打女俠，暫時未敢肉搏。

女俠大怒，看破敵情，她不專鬥韓蓉一人，不容賊計得逞。猛喊一聲，展開進手的招數，迅快的手法，敵不來，反而找過去；以一口五鳳劍，雙戰韓、巴二敵。月光下，純鋼劍映月生寒，忽左忽右，倏進倏退，劈、架、挑、扎，不亞如驚蛇駭電；轉眼間，又鬥了二十餘回合。巴允泰力大，韓蓉狡猾；搏沙女俠以一敵雙，發招拒招，因人而施。巴允泰的刀到便躲，韓蓉的刀到便架；招數不同，身法不一。這麼嬌小的人兒，一點也不心慌，半點也不步亂，穩打穩鬥，身劍合一，竟十分精練。她仍有餘力，張眼照顧著四外；還有偷手，要抽空再發五毒砂。三個人都有暗器，這時候打得團團亂轉，個個都想往外竄，竄出圈外，好灑五毒砂，好打菩提子，好發鐵蒺藜，只是一時各都不得其便。

人多的究竟占便宜，峨眉二男女潛思毒計，明發暗號；一面打，一面不住地挪動地方，往西北角湊，往土堤下面溜。巴允泰一發狠，奮拐揮刀，破死力絆住了華吟虹。海棠花韓蓉便驀然抽身，退到巴允泰的背後，急急地一探囊，抽出毒蒺藜。

但是她才這麼一比畫，搏沙女俠立刻覺察；突然一劍，照巴允泰砍去。巴允泰還刀一封；華吟虹右手把劍一撤，左手陡揚。

巴允泰不由得一閃，華吟虹急急地一跳。三個人離開了差不多兩三丈的當子，不約而同，各掏暗器；不約而同，要展辣手。

偷得這一點空，三個人未發暗器，六隻眼先往外一瞥。登時發現一條人影，從兩箭外一個黑暗的巷口竄出來，直趨江堤。眨眼間，又打巷口追出來一個人影，把頭一個人影攔截回去。

這小巷正在福元巷談家和西北角樹叢中間。兩條人影，身法輕靈，快如飛箭；只一閃，便縮回暗巷，看不見了。華吟虹吃了一驚，百忙中不遑遠計，急窺定韓蓉，一趕步，陡發出一把五毒神砂。她暗想：先打倒一個，才好收拾另一個；然後騰出身手來，再對付奔過來的那兩個。但這雙影驟然出沒，敵人那邊也很留神。巴、韓二人互相關照了一聲。一轉臉，女俠的五毒神砂唰的灑出手去。黑霧散漫，猝不好躲；竟有一粒打著韓蓉頭上的絹帕，嚇了她一身冷汗。她咬一咬牙，趁毒霧剛過，也將鐵蒺藜抓出許多，惡狠狠追過來，照女俠劈面打去。

那巴允泰回顧小巷，微微一怔神，突發怪嘯，手擲鐵菩提，遠遠地也照華吟虹打來。鐵菩提一連三粒，從側面攔打女俠的上盤。毒蒺藜竟由對面，正打女俠的雙眼。摶沙女俠急掣身後退，跳出數丈。忽聞林中唰唰一響，竄出一個人影，對著巴、韓喊出幾句江湖黑話；又是異鄉口音，女俠聽不懂，心中一動，暗說：「他們一共多少人啊？別是要抄後路，包圍我吧？」到了這時，她方才有點後悔，早依著師兄段鵬年的話就好了。如今寡不敵眾，怕要吃虧。但是少年好勝，不肯逃竄；而且藝高膽大，——還想以少擊眾。她自言自語道：「你們人多，我也不怕！」陡然一收招，劍交左手；立刻伸右手，探囊取砂。右手發毒砂，準頭比左手強過一倍，腕力及遠更強過兩倍。她決計以毒砂禦群敵，取勝著；喊一聲：「看砂！」唰的一聲，毒砂滿把灑出來，登時與剛才絕不相同了。左掌發砂，散漫成一團黑霧；這右掌一發砂，頓時變成一條黑直線，真個是其直如矢，其快如風，破空而出，三丈取準。為求必中，又湊近一步，竟於一丈數尺內，照賣藥郎中巴允泰打去。

巴允泰急閃不迭，連忙伏腰。哎呀一聲喊，半禿的頭頂皮上，重重地挨了四五粒毒砂；破皮入肉，一陣疼痛，比二喬傷得還厲害。二喬事先並不害怕，巴允泰是從骨子裡就害怕這一下，而現在到底挨上了。獅子搖頭似的一擺，跳起來，往旁一竄，沒命地奔樹林逃去。頭上的毒砂也不敢挖下來，自恐血出毒發。殊不知這一來更壞，入毒越深了。直竄出一箭地，方才背林大叫：「弟妹風緊，快快扯活！我可受了毒砂了，你你你，快來，給我治一治！」

海棠花韓蓉剛剛掏出三顆鐵蒺藜，一見大驚，忙抖手發去。她心慌意亂，難得取準。女俠一伏腰，往前竄去；連躲閃，帶進攻，直撲到韓蓉對面一丈以內；左手的五鳳劍一晃，右手的皮手套一揚，咬著牙罵道：「你也跑不了！」嗍的打出一條黑箭，直攻面門。韓蓉一側臉，哎呀一聲驚叫，捂著臉，翻身便跑。一男一女，一前一後，一直地逃奔樹林。

摶沙女俠洋洋得意，秀眉一舒，哈哈地笑出聲來。霎時間摘脫皮套，換右手提劍，左手按皮囊，纖足點地，柳腰一伏，嗖地直追下去。峨眉七賊巴允泰終是男子，頭頂雖中毒，可跑得快；海棠花韓蓉是婦人，飛縱功夫不及女俠，跑出不多遠，便被女俠趕上。五鳳劍一指，再一墊步，一探身，劍尖便直刺到韓蓉的後心。哪知道巴允泰受傷是真，韓蓉受傷是假，五毒神砂貼耳輪打過去，並沒有著傷見血。她卻陡生狡計，失聲一呼，轉身便跑。誘得華吟虹追到，猛然一旋身，柳葉刀往外一封；卻左手拿刀，右手登皮套，握著三顆鐵蒺藜，窺準女俠咽喉，斷喝一聲：「呔！」脫手打出來。

這一下驟出不意，摶沙女俠得意窮追，忘了防備，三點黑星劈面打到。急凝身一側臉，揮劍往外一彈。刷刷刷，海棠花右手揚一揚，抓一抓，一連三顆毒蒺藜，如一條線地打出來，直取上盤三要害。一報還一報，也抹著耳輪、頭頂、脖頸打過去。頭一顆幾乎打著了耳墜珠環，第三顆打透了蒙頭巾。女俠登時嚇得一身冷汗，倒竄開兩三丈以外；海棠花韓蓉敗中取勝，手疾眼快；趁女俠失措，猱身倒趕，柳葉嗍的揚起來，雙手高舉，用了個十二分力量，斜肩帶臂剁下來。

摶沙女俠驚忙中，急握劍猛往上一架。噹啷一聲，火星亂迸。海棠花唉喲一聲，抽身便走；幸而雙手抱刀，卻也震得虎口生疼。女俠腕力太強，韓蓉絕非敵手，再不敢戀戰，沒命地奔林邊逃去。

可是摶沙女俠也震得虎口生疼，被韓蓉抱刀這一剁，也幾乎把五鳳劍出手。她越發激怒，嬌喝一聲：「賊娘們，哪裡跑！」急從斜刺裡，橫剪去路，不讓韓蓉穿林。韓蓉四顧同伴，均已投入林中，只剩自己一人了，忙一撮口唇，吹起呼哨；一面跑，一面催叫她丈夫唐林快出來，助己一臂，也不知怎的，林中竟沒有反響。

韓蓉又急又怒，上一回暗算一塵道人，就嫌他們瀕危馳救太慢，使得自己險些死在一塵道人的寒光劍下，曾經狠狠埋怨過他們一頓。怎麼這一回，又來這麼一下！氣得海棠花尖聲喊罵：「你們都是死人，怎麼不出來？點子教我誘來了，快圈上她！」連喊兩遍，林中無人回答。韓蓉情知不妙，兩隻小腳如飛地奔繞。無奈她的腳程又不如女俠快，被女俠截在林前，闖不過去；只得磨轉身，往叢林側面片片民房曲巷奔去。回頭一看，摶沙女俠不依不饒，如箭地追到，自己的同伴沒一個出頭來擋的。韓蓉越驚急，掏出鐵蒺藜，照女俠打去。摶沙女俠華吟虹往旁一閃，揚劍飛撲過來。韓蓉翻身又跑，一溜煙投入曲巷，往竹籬茅舍黑影裡一陣亂鑽。

摶沙女俠眼看追到巷口，心中很歡喜；又看了看，江邊別無人跡，立刻窮追下來。韓蓉一雙小腳穿著軟底鞋，踏地無聲，且跑且回頭看。起初尚還喊叫，跟著只伏身啞跑，三轉兩轉，折入暗影中。女俠不管不顧，一直掩入曲巷。這邊一堵，那邊一截，到底沒有截住，這個女賊不知鑽到哪裡去了。

摶沙女俠性子倔強，不肯罷休；忙又鑽出曲巷，到巷口一探頭，外面仍沒有人影。復又縮身回來，嗖地跳上近處民房，往下面張望。這些人家，一戶挨一戶，鱗次櫛比，更深人靜，看不見半個人影。忽然聽見西北邊遠遠的狗叫，忙跳下來，尋聲找去。她心中暗想，爹爹再三告誡我，逢林莫追；我不走進去，只在林邊望望，也許不要緊。她只想追擒韓蓉那個女賊，別的賊黨和別的人影，她都不管了。她想：我必須捉住她，問出口供來，才算本領。

女俠自己打好了主意，立刻提劍，重奔西北角小樹林。剛剛撲到林邊，伏下腰，伸頭探腦，由打南面往樹林裡邊看。裡面黑洞洞，風吹葉嘯，呼呼地亂響，不時夾雜著折枝墜條的暴響，頗覺陰森駭人。

女俠一點也不怕，直起腰來，提劍離開林南，繞到林西，把這一帶疏林，踏勘了半轉，竟沒有察出一點動靜來。女俠心中納悶：這可該怎麼辦呢？她雖是初出茅廬，一舉一動，又精細，又大膽。當下對林發愣，到底不敢冒險往裡闖。又想：要不然，我就回去吧。猶豫片刻，猛然計上心頭，急使詐語，向林中叫罵。但叫罵半晌，仍然沒有動靜。

忽然一陣風過處，背後一帶竹籬舍間，又起了一陣狗吠，比先前那陣叫得還熱鬧。女俠道：「哦！我明白了，狗賊們別是穿小巷，繞回談家騷擾去了吧？」又側耳細聽了聽，覺得推想不錯，又自語道，「有理，我得趕緊回去。要不然，爹爹準不願意。」提劍拔步，飛身疾走，往回路奔下去。她不走人家小巷，恐遭暗算；仍循江堤，貼著人家臨堤牆根，藏在暗影裡，躡足輕行。走出不多遠，雙眸東張西望，忽望見巷口一條人影。她哦了一聲，挺劍撲了過去。這時候，二師兄段鵬年於無可奈何中，已經救護著談大娘倪鳳姑，剛剛奔回談宅。

那拔刀觀戰的石家叔姪，伏身暗隅，把女俠在江邊的這一場惡鬥，看得明明白白。陳元照手握銀花雙奪，躍躍欲試，連催伯父石振英，快去幫拳。殊不知石振英滿腹狐疑，已經看愣了。

摶沙女俠的五鳳劍招，石振英看得十分眼熟：這是誰呢？好像本門長門的宗派。突然見女俠揚砂擊敵，在遠處看不甚清，只知道發暗器，不曉得是什麼。忽然聽雙方叫罵，隱聞「毒砂」二字，石振英心中一動。旋又聽見「華家」、「華家」地叫著，石振英越發聳動。叩心自問道：她是華家的什麼人呢？

回顧陳元照道：「你看這個女子，發出來的是什麼暗器？」陳元照凝眸注視，影影綽綽，也只看見一團黑霧，卻已分明聽見雙方的聲喊，忙側首答道：「這個女子嘛，使的是什麼五毒神砂。伯伯，什麼叫五毒神砂？」

石振英恍然道：「哦，真是五毒神砂。元照，得了，這回不用咱們幫拳了，五毒神砂足可以把這五個賊人料理了。但是，這女子是誰呢？咱們長門華家沒有女弟子啊？」陳元照急得抓耳撓腮道：「管她是誰，咱們過去看看，可以吧？」石振英笑道：「可以，只是不要教人家把咱們誤打了才好。」二人斜穿曲巷，湊到臨江弄口。窺見女俠戰勝群敵，忽從林中又馳出唐林、韓蓉夫妻。陳元照著急道：「咱們快上吧！」陳元照一支箭似的奔出來，同時西邊人家忽起犬吠聲。石振英忙跟蹤追出，將陳元照攔回，道：「你不知這毒砂的厲害，這個女子用不著咱們幫。」陳元照很不高興，噘著嘴不言語。旋見女俠又打敗男女二仇，向林邊追來，西邊吠聲又起。石振英道：「不好！這女子要上當！人家有埋伏，要暗算她。」忙叫著陳元照，逐吠聲潛搜過去。照犬吠處，連發數塊蝗石，又抽身退回來，尋找女俠，暗思助她，可是石振英又推測錯了。峨眉群賊並不想暗算女俠，只想急襲談宅，趁空復仇。他們把受傷的人藏起來，草草敷藥，留人看守。唐林引著沒受暗傷的人，二番撲出，先尋著海棠花，次躲著女俠，要重奔福元巷。海棠花含嗔不肯去，康海央告半晌，才由唐林、韓蓉、快手盧，三人結伴，繞道前往談家。

那摶沙女俠華吟虹搜尋各處，未見賊蹤，心中納悶；忙提利劍，按砂囊，循牆貼壁，往回走去。且走，且聽，且回顧，防備賊人的掩襲。到一巷口，微聞近處一聲低嘯；忙止步側耳，聽了一聽，四面悄靜，又沒有聲音了。女俠不敢冒進，忽厲聲喝道：「好賊，哪裡跑！」虛喝一句，往回退步，找到一幢民房，嗖地竄上去；登牆頭，急往巷內瞭望一下。「哼！」忽望見數丈外，一座民房一道短牆牆後，藏伏著一個人影，攀牆探頭，正往自己這邊看。

女俠忙喝道：「什麼人？」人影不答，一鬆手，忽然溜下牆去。女俠忙往屋頂上一竄，急縱目追尋那條人影。只見那條人影閃閃躲躲，從平地上兜繞，好像要抄自己的後路。女俠勃然大怒，道：「哈哈！好賊，你還真想算計我？」也悄悄一竄，要溜下地來。她卻又一停身，舉目重往四外一看，道：「哦，這裡房上還伏著一個哩！好賊，你們來了多少人呢！」登時輕輕地跳落平地，把五鳳劍一按，預測地勢，躡手躡腳，從斜刺裡迎上去，道：「先毀了這一個再說！」

摶沙女俠趕上一步，伏在巷內牆隅。她剛剛藏好，只聽嗖的一聲，女俠秀眉一舒，利劍一緊，驀然間，舌綻春雷，喊道：「狗賊看劍！」說罷，唰的一劍刺去。迎面的人影剛剛往外一探頭，利刃當胸已到。呀的一聲叫，往旁一閃。手中一雙兵刃往外一封。倉啷一聲響，女俠霍地往旁一竄，那對面人影也霍地往外一竄。

五鳳劍精鋼百煉，薄刃分毫沒傷，摶沙女俠放了心，急凝眸打量來人。月色黯淡，牆影遮掩，看不十分清晰，只看出此人穿一身夜行衣，挺拔的身形，雙眼炯炯有光，頦下無鬚，肋下佩囊，手握著一對奇形兵刃，下似虎頭鉤，上似鉤鐮槍，短短二尺八寸長。正是初踏江湖的少年壯士陳元照。

陳元照抖擻精神，上前索戰。明知女俠認錯了人，他偏存著試招的心，要趁此機會，驗驗自己苦學來的技藝。他將計就計，一聲不響，忽把雙奪一錯道：「好丫頭，快把劍丟下，饒妳不死！」將右手的卍字奪上舉齊眉，左手的卍字奪平舉當胸，一對大眼一瞪，氣勢虎虎，打量摶沙女俠。但見摶沙女俠中等身材，輕盈的身段，高矮比自己矮不了許多，年歲也相彷彿；頭蒙著藍絹巾，身穿對襟短衫，當中一排連環白鈕，腰繫白巾，下穿青色肥管褲，腳蹬淺雲窄靴，越顯得蜂腰扎臂，體態輕靈。月光下看不清面色，只辨出鴨蛋臉，圓下頦，曲眉俊眼，小口通鼻；左肋懸囊，右手握劍；也側著身子，正凝眸打量自己。

摶沙女俠十分驚異，自己一劍猝擊，攻敵不備，自信力猛招疾，敵人不死必傷；哪知人家雖然心慌，並不手亂，竟會將自己這一招輕輕架住。她不由得把敵人看了又看，又把敵人手中那對奇形兵刃盯了數眼，然後厲聲叱道：「好惡賊，你叫什麼名字？」

陳元照微微一笑道：「我老爺姓陳，妳這丫頭好大的膽，竟敢持刀行兇！趁早把劍交出來，跟我打官司去。」

摶沙女俠華吟虹吃了一驚，忙喝道：「你到底是幹什麼的？」陳元照道：「老爺是專管閒事的，妳這丫頭叫什麼名字？」

女俠大怒，登時雙頰通紅，厲聲罵道：「好狗才，你原來是蒙事的！不用說，也是賊黨了。你家姑奶奶乃是山陽醫隱彈指神通華老英雄……」報到這裡，忽然噤住；心想：萬一這小子不是尋仇的賊黨，竟是找邪財的衙門狗腿子，自己把真名姓報出來，豈不是找麻煩？不如啞吃啞打，給他點苦吃，趕跑了他為是。急改口喝道：「你這東西一定也不是好貨！你是哪一門的？可是峨眉七賊的狗黨麼？快報個萬兒來，姑奶奶還你個痛快的。」

陳元照只聽得「彈指神通」四個字，不禁吃了一驚；忙回頭一看，心裡說：「怪不得她武藝這麼精熟，原來是我們長門師祖彈指神通的門下。呀，這可糟了，就許是我的長輩哩！怎麼辦呢？」心中打鼓，又回頭瞥了一眼。他見石伯父並沒有出頭，便有了主意，暗想：我先不認帳，先跟她過過招看。立即喝道：「丫頭，老爺是上三門的，閒話少講，看招吧！」將卍字奪一錯，踏中宮，走洪門，立迸發出進手的招數。摶沙女俠凝眸一看，立刻左手一掐劍訣，斜身側步，右手劍往面前一晃；一個劍花，從上往下一施，轉身提劍，往左連搶三步，一換式，劍鋒一轉，猱身進招；兩人登時交起手來。這工夫，從巷內悄悄地溜出一條人影，借牆掩身，探出半個頭，在暗中觀招窺戰。

兩個人這一遞招，棋逢對手。摶沙女俠的劍法，家學淵源，頗得輕靈巧快之妙，點、崩、截、挑、刺、扎，六字劍訣，運用得十分精熟；只是連戰數敵，未免有點力虧。陳元照卻是生力軍，這一對卍字奪又是外門兵刃，摘、解、撕、捋、剪、鎖、格、攔，迴環運用，變化迅疾，專能奪人的兵刃。若論功力，到底女俠略勝一籌；但在這時候，只走了二十餘招。女俠便處處受到牽制；陳元照的雙奪招招逼人。摶沙女俠不覺大怒，劍花登時一緊，激起鬥志；索性要用本門的劍法，把敵人打敗。她嬌叱一聲：「好賊子，看劍！」招數一變，施展華家門中「八卦連環劍」的絕技，猛攻上來。身隨劍進，翩若驚鴻，五鳳劍「白猿獻果」，直點咽喉。

陳元照見女俠忽地一變劍招，也把精神一提，喝聲：「來得好！」立刻也展開雙奪的絕技；反用右手奪一封劍身，左手奪「托天換日」，驟往女俠面門點去。摶沙女俠這趟劍，變化巧捷，虛實莫測，倏地掐劍訣，領劍勢，一斜身，「倒轉陰陽」，右手劍一沉一提，劍尖下挑敵腹。這一劍若撩上，立刻洞腹穿胸。陳元照急將雙奪一帶，「怪蟒翻身」，從左經後一旋，「斜劈華岳」，雙奪挾勁風，上砸女俠的頭胸。女俠華吟虹一擺頭，讓招進招，立刻右腕「黑虎卷尾」，青鋒徑掃陳元照的下盤。陳元照往起一提腰，縱身躍起七八尺高，往下一落，正跳到女俠華吟虹的左側。雙奪一分，右手奪唰的外展，「鳳凰展翅」，奪鋒橫劃女俠的左肋。摶沙女俠運五鳳劍，用「抽撤連環」，劍鋒一掛陳元照右手銀花奪的卍字，噌的一聲輕嘯，劍尖跟著往外一送，下削陳元照的脛腿。陳元照猛一擰身，左手奪翻回，抄劍底往上一蹦，女俠趕緊撤招。

八卦連環劍還不能取勝，女俠心中焦怒；登時施展，「倒灑金錢」絕命三招，唰的一劍，「魚躍龍門」，劍光疾如電掣，直奔陳元照的面門。陳元照一退步，急用「橫架金梁」式，右手奪剛剛往上一找劍身；女俠華吟虹倏然變招為「玉女投梭」，往左一撤步，劍隨身走，再往外一挺腕力，劍尖又唰的疾如電掣，猛點陳元照的心窩。但是陳元照的左手奪已到，右手奪沉下來，「左推右攬」，卍字奪也疾如電火，竟把劍鋒捋住。摶沙女俠忙撤劍收招，已來不及。兩個人各往回一奪，單劍不如雙奪，女力不及男力。陳元照大喝一聲道：「鬆手！」左手卍字奪突然一鬆，一推，奪尖閃閃外吐，順著女俠的劍刃，往外滑劃出去。

摶沙女俠華吟虹，若不鬆手，便要斷腕。當下，疾如閃電般把手一鬆，腳尖點地，往外一跳。噹的一聲，利劍落地。陳元照哈哈大笑道：「丫頭，哪裡走？」卻不道摶沙女俠的掌中劍才失，嗖地往外一竄；腳尖未容落地，早將皮手套往右掌上一套。登時斜身回頭，「犀牛望月」，左手把皮囊往前一推，右手皮套往囊中一探，用五毒神砂，要敗中取勝，來傷敵人。此時，一髮千鈞，驀然聽窄巷中有人大喊一聲：「姑娘住手！我來了！」倏地一條黑影，兔起鶻落，飛竄到敗退揚砂的華吟虹和乘勝進攻的陳元照兩人中間。

陳元照回頭一看，忙側身一躍，退到一邊，把雙奪收起。

摶沙女俠不由一愣，纖足點地，嗖嗖連退出數丈外。掌中砂暫握未發，急厲聲喝問：「什麼人？」

來人答道：「自己人，別打！」

女俠側身怒目，打量來人：這是五十來歲的一個夜行人物。胖矮身材，頭大臂長；背插單刀，左右雙肩斜挎著兩副鹿皮囊，分垂在兩肋下；一邊分明露著匣弩，一邊類似裝著飛叉飛鏢；肩頭上鼓蓬蓬的，還像帶著別樣暗器。誰？正是陳元照的保父，多臂石振英。石振英雙臂高舉，連連搖手道：「都是自己人，不要動手！」回頭又向陳元照說道，「快把兵刃收起來，這全不是外人。」這才俯腰拾起墜劍，倒捏著劍尖，滿臉賠笑，向華吟虹走來，說道：「姑娘，妳大概不認識我。我剛才看見妳那趟八卦連環劍，我就曉得妳一定是我長門師叔彈指神通華老英雄的門下。但不知姑娘跟華叔父是怎麼個稱呼？」

摶沙女俠十分驚異，凝著一雙星眸，把石振英看了又看；仍恐對手挾詐，小心戒備著，只不答石振英的問話，反而盤詰道：「你別管我是彈指翁的什麼人，你先說你是什麼人？你趁早快說實話，少弄詭招，不然，我要對不起了。」

多臂石振英暗暗佩服，這麼個二十來歲的姑娘，竟這麼精細；連忙報名道：「姑娘，在下姓石，名叫石振英。我那家師就是華老英雄的二門師兄齊宣穎，華老英雄卻是長門師弟。姑娘怎麼稱呼？」女俠聽了，又把石振英打量一眼，見他佩弩帶囊，身挾數種暗器，又是頭大身矮，知道不假；愣了片刻，方才答道：「哦，你莫非是青陽的多臂石振英石大哥麼嗎？」石振英忙答道：「不錯，不錯，在下正是多臂石振英。如此說，姑娘一定是華師叔的……」華吟虹搶著答道：「我就是我父親的女兒。」說到這裡，撲哧一笑，俏面微紅，「你的師叔彈指翁就是我父親，原來你是我的師哥。但是這個人是誰呢？」用手一指陳元照。

多臂石振英大喜道：「姑娘果然是我的師妹，你的乳名不是叫紅麼？」華吟虹哼了一聲道：「什麼紅啊紅的，我就叫摶沙女俠華吟虹。石大哥，我請問你，到底這個人是誰？」又一指陳元照。

石振英不知道無意中已經得罪了女俠，忙答道：「十多年不見，想不到師妹竟練得這麼一身好功夫，真是『將門出虎女』啊。你問這個小孩子麼……」不禁一捫短鬚，欣然說道，「他不是外人，就是愚兄的義子；他原是陳嗣同陳師弟的兒子，他叫陳元照。元照過來，見過你這位師姑。小子渾濁猛愣，要不是我攔這一下，五毒砂一揚，焉有你的命在？還不過來，謝你師姑手下留情！」說著，走上一步，極力賠笑，將那把劍倒捏著又遞了過去。女俠身子一扭，把劍接過來，一張微黑的俏臉臊了個通紅；正要張嘴發話，陳元照已搶過來行禮了。

陳元照在旁聽清了，心說道：又跑出一個師姑！忙背起雙奪，慢慢走上前，雙手一舉，深深作揖道：「師姑！小姪陳元照，給妳……」石振英斥道：「這孩子，這是你師姑，還不給你師姑磕頭！」陳元照最怕磕頭，無可奈何，才又跪倒，磕了一個頭。爬起來，又叫了一聲，「師姑，妳老好！」

不料摶沙女俠突然把秀眉一挑，雙眸一張，將手中劍掂了掂，忽然把頭一扭，嘻嘻地連聲冷笑道：「不敢當，不敢當！原來是陳大爺陳壯士，你的奪法真好！」回頭來，向石振英厲聲說道：「石師兄，你的義子功夫真好，難為師兄你怎麼教來！剛才差點把我的手腕子剪了。這都是我學藝不精之過，連戰了幾個敵人，就後力不接了；該著栽跟頭，卻喜沒栽在外人眼下。不過，石師兄，小妹我雖然無能，我還想跟你這義子討教討教。石師兄，你剛才來得太巧了。你早不來，晚不來，單等我兵刃出了手，差點沒毀在你義子雙奪之下，你還是不出來；非等到我的五毒砂快撒把了，你老人家這才橫身這麼一擋。嘻嘻，你擋得真巧。其實你就是不擋，憑你義子這一身功夫，難道還怕五毒神砂不成？來吧，石師兄，就請你做見證。我的劍法實在丟人，但是還學了兩趟粗拳，和這半袋鐵砂子。就憑這兩樣，我還得請你這義子陳壯士，再賞臉賞我幾招。」說罷，噹啷將劍摜在地下；雙眸一瞪，滿面含嗔，靜聽石振英答話。

石振英為給義子陳元照試招，竟惹惱了師妹；摶沙女俠定要再跟陳元照比武，這一下窘住了石振英。

第六章　劍奪爭鋒

第七章　搏沙女俠怒鬥師兄

年輕人沒有不臉熱好勝的。搏沙女俠華吟虹被陳元照運卍字奪，把劍打落，本已懷嗔。石振英跑過來，賠笑送劍，女俠越怒，微黑的一張俏臉羞得通紅。她把劍接來，噹的一聲，摜在地上；像爆豆似的說了一些氣惱話，立刻雙手掐腰，圓睜秀目，力逼石振英作證，她仍要跟陳元照打打。

石振英一聽愕然，忙賠笑道：「師妹，可不要誤會。剛才我爺兩個只看見江邊有人打架，元照這孩子跑過來，要看熱鬧；我剛剛跟上來一看，師妹妳就跟妳師姪動起手來了。我實在做夢也沒想到是師妹妳……」搏沙女俠道：「唔，你沒有看出我來？」石振英忙道：「那當然了。師妹請想，當初我在山陽和師妹見面時，妳不過是一個十來歲的小姑娘，還梳著髽髻呢。現在一晃十來年，我哪裡想得到師妹竟練會這麼一身好本領；更想不到師妹會隻身一人，出現在千里以外。這可真是一場誤會。得了，孩子得罪了師妹，愚兄這裡賠禮吧。」說著，他連連作揖，又故意詫異道：「師妹，妳剛才跟那些人打得真好。難為那些男子漢，竟全叫妳打跑了，估摸妳還傷了他們好幾個人。可是的，師妹年輕輕一個姑娘，怎麼一個人出這麼遠門，華師叔他放心麼？怎麼會讓師妹獨自一個，跟那些東西打起來？那些東西大概是歹人吧？愚兄雖然無能，師妹儘管告訴我，我還可以拔刀相助一戰，把他們那些東西都料理了，投在江裡就完了。」極力賠笑打岔，想把這場誤會開解過去。

摶沙女俠乍聽不答，眼珠一轉，忽又激怒，冷笑一聲道：「原來師兄早到了，我的事你就無須問了。小妹還是要請教請教你。你既然不認得我，怎麼又會認出我是華家的人來呢？想必是師兄看見我發五毒砂了。我失了劍，你不出頭；我要揚砂，你就出來，報字號，認同門。你還是怕我傷了你的令郎。那時我要叫你的令郎砍斷了手臂，你也就藏在房上，至死也不管了！」

多臂石振英騰地臉一紅，自知多言失詞，露出破綻來了。只得連連認罪道：「師妹，這是愚兄該打！愚兄實在年老眼花，一愣怔的工夫，沒有早出頭，教師妹多疑了。師妹妳只管唾我，打我。誰叫我天黑眼花呢……」嘻嘻地賠笑湊了過來，又催陳元照磕頭賠罪。女俠退後一步道：「噯，石師哥，你少來這個！你說眼不好，誰不曉得你外號叫多臂英雄，能夠黑夜打鏢！反正只許你的義子拿卍字奪扎我，我天膽也不敢打你，唾你。不過還是那話，你的義子承你多年教導，功夫太好了。我無論如何，也得請教請教他。小妹就是這麼不知進退，別看劍法太壞，我若不挨你義子的一頓拳頭，我還是不肯死心塌地認輸。來吧，陳壯士，請你上招！」既已投劍在地，便捻雙拳，側身上步，向陳元照走來。

摶沙女俠不依不饒，咄咄逼人。陳元照也是年輕臉熱，便按捺不住；偷眼打量女俠，也把卍字奪往地上一投，厲聲叫道：「我無心中冒犯了師姑，我該死，我給師姑磕頭賠罪。師姑就是宰了我，也是應該的，卻不是我石伯父的錯。師姑一定要拿拳學教訓我，這是我的造化。好極了，我就陪師姑走幾招。」聲調冷峭，一百二十個不服氣。

女俠越發震怒，銳聲叫道：「好嘛！陳壯士，足見你是多臂英雄的義子！閒話少說，請你接招！」兩人面紅耳赤，眼看要打起來。陳元照是師姪，論年紀倒比女俠大一歲。年輕人一樣都是倔強好勝，女俠既以失劍為恥，陳元照也以磕頭為辱，兩個人真格地僵起火來了。女俠便伏身上來進拳，陳元照便側身準備接招。多臂石振英大驚，斷喝一聲道：「蠢子！還不給我跪下，你好大的狗膽！」把陳元照一把拖過來。踉踉蹌蹌，直推到背後。這個老頭子素來就是個犟脾氣，只是涉世既深，鋒芒漸斂，當下也被華吟虹擠得直噎氣。他心中又十分懊悔，不該拿著師妹，給自己的義子試招。果然引出麻煩來了。於是，連叫道：「師妹，師妹！師妹不論如何，也得高抬貴手，恕過我父子二人無心之罪吧。實在怨愚兄眼力拙，招呼遲了，實在是愚兄的錯。元照小孩子，他實在不知道。他冒犯了師妹，『教不嚴，父之過』，師妹，愚兄可要跪下了。」

石振英橫遮在前面，阻住二人，不令動手。彎腰屈膝，做出要下跪的樣子。他還想拿當年抱小師妹上街買梨的舊情況，來對付今日的女俠。摶沙女俠越發不悅，又往後退一步，憤然叫道：「哼哼，我的石師哥，你別給我下跪，我給你磕頭吧！我就算求你賞臉，你要拿我當人，我怎麼著也得跟你令郎討教討教！」

三個人在巷口搗亂，不得開交。石振英又央告摶沙女俠說：「咱們先搜歹人，回頭再找這場過節行不行？」女俠倒說：「那是小事一樁，師哥用不著操心。」石振英又說：「師叔在哪裡？我先見見他老人家。」女俠說：「過完了招，我領您去。」

真個是步步逼緊，非過招不可，石振英再忍受不住了，說道：「也罷。師妹定要看看愚兄父子的笨招，元照小孩子家，不知輕重，還是愚兄奉陪師妹，走一趟羅漢拳吧。」一轉身，他把身上的暗器兵刃解下來，都交給陳元照。陳元照瞪著一對大眼，尚欲有言，石振英斥道：「小混蛋，躲開你的吧！喂，你小子留神照看著外邊的歹人。」然後，又空手抱拳道，「師妹，妳狠狠打我幾拳，消消氣吧。」

女俠越氣得面目更色道：「什麼，師兄你要陪我過招？這可是小妹的大幸。但是，剛才令郎曾用兵刃指教過我，所以我才向他領教拳招。既然你要替你兒子來指教我，那就不必打空拳了。」搶行一步，彎腰拾起投地的五鳳劍，道，「我是劍上輸的，我要劍上找，栽在你兒子的手裡，還得再栽在你手裡。你的刀法很有名，你的暗器更高。誰不知你叫多臂英雄？你就亮兵刃，走暗青子吧！」

石振英愕然，本想佯敗詐輸，教這個小師妹打自己幾拳，轉轉面子；不料她又變了主意，非要動刀不可。不用說，她又想露她那手五毒神砂了，咳了一聲，道：「師妹，不怨妳惱我，我實在惹得妳生氣，師妹只管罰我。但是愚兄這麼大年紀了，妳只罰別打吧。」摶沙女俠冷笑道：「你不用說了，是小妹不知進退，一定要在師哥面前撒個嬌，你可預備了，我這就發招，你總得指教我！」登時立好了架子，右手把劍握得緊緊的，左手早將劍訣一領，滿面怒容，躍躍欲試。

石振英無可奈何，又咳了一聲，不禁伸手搔著頭皮。那背後的陳元照，從後面暗扯了一把，低叫道：「伯父，給你的刀。」將刀柄塞在石振英手內。石振英回頭怒斥道：「都是你這孩子，還不給我滾開這裡！那邊站，給我離開遠遠的！」陳元照怒眼圓睜，不肯後退，也厲聲對石振英叫道：「你老人家閃開！是我陳元照得罪了師姑，該死該活，我來領罪。你的這些暗青子，我不能帶著，你自己帶著好了；有事弟子服其勞，我惹的禍，我來受！」連匣弩、鏢囊、箭筒等物，一齊往石振英身上硬掛。石振英橫身阻攔，雙掌叩肩，將陳元照使力一推，方要再加喝斥；那邊女俠忍耐不得，從鼻孔中「嘻嘻」地笑出兩聲道：「上陣還是父子兵！你們爺兒倆不用你謙我讓了，你們就一塊上好了。我華吟虹今天不識起落，倒要會會你們老一輩、少一輩的英雄。來吧，陳壯士，你在這邊；石師兄，你在這邊。你把你那些暗青子趁早都帶好了。我華吟虹就憑這一口五鳳劍，半袋五毒砂，要在你父子跟前，大大地再討一回沒臉！」

多臂石振英心知這摶沙女俠，乃是他師叔彈指翁華雨蒼膝前的唯一掌珠。師叔生有一子一女，大兒子早已夭逝；只有這個最幼小的小丫頭，最得父母的寵愛。這次被擠，必須過招；輸給她，她定要下毒手；贏了她，那更了不得。況且女俠斷不會隻身獨行，來到此處；猜想彈指翁也必來了，只不知現在藏身何處。石振英這時窘得束手無計；又想動起手來，自己還可以有發有收。陳元照這小子年輕手愣，有他在旁，還怕他冷不防暗助自己。萬一傷了摶沙女俠，更不堪設想。

石振英打好主意，把陳元照推到一邊，竊囑數語，立命他到江邊巡風。然後自己將刀插在地上，把幾件暗器重新帶好，一面收拾，一面說道：「師妹不要怪罪，愚兄天膽也不能在師妹面前動暗青子。師妹只顧跟我生氣了，我恐怕剛才那夥子歹人再來搗亂。師妹既然這麼說，愚兄只好陪妳走一趟刀。不過咱們都得把招子放亮些，留神別教外人揀了漏去。」說著，左手倒提著折鐵刀，十分躊躇，往前蹭了一兩步。

摶沙女俠華吟虹越發不耐煩，說道：「師哥，你不用操心了！你父子是一齊上，還是你先上！」石振英又咳了一聲，道：「師妹，我把小孩子打發得遠遠的，教他給咱們巡風，自然是愚兄奉陪師妹了。」

女俠道：「好！師兄，看劍！」嗖的一伏身，利劍疾如電閃，對準咽喉，直刺過來。石振英退了一步，用刀一封。女俠霍地收招，眼光往外一瞥，將劍訣一領，唰的又一劍，探身直取，劍扎胸膛，石振英往後又退了一步，用刀一架。女俠這一回卻不收招，劍尖一沉，跟手一變招，旋身刺扎；藉著甩臂轉身之力，第三劍斜肩帶臂，狠狠地掃來。石振英這一回卻不敢硬架，也急急一伏身，又一旋轉，斜竄去五步以外。剛剛凝身回步；女俠早一陣旋風似的跟蹤撲到，劍尖閃閃，看看點到石振英的後心。石振英驀地一躍，騰身猛往旁竄；腳才著地，輕輕一點，「刷、刷、刷」，「蜻蜓點水」，飛竄出數丈。這才旋身一轉，封招回顧。果然，搏沙女俠又已如飛地追到。

女俠心中暗想道：「知道你是多臂英雄！你不用躲，你妄想用暗器贏我。哼！我叫你離不開身，騰不出手來。」縱步追到，劍訣一領，劍尖外吐，一個「盤肘刺扎」。照石振英手腕剪來，並且嬌叱道：「師哥看招！」石振英這時何嘗想用暗器，也不敢稍存試招之心；只好認真地招架著，躲閃著，一味盤算給師妹「閃面子」的辦法。一見五鳳劍砍到，把刀鋒一扁，貼劍刃進招，輕輕一顫。女俠再不肯吃這硬虧了，唰的將劍收回；劍花一轉，又改取中盤。旋展開八卦連環劍的絕技，點、崩、截、挑、刺、扎，突擊猛斫，竄前竄後，忽進忽退，如生龍活虎，圍著石振英亂竄；一片劍花，把石振英裹在當中。石振英一口金背折鐵刀，只顧招架抵攔，嚴封門戶，眨眼間，走了二十幾招。石振英連連遇上四次險招，不住口地直叫：「師妹手下留情，愚兄眼花手慢，實在搪不住！」

這一叫，搏沙女俠一片芳心越發熾起盛怒；唰的往外一竄，劍交左手，戟指痛斥道：「石師兄，你瞧不起我，就是瞧不起我父親！你拿我當小孩子耍！」石振英也往外一竄，喘吁吁連忙說道：「這是怎麼說的，師妹這麼好的功夫，我佩服還佩服不過來呢。我怎敢拿師妹當小孩呀？」女俠嗤啷一聲，又把五鳳劍投在地上，雙手掐腰道：「石師哥，你不要自作聰明！過了二十幾招，你一點真格的也沒有使出來。你要想哄騙我，教我一個人跳來跳去，把我遛乏了，是不是？再不然，你就佯輸詐敗，把我愚弄一下！嘻嘻，想必是我長門華家的八卦連環劍一文不值，不配跟你石老英雄對招，我華家的丫頭實在太不自量！」石振英慌忙道：「這，這，這哪裡能夠！」華吟虹不管不顧，仍然怒叱道：「石師兄，你不用使巧弄乖，我的劍法本來不值跟你比！那也好，咱們就比畫暗器。來吧，多臂英雄，你亮你那五樣暗青子，我灑我這半袋子鐵砂。你打著我，我死而無怨。可是，我不能受人嬉皮笑臉的戲耍！」

石振英一迭聲叫道：「師妹，師妹，那可使不得！我斷不敢戲耍師妹，我不過是手腳遲慢。妳教我快，我哪能快得起來？我的暗青子早已多年沒練，怎能在師妹面前獻拙呢？師妹一定要使五毒砂……」說著把頭一抱，笑道，「我更招抵不上；那沒別的，我爺們只好溜之大吉了！」

石振英不曉得摶沙女俠乃是一種性格狷介、言行整肅的人，最不喜人家對她說笑話，尤其恨人倚老賣老，拿她當小孩子待。石振英雖然老於世故，這一回可糟了。女俠厲喝道：「石師哥！我拿你當老前輩看待，你還是倚老賣老戲弄我，我可對不起你了！」伏腰拾劍，一推砂囊，嗖地往前一縱身，道，「我看你往哪裡溜！」但是多臂石振英也有點吃不住勁，又當著自己的義子，臉上越掛不住；心想：「我難道真怕妳不成？不過我怕對不住你爹爹罷了。看樣子，不把妳戰敗，我今天就不得下臺。好好好，我就給妳一下，也叫妳知難而退。別人怕妳的毒砂，我是本門中人，有的是解藥，我還能怕妳的毒砂不成？也省得讓我這傻孩子暗笑我膽小怕事，教一個小丫頭擠兌得走投無路。」想罷，也提高嗓音道：「好好好，師妹，妳一定叫我來真格的，我本來沒有真格的。師妹，我耍一套五虎斷門刀給妳看看，好不好，您多包涵。」他還是嬉皮笑臉。

摶沙女俠道：「好極了！」只叫得一聲，兩個人往垓心一湊，一刀一劍登時交鬥起來。這一回不比剛才，多臂石振英展開了進手的招數；但見得人影亂竄，不聞一些刀兵磕碰的聲音。摶沙女俠華吟虹不由暗吸了一口涼氣，才覺得自己久戰力疲了。這個巨顱矮身的侏儒，活像肥豚似的石師哥，想不到他還有這麼兩下子。女俠把牙一咬，喝道：「好刀法！」立刻展開身法，一口五鳳劍倏上倏下，揮舞繚亂，刺扎劃挑，不住手地攻擊上來；比剛才多加了十二分的戒心。她現在的招數既巧滑，又謹慎；既精細，又大膽；忽攻忽守，倏進倏退，絕不堅持一種鬥法。

多臂石振英也不由心中佩服，滿以為殺她一個下馬威，教她知難而退；哪知自己連劈三刀，都被女俠很輕巧地招架開。

女俠剛才教雙奪克制住自己的兵刃，現在單劍對單刀，兵器上先不吃虧。於是她一翻身，重展開八卦連環劍，登時在月影下泛起一團白光。那一邊，江邊巡風的陳元照看了個心急目眩，恨不得自己再加入一戰。他不知不覺離開江邊，往這邊湊來，把個石振英幾乎氣腫肚皮。本已竊囑他觀戰到了時候，教他急喊一聲「賊人又到」，好借此下臺。哪知這小子竟看愣了，一聲也不喊，反倒湊過來，一任自己打起沒完！

輾轉又鬥了三十餘回合，女俠氣力上依然支持得住，石振英心上十分焦急。猛然間，陳元照振臂大喊道：「伯伯留神，賊人真來了！」石振英應聲慌忙往外一竄，道：「師妹住手。喂，賊人在哪裡？」一回頭之間，不防女俠嗖地一竄，又撲過來，唰的一劍刺來道：「師哥，接招！沒有的事，哪有賊來？」

這一劍險極了，石振英忙一閃身，雙足直躍出兩三丈外，女俠立刻又一竄追過來。石振英且躲且叫，道：「師妹別動手，妳回頭看看還不成？喂，那邊來了幾個？」陳元照沒等重問，已如飛撲奔過來，大叫道：「伯伯，小巷裡頭有一個人出來了。」

喊聲中，女俠華吟虹照著石振英，連砍了數劍。氣得石振英且躲且喊，發狠大喊道：「師妹，妳可倒轉身瞧瞧啊！元照，先截住了！」百忙中，石振英側閃出數步，急往四面一瞥。果見一條人影從錯落的小巷房頂上，如野鶴盤空，飛掠下來，落地無聲，身法輕巧，驀地一伏身，竟比箭還快，直奔空堤這邊撲來。陳元照急將卍字雙奪一錯，奮身橫截過去，厲聲喝道：「什麼人？」

摶沙女俠到此方才回頭一瞥，背後真是來了人；不由按劍一愣，急凝眸遙望。那條人影抗聲呼道：「哪裡來的大膽賊子，可知道彈指神通的厲害？那邊可是虹兒麼？」

多臂石振英吃了一驚，急叫道：「元照，快站住，不要動手！……師叔，師叔！」同時聽見摶沙女俠激應了一聲，道：「爹爹，我在這裡呢。」忙迎了上去。

陳元照運卍字銀花雙奪，眼看撲到來人面前；卻聞呼一愣，雙奪一垂，立刻止步回頭，多臂石振英已經收刀，如飛地奔迎上來，叫道：「來的可是彈指翁華師叔麼？小姪是青陽縣的多臂石振英。」

來的這個人，果然不是別人，正是山陽醫隱彈指神通風樓主人華雨蒼，是摶沙女俠的父親，石振英的長門師叔。這老人躬任留守，藏在福元巷談宅；以一口劍，護住談宅大小二十多口。他命愛徒段鵬年、愛女華吟虹，幫著談大娘倪鳳姑，應付仇人；要將仇人誘到江邊，或殺或逐，給他一個厲害。不料峨眉群賊也不好對付，雖然傷敗逃走，倒把談大娘子也給打傷了。段鵬年催女俠把談大娘救回去，哪知女俠學技多年，初試身手，竟拋下倪鳳姑，獨自窮追下去。

段鵬年當下大窘，談大娘乃是孀婦，自己一個男子，不好過來攙扶她；而華吟虹又是一個沒出閣的姑娘，自己也不好強拖她回來。眼看著華吟虹雀躍著追趕下去，倪鳳姑一步一掙的往回走；段鵬年竟束手無計可施。他深恐賊人乘危來擾，只得提劍在旁隨行，把倪鳳姑伴送回家。

段鵬年進入談宅密室，急急向老師彈指翁華雨蒼一說，這老人登時大怒。自己女兒乃是閨秀千金，年紀小，閱歷淺；就仗她功夫好，倚恃五毒砂，可以克敵；萬一貪功遇伏，中了賊人的圈套，那還了得？這老人越想越急，把段鵬年抱怨幾句，立命他替自己留守，並給倪鳳姑治傷，自己拔劍就要追尋女兒回來。但是倪鳳姑傷在股胯，段鵬年又不便給她敷藥裹傷。

華雨蒼無可奈何，只得親自動手，給談大娘倪鳳姑剔毒敷藥，綁紮好了，然後騰出身子來，火速撲奔江堤，追趕愛女，搜捕仇人。

到江邊登高一望，瞥見空堤下，曲巷前，有兩個人影對打，一個人影巡風。對打的二人中一個好像女子，料道必是己女無疑。彈指翁心中納悶，那個巡風的到底是什麼人？為什麼不幫打？他萬想不到對打的已不是尋仇的峨眉七賊，乃是自己的女兒和自己的師姪，更想不到巡風的乃是自己的徒孫。

彈指翁忙沿江邊，伏身急馳，遠遠地叫了一聲：「虹兒！」

搏沙女俠答應了一聲，彈指翁一塊石頭落了地，不禁罵道：「好丫頭，妳幹什麼了？」那邊陳元照已揮雙奪迎截過來。彈指翁傲然站住，把背後劍一抽，喝道：「什麼人？站住！」多臂石振英急忙喊喝道：「華師叔，小姪是石振英，那是你老的徒孫。元照快住手，這是你師爺！」

雙方抵面，陳元照收住雙奪，心中納悶道：「這就是彈指翁麼？還是我的師爺！」陳元照上眼下眼地打量華風樓；月影中辨不很清，隱約見得此老身形瘦短，眉稜聳立，顴高腮削，目眶深隱，凸出一對黃眼珠，顧盼閃閃可畏；臉色不很好看，氣度也不威武；穿一身灰布短衣服，高襪布鞋，像個鄉村老叟；說出話來，卻響若銅鐘。陳元照還在橫奪顧盼。多臂石振英已經如飛奔到面前；將兵刃丟在地上，滿臉含春，高叫了一聲：「師叔！」跪倒在地，磕了三個頭。站起來，重報姓名道：「小姪是青陽縣的多臂石振英，我師父齊宣穎是你老的二門師哥。十年頭裡，我到你老府上去過好幾趟，你老不記得了吧？」

又向陳元照揮手道，「你這孩子，怎麼還發呆？我不是早對你說過，這就是你的長門掌門戶的師爺彈指翁風樓師祖，小子快過來磕頭。師叔，這小子就是你老已經下世的師姪陳嗣同的孤兒，他叫陳元照，算是小姪的徒弟。」

彈指翁有點詫異，看了看石振英，又看了看陳元照。這工夫摶沙女俠華吟虹也已提劍溜了過來，垂頭低眉，立在父親身旁，一聲也不敢言語，已經擺出了預備挨罵的樣子。果然彈指翁綳著臉，瞪了她一眼，又哼了一聲，卻暫不發作，先向石振英拱手道：「原來是石賢姪，幸會幸會！咱們多年沒見了，你倒更發福了。這個小孩子叫什麼？」陳元照自己回答道：「弟子叫陳元照。」

石振英忙搶著說道：「咄，什麼弟子！你這小混蛋，連稱呼都弄不清楚，這是你師祖！……師叔，他就叫陳元照，今年二十二歲了，從小沒爹沒娘，什麼也不懂。」彈指翁道：「怎麼，陳嗣同死了麼？」石振英道：「早死了，掐指算來，已經十三年了。」彈指翁道：「唉，我竟不知道。」看了看陳元照道，「小夥子很精神，哦，使的是卍字奪，這可是占便宜的兵刃，不用說，是你教的了！」石振英謙然答道：「小姪是瞎胡鬧，我哪裡教得好呢？我聽說師叔近來退隱故鄉，懸壺問世。想不到你老又出山了，還帶同著師妹。你老這是往哪裡去？有什麼事情？」

彈指翁和石振英匆匆地互叩行止，摶沙女俠低頭側立父親身邊。陳元照直著脖頸，立在伯父的背後，滿不在意；一對大眼看著彈指翁，又看著摶沙女俠。女俠看不慣他這放肆的神情，偷眼旁睨，瞪了他一眼。兩位老叟談了幾句話，彈指翁便往周圍一看，側轉身，面對女兒道：「峨眉派那幾個壞蛋呢？都跑了麼？弄倒他幾個？」女俠道：「只傷了他兩三個，全跑了。」彈指翁哼了一聲，忽然變了臉，厲聲叱斥道：「妳這丫頭，好大的膽子！妳怎麼就不聽妳師兄的話，妳竟敢單身追鬥仇人？萬一妳上了他們的當呢？倘若教賊人觸著妳一點，妳的閨秀身分何在？」

摶沙女俠微黑的俏臉羞得通紅，雙眸微抬，露出可憐之相；那意思是央求老父，不要當著生人，責罰自己。彈指翁素日固然溺愛這個小女，獨獨對於這種事，向來毫不寬縱；他平日就不准摶沙女俠獨自出外遊俠的。他張著一對深眸，又怒聲斥道：「妳這個姑娘，竟自個兒追下去了。妳談大姐受了傷，妳偏不管，妳丟下她，叫妳段二哥怎麼辦呢？我不是早囑咐妳了，千萬只在江邊動手，不許遠離，不許窮追；追賊的事，叫妳段二哥辦。妳剛離開我的眼，就任性胡來；往後我可怎能放心？」把女俠罵得一聲也不敢辯白，只低頭死挨。

多臂石振英連忙勸解道：「師叔息怒。師妹和歹人動手，小姪全看見了。師妹真是有智有勇，一點漏招也沒有。小姪和您徒孫本要上前助戰的，一看師妹一個人很能應付自如，小姪就沒有出頭。師妹打得實在好，她那五毒神砂……」

摶沙女俠忙乾咳了一聲，向石振英使一眼色。石振英沒有看出來，還要往下說；華風樓已經勃然大怒，叱道：「妳這丫頭，妳又使毒砂打人了。我從前告訴過妳沒有？」石振英這才後悔失言，忙替華吟虹掩飾道：「沒有，沒有，師妹真沒有使毒砂。」彈指翁看他一眼，冷笑不答，反顧女俠道：「妳說用了沒有？」摶沙女俠不敢隱瞞，低聲答道：「爹爹別生氣，您饒恕我，女兒是用過了。因為他們人太多，招數太毒，女兒一個人陷於危地，實在沒法子，才用的。」

女俠不說謊，彈指翁不覺變顏，緩聲說道：「噢，妳使了？」女俠低聲應了一聲道：「用了兩三把，爹爹你饒恕我！」

彈指翁道：「這種暗器太厲害，我不喜歡教你們隨便用。仇人既然歹毒，人數又多，用了也自無妨。不過，下不為例，以後不許你隨便輕用。」摶沙女俠輕輕答應一聲，方才放了心。彈指翁這才哂然一笑，眼看著石振英說道：「可是的，剛才我登高一望，沒望見賊人的影子，只見你們三個人在這裡打的打，巡風的巡風，這是怎麼一回事呢？峨眉七賊都跑了，你們怎麼倒動起手來了？」

石振英面紅耳赤道：「師叔，恕小姪荒謬！」

摶沙女俠到此自倖免責，見父親問到此事，她可就不再吞吐了，立刻振開銀鈴似的喉嚨，要搶原告；急急地說道：「爹爹，您老評評這個理。剛才女兒和峨眉七賊打起來，石師哥饒不出頭幫拳，反教他的姪兒埋伏在曲巷口，抽冷子跳出來，跟女兒動手。鬧得峨眉七賊都抽空跑了，女兒真不明白，他爺兒倆是什麼心思。女兒的劍教這位陳壯士的卍字奪克住，給打掉了，手腕子還差點被剪上。直等到女兒輸了招，要發……要發五毒砂救命，我這位石大哥才跳出來勸架。他說是誤會了，這位陳壯士是他的乾兒子。可是怎麼這麼巧，女兒丟劍，石大哥不出頭；女兒掏砂，石大哥就這麼突然竄出來，橫身攔擋。石大哥的意思，是拿女兒給他的乾兒子試招，他可不管女兒差點廢命！」

彈指翁一聽，面向石振英說道：「這是怎麼講？你和你師妹過招了麼？」石振英連忙解釋道：「師叔，這是陳元照這個小孩子年輕糊塗，不知怎的，他和師妹過了招。」陳元照忙道：「哪裡呀，是我看見師姑跟人打架；我不知是師姑，我溜過來想看看。」用手一指北邊道，「我正在那邊巷口牆根，剛剛一探頭，師姑就冷不防給了我一劍。」女俠華吟虹氣得了不得，不禁提高嗓音道：「我不是說那個。認錯了人，動起手來，本不算回事。爹爹，您不知道，這裡頭頂說不下去的是，石師哥明明知道是我，他瞧見我丟劍，他不出頭；直到我要揚五毒砂，他才跳出來，救他的兒子。」

石振英沒口地說道：「不是，不是，師妹可誤會了。師叔，這實在是怨我眼遲腳慢。我在旁觀戰，不知誰跟誰打。直等到瞧出師妹用的是八卦連環劍的劍招來，我這才疑惑是本門人，可是還不知是師妹，我就慌忙跳出來勸阻。我哪裡知道……」

一指陳元照道，「哪知道這孩子的手太快，眨眼的工夫，竟把師妹的劍奪出手去。我緊喊慢喊，奔了過來。師妹疑心我偏向，這，這，這小姪焉敢那樣呢？」搏沙女俠道：「哼，您不偏向？您是不偏向，您替您的義子跟我比拳比劍！」

三個人嘵嘵聲辯，都在彈指翁面前告狀。彈指翁最疼愛他這女兒，但是遇到這種情形，也不好辯理；當下斥道：「丫頭，妳當著你石師哥，怎麼還這麼矯情！誰吃虧，誰占便宜，不都是一家人嗎？又沒有傷著妳哪裡。那又算什麼？現在辦正經事要緊，這些閒篇，回頭再講。」又對石振英道：「你師妹是小孩子。石賢姪，你比她大著二三十歲，往後我還指望你照應著她呢，以後請你不要伸量她。」說罷一笑。石振英滿面通紅，欲言復止。彈指翁又向陳元照道：「少年，你是振英的義子麼？你父親陳嗣同也是我門戶中的師姪。告訴你，少年，咱們本門中最重長幼輩分。晚生後輩對待長輩，務必要尊敬，不可逞能滅長。哪有師姪跟師叔師姑較量的呢？」說得陳元照也憋了一肚子氣，恨不得要爭曲直，但是彈指翁並不想聽。石振英忙把陳元照扯了一下。

彈指翁把三個人都稍微說了幾句，這才張目四望道：「石賢姪，你師妹和我，乃是臨時受飛刀談五的大兒媳的邀請，給她擋一場仇人，現在事情還沒有完結；石賢姪，你既然在場，你還得幫老夫一點小忙。虹兒！」華吟虹應了一聲，彈指翁道：「妳只顧和本門人鬥閒氣，把峨眉七賊的黨羽追到哪裡去了？他們也許又回福元巷，騷擾談家去了。我們不要說閒話了，趕快回去，沿路上也得搜搜。走吧！」

彈指翁很匆忙地向三人吩咐了幾句，就與女兒搏沙女俠華吟虹，引領多臂石振英、青年陳元照，四個人合夥，往四面搜查下去。西北面樹林下，按江湖道，不應窮追，彈指翁便不肯去搜。放過這一面，只把附近小巷，踏勘了一遍，一無所見。

彈指翁立刻當先飛馳，往回路上走去。這老人唯恐峨眉七賊乘虛再來肆擾，殊不知峨眉七賊巴允泰等這時已無暇尋仇，只忙著搭救受傷中毒的同伴。僅由快手盧登引領唐林，潛奔福元巷，偷偷窺看了一遍。因看出談宅戒備很嚴，未敢下手。臨回來時，差點和彈指翁碰個對頭。

彈指翁四人轉瞬回轉福元巷，不進前巷，繞走後巷，又不走後門，反奔旁門。當門口低聲一嘯，彈指翁門下的二弟子段鵬年，忽由房頂上提刀現身，用隱語問明，這才下了房。隔了片刻，談宅旁門一響，門扇大開，段鵬年迎接出來，彈指翁把石家父子讓進來。

原來談家上下也有二三十口人，所有僕婦傭工已先時遣出，避到別處。談大奶奶的婆婆，和談二少爺維銘夫妻，以及晚一輩的人談國柱、談國基等，也都藏在對門小院裡了。這小院乃是談家的產業，下通道地，直達正宅；乃是當年飛刀談五在武林爭名創業時，預防避仇，建築下的，今日正好用著。他們仍不敢在小院屋中躲避，都鑽入特辟的地室裡。地室門口，設下埋伏，有人把守著。那負傷回來的談大奶奶倪鳳姑一到家，也藏在地室裡養傷。彈指翁父女迎賓回來，先繞著正宅那三進大四合房，裡裡外外巡視了一遍；然後才把石家父子讓到後院佛樓上。一面談話敘舊，一面仍可以瞭望巷外江邊的情形，防備仇人的後舉。

彈指翁先向女兒細問與仇人格鬥的情形，和仇人的年貌、人數、逃走的方向。問罷，才和石振英寒暄敘話。談了幾句，便命女兒搏沙女俠華吟虹下樓，教她走道地，到對門小院，看一看談大奶奶倪鳳姑的傷。彈指翁已經看出女兒左一眼、右一眼，只瞪石振英和陳元照，臉上兀自帶著怒容；心想女兒一定吃了虧，才生這麼大的氣。索性把她遣開，回頭再細問她；眼下先和石振英談談舊事。搏沙女俠便答應了一聲，起身下樓。

將到樓門口，又瞪了陳元照一眼。陳元照這小子竟也回瞪了一眼，臉上含著不服氣的冷笑，彈指翁看得明白，假裝不理會。

那掌門二弟子段鵬年跟進來，先向老師詢問搜敵的情形，然後一轉身，向石振英寒暄作揖道：「石大哥，咱們久違了。大哥這是往哪裡去？怎麼跟我們老師碰上的？現在我們老師替本宅飛刀談五的後人抵擋仇家，正嫌人少不夠分派；石大哥來得很湊巧，幫幫忙吧。這青年可是你的令郎麼？」石振英忙站起來，先向段鵬年還禮，又命陳元照過來，叩見段師叔。禮畢重新歸座，彼此懇談。那段鵬年站起來，仍到外面巡風；石振英陪著彈指翁說話。

彈指翁問道：「石賢姪，你我一別，一晃也有七八年了吧？你近來做何生意，是否得意？」石振英賠笑道：「小姪足有十來年，沒見你老的面了。小姪由打六年前我就把買賣收了，現在舍下務農，也就是對付度日。聽說你老人家還在故鄉懸壺行醫，憑師叔的藝業，做這濟世活人的營生，比起家師和小姪是勝強多了。」

彈指翁微微一笑，皺著眉毛說道：「什麼行醫？簡直沒出息，我哪能比你師父呢。我自從你大師伯一去世，又把大弟子逐出門牆之後，我就很灰心，從此不想在武林中立足了。我這才跑回故鄉，掛牌給人看病，苟且餬口而已。也是搪不過親朋鄰居的慫恿，我就算是醫生了。不過我把咱們門裡的拿穴小手的功夫，用在推拿接骨調氣上，居然治一個好一個，求我的一天比一天多，倒賺了一點田產。可是這事情太膩煩人，天天和病人打交道，這個哼哼，那個咳咳，我實在耐不下去；已經有三四年沒看診了。我把這些診務都推給你段鵬年師弟了，如今算是他代師行醫。近來他也累得不得了，鄰縣故舊登門求醫的，又推不開。俗話說，善門難開，敢情醫門也難開，再想謝絕，也不行了，倒把你段師弟的功夫耽誤了不少。我現在是借訪友為名，出來躲一躲求診的。因最近有一位藩臺的兒子，騎馬摔吐血了；又有一位知府的兄弟，得了骨癆病，仗著人情財勢，逼我出診。路又遠，病又重。不是一月二月就治好的。他們人擺官牌子，拿我當生意人看待。而且他們四五家同時爭請我出診，我倒是先到誰家去好呢？我誰也不敢得罪，我就帶著小女和你段師弟，溜出來了，我也算是避難。」說著哈哈一笑，枯黃的臉上微露出得意之形。石振英忙笑道：「這都是師叔醫學精深，賺來的麻煩。別的郎中滿心要求像你老這樣忙，無奈人家偏不請他。」接著又請問這談家尋仇之事，道：「師叔可是陌路拔刀，還是應邀助戰來的呢？這事情今晚上可否了結麼？」

彈指翁說道：「這倒全不是。」說著話，扶窗向外望了望，歸座說道：「這是一件湊巧的事。我們父女師徒三人出門漫遊，行在半路上，無意中聽見了談家這場是非。我們原是親戚，不能袖手旁觀；只好繞道前來。幫著談家，擋一擋峨眉派的七賊。現在這場事情還不算完，恐怕我去後，他們再來滋擾。為徹底排解此事，我還要煩賢姪幫我一場。」石振英忙答應：「師叔有事，只管吩咐。」又道：「這裡事情了結之後，師叔打算還到哪裡去呢？」彈指翁道：「我還沒有一定。我打算先奔如皋，後上淮安府去一趟。」石振英道：「這可巧了，小姪正要上鎮江去，我們可以結伴一路走。」彈指翁道：「這個，也好吧。」

彈指翁說是這樣說，其實他並非避診出遊，他實在是：一者為給女兒相婿，專程出來，要到如皋去一趟，見某一個人，打聽某一件事。二者他又收到江南鏢行，有名鏢客十二金錢俞劍平、鐵牌手胡孟剛、智囊姜羽沖、霹靂手童冠英等二十多人的信；為了尋鬥綠林中一個不知名的怪傑，名叫飛豹袁承烈的，大家具名，敦請華老前往助拳。他義不容辭，只得親往淮安去一趟。至於這飛刀談五家，當年雖和彈指翁相識，實際並無淵源。直到前幾年，彈指翁的長孫訂了婚，從女家那邊敘起來，和談大娘倪鳳姑恰好沾親。論輩分，倪鳳姑管彈指翁叫親家伯伯，管女俠華吟虹叫親家妹妹；他們這才接近。這一番峨眉七賊大糾黨羽，登門尋仇；倪鳳姑情知不敵，暗遣急足，到娘婆二家武林親友處，送信求救。獨有山陽醫隱華風樓家遠在陝南，相隔太遠，不能一呼而至，倪鳳姑事先並沒找他。

碰巧華風樓行經皖境，在一位朋友家，聽見了南荒大俠一塵道人，在數月前被人暗算，死在鄂北。又聽說一塵道人是被西川唐家門的毒蒺藜打傷毒發喪命的。華風樓不由一驚，登時推測出來，是峨眉群賊所為。慌忙仔細打聽下去，果然一塵道人慘遭暗算時，內中有一個打毒蒺藜的女子，那個女子便是海棠花韓蓉。她偽裝拒奸貞婦，巧設假採花計，在一個荒村貧農家，擺好圈套；把貧農母子捆藏起來，韓蓉塗脂抹粉，打扮成一個村裡俊俏的美女，躺在床上，由她的丈夫虎爪唐林，假裝採花淫賊，進去持刀採花。外面安下埋伏，另遣康海到一塵道人住的店裡，假裝過路的綠林，故意踏瓦留聲，一路登房飛逃，把一塵道人誘出店外。一塵道人一生仗義遊俠，聞警立即仗劍追出。趕到荒村，峨眉群賊一打暗號，那康海藏起來；那韓蓉立刻扛呼救命，唐林立刻持刀上前，假裝逼姦。此舉太出人意料，唐林夫妻又做作得很像。憑一塵道人四十多年的經驗，竟沒想到採花是假。一進屋去，把假採花賊唐林趕跑，假貞婦韓蓉卻從背後，發出兩顆毒蒺藜，打中一塵。但一塵道人頗知解毒藥方，也能自救；可是又被峨眉群賊包圍纏戰，不教他有服藥療毒的空隙。這一來，一塵道長竟遭毒手。雖有陌路仗義，拒賊求藥的玉幡桿楊華，無奈夜深地僻，購藥失時，把個不可一世的南荒大俠，竟被他們生生制死。風樓主人既已曉得他們結仇的經過，立刻推知峨眉群賊現已發動復仇。一塵道長既死，他們定會挨個找尋飛刀談五。如此一想，談家必不得了。看在戚誼上，華風樓這才攜女率徒，連夜趕來赴援。

第八章　烙鐵療毒

彈指翁華風樓和四川唐大嫂素未謀面，卻是略有淵源的。

彈指翁祕製的五毒神砂，和四川唐大嫂的毒蒺藜，乃是百十年前一位武林前輩，由西南蠻荒苗人手中得來的祕方。苗人拿這毒藥淬成毒箭，用來獵取野獸。這位武林前輩得到祕方，又獨自研試，特製出毒藥和解藥來，力量比原方還猛，真個是見血封喉，奇毒無比。後來這藥方輾轉傳到唐、華二家。不過風樓主人深明醫道，得到祕方之後，又將這毒蒺藜的藥味略加增減，添入兩味，減去一味，共湊成五種毒藥，方製成這一種華家獨門的暗器。又將鐵蒺藜改為鐵砂子，名為五毒神砂。四川唐大嫂卻由她祖父傳下來的原方、藥味，始終沒有增減，但暗器種類也化成數種，有毒鏢、毒弩、毒蒺藜、毒針等七八樣之多。

唐大嫂的後人便倚此為生，專把毒弩、毒箭賣給獵戶，把毒藥暗器賣給鏢行武林。起初賣藥尚有限制，曾定下規約，不賣給綠林中人。後來因受官方禁止，隸役敲詐，唐大嫂一怒移居，索性祕密地大制特製，大賣特賣。只要給錢，誰來皆賣。

她家以此發了大財，可也造了大孽，並且又在無意中結下大仇。有人買她的毒藥和解藥，嫌路遠費事，取價又貴，便要出重價，購買她的原方。她說什麼也不賣方，只肯賣藥，許多人因此對她不滿。

又有人傷在毒蒺藜下，尋著仇人，自去報仇；若遭暗算，尋不著仇人，自然窮源竟委，算在唐家門的帳上。

有些年，頗因此引起紛爭，也有找上門來索鬥。

後來唐大嫂把這些是非消解了，或動武，或善說，應付過去之後，她又一惱，這才只賣毒弩、毒箭，不賣暗器了。這忽然一不賣，又得罪了人。這個老婆子又勃然大怒，當時宣布了新門規：凡有求取唐家毒藥的，必須先來拜門戶，認老師；在師門效力多少年，認為孺子可教，才正式收徒。又經過多少年，才傳給毒藥、解藥。這一刁難，到底也沒傳出方來。

唐大嫂的毒藥和華風樓的毒藥既是一個淵源，因此唐家門的一動一靜，華風樓也很留心。可是華風樓這邊師徒的授受，唐家門也很注意。後來唐大嫂這一支的後輩，與四川峨眉派的祕密會幫有了往還。峨眉派門下有幾個和唐家成了親戚，唐家的獨門毒蒺藜便傳入峨眉派去了。即如這個海棠花韓蓉，她的父親便是峨眉派岷江一支的首領，卻將女兒嫁了唐大嫂的後人虎爪唐林，自然毒蒺藜的毒劑、解藥也傳到韓家了。但是兩藥原方輕易仍不往外傳，韓家不過是得到她婆家的二十多瓶毒藥、十幾瓶解藥的成藥罷了。

風樓主人既知此事，忙奔魯港，一面走一面打聽。果然遇見談大娘倪鳳姑派出來求援的人。等到這一天，江邊尋仇邀鬥，不但風樓主人父女師徒三人到場，還有江南武林中的英雄五六人，也暗暗藏在談家。峨眉派群賊在福元談宅窺視，竟沒看出人家救兵已到。談大娘設計細密，一出一入都不走本家正門。不是由鄰舍逃牆借道，斜趨巷口，就是悄穿道地，從對門繞出街外。峨眉群賊以此走了眼。

當下風樓主人和師姪石振英，略說峨眉群賊之事。然後引領石振英，到談宅前後院查勘一遍。這時在談宅內外，埋伏著好幾個人；一一引見著，和石振英叔姪敘話。內中一人乃是蕪湖名武師梁公直的次子梁邦翰，梁公直年輕時和石振英見過面。此外還有三位，都是有名的武林朋友。一個叫謝晶謙，一個叫米元濟，一個叫孟兆和。此時大家唯恐峨眉群賊再來肆擾，都聚精會神地戒備著。梁邦翰等只和石振英草草寒溫數語，便忙向彈指翁報告護宅了敵的情形。那峨眉七賊的唐林、韓蓉夫妻，真個跟隨快手盧盧登，前來繞奔後巷，竟欲襲入談宅；卻被護宅人登時發覺，飛彈驚走。段鵬年不敢擅離談宅，只由米、謝兩位壯士跟蹤綴了一程。唐林等逃奔西南隅，穿過四五道街巷，便已失蹤了。這西南地段，正是招遠客棧的附近。

彈指翁巡視一周，復又登樓。段鵬年轉告摶沙女俠，把本宅談大娘倪鳳姑，和談維銘、談國柱都請上樓來。石家叔姪也在內，還有邀來的武林朋友，只留下五個人，在院中房上瞭望。彈指翁先問了問談大娘的傷，此時她一瘸一拐地早將傷縛好，失血不多，臉上氣色幸還如常；與小叔談維銘，向眾人道謝。又向石家叔姪客氣一番。彈指翁把手一揮道：「諸位請坐。這事情還沒完，談大姐姐妳先不要道謝。……諸位仁兄，請坐下來談。」眾人忙道：「不敢當。老前輩有話，只管吩咐。」

彈指翁面對樓窗道：「現在天氣還早，大概不到五更，也就是四更二點，仇人也許再來。不過我想不來的時候居多吧。

仇人大概投奔西南，西南邊正是人煙稠密、最雜亂的地方。此番巴允泰、康海等峨眉群賊，大舉前來尋仇，落得吃虧而去，我猜他必不甘休。我們下一步該怎麼辦呢？」

眾人多半沉吟未答。有的人說：「我們多戒備幾天最好。」倪鳳姑道：「這麼樣，我謝謝諸位伯伯、叔叔。」多臂石振英忍不住說道：「師叔，這夥子仇人既然是峨眉派，真得防備他們苦苦地尋仇不捨。咱們與其在這裡坐候抵禦，何不尋了他們去？」梁邦翰道：「可是峨眉派在此地的住處先得打聽明白了，才好下手。」石振英道：「不用打聽，我就知道，他們現住在招遠客棧。師叔，憑你老這一身功夫，這幾十年的威名，簡直找了他們去。你若施慈悲，就把他們嚇走；若要斬草除根，你老索性把他們整治了，也替人間除害。他們大概來了不過七八個人，至多不到十個人。」

彈指翁點了點頭，還未發言，摶沙女俠俏眼一張，轉臉對她父說道：「賊人也是行家，他們未必住在明處吧！」陳元照道：「他們確實住在招遠客店裡，我和我石伯伯從白天就在店裡看見他們了。」摶沙女俠把嘴一抿，微哼了一聲。石振英忙道：「師叔，小姪倒是在招遠客棧，碰見了那個賣野藥姓包的傢伙。」摶沙女俠道：「人家就不姓包，他叫巴允泰！」兩個人話裡又暗鬥上了。

彈指翁把臉色一沉道：「丫頭家，聽著，少說話。石賢姪，你是在招遠客棧，看見過他們麼？」眾人同聲詢問，石振英如實說了，又道：「只怕他們此時溜了。」眾人齊請彈指翁，趁天色沒亮，同往招遠店看看。狗賊們如果沒躲，把他們驅出魯港，就完了。彈指翁不以為然，道：「依我估計，賊人至少來了十多個人，在招遠店中的不過三兩個人。我料他既被虹兒傷了好幾人，他們必要遷場。現在天還沒亮，我們只好守著宅子。等到天明，我們再出去仔細搜一搜。也不要用武力趕逐他們，只用話點破他們；給他們一兩天限，教他們全數離開魯港。如果不離開……」

石振英、段鵬年、倪鳳姑一齊問道：「是呀，如果他們不離開呢？或者他們口頭上滿給面子，暗地裡潛蹤不走，仍要死賴不休呢？」倪鳳姑並且說：「他們大老遠地來尋仇，他們倒受了傷，栽了跟頭，他們焉肯善離？」彈指翁微微一笑道：「我只求他們當面答應我一個『走』字；只要他們答應了，我就有法子辦。」別的英雄還聽不懂，倪鳳姑更怕仇人不肯善離，總在這裡窺伺。就請人禦侮，只可一時，天長日久，誰有這麼長的工夫呢？石振英、米元濟卻已聽出，華老分明把事情攬在自己肩上。

又商量了一陣，把外面護宅巡風的人撤回來，只留下三四個青年，緊守小樓窗口和前後門。別的人就在樓上，內院、外院，分散開歇息。轉瞬到了辰牌時分，便都起來，洗漱，進早點，穿長衫，暗藏兵刃，分撥出去。

石振英與陳元照專管查店。出了巷口，急趨招遠客棧，到七號房一看，門鎖房空，寂然無人，折到櫃房一問，說是：「七號房的兩個客人，從昨晚起，通夜未歸！」石振英目視陳元照道：「他們真溜了！」打著官腔，把店家訊問了一頓。無奈店家並不知賣藥郎中的下落，石家叔姪抽身出來，復趨慶合長客棧。慶合長也沒有搜出可疑人物來。忙又向店家探問魯港還有別的雞毛小店沒有。說是還有兩三家很窮很髒的茅店，那是三文錢住一天的小店。石家叔姪不死心，又找了去。入店挨人看視，仍沒有七賊和他的黨羽，也沒有江湖人物。石家叔姪又一轉念，忙把那小窮孩唐六找來，教他專在碼頭上，查訪那個賣藥郎中。然後石氏叔姪在魯港大街小巷，亂蹚起來。

那孟兆和與梁邦翰專找茶寮、酒肆、妓館、廟宇。那彈指翁和段鵬年師徒二人，先勘西北樹林，次勘東南、西南民宅破落戶，然後轉奔碼頭。他們每兩個人一撥，倘或遇上仇人，一個跟綴，一個回去送信。魯港地方並不大，只勘到晌午，便把全鎮甸勘盡，都沒有碰見峨眉七賊和別的可疑人物。

到午飯時，三路尋仇的人全都回來。交換消息，皆無所得。光陰迅速，轉瞬天黑。吃過晚飯，福元巷談宅內外又戒備起來。但是戒備了一通夜，福元巷前後，連個可疑的人影也沒有發現。倪鳳姑情知不妙，忙請教彈指翁道：「這該怎麼辦？」彈指翁不由皺眉道：「像這樣長久耗下去，賊暗我明，我們還能常年常月地跟他久耗嗎？」石振英也道：「外來的歹人容易根究，他們脫不過住在小店、古廟、荒宅。倘或當地有他們的黨羽，在尋常民宅一住，白天不露面，黑夜才出頭，可就難搜了。」

彈指翁點了點頭道：「我就怕的是這樣。」想了想，忙把摶沙女俠叫到面前，問道：「那天晚上，妳用毒砂傷了他們幾個人？」女俠驀地面紅，低頭不敢置答。彈指翁眼望石振英哂然說道：「虹兒，我不是說妳；妳只管告訴我。」女俠囁嚅道：「打了他們三個、四個……」

彈指翁笑了笑，問談維銘道：「二相公，你們這裡共有幾家藥鋪？」談維銘道：「這裡只有三家小藥鋪，藥也不很全；平常抓藥，得上蕪湖。」彈指翁大喜道：「好！站起來，便催眾人再到街上細搜；這一回要注意小巷民宅眼生的外鄉人。又單把梁公直的次子梁邦翰叫到一邊，密囑他到蕪湖藥鋪，查問查問；又教石振英叔姪和二弟子段鵬年，速到本地藥鋪去一趟。」

這老人仔仔細細，重布置了一回，談大娘方才放心。於是，談宅禦仇諸人白天在魯港碼頭大街小巷上亂搜，夜晚在福元巷宅內宅外嚴守。一連耗了三天，梁邦翰從蕪湖查問藥鋪回來。他父親梁公直也親身來到，面見彈指翁和石振英，同時又率領許多幫手來了。談宅又由秀才報了官面。談宅本是紳士，這一聲張起來，登時聳動地方，家談巷議，風聲陡緊。

那尋仇的峨眉七賊，可就有些藏伏不住了。他們曉得談宅是個行家，他們一到魯港，便只有三個人住店，其餘七八個人分住在朋友家和廟宇裡。等到當晚鬥敗，料知談宅既有援手，必來勘尋，他們就一齊移住碼頭下坡。白天不敢出門，夜間才遣兩個人，出來哨探。而且他們受傷的人很多，喬健生、喬健才、巴允泰，全中了毒傷，這都得忙著給他們配藥治傷。康海、快手盧也帶了輕傷，只有唐林、韓蓉夫妻還好，可就深感力孤難支了。

他們七八個人當夜一齊遷入朋友家裡。這個朋友實是同黨，在當地幹著腳行，也算是峨眉派的小頭目，名叫朱阿順。

他手下的徒弟，也是當地腳行。男女十七八口，只住著六間房子。這個朱阿順只住著四間房，倒有九口人。把兩個單間勻出來，款待本派領袖。幸是春天，尚可擠著住。海棠花韓蓉便與朱阿順的妻子同住一間。其餘男子分住堂屋和單間。那單間是東耳房，臨時搭鋪，板床不敷，就搭地攤，鋪草為床。卻教巴允泰、喬健生、喬健才三個受重傷的住在一間屋，在板床上躺著。僥倖同院也是自己人，一出一入，還算嚴密。

唐林、韓蓉咬牙切齒地恨怒。依著受傷的輕重，先忙著給喬健生、喬健才、巴允泰三個人治傷。二喬受毒最久最深，此時已經有出氣、沒入氣了。康海撫頭大痛；唐林夫妻連忙安慰道：「你不要心慌，不要緊，有法子治。」唐林先把二喬搭在床上，用熱水把先前敷的藥洗去，然後用銳利的小刀，剜去受毒的死肉。直剜得鮮血迸流，二喬唉喲一聲，叫出聲來，大家這才放了心。便由海棠花韓蓉給敷上專治毒蒺藜的解藥，是一種油膏，厚厚地敷上一層。跟著照樣給巴允泰剜治，把巴允泰疼得渾身打戰。復又驗看康海和快手盧的傷，都不甚重，也沒有中毒。唐林取出藥箱來，另找出金創鐵扇散，給二人敷上。

六間小屋頓患人滿，朱阿順先率夥計繞道上碼頭，自干自己的營生去了；暗中實替同黨，窺伺談家的舉動。家裡只留下一個男子，一個半大孩子，在門口巷角，不時巡視。峨眉群賊窩在小屋中，一聲不響，只注視受傷人的動靜。另由朱阿順的妻子、母親買來鯽魚做湯，預備給受傷人服用。過了一個多時辰，該有反應了。但是二喬仍然昏迷，巴允泰倒似乎見重，由呻吟變為低喘，由低喘變為出氣吁氣了。

韓蓉道：「不好！」叫著丈夫唐林道：「阿哥，你看，怎麼這藥膏克制不住這毒？華家的五毒砂和我們的毒蒺藜，難道真不一樣麼？」

唐林忙俯視病人，搔頭答道：「華老頭子揚言說，他加減了幾味藥，共用五種毒藥，我只不信。可是的，怎麼這半晌了，傷口的嫩肉不見發白，倒更紫了？莫非他家的有五毒砂真加了藥味了不成？」與妻子細查二喬、一巴的神色，越變越不好看。唐林不由心慌，忙提起筆，另開了一個藥方，想了想，又將藥方上的十八味藥，分抄成六味一個藥方，共分三張藥方，打發人分頭前去抓藥。先開的那個藥方竟給撕碎了，投在嘴內，嚼了又嚼，方才吐在地上。

三個人抓藥，一個是朱阿順的大兒子，一個是徒弟，還短一個人，就由朱阿順的妻子前往。唐林、韓蓉、快手盧盧登，白天絕不出去，以免被談宅尋來。所有刺探消息，窺察仇蹤，有朱阿順和他手下那幾個徒弟夥計足可代勞。只是，他們全是蠢漢流氓，刺探不出什麼消息來，也等於白費事。朱阿順從碼頭回來，吃過了飯，穿上長衣服，出去溜了一回，倒略有所得。把耳聞目睹之事，一一告訴唐林夫妻，說是由談家門口出來不少的江湖人物，並且也驚動了官面，已經開始搜查雜亂地方。又道：「這不相干，咱們幫裡的人都守規矩，斷不會洩漏底細的，大家只管放心在這裡住。」

唐林兩眼望著韓蓉，皺眉不語。韓蓉道：「你不用著急！抓來藥，準可把他們治好，那時咱們再想法子報仇。」

直過了一個時辰，買藥的人陸續回來。三張藥方內短兩三味藥，此地沒處買，要買須上蕪湖去。唐林唉了一聲道：「這可真糟！」韓蓉忙問道：「你們把這地方的藥鋪都找到了嗎？」

徒弟答道：「這裡大大小小一共才三家藥鋪，我去了兩家，全沒有。藥鋪說，要是後天用，他們可以趸去。」韓蓉回顧唐林道：「怎麼樣，後天誤不了麼？」又問徒弟，「他們上哪裡趸藥去？」答道：「蕪湖有藥棧。」唐林忽然站起來道：「此去蕪湖，來回不到六七十里，何必等兩天？我們趕快派人，自往蕪湖買去好了。」他把朱阿順找來，命他派兩個精幹的徒弟，速奔蕪湖配藥。仍命人再到魯港街上，細細地找一找。

分派已罷，再看二喬一巴，神色越發不佳。喬氏弟兄更重，已經昏迷不醒。唐林頓足道：「我們終朝打雁，被雁啄了眼！這麼辦吧，我先給喬家兄弟烙治一下。等藥，怕來不及了。」韓蓉皺眉道：「那種治法太惡了。……可是又有什麼法子呢？阿哥，你就狠狠心，給他們治吧。只要救活了命，還怕害疼麼？這個姓華的丫頭，我們一定不能輕饒她。」

唐林立刻挽起袖子，命朱阿順家裡人。預備火爐、木炭、藥鍋，和兩把烙鐵。把烙鐵放入爐火中，燒得通紅。唐林自持利刃，先將二喬傷口的爛肉削去；把兩人的頭臉剜得紫血流離，配上腫腮赤目，比惡鬼還怕人。唐林放下尖刀，用熬成的藥汁，把傷口洗過；投刀微吁，一指二喬。海棠花韓蓉、快手盧忙過來，先按住喬健生的頭，另教徒弟按住手腳。這些徒弟看得眼暈，有的兩手抖抖，只微微扶著。唐林道：「不行，快使勁按住了。」即從爐火上，取過燒紅的烙鐵，照傷口一烙，又一轉，煙騰肉焦，哧哧作響。垂斃的喬健生驀地一呻，渾身亂動起來；眾人七手八腳將他按牢。

唐林把第一柄烙鐵重放入爐中，將第二柄烙鐵取在手中。

凡是受毒砂打傷之處，都烙了又烙。喬健生咬得牙亂響，雙睛突出。再看傷口，越發高腫。半晌，虎爪唐林說：「行了！」韓蓉忙拿過一種止疼去熱的藥膏，把傷處滿敷上一層。眾人看得毛骨悚然，將喬健生搭過一邊。

唐林對大家說：「這毒藥本來還有用紅繩扎傷口，阻截毒血流通的一法。只是他們全傷在頭臉上，不能繫繩。」說罷，又給喬健才烙治。通紅的烙鐵把肉灼得往外流奶油，看得人直出汗，喬健才竟一聲不哼。眾人不由害怕道：「壞了，怕救不轉了吧？」唐林皺著眉，用烙鐵尖，直探入傷口。把豆粒大小的原創口，直烙得有核桃大小，喬健才方才哼出聲來，跟著一抖一抖地渾身打戰。烙完，照樣敷上止疼的藥膏。唐林道：「你們不要慌，還有救。」把喬健才也搭到一邊。第三個又給峨眉二雄巴允泰療毒。

巴允泰是頭頂上負傷，有四處被毒砂打中，流血中毒的有三處，擦破肉皮，幸沒見血的有一處。他逃走時，曾用帶子綳住頭皮，他又受傷較後，功夫比別人精強，直到此刻，毒雖發作，人未昏迷。只不住地翻騰，一連嘔吐了好幾次，把內服的消毒散全吐出來了。快手盧把他搭上床來，眾人圍著一看；巴允泰強睜雙眼，慘笑了一聲，似欲發話，已沒有氣力，好像眼睛也甚迷糊。唐林俯下腰，大聲說道：「二哥，你這時覺得心慌口渴不？」巴允泰點了點頭。唐林回顧眾人，教他們一齊下手，將巴允泰的兩手兩腳捆在床上。巴允泰猶欲掙扎，唐林忙道：「二哥，我這就給你烙毒治傷了。你要忍耐點，千萬不要喊叫。」

重將兩柄烙鐵燒在火爐上，藥汁油膏也都備好。唐林雖已將巴允泰捆住，仍不放心，命眾人上前，仍按住巴允泰的四肢。命自己妻子先用一種油膏，把允泰的傷處塗了一次，這是止疼藥。自己這才喝了一杯水，復將小刀磨了磨，照著巴允泰半禿的頭頂，圍著傷口，用刀剜將起來。巴允泰本未昏迷，只疼得狂喊一聲，往起一竄，幾乎連人帶床，一齊翻轉。唐林急急一提刀，退在一邊。怒喝眾人道：「囑咐你們，怎的這麼廢物！」又喝他的妻子道，「快拿塊布來，給巴二哥堵上嘴。……有麻核桃沒有？有那個更好。」快手盧忙應道：「我有麻核桃。」

這是一種堵嘴之物，快手盧找出來，要堵巴允泰的嘴。巴允泰雙睛怒睜，把頭左右亂閃，只不肯教堵嘴。唐林大怒，把刀噌的一聲，插在桌子上，過來一推快手盧，按住了巴允泰的頭，使個手法，只一捏腮，巴允泰張嘴大叫：「別堵我！」唐林的手十分麻利，早將麻核桃塞入巴允泰口內。巴允泰滿面怒容，亂閃亂扭。唐林、韓蓉連忙說道：「二哥別怕，我們給你治傷。」

唐林這才喝道：「快按住了！」韓蓉舒雙腕，按住巴允泰的肩頭。唐林急急地按住巴允泰的頭頂，運刀如風，將他的傷口一一剜治。雖有油膏止痛，可是毒入腠理，刀削甚深，把個巴允泰疼得臉黃身抖，汗出如漿，啊啊地張嘴，喊不出聲來。旁邊幫忙的人個個都歪著頭不敢看，就是唐林、韓蓉也緊咬著牙，臉上神情也很慘厲。

然後用溼棉拭去毒血。唐林咬著牙，復用通紅的烙鐵，來燙巴允泰的傷口。照樣皮綻肉焦，巴允泰驀然喉頭呼嚕一聲，竟疼死過去了。韓蓉驚叫道：「不好，快用水噴！」唐林喝道：「別噴水！」急急一伸手，把巴允泰的腮捏開，將口中麻核桃掏出來。呼吸一暢，人雖昏死，不至絕氣。唐林又拿火烙鐵，不管不顧，急急烙治起來。

這一次比治二喬，手法更要加快，一杯茶時烙完。唐林長嘆一聲道：「我說蓉妹，你給二哥上藥吧。」自己將烙鐵一丟，坐在椅子上，喘氣，拭汗，落淚。眾人不由齊聲切齒，痛罵這使五毒神砂的摶沙女俠。

海棠花韓蓉捲起袖子來，給巴允泰細細地敷好了藥，也抬過一邊。還有康海和快手盧盧登，也都受傷；經唐林驗明無毒，由韓蓉找出藥來，一一給敷治完畢。直過了一個時辰，巴允泰和二喬才能夠呻吟了。旋又不住聲地呼疼，更不時嘔吐。

唐林百般想法急救，連試了幾種解毒藥方，三個人僅能保住性命，餘毒依然不解。峨眉群賊個個焦灼無策，只有焦盼買藥的快來。派去蕪湖買藥的人腳程本來很快，路又不甚遠，預計當天可以回轉，但竟等了一天一夜，兩個人全沒有回來。唐林、韓蓉、快手盧、康海等俱都驚疑不定。打算雇小轎，把受傷的人乘半夜一徑夜送往蕪湖就治。不想朱阿順和巡風的幫友，又悄悄回來報信，勸唐林等千萬慎重。說是外面風聲很緊，就是要走，也得白天雇轎；夜間走，太惹人動疑了。

像熱鍋螞蟻似的，峨眉群賊直挨到第二天夜裡，派去買藥的人方才驚驚慌慌，奔了回來。韓蓉搶著問道：「怎麼才回來？

莫非藥還是不全，還是又出岔了？」買藥的兩個人先把藥交給唐林，道：「藥都買全了。」抹了抹頭上的汗，說道：「唐師叔、韓師姑，咱們快想法子，離開魯港吧！咱們的行蹤恐怕已經破露。我們兩個人可是教人綴上了，好容易才甩開。」

眾人一聽大驚道：「教什麼人綴上的？是在半路上，還是在蕪湖？」二人答道：「我們一出魯港，就打頭碰臉，遇上一個小子，也不知是不是談家的人，賊眉鼠眼，直思索我們。一個小子又湊過來，要搭訕話。我們就動了疑，跟他繞圈子。直轉到傍晚，我們才出了魯港。及至趕到蕪湖，已過三更，又遇上夜行人。我們不敢大意，只得又躲起來，溜到本幫弟兄的家裡，胡亂睡了一夜。第二天清早，我們一去買藥……」唐林怒哼了一聲道：「你們當天夜裡，沒有砸藥店的門？」二人面含愧色，低頭無語。韓蓉道：「你們快說吧，以後怎樣呢？」二人道：「以後可就麻煩了。咱們開的那藥方，內中有好幾味藥，憑蕪湖那大地方，竟會買不著。藥店裡的夥計也神頭鬼臉，直思索我們。我們就又犯了疑，不敢冒昧了。幸虧咱們在那裡，還有本幫的弟兄；我們就轉託他們，方才照方配出來。我們打聽藥缺的緣故，說是叫一位大財主，把幾味藥都收買去了。我們自然不信。我們很費了一回事，才探出這位大財主是寶豐糧棧姓梁的親戚，說是姓什麼歐陽。後來一根究，才曉得這裡頭有詭……」

眾人道：「這裡頭有什麼詭？」

買藥的人剛要回答，唐林突然大怒道：「好歹毒的傢伙！我就不信，姓談的在這地方，竟會有這麼大勢力。」對海棠花韓蓉說道：「你們還不明白麼？他們明明知道咱們的人受了五毒神砂的毒，必須這幾味藥；他們就拿出錢來，把這幾味藥全買絕了，好教咱們的人不治而死。不過鬼羔子們勢力雖大，工夫很短，蕪湖是個大地方，他們還沒有把藥買絕就走了。好你個飛刀談家，我們老唐家倒要鬥鬥你們！」

康海從床上一蹶趔坐起來，罵道：「這就叫『強龍不壓地頭蛇』，他們在這裡是本鄉本土，處處占便宜。咱們是外鄉人，處處要吃虧。你看一塵賊道，功夫儘管好，我們跟他狹路相逢，到底把他治死了。要治這姓談的，可就費事了！但是此仇不報，至死不甘，咱們跟他走著看！」

唐林把桌子一拍，怒氣沖天道：「對！此仇不報，我至死不離開魯港！」立命康海、快手盧，裹創守護中毒的人。命妻子預備抵禦五毒神砂的傢伙，是幾對氈盾，便要與妻子韓蓉，乘此半夜，重襲談宅。朱阿順和快手盧一齊勸阻道：「師叔還要小心！」康海切齒道：「拚吧！我跟師叔、師姑一同走。」忽聞一聲冷笑，側身一看，那海棠花韓蓉一臉的忿激，卻端坐不肯動，大有不欲前往之意。唐林站起來，湊過去道：「你一聲不哼，到底是去不去？」韓蓉冷冷地說道：「我不去！」唐林道：「你為什麼不去？」韓蓉道：「不為什麼！」面向眾人道，「還像那一次，教我一個人頂缸，你們全躲了嗎？」

夫妻倆拌起嘴來，一聲大，一聲小，一個要去，一個不去。要去的恨不得立刻撲奔談宅，再不管江湖的門面，放把火，先擾害談家一下子。不要去的卻是想給巴允泰和二喬，先治好了傷再搬救兵。十幾年的仇都忍了，何在乎今夜？夫妻兩個越吵越厲害，康、盧、朱等人急忙勸解道：「咱們從長計議，師叔、師姑先別急。」

那買藥的人又插話道：「你二位老人家先別吵，我們的話還沒有稟報完呢。我們在蕪湖多加小心，僥倖沒有出錯。買到了藥，臨回來，一路上似乎也沒人跟綴我們。誰想我們返回魯港，在大道口上，竟又有兩個線上的人物在那裡卡著。也許是我們多心，我們就不敢貿然進碼頭，怕把窯賣露了。我們繞回去，打算走小道，這兩個點子竟跟了過來。我們趕緊藏起來，直耗到天黑……」

正往下說，那院內房上巡風的兩個人忽然發出警報，輕輕投下兩塊石子來，直落到窗根之下。朱阿順吃了一驚，急忙開門出去，才登階仰面要問，兩個巡風的人竟有一個溜下房脊，如飛地奔上臺階道：「朱師傅，隔巷街上有兩個夜行人物，好像奔向咱們這裡來了！」

朱阿順呀了一聲，道：「真的麼？」一彎腰，把腿上的匕首拔了出來。站在房上的那一個巡風的人還在張皇四顧，忽失聲直指牆外道：「不好！正是繞奔這邊來了。……呀，北面還有一個，……全竄上房頂了。」

屋裡面噗的一聲，快手盧把燈吹滅。虎爪唐林厲聲喝道：「不要慌！喂，點子一共來了幾個？朱當家的快進來。」

這時候，正在三更以後，春寒猶存，新月如鉤。從房頂上探頭下瞭，依稀辨得出人影。在隔巷東面出現兩人，北面出現一人，遙聞鼓掌之聲。朱阿順跳到院隅，登梯上房，窺聽得明明白白。朱阿順不禁張皇失措，忙又躍下短梯，奔向小屋，腳登門檻，忽一轉身，急急地一揮手，低聲將房上的巡風人喚下來，命他馳入己室，告知家人。自己又急急地奔到小東屋門口，叫道：「唐師叔，外頭尋仇的人真找來了……」

屋中人早已聞警。海棠花韓蓉跳出來，搶奔上房，摘取牆上掛的毒蒺藜皮囊，和她的折鐵柳葉刀。

康海不顧傷痛，忽地從床頭坐起來，罵道：「好東西，真尋來了，這可得跟他拼了！」快手盧說道：「大家快預備！」一探身，首將燈火吹滅。

屋中人擠得很滿，磕頭碰臉，登時騷亂起來。卻幸他們全都穿著短衣，兵刃也都放在手頭，隨時可以出鬥。獨有二喬、一巴，和死人一樣，橫陳床上，不能動轉，氣息十分微弱。忙亂中，大家一齊攏目光，摸兵刃。但一觸到床上這三個中傷的人，未免心中慌亂。虎爪唐林端坐不動，急攔阻快手盧登道：「不要吹燈示弱。」話喊遲了，燈已吹滅。唐林又喝道：「全不要動。快快快，各安舊位，把燈再點起來！」

燈光乍滅，人人眼昏。雖有紙窗映月，剎那間還是不能見物。快手盧把火摺摸出來亂晃。屋內一人道：「到底來了幾個？」又一人道：「咱們迎出去，還是藏起來？」另一人道：「受傷的怎麼辦？」虎爪唐林直候到燈火重明，方才站起來，而現沉著之色，一字一頓地說道：「你們把他們受傷的三位先搭到地上，且看來人的來意，再做道理。不可輕舉妄動，最要緊的是全把暗器預備好了。」

上房中，海棠花韓蓉佩好兵刃，命朱阿順的母、妻躺下別動，自己提刀重奔小屋；輕俏的身段，立在唐林身旁，一扶肩頭道：「怎麼樣？這些孩子都掛綵了，就剩你我兩個人人，可怎麼答對人家？」唐林道：「那有什麼！文來文擋，武來武擋！」

不慌不忙，向人揮手道：「你們聽我的招呼，先不要出來。喂，蓉妹，跟我來迎敵。康賢姪、盧賢姪，和雷、章二位，就在這裡守護受傷的人。我不叫，不要動，我喊風緊，你們趕快背人走。……蓉妹，走吧，咱們看事做事。」說罷，提起兵刃，將一對氈盾分遞給韓蓉一個，自己拿著一個。剛才他們兩口還在拌嘴，現在肩挨肩地緊靠著，奔出來應敵。究竟伉儷情深，夫妻二人猛然出離了小屋。

這小院的宅主——本幫的小頭目朱阿順，說不出的肚裡叫苦。截住唐林，向他要主意，連說：「這可怎麼好？師叔、師姑千萬別走，給我搪一下。我不是怕事；出了岔，我真閃不開。」唐林怒哼一聲，一語不答，只一擺手，命朱阿順帶著巡風的徒弟，退藏到上房；各備暗器，聽候招呼。單留下一個人，站在院中聽風。然後夫妻倆仰面向天空一望，繞院牆一巡，彼此一招手，各搶行數步，一東一北，嗖地竄上房頂。

警報不假，由打東面和北面來了三個人，忽現忽隱，忽高忽低，遠遠地繞過來。將次挨近朱阿順的住處，突然止步。復又盪開去，不住地來回哨探，相隔總在十丈以外。——這三個人影竟是江湖上的老手，十分精細。

虎爪唐林藏在北房脊後，已猜知對頭乃是先來蹚道。暗向韓蓉打了個招呼，夫婦二人四目炯炯，只逐著兩邊人影，來迴繞轉。人影奔東，他夫妻倆便踏房脊，繞到東邊看。忽然三條人影齊投到西南角，似已會在一處，卻藏在黑影裡，有牆隔擋，不知他們做什麼。海棠花韓蓉等得嘀咕起來，忙旋身往後面看。同時虎爪唐林也旋身往後看了看，後面並沒有什麼響動。

房主朱阿順驚疑不定，在屋中伏了一會兒，再憋不住；提著一把刀，帶著一囊飛蝗石子，把小辮繞在脖頸上，很勇敢地出了屋門。直走到院心，低問院中巡風的人道：「到底怎麼樣了？」院中人道：「唐師叔和韓師姑上去這半天了。只見他二位爬著房脊，東張西望，一聲也沒有言語。」朱阿順道：「莫非來的不是仇人？」往前湊了數步，仰面向唐林叩問：「唐師叔，到底怎麼樣了？還沒過來麼？」唐林正往西南角凝視，聞聲回頭道：「三個點子只打圈繞，現在還沒有過來。」朱阿順道：「也許不是找咱們的吧？」唐林道：「怎麼不是？他們這蹚道。朱當家的，趁這工夫，你就預備人吧。把康、盧二位也請出來，索性多帶暗器，在房頂上防備。不過，得先將受傷的人藏在妥當的地方。」說話時，忙又向四面尋望。朱阿順急急依言，把人喚出來，登梯上房。

又過了半晌，仍不見動靜。驀然間，海棠花韓蓉那邊一轉身，衝著唐林連連揚手。唐林急忙履著牆，湊了過去。順著海棠花的手一看，東面又出現了一個人影，相隔極遠，月影下，只見這人如飛奔來，身法很快。奔臨切近，忽聞曲巷連發三次掌聲，那人陡然止步。忽從暗隅又鑽出一人，兩人抵面對語起來。海棠花附耳問道：「這是誰？可是先來的那幾個？還是又來生人了？」虎爪唐林手打涼棚，仔細窺看，見兩個人相伴鑽入曲巷黑影裡去了。過了半晌，仍然沒有動靜，也不找尋過來。唐林雖然沉著，也不禁急得心頭冒火。這簡直好比刀頭之下，待屠之囚一樣，滋味太難挨了。

回頭看了看院內，自己這邊弓上弦，刀出鞘，也有十多個人，分別戒備得很嚴。唐林暗自點頭，自己這邊受傷的人多，斷不宜示弱，應該開門迎了出去。但又猜不準人家的來意，恐怕中了調虎離山計。忙低囑妻子海棠花韓蓉，教她仍舊伏在房脊後瞭望。自己騰身竄下平地，叫過康海、盧登、朱阿順，匆匆商量了數語。立即派出三四個人，潛藏兵刃，悄開街門，按照唐林指示的地點，分道尋了過去，並切實囑道：「如果來的確是仇人，就相機窺看他們共有幾個人，究竟作何舉動，是否準認得咱們的住處。你們千萬不要魯莽，不可跟他們朝相，也不要動手，總以回來報信為妙。」三人問道：「萬一我們和他們對了相，過了話呢，該怎樣答對？」唐林道：「那個，你們就自稱是抓藥的過路人，……不好，你們不要提『抓藥』二字，只說過路人好了。萬一他們動了疑，竟跟綴你們，你們可以分做兩起，把他們誘開。破著一通夜不睡，把他們直誘到蕪湖去更好。」

三個人一一允諾，立刻披起長衫，提了燈籠，溜小巷黑道，往外面走去。虎爪唐林替他們三人關

第八章　烙鐵療毒

了街門，繞院子蹚看了一遍，仍要躍上房頂。就在這時，海棠花韓蓉突然大喊道：「快，快上，點子到了！」用手一指東西兩面，眾人駭然。

虎爪唐林應聲急躍到高處，往東西兩面尋看，不見人蹤，卻聽得唰的一聲，又唰的一聲。他側臉對韓蓉道：「剛才咱們派出三個人去，你不要把他們看錯了。」韓蓉著急道：「我知道，我們的人是穿長衫，打燈籠。這幾個人是穿夜行衣的。

呀，他們已來到跟前了。我相信他們就在這隔巷牆根底下，你快掏暗器吧。」

虎爪唐林兀自不敢深信。飛刀談五家從前是鏢行，目下是紳士。他派人暗綴仇人則可，難道他真敢暗遣刺客，找到本地朱阿順家，前來仇殺不成？一轉念間，仍俯首往下看。忽從東巷暗隅，啪啪啪，發出三聲擊掌，又嗖的一聲，一條人影從平地躍上鄰垣。韓蓉忙探身抖手，發出一石子。唐林忙道：「且慢！」那人影往這邊瞥了一眼，早一栽身，微挾輕笑，又跳向暗隅去了。緊跟著鄰巷有一人失聲驚喊，同時一個蒼老而洪亮的嗓音在隔巷呼喝道：「不要動手。我們以禮求見！」登時在西面，起了一陣衝突奔馳之聲。

海棠花韓蓉吃驚道：「不好！臨到這時候，我們又打發人出去，我們失算了。咱們快迎出去吧！」虎爪唐林、快手盧、康海、朱阿順等，此時都上了房，顧不得和韓蓉答話，個個睜大眼往下看。四鄰房上已不再見人影。可是北面一道小巷，直通朱阿順家後門，此時忽見高矮兩條人影，打著一隻燈籠，如飛地奔來。將近朱家後門，二人止步。唐林等急急回顧後門，朱阿順道：「這大概是咱們自己的人，剛才出去的。」唐林、快手盧、康海一齊冷笑道：「朱當家的會猜！喂，打！」各將暗器掏出來。海棠花韓蓉早一聲不響，從房脊後如飛竄奔後門，往下一探頭，窺準燈籠，右手一揚，唰的一下，下面兩個人嗖嗖往旁一閃，往後一退，那只燈籠竟順手掛在朱家門口了。

唐林、快手盧、康海竟不顧朱阿順的顧忌，三個人一齊發出暗器，照下面打去。下面打燈籠的兩個人影，乃是兩個生臉的夜行客。

兩個夜行客遠退到暗器打不著的地方，昂然並肩站住，厲聲叫道：「峨眉派的朋友請了！我們不是尋仇打架來的，我們乃是奉山陽醫隱彈指翁之命，按照江湖道，前來傳信求見，替你們了事來的。你們就這樣看待好朋友麼？一言不發，便拿暗器傷人嗎？朋友，我們也有暗器，不過我們不肯先發罷了。」

說到「不肯先發」四字，那高身量的人忽一彎腰，噌的一聲，一縷寒風，破空射出，同時叫道：「還禮！留神接著！」海棠花韓蓉往下一埋頭，一支弩箭從頭頂上穿過去，吧嗒一聲落在院心。

這一箭雖險，並不可怕，可是「彈指翁」三字卻嚇得峨眉群賊微微一震。

唐林忙向眾人揮手叫道：「住手！」伏腰竄過去，先將妻子海棠花韓蓉扯了一把。同時下面那個矮身量的夜行客，也低聲攔阻同伴道：「不要動手，咱們先把話交代出去。」立即仰面叫道：「朋友！……」正要交代話，虎爪唐林已經探身現出頭面來，低聲發話道：「喂，你們是幹什麼的？黑更半夜的敲門，你們到底要找誰？你們到底是誰？」

來人朗然抱拳說道：「朋友請了，我們是彈指翁派來的，要見你們峨眉派二當家巴舵主。巴舵主要是傷重不能會面，我們求見姓康的和姓唐的朋友。」

虎爪唐林又暗吃了一驚，點子竟曉得自己的姓氏，忙答道：「你們找錯了，這裡姓朱，沒有什麼峨眉姓巴的。」口頭答對，二目凝神，燈影搖曳中，細打量這兩個人，一個胖矮，一個瘦挺，都似乎頦下無鬚，正在壯年。那胖矮人影哈哈一笑，仰臉揮手道：「朋友，我們沒有找錯門。我們找的是腳行頭朱阿順家，他家裡在房上埋伏著許多人，屋裡還睡著好幾位帶傷的尋宿朋友。彼此都是線上的朋友，打開窗子說亮話；我們是來了事的，絕不是來挑事的。我們奉了彈指翁之命，前來投帖；彈指翁他老人家隨後就到。像這樣隔著房，一上一下地敘家常，盤問底細，如果驚動了四鄰，也很不便。」這人遂一指前門，又一指後背道，「請你們費心，把那邊正門開了吧，進去說話最好。你請看，彈指翁已經到了，我們的帖還沒有遞上去，我們不好交代。」

房上群賊忙又往四面尋看，半個黑影也不見，並且連一點響聲也沒有。彈指翁的威名在川陝如雷貫耳，西川峨眉派在素日固已深知；但是他怎會跑到這裡來管閒事呢？海棠花韓蓉溜到唐林身畔，暗扯一把，只說道：「這是冒牌！」盧登也湊過來，低聲說道：「師叔，你不是認識彈指翁麼？這兩個人是誰？可是他的門下？」唐林搖頭低答道：「只見過他一面，這兩人卻不曉得。」說著，已經盤算好了答話。先哦的一聲，抱拳道：「原來是線上的朋友。你們找的是峨眉姓巴的幾位，不是找我們姓朱的？」那人道：「這話很對，我們奉命來請見巴師傅。朱阿順朱頭如果賞臉，我們自然也願見見居停主人的。」

唐林微笑道：「你們二位來得不巧，朱頭沒在家。姓巴的、姓康的此時也沒有工夫見客。朋友請回，請你上復你們的瓢把子……」這三個字就有點侮辱，他卻急忙收轉道：「恕我無禮，我不知二位的萬兒，也不明白你們彼此有什麼事，更不知二位跟彈指翁怎麼稱呼。總之，請二位上復高賢。彈指翁乃是前輩英雄，姓巴的、姓康的就是有工夫，也不敢勞動前輩英雄屈駕先施，我替他擋駕吧。借重二位尊口，代為道歉。彈指翁要是有要緊的話垂示，那麼賞個日限，定個地點，回頭我叫姓巴的、姓康的準時前去領教。我本是局外人，我也不問二位的萬兒了。」說罷一拱手，做出一種「話到此為止」的樣子。

來人中的那個高個兒厲聲道：「朋友，咱們道上的人可不要不識相。見也得見，不見也得見。彈指翁本人到了，我看你們怎麼擋駕！」這人手一撮口唇，剛剛吱地響了一聲，卻被身旁那人一把扯住，急急地說道：「朋友，明人不做暗事，彈指翁特為你們峨眉派和飛刀談家排難解紛來的。可是他老人家既然大遠的來了，絕不會就憑你們幾句話回去。莫說他老人家，就是我們兩人，也沒法子拗脖頸，折回去。你們不要錯會了意。彈指翁是前輩成名的英雄，一碗水定要往平處端，斷不會教你們那一方面下不去。江湖上一刀一槍的交情，時時都有。可是臨到末了，總有一完。不過完的情形不同，有善罷，有惡休罷了。彈指翁既然出頭，朋友，這是一個做面子的事。房上地下的講話，這太不像樣子，也顯著看不起人，還是請你開門吧。……彈指翁老英雄本想白天來，省得你們多疑。他老人家又想，你們乃是夜裡的事，還是夜裡來的好。一到白天，諸多不便。朋友，你千萬不要錯會了意，你或者就是朱頭兒吧？你是本鄉本土的人，更要往開處想一想。你做不了主，請你下去合計合計，我們這裡立等回話。」

唐林、盧登、康海、韓蓉，以及朱阿順等，伏在房脊後，彼此面面相覷。唐氏夫妻和康、盧二人卻深知彈指翁華老英雄的厲害。現在是立刻動手好呢，開門面談好呢？反正開了門，彈指翁一到場，必定是給和解。一和解，這口氣可怎麼嚥下去……正在躊躇。不想來人那一聲口哨，已經驚動了四面的埋伏。圈著朱阿順的住家左右兩側，忽然現出人影來；一個，兩個，只登鄰舍一探身現形，便又伏下身去。前門小弄裡，突然傳出重重一聲痰嗽，跟著啪啪啪，門扇上響起了三聲叩門之聲。還不見人影出現，兩扇大門竟吱扭扭敞開了半扇。

房上潛伏的人急將暗器，照門口打去。虎爪唐林忙命康、盧二人監視後門；他自己偕妻韓蓉，伏腰蛇行，急急地趕奔前院。前面房頂上的人疑鬼疑神，一聲不響，依舊往小巷黑影裡，亂發暗器。唐林由北房剛跳到東房頂上，向院內一瞥，大怒道：「你們還瞎打什麼？還不給我住手，人都進來了！……喂，朋友，才來麼，失迎失迎！」

第九章　彈指翁尋賊贈藥

原來，就當這後門發話、前院叩門之時，峨眉群賊竟中了人家的聲東擊西之計；不曉得什麼時候，人家已經混進院來了。而且，還不知進來了多少人。這工夫，但見一個穿長衫的人，正從南倒座小柴棚前面走過，不慌，不忙，斜趨北上，似要搶奔正房。

虎爪唐林眼快口快，只一瞥，便已看明院中有了生人；急急地遞過話去，道：「哈，尊駕賞臉光臨，何必費這麼大事？請留步，待我下來恭迎大駕。」向韓蓉低囑兩句話，嗖的一個箭步，從屋頂上直跳下平地來。腳才著地，急忙抽刀橫身，把東小屋——巴允泰和二喬養傷的所在——當先扼住；凝二目，辨視來人。那房上，海棠花韓蓉忙掏暗器，由屋頂扼屋門，吱吱地連打呼哨，叫道：「併肩子，飛刀談家的相好的來了，進院子來了。」房上房下騷然大亂。

那長衫客一翻身，忽縱聲大笑，面向唐林道：「尊駕休要見笑，我這不速客來得太冒昧了！兄臺的眼神竟這麼精明；真是『光棍眼，賽夾剪』。但是愚下不過是剛到，我那小徒他可是早來了。」一側身叫道，「喂，鵬年，出來吧！主人已經下來迎接我們，我們卻之不恭，快來拜見吧。」立刻從小柴棚中，嗖地鑽出一個人來，如一縷輕煙，撲到院心。穿一身短打，背兩柄短劍，正是和巴允泰在江邊對手打仗的那個武當派彈指翁二弟子段鵬年。段鵬年急趨而至，到長衫老叟身旁一立；一語不發，替老人防護著房上、房下的敵人。這長衫老叟自然是彈指翁風樓主人華雨蒼了。敵人紛紛奔竄，朱阿順尤其驚慌。

彈指翁五短的身材，拖著長袍，昂然走到院心月光下。海棠花韓蓉又怒又恐，不禁大嚷道：「好你彈指翁，我們峨眉派跟你素無瓜葛，你怎麼竟欺到我們屋門口來了？併肩子，快往這邊攢啊！」虎爪唐林急仰面喝道：「少要胡言，這是老前輩！」

收刀側目道：「尊駕莫非真是山陽醫隱彈指翁華老前輩麼？」彈指翁微笑道：「不敢，正是。仁兄貴姓？」唐林不答，搶著問道：「果然是華老前輩！老前輩不遠千里，深夜光臨，不知有何指教？老前輩要知道……」一指院中道，「此地乃是朱阿順大哥的尊寓。」

彈指翁不等他說完，就一指唐、韓二人的皮囊和皮手掌，說道：「原來這裡還有唐大嫂的門下，這可都不是外人。」雙手一舉，對房上、房下環揖道：「諸位請了，恕我眼拙，不認得諸位英傑。諸位請看，我愚下來得固然冒昧，可是抱著一片慕名訪友、納交解怨的心來的；我兩手空空，絕無他意。我這小徒雖帶兵刃，只為防身，斷非示武。諸位可否暫借一席之地，賜談數語？哪一位是巴允泰巴師父？哪一位姓唐？哪一位是康允祥康老英雄的賢郎？我愚下有一兩句話，願意和這三位面談。我絕不是強迫，可則可，否則否；我絕不敢強作解人，硬來出頭。」

峨眉群賊俱都聽見彈指翁的談吐，紛紛跳下房來，湊到一處，齊看唐林的舉動，聽他的招呼。唐林卻疑畏未敢立即發言。康海忍耐不住，裹傷投刃，搶到面前，長揖大叫道：「華老英雄，在下就姓康。你老人家竟能找到這個僻巷來，不用說定是飛刀談家煩出你老來的了。我們康、談二家有十多年的梁子。你老既是武林前輩，想必也早有耳聞。我們兩家仇深似海，有死沒活，絕不是片言可解的。你老的盛情可感，我先謝謝。怎奈你老的來意，晚生恕難從命。老前輩，一個人如果有父母不共戴天之仇，按我們武林道的規矩，他是該報仇，不該報仇呢？武林俠客許他報仇不許呢？」

彈指翁華老英雄雙目炯炯閃光道：「你就是康允祥的賢郎，你說的話倒也有理。可是我的來意，我還沒有說明，你何必妄加疑猜？你知道我是來做什麼的？少年，你不要把人看扁了。你以為我倚老賣老，遇事強來出頭麼？哦，我們有話到屋裡談。憑我老頭子，你們諸位不會疑心我有什麼詭計，來暗算你們吧？」華老說著，邁步直向唐林左側走來，雙手抱拳，滿面笑容道，「足下貴姓？愚下來得唐突，無怪諸位多疑。話不說不明，我們都到屋裡談。」

虎爪唐林把牙一咬道：「且慢！華老英雄，不是我後生小子敢妄疑前輩，可是你們外邊明明埋伏著人……」彈指翁道：「你們不放心他們嗎？我可以把他們都叫出來。老實告訴你，除了我師徒，外面只有三個人，不過是給我投帖引道的罷了。我把他們叫在一處，你招呼你們人不要亂發暗器。」遂命段鵬年出去招呼。段鵬年向眾人道：「恕我無禮。」一躍登高，向後門打了一個招呼，然後展「行功一字蛇行術」，嗖嗖竄出前門，也打了一個招呼。登時前後門外，四個人一起往後撤退下去。

但是峨眉群賊仍不放心，仍然據登在高處，監視著四面。段鵬年毫不介意，仍然竄回院內，緊跟在彈指翁的背後。

彈指翁華雨蒼這才緩步前行。虎爪唐林叫著妻子海棠花韓蓉，和康海相陪待後，其餘的人留在院心。彈指翁將在北房，忽又折奔東小屋。虎爪唐林急忙攔阻道：「華老前輩，請往北房裡坐吧。」

彈指翁笑道：「北房有朱兄的家眷住著，不大方便，還是東屋好。」唐林不願昭示敗象，忙橫身遮門道，「請止步，這東屋裡有病人。」華雨蒼輕輕地一拍唐林的肩膀，唐林急往旁一閃。彈指翁笑道：「實不相瞞，我就是專為這幾位病人來的，你不要多疑。來吧，足下請前行引路。」

小東屋很逼窄，華雨蒼放心大膽往屋內走。唐林、康海、韓蓉一看攔不住，連忙說道：「好好好，我們在前引路。」三個人紛紛擠到小東屋，把病榻遮住。華雨蒼微微一笑，順手把屋中油燈挑亮了，就勢往椅子上一坐；捫著灰鬚，環視眾人。

唐、韓、康三人在屋內陪著，一齊側目注視彈指翁一人，屋外也有人立在門口端詳他。燈光影裡，才看出這位大名鼎鼎的彈指神通華雨蒼，是這麼身材瘦小，形容枯槁；穿一身灰布衣，灰布袷袍，越顯得黃焦焦面無血色，卻是目眶甚深，眉毛短濃，二目閃閃，發出碧光，截然與眾不同。

彈指翁華雨蒼也把眾人逐個端詳了一遍，然後逐個詢問姓名。虎爪唐林遲疑不肯吐露真名，他妻子海棠花韓蓉也是這個意思，暗暗一扯唐林的後襟。唐林抱拳道：「老前輩，我們都是些後生小子，無名之輩，我們的姓名不足掛齒。老前輩有話，只管吩咐。我們大家洗耳恭聽。」彈指翁道：「你當我真不知道你們幾位麼？諸位大名如雷貫耳，我雖伏處陝邊，卻也有個耳聞。唐兄，四川的唐大嫂是你什麼人？你要知道我這不速之客，既然登門來訪，若是一點底細不曉得，我也不敢貿然前來啊。」說罷大笑，他隨一指康海道，「這一位我知道姓康，自然是峨眉七雄頭一位康允祥康老英雄的賢郎，剛才已承他不棄，告訴我了。這一位女英雄……」華老轉指海棠花韓蓉道：「善使柳葉刀，身佩毒蒺藜皮囊，大概也是唐家門中的後人，請問尊姓？和唐大嫂怎麼稱呼？」這一猜卻沒猜著，他自然不曉得韓蓉乃是唐林之妻，峨眉七雄第三人韓佑之女。他又望著門前側立的快手盧盧登道：「唯有這一位，恕我在下眼拙，還不認得。唐兄，煩你給引見引見。我愚下姓華名雨蒼，字風樓，有個諢名，他們叫我彈指神通山陽醫隱。五十歲以後，他們又把我叫做彈指翁。這個綽號，我愚下實不敢當。究其實，呼牛喚馬，隨大家的便好了。」說罷，向唐林舉手。意思之間，認定唐林就是在場峨眉派的領袖。

唐林夫妻依然猶豫道：「你老既然知道，更不用我們說了。我們和四川唐大娘乃是遠族。老前輩，我們也冒問一聲，這魯港的飛刀談五家，有一個寡婦兒媳，母家姓倪，她和老前輩是怎麼一個稱呼？昨天夜間，用五毒砂傷人的那位女英雄，是你老什麼人？」唐林又一指背雙劍、在旁侍立的段鵬年道，「這位貴姓？也請老前輩不見外，從實垂示，以便修敬。」段鵬年朗然道：「在下姓段，名叫鵬年，這是我的恩師。昨日那個女子，實不相瞞，和……」彈指翁忙接過來道：「那女子和談家自然是親舊；若不是親戚故舊，一個女孩子家，絕不會和諸位動手了。」

唐林微笑道：「我看她自然也是華老前輩的門下了。她的五毒神砂打得很有功夫，這暗器外門沒有，乃是老前輩獨門祕製的。」彈指翁不答，兩眼巡視病床。病床上的巴允泰、喬健生、喬健才，已然恢復知覺，傷口處疼得十分厲害。已知有人找來，三個人用牙咬住被頭。用手抓住被縟，都強忍著，不肯呻吟出聲來。可是五內如焚，渾身抖顫，當不得竹床微微發出「吱吱」的聲音。唐林、康海見彈指翁的眼神直射到自己身後，急側身遮住燈光，說話打岔，一迭聲地追問彈指翁：「那個女子到底是誰？」又催詢彈指翁的來意，更側耳傾聽外面的動靜。

康海心中更是懸慮，躁怒，突然說道：「老前輩，有何見教，請快說吧。須知這裡不是我們的家，乃是朋友的住家；我們臨時借寓的，夜深了，諸多不便。」

氣粗話硬，唐林忙瞪他一眼，搖頭示意。對面侍立的段鵬年果然大聲說道：「康朋友，你這是對誰說話？……」只說了這半句，彈指翁面色一沉，枯黃的臉忽然浮出淺笑道：「康兄請不要忙，你們要問我的來意嗎？」伸手一指桌上剛從蕪湖買來的藥包，道：「我愚下就是為這個來的。」

唐林、康海、韓蓉，互相顧盼道：「這話怎講？」彈指翁換了一種口氣，慨然說道，「諸位兄臺，要問此話怎講嗎？簡短直說，我是為送藥救人來的。……諸位，要知我華風樓並不是飛刀談五家邀來助拳的，也不是邀來給你們賠禮的。我愚下實因訪友，路過魯港，偶從朋友口中，聽說你們峨眉派群雄和飛刀談五家的後人，起了爭執。我有心出頭給你們和解，可惜一步來遲，並且我也和你們兩方都不熟。但是江湖上排難解紛，乃是丈夫應做的事，我又不好裝聾飾啞，從這裡閉眼走過去。我知道你們有三位中了五毒砂的毒，更曉得你們現時正在力求救藥。實不相瞞，這五毒砂乃是我武當派長門傳下來的，和西川唐大嫂的毒蒺藜不大一樣。要解此毒，恕我直說，非武當本門自配的藥膏不可；並不是我們的藥值錢，乃是對症。現在我把解藥帶來了，諸位賞我一個臉，請把受傷的三位抬到有光亮處，我來給他們醫治一下。這五毒砂比起唐門毒蒺藜，散毒較慢，可是入毒最深。不耽誤，趕緊治，還救得過來。」說著，一指唐林等人背後的病榻道，「倘若藥不對症，救治失時，恐怕這三位縱然保得住性命，也要落一個殘廢病根。」

唐林、韓蓉、康海，不由錯愕起來，忍不住回頭看了看受傷的人，一時無話可答。半晌，韓蓉向唐林低言道：「咱們的藥……」唐林搖了搖頭，康海便明白了，決然說道：「老前輩就是專為送藥來的麼？」

彈指翁厲色大聲道：「哦，就是專為救你們這三個受傷之人來的。治完了，我就一走完事！」康海滿面通紅道：「老前輩，我們光棍遇光棍，可以說痛快話。你老人家千里送藥，我們當然很感激；但是你老還有什麼吩咐，也請趁早吩咐出來，我們好量力報答你老。」

此話非常難聽，有點拒絕受惠的意味；唐林、韓蓉俱都變色示意。不料彈指翁倒哈哈大笑起來，說道：「康兄人很直爽，這才是江湖道的道理，諸位兄臺……」抱拳向闔座及窗外一揖道，「我可以明明白白把我的來意說出來。第一，這五毒砂實在不好醫治，因此在我這門中，已經禁止他們濫用；現在令友既有三位受了毒傷，我不能不管，這是一。」華老正要繼續往下說，快手盧忽插言道：「到底這一次江邊用毒砂的是哪一位？」彈指翁道：「你們自己訪查去，不要這麼打聽我！唐兄、康兄，你們這三位受傷的，老實說，只恐唐大嫂門裡的救藥未必對症。我愚下聞耗登門，特來送藥。我也沒有別的話，唐兄、康兄，請你們把事看開一點。談家父一輩、子一輩，已經死了兩個人了。人死不結仇的話，我也不敢說。不過，你們這裡已經有三位受傷的。我的拙見，願意把這三位救活，而且保好如初。借這一點微勞，向你們討個情面。你們也得可憐可憐，談家門中已無人物，只剩下一個孀婦，真是勝之不武了。再說一句掂斤計兩的話，你們當年傷亡了兩位，他們也傷亡了兩位。現在再由我這和事佬一轉圜，豈不是面子上很說得過去了麼？」

唐林低頭沉吟，韓蓉只看她丈夫的臉。康海道：「不然，傷亡和傷亡不同，你老總知道點水之恩有時一輩子報不過來，千金之惠有時一笑哂收呢。我們兩邊莫看都死了兩口，可是這不能做比的。老前輩，我雖年輕，我不敢信口答覆你老。這是我心裡的話，決無半字虛妄。」大瞪眼說著，眼眦瑩瑩含淚，忙將臉扭過一邊，不願教人看見。

彈指翁看著各人的面色，微然一笑道：「你老兄的意思，我明白了。還有這二位怎樣看法呢？康兄，你就目睹這三位受傷的朋友，不肯一諾，叫他因傷殞命麼？我固然不知道這三位和你們幾位是怎樣的交情，但我敢斷言，定是你們邀來的朋友，可共患難的。並且我敢斷言，三位的傷你們是治不好的。因為這樣挨不了三五天，便要毒入內腑。諸位，你們自己酌量一下吧。能賞我臉，我欣然而治；不賞我臉……」戛然聲住，捫鬚不言了。

那侍立的段鵬年也發言道：「你們千萬不要多想，不要認為我師父是乘危逼和來的，他老人家絕無此意。英雄報仇，適可而止；現在既有臺階，由前輩英雄出頭，你們若想用三條命換談家的一門性命，那就錯了。」彈指翁點頭道：「你們只想我彈指翁遠道贈藥，給兩家了事來了，豈不是雙方面子都很好看嗎？」把懷中藥取出，往桌上一放，隨即站起身來道，「唐兄，請你費心端著燈，讓我把受傷人的傷處看一看。」

峨眉群賊個個惶惑，不知怎樣應付才好。康海起初的打算，是不肯受仇家那邊送來的藥；一受仇人的贈藥，便不能報仇了。可是目睹巴師叔和二喬的傷痛，一時比一時加重；若純為自傢俬仇慪氣，又情知不妥。回頭看了看巴允泰，不知什麼時候又昏過去了。因又向唐林、韓蓉施眼色，叩問他到底自家現抓來的藥是否有效；如果有效，那就簡直拒絕了彈指翁。站在門口的快手盧，卻以為彈指翁贈藥是假，窺情是真；說不定人家還有別的陰謀，因此他只顧慮到當前的結局，和仇人藏在外面的埋伏。獨有唐林夫妻，較有經驗，深知彈指翁是成名的英雄，現在他以贈藥為名，硬來出頭講和；受之可恥，拒之結怨，真是個難事。左思右想，拿不得主意；但又為情勢所迫，當下就得立答回話。

這時候，彈指翁已不容他們再事遲延了，起身上前，便要看傷。唐林、康海一齊站起來道：「老前輩，且慢！」彈指翁面色一沉，一對碧眼陡發奇光道：「怎麼，諸位坐視令友不救，真要把我窘出去麼？」唐林忙道：「晚生不敢，你老不要誤會。這件事關係重大，不是晚生一個人可以決定的，我們得商量商量。老前輩練達人情，請想，我們十多年的深仇，要我們片言立解，未免太難了吧？再說我們就是拜領你老的盛情，也只能受你老的贈藥，斷無假手於人，勞動你老代治之理。」

彈指翁這才把面色一轉，重複歸座道：「你們商量去吧。我在這裡坐等。不過我沒有多大工夫，請你們快快商討，給我一個準話。這本是閒是閒非，我不能多耗工夫，我還有我的正事。能管則管，不能管，我還是退身局外。」

但是話雖如此說，峨眉群賊絕不能把彈指翁讓到別室，又不能丟下受傷的人，自己出去商計。唐林皺眉為難，有心向眾人低議。方在囁嚅間，已被彈指翁看了出來，笑道：「你們儘管在此商量，我可以出去站一會兒。」風樓老人站起來，率段鵬年，徐徐走出鬥室，往院心一站。屋裡邊唐林夫妻、康、盧等人登時嘖嘖噥噥，爭議起來。爭議了好半晌，最後才由唐林強遏悲憤，自己出來答話道：「老前輩，我們已經計議停當。老前輩的盛意，一者是在贈藥，二者是在了事。剛才我們都覺得無功受惠，於心不安，你老人家賜的藥愧難拜領。至於給我們了事嘛……」

彈指翁勃然大怒道：「你們商量了一會子，到底不受我的贈藥麼？好好好，別的話不用說了，我倒要看看你們能把談家怎樣！」向段鵬年一揮手道，「走！」轉身邁步，往門外走去。

唐林大驚，急忙叫道：「老前輩請留步，我們的話還沒有說完。」彈指翁頭也不回，走到院中，口中說道：「不必說了，這些閒事我本無心多管，贈藥也不過是一番惻隱之心。你們能自己把人救活，豈不更好？我此來真是多此一舉。」

虎爪唐林臉色變得越發難看，忍無可忍地大聲說道：「我前輩，你怎麼也得容我說話呀！我固然曉得你老的藥乃是對症的解藥，無奈，咳，他們……他們受傷的人說是教你老的門下打傷的，他們情願試用本門的解藥。我們不過是敬謝你老的賜藥。至於了事，我們還要和你老人家從長計議。你老飄然登門，又不是我們邀來的，怎麼說來就來，說走就走？你老就瞧不起我們晚生下輩，你老連我們上輩師長也看不起，一點餘地不留麼？」

彈指翁素不健談，心頭火起，驀然一翻身道：「哇！你這是對我說話麼？你可知你們師長見了我，也得『前輩長，前輩短』地恭敬著。你小小年紀，你師父就沒教給你尊老敬長之道麼？別說你們這裡不過是一夥子腳行、祕密會黨的巢穴，就是龍潭虎穴，我彈指神通願來就來，願走就走。我此來他們本勸我說，不必多此一舉。我念你們究竟也是武林一脈，我總得拿你們當人物！……」彈指翁姜桂之性，越說越怒，把個虎爪唐林說得二目圓睜，恨不得把華老剝了皮、抽了筋才解恨。但是勢力不敵，一張素臉完全變成死灰顏色，似呻似哼地叫了一聲：「老前輩！」那段鵬年急忙接過話來道：「師父息怒，由我來問他。」向前一步道：「唐朋友，你我可以比劃比劃！」

兩個人對叫起來，氣勢洶洶，殆將翻臉。忽然東小屋一聲慘叫，驀地追出一個人來。將到院心，正要呼叫，一見對峙之狀，忙又改口道：「唐師叔，你快來吧！巴師叔他，他，他……」

虎爪唐林不遑再與彈指翁師徒辯駁，只說了一聲：「對不住！」忙叫快手盧出來，快來送客，他自己跟著海棠花韓蓉也奔出來道：「你還沒把客送走嗎？你你你，快來，巴二哥他情形不大對！」急急地抽身回到屋內。就燈下一看，康海已急得瘡口迸裂，跪伏在病榻之前，兩眼滴下許多熱淚來。唐林忙把康海勸起來，轉到病榻前，俯身細看三個受毒傷的人。喬健才已經昏死過去。那巴允泰和喬健生疼得渾身打戰，把床都抖得吱吱亂響，從創口往外流黑水，毒性酷烈，沾著好肉都破。巴、喬兩個人的喉嚨已經瘖啞，只直著脖頸叫：「受不了啦，快拿刀來，給我一個痛快吧！」手爪亂搔，把被子都扯碎了。巴允泰力大，咬牙忍痛，竟把齒齦咬破，順口流血。燈影下三個人都面無人色，越覺得景象慘怖。

眾人手忙腳亂，找藥罐，找火爐，打開了藥包，一齊催唐林趕快煎藥。唐林搔頭頓足，先伸手撫摸三人的傷口和胸口。

傷口如火灼，胸口緊一陣慢一陣，越來越微。眾人越發急得手足無措。

唐林忙道：「不要亂，還有救！」康海失聲哭道：「還來得及麼？」唐林道：「救著看！」急忙捲起袖子，預備製藥，朱阿順就用木炭生火爐。巴允泰低哼道：「唐六弟，我不行了。你們索性預備正事吧，不用管我了。這仇我們一定得報！」眾人越慌，這裡面頂數唐林和韓蓉著急。他們夫妻明明知道藥來遲了，只怕配製不及；也只得姑盡人事，以聽天命。催別人替朱阿順生火，對朱阿順說：「須要三個炭火爐煎藥，快去找找去。」朱阿順連忙應諾，拔步出屋。不想彈指翁師徒已經跟蹤又重來到窗前了。

快手盧盧登橫身把屋門一擋道：「華老先生，對不住，我們有病人，我們這時實在沒法子招待！」彈指翁眉峰一皺，厲聲說道：「哎，這是什麼話！諸位朋友，休要多心，我本是好意來的。現在你們的病人眼看要垂危，我華某既已在場目睹，焉能見死不救？你們峨眉派和飛刀談家的梁子，放下暫且不提，這三位受傷的人，我可以告訴你們說，再要不用對症的藥，不過一個時辰，準死無疑。來來來，我先把他們三人治好了，別的話隨後再說。我華某斷不能乘危市惠，恃恩逼和。你們放心吧，不要耽誤了三條性命。」說著話，華老猛然走進屋來。康海等不識利害，還想拒藥，唐林直起腰，回頭一看，彈指翁早將藥囊取出。唐林就坡而下，連忙舉手道：「老前輩，他這三位的傷，……」說到這裡忽又噤住道，「老前輩如此盛情，受傷的人如果保住性命，他一定感激你老的。不過，我看這三位，只有這一位重，你老法眼，請看一看。」說著，一指巴允泰。

彈指翁點了點頭道：「是的，是的，待我來看。」更不遜讓，將手中藥囊交給二弟子段鵬年。脫去長袍，向唐林說：

「請你放心端過燈來。一盞燈不夠用的，請你多預備兩盞。……鵬年，你來替我留神照應著。」段鵬年應了一聲，緊跟在彈指翁背後，以防峨眉派出其不意的軌外行動。唐林命朱阿順點起三盞油燈，照著病床。

彈指翁立刻就著燈光，把三個受傷的人細細診視了，同時也把三個人的面目認清了。微吁一口氣，對唐林說：「這一位——喬健生——傷最重，調治之後，恐怕得過四五天才能行動，半月後才能痊癒。這兩位——巴允泰和喬健才——兩三天以後，就可以起動了。不過全不能見風。」唐林道：「我看這一位——巴允泰——折騰得最厲害，恐怕他入毒最深。」

彈指翁微笑搖頭道：「不然！愚下我不只是家藏著五毒砂的解藥，我還是一個瘍醫，我想我還不至於診錯了。事不宜遲，我們就給他三位先療毒，後止疼。救命要緊，只好請他們先忍點痛苦了。」探衣襟，華老取出一個類似「護書」的扁長形錦囊，就燈下打開。裡面插著長短銀針、小刀、利剪、鑷子、鉤子，卻是二十多件割治外瘍的刀砭。段鵬年搶行一步，來到桌旁，將手中盛藥的那個古錦囊打開，內裝著十二個瓷瓶、磁盒和軟布、細棉、油紙等物，都堆放在桌上。隨即靠桌子一站，守著這些東西。屋中人鴉雀無聲，凝眸注視著彈指翁師徒，看他二人的做作。唐林微使眼色，他妻韓蓉忙走過來，站在段鵬年的身旁，快手盧佯作關照，忙將屋門堵住。康海拭淚扶床而立，暗護著病人。其餘的人或秉燭，或旁觀，在屋裡屋外分布著。

彈指翁漫不經意，對燈檢視刀剪。先選取一把鋒利的月牙小鉤刀，和一把似勺的小挖刀，都放在一邊道：「這總得用一點麻沸漿。」遂打開一隻磁盒，就用似勺的小刀，舀出一些黃色的藥漿來，把一塊軟布沾溼，用鑷子夾著，右手拿起小鉤刀，走到喬健生的床前。這舀漿的小挖刀尺寸很小；那把月牙刀卻長有七寸，窄才二三分；倘用以殺人，也足以致命。康海把一對眼瞪得很大，說道：「這做什麼？」唐林另舉著燈，也湊進一步來。餘者也都圍上來。彈指翁把眾人盯了一眼道：「傷口分明有火烙傷，你們這裡面一定有行家，想要烙斷創毒。只可惜你們這種刮骨療毒、烙創阻爛的治法，並不很對。五毒砂的毒性並不是腐肌爛腸，乃是隨著血行，深入腠理，能令五臟灼裂，疼極而死的。你不看這三個人都發燒麼？我這兩把小刀不是割毒的，這藥也不是以毒攻毒的。我的治法不採惡治。我是要把烙傷口挑破，好叫解藥的藥力深入血中，把毒化解了。」

唐林點了點頭，拱手道：「老前輩費心吧！」他已經看透彈指翁殆無惡意，只是賣好邀和罷了。康海仍自惴惴，怕彈指翁乘機潛下毒手，一點也不敢放鬆地監視著。彈指翁回頭一看，微微冷笑；手持鉤刀，在喬健生的頭前一比量，有意無意地說道：「我先治這一位，如果見好，再治別位。這位康兄你索性過來，仔細看著點，我可就要開刀，你把病人的身子按住了。」月牙鉤刀照準喬健生傷處，輕輕一挑。把傷口挑破了一個小口子。又隨手一旋，立刻從下刀處，流出黑紫的血水來。

康海的眼珠只隨著刀鋒轉。彈指翁隨手用鑷子，夾著那塊溼藥布，把血水沾淨，抬頭說道：「你看，毒水流出來了。你們把傷口烙斷，毒力越發不能外洩。」用刀尖指著傷口旁邊道：「你再看，這裡好肉也腫了，滲出黑水來。這就是烙傷的害處，反毒聚到這裡了。那時候剛一受傷，用嘴把毒吮出，還不失為救急的一法。總而言之，烙治的法子不但無益，反而有害。」

說著，又用刀輕輕割了一圈，且割且拭，手法既輕又快。唐林已經深知華老是個治外傷的行家，別人還在那裡嘀嘀咕咕，低聲私議。

跟著華風樓將月牙鉤刀放下，重去打開一個藥瓶，仍用勺刀，舀出一些血紅色的藥漿來，往傷口上一澆，登時創口如水沸一般，起了一層泡沫，又流出許多毒水。華風樓另拿細棉，把藥末、毒水拭去。康海忍不住又道：「這是做什麼？」唐林忙道：「噓！」康海不言語了。

彈指翁笑道：「老兄，還是不大放心吧？……這也難怪，我彈指神通薄負微名。一生不做乘危害人之事。無奈人心相隔，不深知我的，難免就拿不肖之心來猜度我。況且我趕上門來賣野藥，人家更不知道我葫蘆裡賣什麼藥了。但是你們一夥裡總有行家，我這治法不能算錯吧？你且稍等半個時辰，病人自己就會告訴你。」康海含愧道：「你老乃是多疑，在下我是晚生下輩，沒見過的事太多，忍不住要逢人問問。我實是請教的意思，不知道這一問觸著什麼忌諱了。」段鵬年在旁喝道：「住口，你這是對誰說話！老師，這位朋友好像我們求他一樣，又好像咱們安心害他一樣。老師，請不必多此一舉了。」彈指翁抬頭凝眸，向唐林一看。唐林忙申斥康海道：「不要多說，你不會等老前輩治完了，再請教嗎？」忙賠笑向彈指翁說道：「他們沒見過這種治法，只覺著新奇罷了。」

彈指翁不復言語，又將那血色藥漿，往傷口澆洗了一些，一面澆洗，一面用新棉擦拭。工夫不大，傷口黑色盡退，露出紅肉。把小刀放下，對唐林說：「唐兄請摸一摸。」唐林依言一摸，喬健生左邊的臉雖沒有消腫，可是觸手已不甚灼熱了，隻身上的燒依然未減。彈指翁道：「你再摸一摸這兩位。」沒有剔毒洗創的巴允泰和喬健才，傷處依然很熱。老人道：「如何？」

唐林做出佩服的樣子道：「老先生真乃著手回春！」彈指翁不答，轉對康海道：「你老兄也可以摸摸試試。」又向大家道，「你們要知道這藥力還沒有行開，並且還沒有內服藥呢。」遂往椅子上一坐，道：「這得稍等一會兒，我再給他敷一回藥。」

唐林忙說道：「老前輩真有起死回生之力。還有這兩位，一發請你老人家費心給洗洗創毒吧。」彈指翁笑道：「最好容我先把這位治得見了效，我再給這兩位留下藥，你們自己動手就行了。」唐林向康海看了一眼道：「老前輩，救人就要救徹底。我們江湖道上，既已推誠相見，請不必多存顧忌。我們和你老萍水相逢，自知緣淺，可是你老年德並尊，久令人欽服。我們對生人不能不多疑，對你老絕不會的。」峨眉群賊一齊舉手道：「我們都很信服你老。」

彈指翁道：「那是諸位抬愛了，我就一發地獻拙吧。這治病也算是獻拙。」說罷哈哈一笑，這才徐徐起身，給巴允泰、喬健才等也挑破創口，用血色藥漿，連洗兩遍。沉了一會兒，彈指翁抬頭看了看天上星位道，「這應該多候一會兒，只是我不能久待了。好在也沒甚要緊。」重整刀圭，另敷上一種淡紅色藥膏。跟著操刀而起，先給喬健生割治起來；把每一個傷口直剜得很深，流出鮮血來，方才住手。喬健生忽然知覺恢復，呼痛欲起，眾人忙將他按住。彈指神通華風樓的手法非常神速，只一眨眼間，將喬健生好幾處的毒傷都割好，又敷上藥，貼上小小的數帖膏藥，用布捆上。華風樓這才站起來說道：「行了。」然後將巴允泰、喬健才也照樣治療了。然後，收起刀圭、藥物，環顧眾人，對弟子段鵬年說道：「把那東西拿出來吧。」

峨眉群賊愕然側目，只見段鵬年從身上另取出一個紙袋來，上寫「留贈峨眉群雄」六字。眾人尚在惶惑，虎爪唐林卻恍然大悟，曉得這也是藥。人家這一回「贈藥邀和」，竟是預定之策。彈指翁未來之先，早就這麼預備好了！

彈指翁接過紙袋，就在燈下打開了。果然是藥包，卻只有三種，一種標著「內服」，兩種標著「外敷」。彈指翁將外敷的藥全扣下，揣在自己懷內，只將內服的藥交給唐林道：「這藥可分成十二份，給三位日服三份，恰服三天。還多餘三份，給別位受傷的分服吧。按說這三位受毒傷的應該天天換藥，可惜我沒有工夫了，我只是路過此地。但是剛上的藥既是對症的藥，……」說到這裡，仰面想了想道：「我再給你們留下一點外敷的藥吧。他們三位到明天午後，便可以大見輕減，你們可以問問他藥力如何。」遂將外敷的藥重又掏出，掂了掂，仍留下數包，說明敷法，穿起長袍，收起錦囊，看樣子便要告辭。

峨眉群賊互相觀望。唐林忙道：「老前輩慢行，容我們替病人叩謝。老前輩外科的治法實在高明，我們還有一點貪而無厭的請求。」

唐林想，既已受了人家的恩惠，多受少受，簡直一樣，莫如連康海、快手盧所受的傷，也煩此老療治。快手盧忙露出自己的傷來，向華老率直求藥。康海卻向唐林示意，拒絕肯用。

華風樓笑了笑，對盧登道：「你受的暗器傷並沒有毒。既然信得及我，那麼我也給你們留下一點藥吧。」另打開藥包，取出三帖膏藥、一包藥末，道，「先用藥末沖水洗，然後抹上藥膏，再用油布墊上，外紮布條便可。好了，好了，我告辭了。」對段鵬年說：「我們走吧。」

唐林、韓蓉、盧登等連聲道謝，一齊相送。康海一語不發，跟在後面。

走到院心，唐林惴惴不安地說道：「那個……老前輩！」彈指翁回頭道：「唐兄有什麼話？」唐林道：「這話我不該問，這三個受傷的人感念你老的活命大恩，我們應該叫他登門叩謝。就是晚生，也應該趨謁問安。不過老前輩的府上遠在陝南，你老現時正在魯港，不知此地可有……你老可以留下見面的地點麼？」

彈指翁欣然停步道：「好。我的意思，倒不願有這些世俗的酬酢。我希望他們病好之後，還是回鄉的好，在此地多留無益。要知道，能發能收，才是……」康海道：「這個，老前輩，我自己可沒有受過你老的恩惠。」

彈指翁陡然轉身，迫前一步道：「你要受我一點什麼，也很容易。除了藥以外，我還有別的末技，就是現在獻拙也行。」

竟站住不走了。康海掙得臉通紅，情不自禁，把袖子一捋。唐林吃了一驚，忙推開康海，橫身作揖道：「老前輩，我們無功受惠，必有一報。所以，我們才請你老留一個見面的地點。老前輩乃是高人，我們就不道謝，也得給你老登門道勞啊。他小孩子不會說話，喂，你快躲開這裡，不要多嘴！」快手盧忙過來，把康海推到屋內。他自己趕緊出來，陪著虎爪唐林。此時彈指翁聲色一變道：「好，明天下晚，我先請你們幾位到慶合長客店找我去，我聽一聽你們的意見。我也有幾句話，向你們諸位說明。依我想來，你們還是三天以內，早早回鄉的好。」

把這「三天以內」四字說得特別響。說罷，一甩袖子，率徒直奔街門。

才到街門口，唐林等張皇失措，跟蹤送出。彈指翁轉身道：「請，明天見！」唐林急抱拳道：「謝謝老前輩，我們一定遵命。老前輩能多容三天限，我們更是求之不得。我們願意問一問，承你老救命的那三位朋友，……」彈指翁道：「這也是情理所有的事，那麼三天以後，在慶合長客店見吧。」唐林道：「三天以後，他們好得了麼？」彈指翁道：「他們三位固然不能見風。但若坐小轎，放下轎簾，照樣可以出門的。」說了這句話，雙方作別，彈指翁飄然而去。

峨眉群賊目送彈指翁出了巷口，有的人還要跟綴，唐林連忙喝止。唐林在門口遙望黑影，微微發怔，低聲對盧登道：

「我們實在力不能敵，怎麼好？」拊心搖頭，率眾人急急地回轉院中，關上街門。叫著盧登和妻子韓蓉，急急躍登房頂，向外眺望了一回，方才下來，回轉到小東屋。

房主人朱阿順瞠目變色，惴惴不安，一迭聲地問道：「他們的口氣很硬，恐怕要驚動官面，再來找我們吧？」唐林揮手道：「你放心，沒有你的事。」叫過康海、快手盧，低聲計議此事。盧登道：「這老人一定是彈指翁本人，絕不是冒牌。」唐林道：「焉有冒牌之理？彈指翁臨行放下的話，老實說，是限咱們三天以後離開魯港。我們實不該受他的藥；可是不受他的藥，當場就得動武。光這老頭子，就不好惹；他們又來了好幾個人，我們又有這麼些受傷的人。我們固然不怕，但是受傷的人必死無疑。真是的，我們的落腳處，怎會教他根尋著了？」

韓蓉發狠道：「一定是他們出來進去鬧的，該著現眼罷了。還有朱當家的，有你什麼事，你怕個什麼勁呢？」朱阿順方要辯白，盧登搖手道：「朱大哥少說吧，我們得商議商議，怎麼應付他才好。」唐林道：「先給這三個受傷的人服藥吧。」康海靠著桌子，抱頭無語；聽見這句話，抬起頭來，咬牙說道：「依我看，還是用唐師叔你老自己的藥！」唐林道：「你別糊塗了。咱們的藥要是來得及，治得好，我何必定要接受他的藥？

你難道說我連丟臉都不懂麼？老姪，你剛才做得太過了。你巴師叔和二喬都是衝著你來的；他們受了傷，你真的教他們無救殞命麼？」

康海一聽，心中越加難過，半晌，掉淚道：「師叔，我決無此心。我只想從仇人手心裡討活命，是我們峨眉派一生一世的恥辱。我只道你老的藥，能夠把巴師叔和喬表兄救治過來。」唐林道：「你怎麼這樣想不開？仇人登門送藥，用心甚深。我們還有工夫熬藥救治病人沒有？況且，我們的藥又不很對症。」海棠花韓蓉道：「算了吧，康海到底年紀輕，你這麼責備他，叫他何以自容？咱們還是趕快商量正經事要緊。」

唐林咳道：「商量什麼，我們栽了。到底你們誰把蹤跡給賣了？」眾人無言。

這時三個受傷的人俱已醒轉，果然傷痛減輕。眾人就聚在巴允泰的床前，反覆商量應付彈指翁之法。

次日清晨，峨眉群賊打發別人，到魯港各處蹚了一遍，在慶合長客棧，先定下了房間。

第九章　彈指翁尋賊贈藥

第十章　恩怨分明

當夜，彈指翁華雨蒼師徒與多臂石振英、陳元照、謝品謙、梁邦翰等，回轉福元巷談宅；向本宅談大娘、談維銘叔嫂，細說了登門尋找峨眉群賊、贈藥逼和的經過。談大娘和談維銘連連拜謝。石振英等都稱讚華雨蒼這番贈藥市恩、挺身示威的辦法，實在妥當，又說：「彈指翁設想的根究賊蹤之法太好了，果然從藥鋪下手，一下子把他們的窩掏著。」

談大娘又問此事結局如何？是否從此就完了？彈指翁華雨蒼捫鬚不言，沉吟道：「三天以後再看。」低頭思索良久，屏人對二弟子段鵬年說道，「這件事我看不能算了，不過是把這場是非攬到我自己身上來了。峨眉派乃是西川有名的祕密會黨，從來睚眦必報，操行不軌；他們怎肯屈於勢力，從此罷手？鵬年，我打算教你趕緊回家，告訴你師弟、師姪們一聲，教家裡多留他們一點神。」段鵬年道：「這是要緊的，但是師父這裡呢？」彈指翁道：「由我跟你師妹兩個人做伴就行了。」段鵬年道：「不過，弟子不放心。」彈指翁笑了，說道：「我雖年老，自己還能照應自己。不過，我並不是教你今天回去，我打算在三天以後。」

彈指翁又向石振英、談大娘等商計，暗暗派人出去，不時巡視，防備著峨眉派的舉動。但是峨眉群賊只忙著療傷救死，並無異動。只在第二天，看見他們派人備轎，又看見派人到碼頭僱船。石振英向華老說道：「師叔，他們或者是要逃走？」華雨蒼道：「不管他，我們還是準時踐約。」

轉瞬過了兩天，彈指翁叔姪先一日偕石振英，離開談宅，到慶合長客店，就搬到石振英原住的房間內等著。到了次日，還沒到過午，忽然外面巡風的人奔來報導：「朱阿順家叫了三乘小轎，直抬入院中。現在這三乘小轎已經出來了，沒看見坐轎的是什麼人，或者就是踐約的。」彈指翁道：「哦！」心中一動，不覺生氣道，「我明白了！」石振英道：「怎麼樣？……噢，是三個受傷的人單來了吧？」

巡風的人仍然避道出去，屋中只留彈指翁。石振英悄問彈指翁：「用小姪在場不？」彈指翁道：「不用。」石振英遂引陳元照，退到隔壁房間，暗中為助。

過了一會兒，三乘小轎同另一個男子，一直進了慶合長客店，在預定的第十一號房門口打住。三個人下了轎，俱都穿著肥大的長袍，帶風帽，把頭面遮住。彈指翁在四號房間，穴窗看明。此時剛到辰巳之交。隔壁的石振英把板壁連敲了三下，說道：「師叔，是三個點子，全是掛綵的。」彈指翁隔壁低聲說道：「不要敲了，我知道了。」約定是三天以後，過午相見，雙方的人都已來到，只是現在還沒到時候。彈指翁在四號房間的板床上，盤膝靜坐，閉目挺胸，徐徐吐納，不覺光陰悠長。

過了好久工夫。十一號房中進去的四客，一無動靜，那三乘小轎也不打發走，仍停在院中。彈指翁把眼一睜，徐徐下地，穴窗一看當院，日已近午。痰嗽一聲道：「茶房！」店夥應聲跑來。彈指翁道：「你去把十一號房的三位客請來，就說我姓華的請。」店夥說：「你老姓華？你老認識十一號房那幾位客人嗎？」彈指翁道：「你不用管，我和他們有認識，你只提明姓華，他們就明白了。」店夥依言出去，片刻之間，那三個穿長袍帶風帽的人，跟著店夥，一步一踱，向四號房走來，那個步行的人獨留屋中。

抵面相見，三個人低頭叫了一聲：「華老前輩！」容得店夥出去，將風帽摘下來，露出頭面：正是巴允泰、喬健生、喬健才這三個人。面帶病容，頂上腮上，受傷處仍舊貼著膏藥，是華老贈的。彈指翁拱手道：「三位喜占勿藥了，唐兄他們呢？」二喬不答，拿眼看著巴允泰。巴允泰回手將門掩上，方才啞聲答道：「老前輩，晚生等為友所邀，仗義助拳，一時誤中毒傷。為酬知己，自分了此一生，也是分所當然。何期萍水相逢，得承老先生慷慨贈藥，回生起死，使頑軀又得苟活，皆拜老前輩之賜。我們無以為謝，就是幾個響頭！」向二喬一點手，三個彪形大漢不容攔阻，一齊跪倒在地，磕了幾個頭。彈指翁皺眉微笑，略略攔了攔，也不再攔了，只說道：「不敢當，諸位請坐！」

巴允泰等自覓下座，在板床上側身坐了。經這一番勞動，臉上苦痛之象昭然；喬健生更是勉強，頭上冒出汗了。彈指翁也不客氣，就坐在椅上，對三人說道：「三位的傷都見好嗎？」

三人哄然答道：「好多了。」巴允泰說道：「老前輩的藥實在是好。不過那天夜裡，晚生三人俱都昏迷不醒，只道是同伴給我們救治；萬沒想到承你老人家，陌路垂救，大施刀圭。因為這個，我三人無意中生受你老救命的大恩，我們自當畢生銜戴。此後你老如有差遣，我們赴湯蹈火，萬死不辭。」說罷目視二喬。二喬齊聲道：「是的，華老前輩，如有差遣，我們感恩圖報，萬死不辭。」

彈指翁微然一笑道：「這更不敢當。江湖上陌路援手的事太多了，區區贈藥何屑掛齒？不過我老拙也說不定有風火的事，要奉煩你們三位英賢的。只不知三位貴姓大名？這一位可是姓巴？」

多臂石振英此時正在隔壁附耳竊垣，心想這三個人未必肯留真姓名吧。不道三人預有商計，聽彈指翁問到此處，脫口答道：「晚生姓巴，名叫巴允泰。他二人是親兄弟，這個叫喬健生，這個叫喬健才。」說的全是實話。

彈指翁道：「哦，久仰久仰。不知三位和本地飛刀談家有何仇怨，可否說與老拙聽聽？若可化解的話，請你們儘管指出道來。要知道我與談家也素無瓜葛，只不過憐惜他家父死子亡，只剩下寡媳、弱子，替諸位想，似不值和一個手無縛雞之力的男人、一個孀居守志的婦人較量；那豈不是勝之不武？」

巴允泰忙道：「老前輩大概不明白，這事實與晚生無干。」彈指翁道：「你聽著，我還有話。我知道尋仇的另有正主，你我全是局外。我是因有別的事，路過此地，聽見這場糾葛了；打算憑我這張老臉，轉煩你們三位，向貴同伴求個情。倘或他們結怨太深，我一個局外人，絕不想硬按頭皮強勸架的。這一點要請諸位明白。」

喬健生欠身道：「那好極了！」巴允泰忙道：「在前輩面前，你不要多嘴。華老前輩，你老這番意思，昨夜我甦醒過來時，已經聽他們說過了。你老乃是前輩成名的英雄，我知道你老是一碗水往平處端的。你老所說化解的話，誠然是好意；按理說應當謹遵臺命，勸解勸解他們。不過晚生還有下情，勸解他們實在難以啟齒的地方。你老久在川陝，一定曉得和飛刀談家結仇的，並不是我巴允泰和喬家弟兄。跟談家真有梁子的，乃是另有人在。這一位的姓名，晚生也不便說出來。但是，晚生從前卻欠過這人的情。這一回不過是受人之邀，義不容辭，方才來的。晚生三人已經為朋友受了重傷，險些把命賣了，自覺已經對得過朋友了。他們現在還找談家報仇不報，只好隨他們自己鬧去。不過有你老在這裡，料想他們總得閃個面子，往後可就不知道了。我們三個人從此束手後退，不再聞問。晚生們慚愧，只能做到『恩怨分明』這一點。你老是我們三個人的恩人，在恩人面前，斷不敢說假話。不瞞你老，我們今天叩謝了你老，明後天就要回轉原籍去了。我們還要養傷，絕不在此地盤桓了。」

二喬在旁插言道：「晚生們都是這個意思。我們生受你老的救命大恩，我們三人雖不敢言報，也要永記在心。他們的仇恨，我們只好丟開手不管。若教我們轉過頭來，給他們說和，我們實在沒法子出口。」

彈指翁焦黃的面孔忽然變赤，厲聲大笑道：「哈哈哈，我早已料到，你們不必說了。恩怨分明，也是大丈夫應做的事。我已說明，我絕不會藉著贈藥，強來逼和。告訴你們三位，我救了你們，只如浮雲過眼，我一點也沒記在心上。至於你們自說與談家無仇，其實有仇無仇，與我何干？可是我未嘗不想替大家了事。你們與談家有仇的到底是誰？」巴允泰剛要辯白，彈指翁又說下去道：「老實說，我也早有個耳聞，我自然有法子對付他。你們能袖手不管，這就很好。你們三位何時離開魯港？」

巴允泰和二喬道：「至遲後天。」彈指翁道：「好，應該這樣！」

巴允泰與二喬面面相覷，彈指翁的話越說越硬，跟著道：「我只煩你三位一點小事，暫借尊口，請回去告訴你那令友康、唐二位；我要請他們即刻離開魯港。如果他們有什麼別的話，我家住在陝南山陽縣，儘管教他們找我去。」說罷，傲然站起身來，道，「三位病體剛好，不宜久談，請回去吧。」

巴允泰尚欲有言，彈指翁已經板著臉，做出送客的樣子。

巴允泰只得向二喬施一眼色，一齊站起來，向彈指翁，很踧踖地施禮告別道：「老前輩這番意思，我回去一定告訴他們。」又長嘆一聲道：「老前輩當知我們的難處，我們現在可以說是兩邊受擠。老前輩是在我們昏惘時，救了我們的性命。我輩知恩感德，我輩敢當著你老誓言一句，晚生三人有生之日，必不走進魯港一步；這是一。老前輩如有使令，只要賞信，晚生定必一呼立至，生死不辭；這是二。這兩件事我們三人誓必終生遵守。唯有談家門的這件事，晚生實實在在不能多說一句話。」

「兩邊受擠」這句話打動了彈指翁，不覺為之動容道：「你們不必為難。你們能照你們的話做，我就很承情了。我也不留你們三位，山高水長，相見有日啊！」巴允泰、二喬齊說道：「是的，山高水長，相見有日。」長揖作別，出離四號店房。三個人一步一瘸，往小轎邊上走去。彈指翁忽然追送出來道：「巴兄，這裡有一點藥，送給你們三位，是三包內服藥，六帖外敷的。」巴允泰只得拜受，把那伴送的步行人喚出來，上了小轎，出離慶合長而去。

彈指翁眼看三人去遠，一回頭，見多臂石振英和陳元照湊到身邊，說道：「石賢姪，你看此事如何？」石振英道：「不好，恐怕是把毒攬到師叔你老自己身上來了。他們峨眉派這一回栽得太重些，哪能就此鎩羽回去？」陳元照道：「我們應該綴下他們去。」彈指翁笑了笑道：「自有人暗綴他，我們回去吧。」

算還店錢，同返福元巷談宅，將店中會見仇敵的情形，雙方的言語，都告訴了大家。梁公直道：「這姓巴的真狡猾，他竟用『恩怨分明』四字，把華老前輩贈藥救命之恩，輕輕推開，他分明是不肯解仇。」大家也都這樣想，一齊請示彈指翁：「還得戒備不？」彈指翁道：「照舊戒備。我已經催逼他們速走；料他們受傷的人很多，也未必敢久戀，但總要小心一些好。」

低頭想了想道，「振英賢姪，今夜陪我到他們的巢穴，再看一看；不過不必驚動他們。三天以後，他們如果還不走，我就對不起他們了。只是打人家一拳，須防人家一腳，我今天就想打發段鵬年，回山陽縣去。」梁公直道：「何必勞動段二爺？我看可由我們鏢局，派人專程到你老府上送信。你老人家在當地久負盛名，又有好徒弟、好徒孫；峨眉派縱然豪橫，料他不敢惹吧。」彈指翁搖頭道：「這不僅是鬥力的事，須防他們不時窺伺，潛施暗算，也跟這裡一樣。」

談大娘和談家一齊偪促不安道：「為了我們的事，給你老人家添了麻煩，我們實在過意不去。」彈指翁笑道：「這是我願意自找啊。」此時摶沙女俠華吟虹在談大娘身畔，並肩坐著。彈指翁道：「要不然，虹兒，你先回去，給你母親送個信，就提我得罪峨眉派了，教你母親早晚門戶上多加小心；或者把你舅舅請到家中，照應照應。」華吟虹站起來，答應了一聲：「是！」可是心中很不願回去，低告談大娘道：「大姐姐，你告訴爹爹，還是教我二師哥回去得了。」她這裡稍一嘀咕，彈指翁已經看出來，道：「你不願回去，是不是？你跟大姐姐說什麼了？」談大娘忙道：「還是請段二哥回去的好。妹妹一個人回去，一路上車船店腳，也很麻煩。」彈指翁面對華吟虹道：「我還沒有打定主意呢，你這丫頭就慌了？」向梁公直舉手道，「我就先麻煩你們鏢局吧，越快越好，先給舍下送個信去。」梁公直忙答應著，派人回蕪湖，立遣鏢局中人，專程赴陝去了。

當天下午，談宅設宴款待各處邀來的武林朋友。邀來的這些人雖然是靠談大娘倪鳳姑的面子，但席面上乃由談秀才談維銘做主人。男客有十幾位，自然齊推彈指翁坐首席。女客只有摶沙女俠華吟虹一人。飯後天色尚早，彈指翁也不客氣，便指揮群俠，分頭出去監視峨眉派群賊的舉動。原定三更後，彈指翁便與石振英，重到朱阿順家走一趟。不想才過二更，派出去的人先後回來，報說那三個受傷的人——巴允泰和二喬兄弟，已經上碼頭，坐船走了。朱阿順家門口，一出一入，竟沒有什麼人。經仔細窺伺，沒有看見唐林和韓蓉夫妻，也沒有再見康海和快手盧幾個人的行蹤。石振英向彈指翁說道：「莫非他們都溜了不成？」彈指翁道：「也不見得。賢姪，你跟我走一遭吧。」眾人道：「何必勞動老前輩？」即由石振英、陳元照叔姪做一路，前往朱阿順傢俬窺。另派謝品謙、朱元濟等到碼頭查看。

三更人靜，多臂石振英動身，帶上暗器、兵刃，陳元照帶了卍字銀花奪，繞從談宅鄰院，來到街上。石振英對陳元照說：「你現在看見江湖人物了吧？你看什麼樣的人都有。」陳元照果然深覺奇異。那彈指翁華風樓高顴深目，黃面短髯，很像個清真教徒，又像個清貧老儒。兩隻眼盯人一下，卻很厲害。那梁公直父子又很像個糧行老闆和少東，老的很樸素，少的很奢華。其餘眾人形色打扮也各不同。只是挺胸昂首，多少帶出拳師氣來。石振英和彈指翁年歲相差無幾；可是石振英持弟子禮甚恭，彈指翁儼然以尊長自居。這也是陳元照看不慣的。

石、陳叔姪一面走，一面低聲把彈指翁父女議論了一陣。

石振英說：「你看你這師姑多麼英爽，可是在她父親面前，是多麼聽話。」陳元照只微應了一聲，心想：她不過是個女孩子罷了。群俠會議時，陳元照側居末座，一句話都插不進去。華吟虹坐在倪鳳姑身畔，也是一言不發，只用冷眼看看罷了。兩人眼光有時相碰，陳元照把腰一挺，故意裝出傲態來。摶沙女俠看到眼裡，不由慍怒，就惡狠狠地盯他一眼。陳元照也惡狠狠還盯她一眼。兩個人一聲不響，只有四隻眼在暗中打架，較量。陳元照此時拔步夜行，踵隨伯父，一想到這裡，不禁失笑出聲道：「這丫頭，看你怎麼樣！」

石振英聽見了，猛然回頭道：「你說什麼？你不要小看那個女賊，你不看見她穿鐵尖鞋，打毒蒺藜麼？她一定是西川唐大嫂的後人，很不好惹的。你看你師姑，小小年紀，到底把她打跑了。但是我料這女賊必不輸氣，早晚要找尋你師姑的。此刻我們窺探他們去，你千萬多留神這個女賊，別人倒在其次。

你不要大意，越是女子應敵，越難招惹。你看你師姑，實在是將門虎女。你看她和那女賊對刀的時候，手勁夠多麼大；閃毒蒺藜，發毒砂時，眼神夠多麼快。老實說，比你強多了；人家還是個沒出閣的姑娘。聽談大嫂和段師弟說，她這次又是初試身手，和你一樣。可是她連戰數敵，穩紮穩打，智勇兼備，實在很難得。」原來石振英錯當陳元照是罵韓蓉了，倒把摶沙女俠誇了一頓。陳元照默默不答，叔姪二人仍然前走。

轉瞬間，到了地方。石振英招呼陳元照，止步窺望。本想朱阿順家一如前夕，必有戒備；哪知此時由四面鄰巷繞起，以至繞進朱家前後門，外面連一個巡風的也沒有。登高一望，房上也沒有安放了高的人。石振英忙引陳元照，先到朱家對門，把預伏的人招呼出來一問；說峨眉群賊大概不知什麼時候，已經全溜走，連朱阿順也沒在家。

石振英聽罷，重躍上鄰近房頂，與陳元照分兩面蹚過去。已迫近朱阿順家，但見全院昏黑，只東小屋有燈光。石振英掏出面幕戴上，陳元照也將面幕戴上。叔姪二人賈勇前進，躍上朱家的後牆。試投問路石子，只聽吧嗒一聲，院中毫無反響。

沉了一沉，登牆一竄，雙雙上了朱家的正房後坡，仍然是如入無人之境。石振英側耳傾聽，半晌不動。陳元照不耐煩，向石振英一打手勢，要往院中硬跳。石振英急急攔阻，命陳元照持兵刃，在房上巡風。他自己從正房後坡，蛇行到東小屋屋頂。

貼房脊往院中探頭，牆角暗隅一點埋伏沒有。又側耳細聽東小屋中的動靜，隱隱似聞兩人共語。

石振英向四外瞥了一眼，陳元照恰從正房房脊後探出半個頭來。石振英沖陳元照一揮手，便要施展「倒捲簾」的功夫，探窗下窺。轉念一想，又不這樣做了。索性從東小屋後坡一溜而下，落到平地。腳尖點地，輕輕伏竄。轉到了前面，立即蹲身伏行。直到東小屋窗根下，這才聽得屋中人語，似一男一女。忙又四顧，手沾唾津，點破紙窗，側一目往裡看時；原來是孤燈一盞，板床一張，被中睡著一個婦人，地上蹲著一個腳伕模樣的漢子，正在那裡擺弄火爐，燒煮什麼。那婦人倚著枕頭，半探身軀，做出呻吟之聲。石振英聽了一會兒，很像是尋常的夫妻，午夜共談，和峨眉派尋仇之事渺不相干。可是燈影裡看那桌椅陳設，正是三日前峨眉群賊借寓之室。石振英要端詳那個男子的容貌，偏又背著燈亮，只見衣履，不見面目。

那男子打著呵欠。用一把蒲扇，煽那炭火爐子，這爐子恰好正是峨眉派唐林預備煎藥的東西。那婦人說：「怎麼還沒有得呢？」男子道：「臭娘們，就是妳的事多！妳得等著呀，鍋連響都沒有，哪裡就得了！我累了一天，回來還得伺候妳，妳倒心急了！」婦人好像不悅，喃喃地罵道：「人家要是沒病，才不求你哩。都是朱大叔招惹的；也不知哪裡來的這些爺們，把人家攪了好幾天，連覺都沒睡好。人家又是個重身子，又有病，誰禁得住啊！你一出去，總不想回來。只顧灌你那黃湯子，就把我一個人拋在這裡，死活都不管。那天晚上，沒把我嚇死，半夜裡忽然鬼哭狼嚎地叫起來了，說是治病，哪像治病，倒像宰人。好容易盼你回來了，央告你這麼一點小事，你倒罵起我來了。」這一男一女，一個在床上，一個在地下，一句頂一句地拌嘴。

多臂石振英窺伺良久，並沒有聽出要緊的話來。方要退身，轉奔上房，忽聽那男子直身起來道：「好了，妳往肚裡塞吧。」將爐上的沙鍋打開，熱氣蒸騰，似煮的是食物，不似藥物。盛了兩碗，先遞給婦人一碗，那婦人從被窩中披衣坐起來，捧著碗吃。男子端了一碗，坐在桌旁，對著燈吃。室暗燈昏，也沒有看清吃的何物；並且兩個人都面對桌燈，都不回頭望窗。那婦人似嫌湯熱燙嘴，且吹且啜，口中仍然喃喃地說道：「到底他們還來不來？」那男子道：「來？來什麼？他們鬥不過人家，回去搬兵去了。妳放心吧，三年之後，他們許來，現在肯定不回來了。」婦人道：「這裡頭有朱大叔沒有？」男子道：「有他什麼事？朱大叔不過跟他們裡面的一個人認識，他們借房子尋宿，照樣找他要房錢。後來才知道他們是來找人鬥氣的，朱大叔就很不願意。對他們連哄帶勸又嚇唬，算是把他們開發走了。」

石振英聽到這裡，提起神來。那女子又問：「真的麼？」男子道：「怎麼不真？告訴你吧，這和朱大叔一點關係也沒有，跟咱們更不相干。咱們連他們到底跟誰鬥氣，都不知道，別的更說不上來了。妳老娘們家，嘴裡千萬要嚴密，不許往外胡說。現在他們一個個都走淨了，他們是怕人綴，他們由打昨晚就偷偷溜了。」這婦人道：「不用你說，我早知道他們溜了。連那個女的，他們不是一共七八個麼？不是分兩撥走的麼？」男子道：「妳知道就得了，何必還教我在家給妳做伴？沒有可怕的事了，妳還嘀咕什麼？」那女子嗤地笑了。男子罵道：「我知道，依著妳的心願，把我整天拴在家裡才好。」女子道：「人家不是有病麼？」男子唾道：「有賤病，有想漢子的病！」女子把身子一扭道：「哪個王八烏龜子才想你呢！你死在外頭，老娘也管不著！我知道你不肯回來，是迷著小老六那個臭婊子。」

那個男子笑罵道：「臭婆娘，妳是醋泡的！」

聽到這裡，多臂石振英暗唾了一口。這不過是一個醉鬼腳伕和他的裝病妻子，半夜起來吃夜食罷了。但是話裡話外，已經聽出峨眉七賊報仇負傷，知難而退，果然是掃數走了。但還有可疑之點，那受傷的三人是先乘轎，後坐船走的。那沒有受傷的三男一女卻不知從何時，用何法，悄離魯港，更不知逃往何處。石振英在院內毫無顧忌，搜查了一遍。有燈處破窗窺看，沒燈處也照樣摸黑窺看了。房上的陳元照等待不及，竟也騰身躍下平地。叔姪二人輕身躡足。在院中連轉數圈，也不見峨眉群賊的蹤影。多臂石振英從身上取出一把匕首，和一張沒有字的紅單帖，用匕首穿紅帖，走到東小屋。手腕用力，往楹柱上一插，深入數寸，只微微噌地響了一聲。屋中的夫妻仍然吃他的夜食，連頭也不回。石振英冷笑著，又掏出一把鐵沙子，用一塊布包著，輕輕放在外面窗臺上，唰的往後一倒竄，來到院心，向陳元照微微噓唇道：「走！」

陳元照猶猶豫豫，往屋中一指。石振英搖搖頭，一伏身，嗖地竄上西面牆。陳元照也就一插銀花雙奪，跟蹤躍上牆頭。

退到西鄰高處，陳元照要往下跳。石振英忙說：「等一等！」掏出三枚問路石子，握在掌心。就在這時候，忽聽見東小屋吱的一響，門扇開了。石振英急一伏身，把陳元照拖了一把，齊伏在房後，又急急地探頭盯看朱家院內。半晌，院中吧嗒大響了一聲，東小屋的燈光驟然一明一滅。石振英冷笑道：「元照，你看！」忽然，東小屋的門扇吱溜一闔一開，倏地從屋中竄出一條人影，往檐下一站，仰頭看天。復一轉身，竟奔窗臺，探手一摸，似將鐵沙子的布包撈到手內。又一回手，似將楹柱上的匕首拔下來。目不旁瞬，退回東小屋，東小屋的燈火又一明一滅。

陳元照直起身來道：「這是行家？」多臂石振英惱怒地說道：「自然是行家。好東西，還來這一套！」說罷，一攢腕力，抖手將問路石子發出去。第一枚疾如箭駛，恰落在剛才那人站立的地點；第二枚石子同時脫手出去，「咕嚕嚕」一響，由東小屋房頂，吧嗒落在實地；第三枚也打出去了，卻撲地穿窗打入東小屋內。東小屋黑乎乎，燈光已滅。——把個初涉江湖的陳元照看了個迷迷糊糊，不知什麼用意。

多臂石振英挺身立在鄰房，又看了一會兒，道：「走吧！這三枚石子就是催駕，教他們趁早滾蛋！」說著，跳下房來，率陳元照徑回福元巷談宅。

這時候，派往碼頭的人已早回來，據說碼頭上不見峨眉派的人物。談宅小樓上只有談大娘倪鳳姑、摶沙女俠華吟虹和老鏢師梁公直，挑燈而待；樓下院內伏著幾個邀來的壯士。彈指翁和段鵬年師徒已經跟蹤出去，還沒有回來。石振英笑道：「師叔到底不放心，自己出去了。」剛剛說到這裡，樓門一響，華雨蒼含笑走進來道：「我怎麼不放心，你辦得很漂亮。這麼辦，對極了。」

眾人一齊動問，彈指翁含笑不言。石振英遂將所探所行，說了一遍。眾人也道：「這樣子辦，很好。」梁公直道：「只是稍硬一點。」彈指翁道：「這就很客氣了，我還是看在他們上輩的情面。你要知道，他們太不知進退了。」

一宵度過，次日又去搜尋。連搜三日，碼頭上確未瞥見峨眉群賊唐林夫妻的面，猜想他們或已走陸路，奔回去了。彈指翁不禁大怒道：「他們不該悄悄地溜走。他們應該或長或短，給我一個答覆。像這樣不哼不哈，這是什麼道理？這些貪生怕死的東西，我總得教訓教訓他們。」梁公直道：「老前輩不要著急，你老不放心的是怕你老離開此地，他們再來騷擾。這不必顧慮。談五爺和我也是至交，他的後代，我托在近鄰，理應照顧。」彈指翁道：「我實不能在此地跟他們久耗，我也沒有閒工夫綴他們去。既然梁兄如此幫忙，那麼，我再安排一下，我打算十天以後再走。」

談大娘聞言，十分感激。到底是老輩英雄，做事有始有終。當下，彈指翁安排起來。山陽原籍已派人送信，料自己的兒孫門人足可自衛，不心掛念。現在只需想法保護談家便是；有梁公直協助，一切都放心了，再不怕賊人久耗。

在魯港又住了幾天，始終沒人碰見峨眉群賊的面。彈指翁便把二弟子段鵬年暫留在談家，決由自己同著女兒，先到蕪湖，再赴如皋。又問多臂石振英：「你要到鎮江，找朱大椿、黃元禮，究竟有什麼事？」多臂石振英說，率養子陳元照閱歷江湖。彈指翁聽了，笑道：「你原來是攜子出山，你不知朱大椿、黃元禮，現時都離開鎮江了麼？」

多臂石振英道：「這是何故？莫非他把鏢局子收了麼？可是上年他還給我來過信呢。」彈指翁道：「鏢局收不收，我卻不曉得，大概沒有收。你原來不知道，朱大椿和黃元禮聽說都到淮安去了。淮安府最近出了幾樁大案子：內有遼東大豪，叫做什麼飛豹子的，忽然來到你們江南地方，闖萬兒來了。人又精明，武藝又高，聽說存心專要跟你們江南鏢行人物作對。這個人說是姓袁，早先也是太極門的。不知為了什麼，和俞劍平結了仇隙，已經把俞劍平保的一批鹽鏢邀劫了去。俞劍平這一下，栽得很重。」

石振英一聽，愕然道：「小姪在家裡，也聽人影影綽綽地說過。據說一共二十萬銀子的鹽課，乃是由鐵牌手胡孟剛和十二金錢俞劍平，兩家鏢局合保的，行經江北大縱湖，被這個飛豹子一眾約有百十號人，把銀子全劫了去。這件事轟動江湖，小姪起初只不相信，誰知竟是真事。不過後來聽說，到底仍由十二金錢俞劍平把鏢奪回來了。怎麼至今還沒有了結呢？咱們江南武林也沒有人出頭，給他們和解麼？」

梁公直插言道：「沒有，誰也不認識這位飛豹子。想給他們和解，也苦於沒法子插嘴，插手。」

彈指翁笑道：「十二金錢俞劍平以太極拳、十三劍和金錢鏢三絕技，稱雄武林，世無敵手。想不到臨老栽在一個遼東外客手內。這個遼東客袁飛豹也是老頭子了，只說不清他的出處。有人說他和俞劍平是師兄弟，這話不知是否屬實。」

梁公直道：「的確是實，聽說還是俞鏢頭當年的師兄哩。這個人初到江南，人生地疏。不料他竟和芒碭山的雄娘子凌雲燕勾結上。這凌雲燕是個後起的綠林，生得姿容秀美，類似女子，平素慣假扮女人。有說他的出身本是徽州戲班一個唱武旦的，卻學會一身飛縱的功夫。在芒碭山嘯聚了一二百人，喬裝婦女，騎著小驢，到各處亂逛。遇見不睜眼的貪色漢子，拿他當女人調戲，必被他劫財之後，梟首斷肢，手法非常毒辣。可他有八不劫，江湖上反誇他是個義賊。這個人忽然男裝，忽然女裝，遊遍了江南江北。他每出去一回，改一回打扮；招子不亮的人，再認不出他的廬山真面。飛豹子得到他的臂助，才在江南大鬧起來。起初飛豹子劫走鹽鏢，被俞鏢頭搜根剔齒地找到。兩個人比武賭鏢，到底鏢歸俞手。不過後來又出了枝節，這飛豹子和雄娘子凌雲燕跑到淮安府，掀起數件大盜案，件件都指定俞某人。官府上明知是仇人嫁禍，無奈俞鏢頭到底脫不了心淨。目下他正撒紅帖，大邀群雄，要和飛豹子、雄娘子決一死戰。老前輩想必接著他們的請帖了吧？」

彈指翁手捻灰髯笑道：「我這回出門，一來是到如皋，訪一個朋友；二來就是到淮安看看。」

多臂石振英聽了，低頭尋思良久，忽然抬起頭來，說道：「師叔，你老要往淮安府，幫助鏢行，鬥鬥這個飛豹子麼？」彈指翁道：「我伏處故鄉，已有多年，未免有點靜極思動。我和俞鏢頭並不怎麼親近，霹靂手童冠英卻和我是莫逆至交。是老童再三勸駕，趕巧我又有別的事要到如皋，所以我就答應他們了。我也想看一看這遼東飛豹，和這雄娘子凌雲燕的為人。振英賢姪，我們武當派的朱大椿和黃元禮叔姪全被邀去了。所有江南武林差不多全去了，你何不也去湊湊熱鬧？」

石振英仍在尋思，半晌才答道：「小姪本要往鎮江去。師叔既要往淮安助拳，小姪理當奉陪。你老不知道這個十二金錢俞劍平，敘起來還是我當年開蒙時的師兄哩。他不是文登縣綢緞丁門下的弟子麼？」

梁公直道：「不錯，十二金錢俞三勝俞鏢頭，他正是丁門弟子。原來他竟是石四哥的師兄，這可是巧事。」

彈指翁和石振英一齊問道：「他怎麼叫俞三勝？」梁公直啜了一口茶，說道：「俞鏢頭善打太極拳，善用太極劍，又善打十二金錢鏢。這三絕技唯有他一人獨擅，因此有人稱他為三勝將金錢客。有的時候人們又叫他為俞三勝，乃是魯南武林最近送給他的綽號。」彈指翁華雨蒼對梁公直說道：「原來如此。我們振英賢姪，當初本是太極門，後來才改學武當派，投入我們二門師兄齊宣穎門下。」說至此，面向石振英道，「早年我聽你師父告訴過我，我倒不曉得你和俞劍平還是同學。如此說，你從前是山東文登縣丁朝威丁老師父的門下了。我們師兄常誇你性情堅定不移。可是的，你既入太極門，為什麼忽然更改門戶呢？」

石振英浩然長嘆道：「一言難盡，這也是我當時少年任氣之過。我投綢緞丁老師門下的時候，我才十幾歲，比元照還小得多。先父和丁老師是朋友，丁老師待我也很好。無奈當時那位掌門師兄待我們太嚴苛，開口就罵，舉手就打。是我受不了，才賭氣告退的。當時只對老師說，回家完婚，我便一去未回。又過了幾年，才承我們齊老師把我收下，並不是我見異思遷的啊。」說著一嘆。彈指翁聽了，點了點頭，不由引起自己的心事來。二十年前，華老也是因掌門大弟子脾氣不好，才把他逐出門牆，將二弟子段鵬年提拔起來。多虧自己措置得當，門戶內沒有生出枝節。武林中以大壓小的事太多了。涉想及此，捫鬚慨然，忽詢問道：「振英，你說你那位掌門師兄欺負你，他姓什麼？」石振英道：「姓袁，叫袁振武。」彈指翁道：「噢，這就對了。公直兄，這個跟俞劍平做對的遼東飛豹子不是也姓袁麼？我說振英，你那位袁振武袁師兄，他是哪裡人？可是遼東人麼？是不是他和俞劍平同師學藝時，也鬧過意見？」

多臂石振英心中驀然一動，忙道：「我那掌門師兄的確姓袁，可不是遼東人，他是直隸樂亭縣袁家莊的人。」梁公直也不由聳然道：「人是活的，地方是死的，這位袁振武袁爺不知算到現在，多大年紀了？」石振英捏指計算道：「大概五十多歲，不到六十，好像比我至多大六七歲。」彈指翁拍案一笑道：「這就對了。公直兄，這個飛豹子什麼長相？不也是五六十歲麼？」梁公直道：「不錯，是五六十歲的一個精悍老人，赤紅臉，豹子頭，豹子眼，……」石振英道：「哎呀，這不就是袁振武麼？他身量很魁梧，大概比我高半頭吧？」梁公直道：「差不多。」

在屋眾人一齊詫異道：「奇怪，奇怪！」都以為這個姓袁的飛豹大盜，十有八九就是太極門丁朝威的弟子袁振武。這期間最覺稀奇的，乃是袁、俞二人又都是石振英的師兄。眾人齊問石振英道：「石老英雄，你老不是要往鎮江鏢局去麼？何不徑到淮安府，看看熱鬧去呢？現在十二金錢俞劍平千里傳書，大邀各地武林英雄，要和飛豹子、雄娘子綠林雙雄較量短長。那飛豹子和雄娘子凌雲燕，也正廣傳綠林箭，要和江南所有的鏢行挑鬥到底。這正是一場獻藝爭雄，炫才闖萬兒的好機會。石老英雄何不攜帶令姪，往淮安府走走？石老英雄，你在家納福，大概不曉得江北鏢行大舉尋鏢的事，已經鬧了個翻江倒海。俞老鏢頭在寶應湖高良澗一帶，和飛豹子對抗了許多天。」

眾人向石振英介紹了袁、俞雙方對抗的情況：「鏢行這邊有智囊姜羽沖、夜遊神蘇建明、青松道人、霹靂手童冠英、綿掌紀晉光、無明和尚諸人；飛豹子那邊，有一豹三熊、有子母神梭武勝文、雄娘子諸人。連綠營、緝私營都驚動了。這也因為飛豹子和雄娘子凌雲燕、子母神梭武勝文，鬧得太不像話了，他們竟聚了二三百人，明目張膽地設伏誘敵，綁擄行人。官面上本為查找二十萬鹽鏢，各處搜捕大盜。當地官府一聽此訊，立刻由一位游擊，帶領三百多名綠營，和水師營十多號快艇，火槍大砲的，把雄娘子、飛豹子和他的黨羽包圍起來，竟開了火。可是，到底沒把飛豹子捉住。飛豹子帶領著他的黨羽，夜渡三湖，全都跑了。臨走還留下斷箭一支，柬帖一封，公然向俞劍平放下『一輩子不算完』的恨話。那個雄娘子凌雲燕也惱了，說是鏢行和綠林道較技賭鏢，乃是武林風氣所許；怎麼俞老鏢頭明面糾眾較武，暗地勾結官府剿辦他們？那子母神梭武勝文又落得棄家而逃，更遷怒到俞鏢頭身上。因此這雄娘子凌雲燕和子母神梭武勝文，也都放下了『改日再見』的話。其實俞老鏢頭冤枉極了，綠營和水師營剿匪起贓，乃是另一碼事，俞老鏢頭事前一點也不知道。」

梁公直道：「聽說這場誤會，是黑砂掌陸錦標弄巧成拙，惹起的麻煩。振英老兄，我勸你趕緊往淮安府去一趟吧。你那朱大椿師弟、黃元禮師姪早已參與其事，聽說朱老哥還和飛豹子賭過梅花樁。我想憑石老兄這身功夫，又和雙方是舊日同門，很可以到場看事做事；若能從中周旋一下，豈不更好？」

眾人道：「那麼一來，石老英雄定必名震江湖。你想許多著名的鏢客、成名的英雄，都不能把這件事消解了，你老人家既和袁、俞二家都有同門之誼，倚仗你的老面子，給他們私下裡和解了；省得經官動府，雙方都要感激你的。武林道本來爭的是一口氣，要的是人情面子。現在事情鬧成僵局，飛豹子心中未嘗不怕國法王章，只是沒有臺階收場。你老一到，把大事化小，小事化無，太好了。」彈指翁也道：「既然袁、俞都是你的當年師兄，你倒可以給他們轉圜轉圜。」

多臂石振英把身子欠了欠，皺眉說道：「教我轉圜麼？我倒好大的面子。師叔，你老不知道，假如這飛豹子真是我當年的那位袁振武師兄，他的為人強悍剛愎，我素日就跟他不和；我和他的過節兒，恐怕比俞劍平還大。教我轉圜，弄不好，連我還饒上呢。」梁公直道：「那也不見得。石老兄，你不會到了淮安，看風使舵麼？況且華老前輩已經應邀前往，石老哥你正可以陪著他老人家去一趟；你們師徒三輩全去了，一定可以把飛豹子鎮住。」

陳元照在旁忍不住慫恿道：「伯伯，我們就去看看熱鬧，豈不很好！黃師兄又沒在鎮江。我們去也是撲空。」彈指翁道：「是啊。怎麼樣，振英？」多臂石振英反覆尋思道：「去就去，我就陪師叔走一趟。可有一樣，那袁振武師兄既然和我有隙，那俞劍平俞師兄也和我隔別得很久，見了面，說不定還許不認得我。我可以陪同你老去，只不過你老千萬不要把我亮出來。

咱們到那裡，看情形再說話；省得教我兩邊挨擠，落得個沒面子。」

彈指翁點頭笑道：「就是這樣，不把你亮出來，你可怎麼出頭了事呢？你做事也太把穩了。」彈指翁和石振英名分上是師門叔姪，論年紀差不了許多；彈指翁只比振英大五六歲，都是老頭兒了，所以面子上很客氣，事事不能勉強。當下商定，彈指翁父女和石振英叔姪，即時離開魯港，應梁公直父子之邀，先到蕪湖；其餘的人也都回去；只有華門二弟子段鵬年，獨留在談家護宅。談大娘的傷已經由彈指翁給治好；見峨眉派已經退淨，一連十幾天沒有動靜了；她娘家的兩個兄弟倪元福、倪元祿又已趕到，足可倚以護宅，便放了心。送行時，倪鳳姑便向彈指翁道勞，又委婉說出：「段二哥事情若是忙，就不必在這裡多耽誤了。」彈指翁搖頭道：「多加一份小心好。」

談維銘是個書生，為人很精細，忙向寡嫂說：「還是請段二哥多住幾天。你想他們吃了虧，他們又是江湖匪類，哪能好好的走了？」

段鵬年搖頭道：「不過我這次隨家師出門，也是有一點事情的。」面向彈指翁道：「老師，你老自己上如皋去，行嗎？」

彈指翁笑視女兒華吟虹道：「行，這回又不打算怎樣，我不過是想跟褚家那個孩子，先見見面，看看他的品貌、為人罷了。沒有你去，也是一樣。」摶沙女俠聽了這話，把頭低下來。石振英叔姪覺著奇怪，談大娘卻向華吟虹微微一笑。石振英便問道：「哪個褚家的孩子？」彈指翁道：「就是褚萬鵬的孫子褚紹麟。」梁公直道：「華老前輩和褚萬鵬也認識嗎？」彈指翁道：「不很認識，止於慕名罷了。」梁公直道：「既然不認識，你老找他祖孫二人做什麼？那褚紹麟還是個小孩子哩，今年不過二十幾歲。」彈指翁笑道：「有一點閒事。聽說這孩子功夫練得不錯，貌相也很漂亮。梁兄可見過他麼？」說著又向摶沙女俠看了一眼。女俠越發低下頭，不能仰視。石振英有點省悟，道：「哦！」這回說話可不敢冒失了。不想陳元照側居末座，首先嗤地笑出聲來。摶沙女俠登時滿面通紅，惡狠狠把陳元照瞪了一眼。

第十章　恩怨分明

時當清晨，談家僕人四處覓轎。不一刻轎都叫齊，彈指翁首先站起身來道：「好吧，我們先到蕪湖。」眾人陸續告辭，談維銘直送到巷外。數乘小轎一直抬往江岸碼頭，然後上船。段鵬年獨留在魯港，帶著許多破解毒蒺藜的解藥。談家仍然小心戒備著，入夜有人巡風。

第十一章　峨眉派捲土重來

彈指翁父女是要先往如皋，再到淮安；石振英本要往鎮江，現在改赴淮安。可是不論往哪裡去，他們兩撥人總得路過蕪湖。梁公直因此邀請彈指翁、石振英，到他那米棧、鏢局，盤桓幾天。石振英倒無所謂，彈指翁因偕有愛女，本已力辭。

梁公直又說他那米棧後面，就是住宅，有女眷的。「妹妹盡可和賤內、小女同住」，極力地邀駕小聚。彈指翁無法推辭，方才答應了。

蕪湖是江南巨埠，那裡有戲班、酒樓；梁公直便盛宴款待華老和石振英，並請他們看戲。一連盤桓了三四天，彈指翁素厭塵囂，有些不耐煩，就極力辭謝，又說出要趕路的話。梁公直不放他父女走，想著法子來款留他們。四天工夫，連請了幾次客；把當地武林名輩邀了好多位作陪，引見著和彈指翁款洽。搏沙女俠住在內宅，也由梁公直的女眷極力款宴。彈指翁越發心煩，對石振英說道：「老姪，我實在受不了。這梁公直怎麼這麼俗，拿我當老古董，滿處獻給人看。若不是訪查峨眉派，多仗他的力量，我實在不願到他這裡來。老姪，我看我們明天索性不辭而別，溜了吧。」

多臂石振英笑了，知道華師叔性情古怪，梁公直招待太殷勤，惹起反感來了。他忙勸道：「你老不用心焦，明天我對老梁說，教他不必再引見生人了。其實他是敬重你老，恨不得叫他們當地武林後進，都瞻仰瞻仰武當派的名家。」彈指翁搖頭道：「敬重我，一天赴六回宴，見八撥客，我可受得了啊！」石振英道：「你老放心，我就告訴他，你老久厭交遊，他不曉得，管保後天教他給咱們僱船就完了。」彈指翁這才不言語了。

果然到晚上，石振英屏人對梁公直說了：「老兄引見當地武林人士，和華老見面，自然因為他老人家是武當派的第一人，你願意本地人認識認識當代豪傑。怎奈我們這位師叔就怕這個，又怕人請他吃酒。他老人家飲食起居向有節制。並且他近年不好出遊，這一回出門，定有要事，實在不能多耽擱了。他老人家打算明早走。」梁公直愕然道：「這可不成！我們東關六合拳蔡九爺久仰彈指翁的盛名，他本已有事出門，聽見彈指翁老先生來了，特地返回來，懇求一見。小弟為此又定下六桌酒席。……」石振英搖頭道：「糟了，我不是對你說過了，怎麼還鬧這個？痛快告訴你吧，我們華師叔惱了。你趁早把酒席打退，他還可以多住兩天。」梁公直道：「我把陪客的請柬都發了，那可怎麼打退？」石振英道：「那也得退，你不知道我這師叔脾氣夠多怪哩。他這跟你還是十成面子，要換別人，早就翻了。我說你不信，現在你只要說再請他赴宴，管保當下給你一個沒面子，弄個不歡而散！」

梁公直一聽，臉上十分為難，半晌道：「我也沒有別的意思，不過是敬重他老人家，拿他當個前輩師長看待，何至於不給我面子？」石振英道：「他在家時，常一天天不出院子，有時候四五天不說半句話。你想，你給他引見了這麼些人，他都揑著鼻子見了，他已經很委曲求全了！」梁公直聽了，撲哧一笑。石振英也失笑道：「你笑『委曲求全』這四個字麼？你請他，抬舉他，但他實在覺著是受罪。他習靜多年，哪肯作這些無謂的酬酢？」

梁公直想了一會兒道：「不擺宴還可以，只是六合拳蔡九爺專程求見。我已經答應人家了。現在華老又要惱，我這可怎麼辦呢？」石振英道：「那根蠟是你自己插的，我不管。」說著笑了，又道，「告訴你，我們師叔今晚上就想偷跑。既然如此，你又很為難，我給你出個主意吧。今天晚上就請令友假裝是找我來的，見了面，再引見他見我們師叔，諒來我們師叔就不會生氣了。」梁公直大喜道：「這倒是一個法子。」

當天午後，梁公直真個照著石振英的話，只在家中設了一個小酌，把六合拳蔡明勛蔡九爺邀了過來。算是拜訪多臂石振英，就在梁宅客廳宴席上，和武當派名家彈指翁風樓主人華雨蒼見個面。蔡明勛預受叮囑，把久仰請教的話免去了許多，果然華風樓未甚介意。但是小酌也有十多位賓客，多半武林中人，面對前輩英雄，究竟忍不住要談藝質疑。華老就又皺起眉頭來，十問不肯一答，只哼著哈著。終席後大家喫茶，蔡九堅坐不走，很願和華老試著深談一談。別位賓客也和蔡九一個心情，而且個個的眼神都注視彈指翁。彈指翁忽然站起來，向眾人告便，要陳元照陪伴他到外面散步。梁公直無法攔阻，只得站起來道：「老前輩要出去逛逛此地的夜市嗎？我可以教人挑著燈籠，給你老引路。」蔡明勛插言道：「晚生也要回家了，要不然，我順路陪華老先生出去遊覽一趟。」華雨蒼搖頭笑道：「不敢勞動，我還是叫元照領我去吧，我不過是飯後遛遛消食。」相伴十數日，陳元照竟意外地得到這位師祖的垂青，陳元照自是欣然答應，披上長衫就走。當下把蔡明勛和別的來客都甩在客廳裡，華雨蒼同著陳元照竟飄然出去了。

蔡明勛錯愕不解，石振英忙解說了一番道：「我們師叔習靜多年，請老兄不要怪罪。」梁公直也在旁解釋道：「這都怨我！老先生在舍下住了這幾天，我只為一心欽仰，免不得給這位引見，給那位引見，實在教老先生半天也沒得安閒。老先生究竟年老了，有點怕應酬，九哥不要過意。」敷衍著把來賓讓到前面客廳，眾人見坐著沒意思，又談了一會兒，也就陸續告辭。只剩下梁公直父子和石振英，仍在那裡閒談。

直談到掌燈以後，三更將近，華雨蒼和陳元照還沒有回來。梁公直道：「老先生這是上哪裡去了？在此地有朋友嗎？」

石振英道：「誰知道呢，也許還有熟人。他老人家反正沒有偷跑，他的令嫒小姐還在府上哩。」梁公直道：「也許這爺倆迷了路，回不來了？」石振英笑道：「那可是笑話，一位武林名家會轉了向，豈有此理？」

一賓一主說著笑話，在內客廳等候。旋聽更樓已打三更，無意中忽瞥見陳元照的卍字奪不見了。石振英不覺站起身，走來走去道：「這可就蹊蹺了！難道說元照這孩子陪他師祖出門，又出了故事不成？」梁公直道：「快派人找找去吧。」

又等了一會兒，已過三更三點。梁公直把棧夥、下人叫來幾名，吩咐他們打著燈籠，快去尋找。下人們領命去了。梁公直對石振英道：「今天正沒有月亮，街上漆黑，他們爺倆就許迷了路。我想我們也可以親自找找去。」石振英也沉不住氣，答道：「也好。」立刻穿上長衫，挑著燈籠，和梁公直一同出去尋找。蕪湖地方很大，又在夜間，繞了幾道街，一無所遇。梁公直道：「算了吧，大海撈針，我們還是回家坐等。大哥不放心，可以再多派幾個人，叫他們分路去找。」石振英道：「也對。」

石、梁二人又打著燈籠往回走。將近梁宅，忽見一點火亮迎面走來。時已夜靜無人，梁公直冒叫一聲，果然來人是宅內的一個家僕，匆匆迎過來。石、梁二人急忙問道：「華老先生回來沒有？」家僕回稟道：「沒有。」又問：「陳元照呢？」家僕答道：「陳大爺也沒有回來。方才有魯港談府上派人找來，要請華老先生和華小姐趕快回去一趟，捎的口信，說是有要緊的事。」

多臂石振英吃了一驚。梁公直道：「不好，必是峨眉派尋仇不捨，趁咱們大家走後，又找上談家門來了。這可怎麼辦，華老先生又一去未回！」多臂石振英道：「快回去，問問來人，來人不是沒打發走麼？」家僕道：「沒有走。」

石、梁二人如飛折回去。到了梁宅內客廳，只見摶沙女俠華吟虹，已從內宅聞訊起來，正在內客廳，盤詰來人。來人正是談家的青年壯士謝品謙。多臂石振英不暇客套，忙問來意。

果不出所料，峨眉群賊的虎爪唐林和海棠花韓蓉，又在魯港碼頭出現，還帶著幾個面生的人！

峨眉群賊竟然不肯認輸。受傷的巴允泰和喬氏弟兄，生受彈指翁贈藥療傷之德，面子上不好再來尋仇。那唐林夫妻既經彈指翁當面恫嚇，又經石振英插刀留柬，威逼他們速退；夫妻二人嚥不下這口氣，走倒走了，卻走出不遠。他們潛囑巴允泰和二喬以感恩解仇，回鄉養傷為名，離開了魯港。唐林暗地寫了祕信，叫他三人回去勾兵。唐林夫妻和康海、盧登等避開談家的監視，悄悄渡江溜出魯港。可是暗中仍留下踩盤子小夥計，改裝窺伺著談家的人來人往。

一晃經旬，彈指翁率眾離開談宅，踩盤子小夥計立刻給唐林送信，說是硬對頭彈指翁走了。唐林忙與妻子，改扮前來察看。察看屬實，忙又退回，和康海、盧登祕密商計。這一回吃了大虧，竟不顧江湖體面，定下了半夜縱火之計，要把談門大小一齊燒死。他們遂藏在魯港對岸，靜等巴允泰等邀來助手，就要大舉縱火復仇。

不想，他們只顧窺伺人家，忘了人家也窺伺他們了。談大娘倪鳳姑和她兩個兄弟，與段鵬年、謝品謙等，自彈指翁走後，一天也沒敢鬆心，仍在時時刻刻提防著。談二少爺談維銘為人又很精細，和他的姪兒談國柱又是魯港富紳，在當地很能活動得開。自出了這樁事，已經密報官府；有幾名捕快，答應幫忙巡緝。峨眉群賊的動靜一時沒有勘出來，腳行頭朱阿順那邊，卻被衙門中的腿子撈著了一點線索。為貪賞犒，暗地裡關照了談維銘秀才。並請問談秀才，願意官辦，就把他們抓來當賊匪辦；願意私辦，也可以把他們驅逐出境。

談秀才頗有心計，急忙把事情按住，卻與寡嫂和護宅的壯士商量，如何應付，方為一勞永逸。商量的結果，武林中自有武林的辦法，段鵬年和二倪都主張不驚動官面，但也不便把他們殺了；莫如使用武力，把他們驅逐出境。

談大娘倪鳳姑卻恨極，對眾人搖頭道：「這些東西死纏不休，手段兇狠，趕跑他，又回來，哪天才算完？擾得人天天提心吊膽，不得安生；我們不下毒手，早晚要遭他們暗算！」段鵬年點頭沉思道：「這話也是。」謝品謙就說：「他們既然一再尋仇，我們莫如派人反去行刺。把峨眉派的硬對頭除治了，倒可以免去後患。諸位你們誰跟我去一趟？」談秀才道：「那可要出人命官司了。」段鵬年道：「我也是顧慮到這一層。府上在本地乃是安善良民，殺人行刺，一個弄不俐落，跟著打起官司來，可就糟了。」大家齊說：「這真得好好盤算一下，峨眉派又不是好惹的，我們現在人數也怕制不住他們；況且他們潛伏的地方，我們還沒有撈準。」

末後仍由倪鳳姑和段鵬年打定主意，一面搜查峨眉派現時潛伏之所，一面趁夜間，把談宅的老弱悄悄移到親戚家中；福元巷談宅成了空城計，只由段鵬年率護宅的幾位壯士守護，此外還留下幾名精壯的健僕。再煩少年壯士謝晶謙，馳往蕪湖，給彈指翁父女送信。華老父女和石振英叔姪此時如果未走，就催他們立刻回來。萬一離開蕪湖，就煩梁公直派鏢局中的人，連夜把他們追回。

謝品謙年輕粗疏，段鵬年勸他帶談宅一個僕人引路。他說不用，闖蕩江湖的漢子還要人領道，豈不是笑話？他暗帶兵刃，獨自一人，繞出福元巷後巷，從歧路上，奔往魯港碼頭僱船。不想一時浮躁，竟出了差錯！

小船的船伕名叫丁阿春，並不是唐林的黨羽，和腳行頭朱阿順，也只是同幫罷了。謝品謙上了他的船，多加酒錢，催他快走。起初彼此都不介意，行到中流，謝品謙忽然打聽蕪湖南關寶豐米棧，和鼓樓大街得勝鏢店，究竟哪一處距離下船碼頭近。丁阿春說：「還是寶豐米棧近。你老只一下船，走不多遠，就到寶豐米棧的『堆棧』了。這是蕪湖一家最大的米棧，他們的『堆棧』就在碼頭上，他們的鋪面是在南關。我們常給他們運米卸米，是一直起卸到『堆棧』的。『堆棧』的後門正好臨著堤岸，那得勝鏢店可就遠了，你老上了岸，還得走出好幾里，才能到地方。」謝品謙道：「原來如此。」

船伕丁阿春忽然看了謝品謙一眼，看出謝品謙軀幹壯雄，似非尋常百姓。因此搭訕著問道：「你老這是找梁公直梁老太爺的吧？寶豐米棧和得勝鏢局都是他老人家開的。但不知你老還是先到鏢店，還是先到米餞？」謝品謙把丁阿春打量了一眼，他不過是一個尋常水手罷了。但他的問話和神色，卻有點突兀。謝品謙答道：「我不過閒打聽，我哪裡也不想去，我這是回家抓藥。」丁阿春道：「你老給誰抓藥，你府上在哪裡？」謝品謙用一種不悅的腔口答道：「給病人抓藥。你快搖船吧，別嘮叨了。」船伕忙道：「倒不是我嘮叨，你老要是上米棧，我可以一進西碼頭，就停船。你老要上鼓樓，船還得往前趕半里路，在東碼頭停船。你老多給這些酒錢，我不能把你老騙下船頭就完。我得問明白了。把你老送到抄近的地方，好教你容易投店雇轎呀。」

謝品謙道：「不相干，你只划到蕪湖就行。」說罷，不再言語，只目水肉面，閒看往來帆船。船伕丁

第十一章　峨眉派捲土重來

阿春一面划船，一面仍扯東拉西地講些閒話。謝品謙有一搭沒一搭地聽著，無心中忽想起腳行頭朱阿順來，順口問道：「我說，你們划船的一定跟腳行很熟吧？魯港碼頭有一個叫朱阿順的，你可認識他嗎？他是我把兄弟的街坊，這個人聽說發財了。憑他一個腳行頭，居然有兩個老婆，這話可真麼？」

丁阿春道：「你老說的是爛眼瞎朱麼？」謝品謙道：「不錯，就是他。」丁阿春冷笑道：「可不是，這小子賊星發旺，燒作的不知怎麼好受了；家裡外頭，有兩個小媽……」如此這般，把朱阿順褒貶了一陣。謝品謙不覺忘情，便向丁阿春極力地打聽起來。最後竟問到朱阿順兩個家的住處，和他們船幫的勢力，跟峨眉派的淵源。丁阿春是個狡獪漢子，見謝品謙問得太緊，他忽然多起心來；兩隻眼骨碌碌地打量謝品謙，不知問這話有何用意，他就信口胡說起來。說的話，自然全是靠不住的謊言。謝品謙聽了，半信半疑。

小船貼著江岸走，大江上帆船往來並不很多。丁阿春忽問道：「你老是幹鏢行的吧？」謝品謙道：「你怎麼知道我是鏢行？」丁阿春笑道：「光棍眼，賽夾剪。我一瞧，就知道你老是位鏢客。」謝品謙心中一動，沉下臉來道：「是鏢行又怎麼樣？」

丁阿春聞言一愣，賠笑道：「你老若是鏢行，我跟你老打聽點閒事。」謝品謙道：「什麼事？」丁阿春道：「你老可認識咱們魯港的飛刀談五麼？」

這一問，謝品謙不由一震，張眼把丁阿春又打量了一遍。

這傢伙臉上帶出猜疑的神氣，又有點怯懼之色似的。謝品謙說話不能不加小心了，就揚聲大笑道：「相好的，你看錯了，我不是個鏢行，我是個布販子。」丁阿春道：「唔！你老不是鏢行嗎？我看你老身子骨很強，好像會功夫似的，不是麼？」謝品謙道：「我倒是從小喜好打拳，我卻不是鏢客。」

丁阿春又把謝品謙盯了一眼道：「我一猜就知你老會武功，你老可知道飛刀談五家，最近出的這樁事麼？」謝品謙道：「這卻不曉得。你一定曉得了？」丁阿春很詭祕地一笑道：「你老不曉得，我也不曉得哩。」謝品謙道：「你怎麼不曉得，我是出門做生意，最近才回家來。」但是謝品謙分明是外鄉口音，連丁阿春的話都聽著費力。丁阿春就反唇說道：「我是駕船的，輕易不上岸，更不曉得了。」越擠著問他，他越不肯說；謝品謙不由動怒，卻又懷疑，恨不得把他扯倒打一頓。

他正在生氣，忽然船行到一個停泊處，那裡先泊著一艘小船，船上水手竟和丁阿春親切地搭了話。丁阿春向謝品謙說道：「客人，你稍等一等，我要跟我們幫友說句話。」竟把船撐到岸邊，搭上跳板，一直跳到那邊小船上去。兩人嘰嘰呱呱，講了一陣話，謝品謙一個字也沒聽出來。只見那個水手往這邊斜掃了一眼。謝品謙見了，越發詫異，站起來，就要湊過去。

不想丁阿春忽然大聲道：「就是這樣吧，你分神好了。」那水手忙應了一聲，丁阿春立刻跳回來開船，那艘小船竟不停泊了，駕起雙槳，往魯港駛去。臨行時，那水手又把謝品謙盯了一眼。

謝品謙冷眼旁觀，猜不透他們鬼鬼祟祟，玩何把戲。眼看那小船去遠，暗想，莫非這兩個小子真是峨眉一黨？這小船莫非是回去給他們送信？又看了看丁阿春，見這小子一面駕船，一面偷看自己的腰間，腰間本纏著軟兵刃。這丁阿春也很健壯，他那槳有時在自己身後掠過。謝品謙側身回頭，心中罵道：「青天白日，大江上船行如織，難道他還敢暗算我不成？但是，船家跟船家都是同幫，我卻是孤身客。」

這麼一想，怒熾塞胸。謝品謙暗道：「這不可不防，我應該先鎮嚇他一下。這小子也許是水賊，也許是峨眉一黨。」他將面色一變，佯做識破奸計，向丁阿春大聲說道：「我聽說你們這地方不大太平，真有吃飄子錢的老合們（水賊），任意胡為。哼，相好的，你猜怎麼樣？我上月就遇上飄子線上的朋友了，他們當我是不會水呢！他們瞎了眼，也不看看爺們是幹什麼的。他們竟拿我當秧子，跟腳行勾結著，要暗算我。哪知太爺不吃，太爺也拿話點過他們，他們裝傻，爺們只好對不住他了。」說著，他從腰間解下那根十三節鞭，嘩啷啷一抖，道：「你瞧，我就用這傢伙，把那些東西一個個都送了忤逆。」

一席話說得丁阿春只翻眼珠。這丁阿春也不是好惹的百姓，愣了一愣，一句話也不饒，立刻也還上話來。猜想謝品謙一定是個幹鏢行的，謝品謙罵賊船，他便罵鏢行。自言自語地說：「保鏢的沒有一個好貨，明面上是安善良民，正經營業，骨子裡跟水旱兩路吃橫梁子的通氣，送禮買路，從綠林嘴裡討殘食，簡直可以說是賊孫子。」兩個人雖沒有挑簾明罵，可也針鋒相對，一句頂一句，暗罵起來了。

丁阿春是個弄船的好手，心中暗打算盤：「這小子分明不是好貨，我別教他算計了。這小子究竟是幹什麼的呢？」一霎時東張西望，眼珠亂轉，手中的槳竟忘記了撥動。謝品謙越發動疑，心中也是不住地打主意，道：「莫非峨眉派已經知道我們的舉動了，這小子八成是他們的眼線吧？」也不由得張眼四顧，往岸邊、水中往來的船上，尋找峨眉派的埋伏。

對岸上的行人、腳伕，他固然留神，背後駛來的其他航船尤其多心。他心想：「我此來是請彈指翁，不要栽了跟頭，上了他們的當。」又想：「我本來不很會水，這小子萬一真是歹人，我恐怕制不住他，莫如趁早上岸吧。可有一節，岸上到底有埋伏沒有呢？」此處距蕪湖尚遠，北岸儘是農田草地，南岸頗有人家。並且有一條大道，與水道並行。聽聲音，似有幾輛太平車和土牛子吱吱扭扭的通行。行人散落，也似三五成群，不時走過，還聽見唱山歌的聲音。無奈水深岸高，就站在船上，也望不見岸上的往來行人。謝品謙只將身子轉過來，斜對著丁阿春，暗用冷眼，盯住了他的一舉一動；手中的十三節鞭緊握著，悠來悠去。只要丁阿春有什麼意外舉動，便立刻給他一鞭。兩個人互相猜忌，互相提防。丁阿春見謝品謙的鞭總往自己這邊比畫，暗想：「不好，我可得留神！他要冷不防打我一下，我可不能上這個當！」竟摸摸索索，也找出一件應手的傢伙來，放在身邊。

丁阿春不能把全副精神用來行船，反倒提心吊膽地戒備著謝品謙那條十三節鞭。謝品謙無端地亮出兵刃來，丁阿春確實也害了怕。船貼江岸而行，轉眼間到一低岸處。謝品謙猛然站起來，腳踏左舷，縱目往江岸上一看。恰巧丁阿春也往左邊一欠身，這船猛然一歪，咣噹一聲，似觸暗礁，登時兩個人一齊打晃。丁阿春急急將槳掄起來，要往岸上點，往右邊一蹭。謝品謙驟然回頭瞥見，倏地翻身，厲聲喝道：「好東西！」十三節鞭嘩啷啷一響，倏地一揮。哎呀一聲，那根槳脫手飛去；丁阿春震得虎口生疼，失聲狂喊：「你，你，你幹什麼？」急急地操起一塊船板來。謝品謙將十三節鞭又一掄，同時罵道：「好賊子，敢暗算我！」十三節鞭劈頭打下去。丁阿春手疾眼快，往旁側閃，擰身一登右船舷，船往右傾側下去，船板對準謝品謙持鞭的手腕，狠狠砸去。

丁阿春如何是謝品謙的對手，謝品謙往旁一閃，一伸手奪住船板，喝道：「滾下去吧，峨眉派的走狗！」十三節鞭掠空一掃，丁阿春不覺鬆手，被謝品謙一腳踢下水去，撲通沉入江底。小船連晃，幾乎弄翻，謝品謙急急地蹲下來。

謝品謙年輕，太愣了。遠遠聽得喊道：「出了人命啦！」謝品謙急閃目一看遠處，又低頭一看波面；但見水花四濺，船伕沒了影。更回頭一看江岸，心中後悔。小船雖是貼岸而行，但離低岸著腳處，還有兩三丈；並且又隔著一道淺灘，躍不上去。謝品謙罵了一句：「糟糕！」青天白日，把人踢下水去，又不能撈救；人命關天，這得趕緊逃。謝品謙二目如燈，心如旋風似的一轉；船伕丁阿春還沒有漂上水面。

又罵了一句：「糟糕！」船上還有一根木槳，急急抄起來，尚要划船覓岸而逃。

這如何逃得俐落？上流有一艘航船馳來，並且有人呼喊。謝品謙咬著牙，奮力搖槳。這小船偏不受使，剛剛搖得船身一擺，水面嘩啦一響；船伕丁阿春忽從下流數丈外，冒出頭來。丁阿春大罵道：「好土匪王八蛋，你竟敢害命奪船！」雙手一分水，唰的浮過來。

謝品謙猛吃一驚，卻又僥倖道：「他沒有淹死！」但是丁阿春拚命踏水，竟不奔岸邊，直向小船游來。謝品謙一時手足無措。那丁阿春似來奪船，又似前來拚命。謝品謙沒了主意，忙舉起單槳，有心往下打，卻是踢人下水，本已犯法，這回怎好再下毒手？但一眼看見丁阿春大瞪眼、不要命地竟要上船；他又不知不覺，用槳一撥，把船划開。丁阿春在水面上怒喊起來，大叫：「殺了人，有賊奪船了！」謝品謙越發心慌，不敢用槳打人，急忙使力行船，要越灘上岸，登岸逃走。

丁阿春浮著水，跳不上船，並且明知打不過謝品謙。心中陡生一計，冷笑罵道：「好賊子，你奪我的船！」忽一個猛子，鑽入水底，水面上留下一團波紋，跟著起了一縷水線。謝品謙一面撐船，一面急往水面看；不想丁阿春陡從後面出現，把上半身探出水面，毒罵道：「好賊子，教你行兇！」謝品謙急舉槳要將他打下水去；丁阿春早不待下手，抓住船幫，全身用力，往右側一墜。謝品謙力打千斤墜，已經晚了一步，登時轟隆一聲大響，丁阿春把小船弄翻。船底朝天。謝品謙狂叫一聲，忙往岸上一竄，撲通也落在水中，險些陷入沙灘內。

這時，上流的航船眼看馳到。丁阿春恰從水面又冒出來，急尋謝品謙，心中得意得很，可也怕淹死人。謝品謙本也會水，立刻從水底探出頭來，和丁阿春相隔四五丈遠。丁阿春望見航船，大呼救命，又喊：「殺了人了！」口喊著，努力浮水，要來擒拿謝品謙。謝品謙的泅水功夫不很強，卻也不弱；但聽見上流航船遠遠地答了腔，便不敢與丁阿春水鬥，急急地運雙臂撥水，往岸邊浮去。近外有沙灘，不能落腳，只得順著水流之力，拚命往下流浮。人的浮力慢，船的航力快，上流那艘航船轉眼間已到近處；船上水手竟招呼丁阿春的名字。丁阿春也接了聲，大聲叫喊：「快捉住他，這小子是劫船賊，要奪我的船，害我的命！」那航船聽見了，如飛地划了過來。謝品謙踏岸回頭，又吃了一驚。

這一面江岸，低淺處便有沙灘，無灘處又高峻壁立。謝品謙已在船中撕去長衫，小裌襖還不甚礙事，下身的夾褲已裝滿了水，變成肥大的口袋。也虧他年輕力足，饒這樣，居然拍水急浮，很快地游出半里地。回頭一看，航船如箭馳到，卻忽然停泊中流，暫不來追，忙著撈救丁阿春。謝品謙大喜，趁此夾空，浮近岸邊，順岸勢尋找上岸的立腳處。居然在水中，尋著一塊岩石，上搭跳板，乃是附近居民汲取江水的地方。正有一個中年婦女，提桶臨江汲水。聽見上流呼聲，不知何事。這婦女把雙桶和一根木棒放在跳板上，直著身子，往水面遠處望去。不防近處謝品謙溼淋淋穿著衣服，掙命地浮過來。水聲嘩啦一響，把這婦人嚇了一跳，身子一側，幾乎掉下江去，竟把謝品謙當作河漂子了。

謝品謙忙喊道：「大嫂借光，我掉在水裡了。」一直浮過來。那婦人竟嚇得撲地坐下，道：「唉喲，你是剛落水的麼？那邊喊什麼？」謝品謙顧不得一切，用手一扳岩石，嘩啦竄上來，已經累得滿臉冷汗。立起身來，身上的水滴滴答答往下流，把那婦人濺了半身。

第十一章　峨眉派捲土重來

第十二章　彈指翁隻身馳援

謝品謙從水中溼淋淋地跳出來，把江邊汲水的婦人嚇了一大跳，濺了一身水。那婦人坐在跳板上罵道：「你這東西，你看你多缺德！」謝品謙顧不得還言，也顧不得解說，急轉身縱目一看，航船上已把船伕丁阿春救上船頭。丁阿春指指點點地喊罵，那船又箭似的追過來；又往岸上一瞥，已經驚動了行人。謝品謙暗道：「不好！」一俯腰，把婦人擔水的木棒搶到手中。那婦人雙手據地，正要站起來，謝品謙一隻手把婦人一抓，婦人怪喊起來。謝品謙似一陣旋風一般，從婦人身畔一竄，拖著婦人的一隻手臂，跳到跳板上；腳又一點，跳上斜坡。同時把那婦人踉踉蹌蹌，直拖到岸上。那婦人雖未閃落波中，卻被他弄了一身水。謝品謙一鬆手，那婦人咕噔坐在地上。弄得這婦人渾身和了泥，越發地破口大罵。謝品謙卻忍不住失聲大笑，說聲：「對不住，水賊追我來了！」拋了婦人，搶了木棒，拚命地跑上岸頭。

岸邊是土路，土路那邊遠處是一望無際的竹林。謝品謙張目四顧，覓路便逃。那婦人爬起來大叫：「有強盜，搶了我的東西去啦，快給我截住啊！」那兩艘航船同時也正急急地攏到岸邊，立刻有幾個水手模樣的人，登岸追趕過來。船伕丁阿春拿著一把刀，也在後面追趕。一個婦人、幾個水手，同聲亂喊，捉拿強盜。丁阿春特別喊得起勁：「截住這小子，這小子是強盜！前頭跑的就是！」登時間遠處、近處，頗有許多行路人聞聲尋截。

謝品謙一身是水，把旱地踩了一溜泥腳印。他的靴子浮水時早灌滿了水，已經甩脫在水中了，此時光著襪底飛跑。許多人都把他當作強盜，散散落落，來兜拿他。他手持木棒，大步飛跑。浮水時已經力盡筋疲，更拖著一身溼衣，又難受，又裹腿，跑著很不得勁。幸虧他是有功夫的人，比別人跑得快，手舞木棒，奪路而行。前面有一堆人，正擋著道。謝品謙不敢過去，忙一路斜奔，改投小路。小路上恰有兩個擔筐的漢子，見他衝來，本已嚇得閃開；忽聞後面水手亂喊：「截住他！」又見謝品謙只拿著木棒，別無武器——他的十三節鞭已經丟在江中了——兩個擔夫便抽扁擔，掄起來，把路擋住。謝品謙實在惶急，挺腰衝上去，只一棒，便將擔夫打倒一個；把那一個擔夫，嚇得鬼叫似的跑開。謝品謙立刻舞棒踏上小路，一眨眼鑽進竹林。

竹林很大，謝品謙鑽入深處，倚竹喘氣。不禁自叫倒楣，想著又不由好笑起來。側耳聽時，外面人聲亂喊亂罵。分明聽得丁阿春向眾人說，謝品謙是個殺人劫船的賊。又聽眾人七言八語地盤問：「好大的膽子，真敢白晝劫船。他有夥伴沒有？還是只他一個人？」水手答道：「只他一個。」眾人道：「這小子一定是窮瘋了。」叫罵著亂搜起來。謝品謙被罵得起火，要出來打丁阿春等，轉念一想，我本為送信來的，卻惹了這場麻煩，不必再找氣了。急急地從竹林小徑中取路又逃，直逃到聽不見人聲，方才止步。看一看身上的衣服，成了泥團了。藏在竹林內，把上衣先脫下來，用力擰去汙水。聽一聽林深無人，又把褲子脫了。也擰了擰水，把渾身也擦拭了一遍。不想就在此時，突聞人聲大喊道：「在這裡呢！」謝品謙道聲不好，提著褲子，拔腿就跑。

不料這片竹林當中恰有一塊窪地，恰有兩個婦人在那裡挖筍。謝品謙光著屁股，提著褲子奔出來，一見大驚，哎呀一聲，又往回鑽；把那兩個婦人也嚇得媽媽娘的亂叫。

謝品謙重鑽入林，縱聲大笑起來。兩個婦人明白過來，指著竹林放聲大罵。謝品謙一想不對，忙登上褲子又跑。直跑出好遠，方才站住；覓地坐下，把頭上的汗拭去。自顧全身狼狽不堪，把一雙靴子也沒了，可怎麼出去呢？不由往地上吐了一口唾沫，罵道：「娘的！」越想越怨自己糊塗，真是多言生事。那時不多話，必不生這枝節。憑這個髒樣，自己要進蕪湖城，準得招人打眼。想了想，要等天黑，趁人看不清楚，再鑽出來，取路進城。又一盤算，此處距蕪湖城，恐怕還有三四十里？若等天黑出林，又怕趕不到地方，便關了城。謝品謙著急起來。

傾耳聽了聽，幸喜外面追捕的聲音，已經越鬧越遠，漸漸沒有動靜了。謝品謙繞到林邊，偷眼窺看了看，果然水手丁阿春等已經走了。謝品謙又後悔忘記查看丁阿春的去向了；假使他是奸細，豈不漏了一招？愣了一會兒，拆開髮辮，拭淨泥水；把身上的衣服重複脫下，搭在竹枝上，迎風曬了半晌。靴子已無，空筒襪子也脫下來，照樣擰水晾乾，看了看，衣褲半乾，卻是泥汙斑駁，實在難看。如要穿這一身衣服進城，通行在大道上，仍要引人駭異。而且謝品謙又是個講究穿戴的人，自顧醜穢，心中越發懊惱；不由又失聲罵道：「娘的，我還得趕快走，不要誤了事情。」

謝品謙無可奈何，候衣服略乾，刮了刮泥，好歹穿在身上，垂頭喪氣地往外走。仍不敢走明路，只穿竹林，擇僻徑，往蕪湖城踱去。心中有病，一味躲著人走。人家看他一眼，他便臊得滿面通紅。其實別人並不理會他，人們把他當作失足落水的人；並不以為稀奇，他只是自己疑心罷了。一步一蹭地走，直蹭到天黑起更，才剛望見蕪湖城，已經餓得肚中怪叫了。沿路本有小飯館和賣食物的小攤，他自己害臊膽怯，不敢過去買。直等到天色沉黑，對面不見掌，這才放了心，掏出一塊銀子來，買了一些乾糧；藏在黑影裡，把乾糧吃完。吃飽了，又覺口渴。跑到井邊，喝了一頓涼水，這才恢復過精神來。他思量著，要找個估衣鋪，買兩件現成衣褲，換好衣服，再去找人。一路尋找，沒找著估衣鋪，先買了一雙靴子穿了。

衣服雖髒，天黑看不見，這才放心大膽走去；一面打聽梁公直的住處，一面仍打聽估衣鋪。

謝品謙一個人像鬼似的，溜溜失失，只貼牆根走；眨眼間先找到梁公直家，便要叩門。忽又止步發愁，道：「我這個髒樣，見了彈指翁和梁公直，他們要問我，因何落到這般模樣，我可說什麼呢？我要說實話，他們一定不信；必然疑心我是教水手打下水去了，掙命逃出江岸的。可是的，我說什麼呢？」

嘟嘟噥噥，且走且盤算道：「我還是先找估衣鋪，後到梁公直家。」只是他地理不熟，好容易找著估衣鋪，可是人家已經關門了；連走數家，皆是如此。謝品謙大為著急，掄起拳頭，便來砸門。砸得聲音太大，將鄰近鋪戶砸出人來，對他說：「你老找誰？……你老要買估衣麼？現在可不成了，估衣鋪沒有黑夜做生意的。」

謝品謙又弄了一個滿面通紅。此時已有了主意，忙說：「勞你駕，我的夾袍丟了，我要到朋友家拜壽去，這裡可有賣現成長衣服的麼？新的舊的都行。」那鄰鋪夥計道：「買現成的容易。你老可以奔鼓樓，上夜市。」

謝品謙大喜，問明道路，謝了鋪夥計，便又一直尋找夜市去了。這麼一耽誤，已經二更多天。這時候，彈指翁華雨蒼帶著陳元照，逛罷夜市，正往寶豐糧棧回路上走，兩方面偏巧碰在一起。

彈指翁年紀雖老，目光尖銳。黑影中看見謝品謙頭像貨郎鼓似的，東張西望，渾身的衣裳綹綹板板，形跡頗為可疑。他笑對陳元照說：「你看見這個人了沒有？倒像個黑錢。」說話的聲音很低。謝品謙雖沒聽出話意，卻已猜出對面這兩個人，指指點點，必是議論自己。忙低頭看看自己，又抬頭看看對面的兩個人。不想竟被彈指翁認出來了，就用平常的聲音說道：「對面可是謝朋友嗎？」

謝品謙是在暗處，彈指翁是在明處，謝品謙登時也認出來。他雙頰又騰地緋紅，忙上前施禮，叫了一聲：「華老前輩，我是謝品謙。這真巧極了，我正是找你老來的呀。」

三個人立刻會在一處。彈指翁早已猜出來由，不等謝品謙說話，便低聲問道：「你是從談宅來的，談家又有什麼事故嗎？」謝品謙忙道：「老前輩，你老猜對了。」回頭四望，低聲悄語，把峨眉派捲土重來的事，一一告訴華老。華老不動聲色，一面聽，一面上眼下眼打量謝品謙。用手指著他的身上，說道：「你什麼時候動身來的？你半路上遇上事了吧？大概你是坐船來的？」謝品謙不好隱瞞，忙將自己從一早就趕來送信，路遇形跡可疑的船伕，一言不合，雙方動手，翻船水鬥，改走旱路等語，一點不落，從實說了。彈指翁勃然動容道：「你怎麼這時才到？旱路上有邀劫你的人麼？」謝品謙道：「沒有。」又問：「有追你的沒有？」答道：「起初有，可是沒有追上我。」

彈指翁點了點頭，臉上雖不露形，心中十分憤怒：「想不到峨眉派竟敢去而復返，他們這是明明跟我過不去了！我本來還有些顧忌，恐怕對不起他們長一輩的人，他們竟跟我連一點面子也不留，這可不怪我無情了！」立刻又問了問詳細情形，謝品謙具以實告。華風樓又問二弟子段鵬年，有什麼話沒有？

謝品謙答說：「段二爺只請你老人家速回，越快越好。這次賊人來得更多，怕他們放火仇殺。」

彈指翁登時說：「好！我眼下就走。」謝品謙大喜道：「你老是坐船，是坐小轎起旱？」他以為彈指翁「眼下就走」的意思，是指明早。問明了，好代僱船轎。哪知彈指翁說的是「即時動身」，連梁宅也不回去了。

這老人退到暗隅，把長袍脫下來，疊好，往肩上一搭，吩咐陳元照道：「你陪謝兄回梁宅，給你師伯和師姑捎句話。就說我說的，叫你吟虹師姑，明早折回魯港找我去。我的藥箱子，告訴她千萬別忘了。務必帶去。你石師伯面前，你也告訴他，說我迫不及待，已回魯港。他若沒事，也可以再返回來，給我幫幫忙。」

陳元照一聽，意興勃然，又可以試試技藝了！登時答道：「那自然，我叔姪本無正事，一定要給你老效勞的。我的兵刃現在身邊，你老立刻就走，我陪你老去吧。就煩謝師傅上梁宅送信去，也是一樣。謝大哥，你認得路吧？」

謝品謙眼看著彈指翁，滿臉露出欽佩的神氣。偌大年歲，看似面黃體弱，卻是聞耗赴援，說走就走，真不愧武當派名家！自己卻不能拍拍腿折回去。一身溼衣，硬在身上風乾，實在難受。而且如此模樣，也不願獨自投訪梁宅。當下堅請彈指翁一同回去，道：「我跟梁老前輩不熟，好在這也沒有多大耽誤，莫如同回梁宅；邀著石老前輩，同令嬡小姐，一道返回魯港。憑你老的面子，順便又可以重邀梁氏父子，和別位武林同道。」彈指翁搖頭道：「來不及了。你跟梁公直不熟不要緊，我這不是教元照替你引見麼？」陳元照卻堅欲跟彈指翁先行一步，不願給謝品謙引路。兩個青年的意思便參差起來。

哪知彈指翁這老人說話斬釘截鐵，不容人反駁，登時鬚眉一張，向兩個青年道：「你們不要囉唆！元照，不許不聽話，你跟隨我做什麼？不過給我墜腳罷了！你們兩個趕快到梁宅去，不要耽誤。謝兄，你不要把事情看得太輕率了！你的形跡在路上恐怕已經露了破綻。你們再瞎磨翻，豈不誤了事？」向二人一揮手道，「我先走一步，你們快上梁宅送信去吧！」身影微晃，嗖的一聲，如箭脫弦，展輕功提縱術，往西南飛走下去。

謝品謙忙叫道：「老前輩，城門可是關了！」說話中，彈指翁已沒入夜影，看不見了。謝品謙連聲追呼。陳元照站在旁邊，突然也將長袍一甩，說道：「謝大哥，對不住，你順著大街往正東走，看見鼓樓，再往南拐，就到梁公直家。我得陪著我們師祖先走一步。」嗖的一聲，頭也不回，撲著彈指翁的後影，一直追趕下去。謝品謙忙道：「陳大哥，你走不得，我也不認識人，我也不認識道！」急忙一伏腰，從後追趕陳元照，三人先後奔西南跑起來。謝品謙身體疲乏，追不上陳元照，陳元照也沒追上彈指翁。

謝品謙口說城門已關，其實門扇虛掩，還沒上鎖。彈指翁很明白，伏腰疾行，斜趨小巷，眨眼間到了城門邊。把長袍披上，取出一小錠銀子，邀買門軍，私啟門縫，飄然溜出蕪湖城。身到城外，回頭看了看，心中盤算：我今夜必須趕到魯港，才不致鬧出意外。又想：不帶他們很對，他們的腳程必然跟不上自己。但是走得太倉促，身上連寸鐵也沒有帶。姑且拾了三塊石卵，折了一段竹枝。重新脫下長袍，搭在肩頭。預計要用一個半更次，在三更三點以前，趕到福元巷談宅。懷揣石卵，手揮竹枝。展數十年苦練的輕功，極力地飛馳起來；專擇捷徑，直趨魯港。

在後面追趕的陳元照，也把長袍疊搭在左肩頭，一對銀花奪背在後背，如飛地跟綴彈指翁。只繞了幾條小巷，便走岔了道，沒有追上。又誤信城門已掩難開，連忙改走城根。直奔到城根下沒人處，將雙奪和長袍改繫在胸前，施展「壁虎遊牆」功，弄了一身汗，爬上城頭，又翻出城外。這一來和彈指翁越發地走差路了。蕪湖城外，竹林農田處處青蔥；天色昏沉，三更後才見月光，又被浮雲微掩，滿眼只是一片片的濃影，隨風搖曳。江南春早，陳元照健步飛奔，不半晌，跑得汗出如雨，溼透夾衫。忙將衣鈕解開，敞開懷，迎風疾馳。他心中暗暗思索道：「我這位師祖好冷傲的脾氣！我別看年輕，是個晚輩，我倒要跟師爺爺比賽比賽。……你是師爺，你可老了；我是孫子輩，我可正當壯年。」且跑且盤算路程和時刻，要過兩個更次，趕於五更前，奔到魯港談宅。

只剩下送信的謝品謙，追了一陣子，不但沒追上彈指翁，把陳元照也追丟了。喘吁吁地追近城關，見城門已閉，怔了一會兒，翻身回去。心中暗說：你們武當派也太驕傲了！摸摸索索，只得找到梁公直家，卻在二更以後了。

謝品謙趕到梁宅，摶沙女俠華吟虹已睡復起，忙忙地來到內客廳，仔細盤問謝品謙。跟著石振英和梁公直父子也全回來。大家都已曉得峨眉派捲土重來，不由人人動怒，又聽說彈指翁已經單身夜返魯港，陳元照跟蹤前往。石振英不禁著急道：「陳元照這孩子，實在太任性了！」梁公直道：「他也許是不放心他師祖。偌大年紀，深夜獨行，有元照跟著，也倒很好。」謝品謙插言道：「不是那回事，他們爺倆不是一路。華老前輩本不教他去，他私自跟綴下去的，是我沒有追上他。」

石振英搔起頭來，忙向華吟虹道：「談宅禦仇的事，老爺子既然這麼吩咐，我們斷難袖手。師妹，咱們明早一塊走，還是現在就追下去？」華吟虹睜著剪水雙瞳，一聲也不言語，只看著石振英，有點待理不理的勁兒。石振英又問了一句，華吟虹方說：「你看著辦吧。我們老爺子的事，你倒不用操心；他年紀雖老，功夫沒有擱下。」

石振英吃了一個「沒味」，心知摶沙女俠猶計前嫌，只得又說道：「師妹要是心急，我們收拾收拾，現在就走。」謝品謙忙說：「要是立刻就走的話，梁老前輩，煩你費心，借給我一套乾淨衣服。」梁公直忙命他的兒子梁少佑，給謝品謙找出全套長短衣服。轉面對石振英說道：「峨眉派恬不知恥，已敗復來，必然心懷毒計；這一回我們必須徹底對付他一下。華老前輩已經前往，我們理應速去援助。不過要動身，怎麼也得等到天明。」華吟虹冷冷地說道：「現在不行麼？」梁公直道：「姑娘不曉得，這工夫城門早已上鎖了。」華吟虹道：「那麼我父親是怎麼出去的呢？」梁公直道：「這個……謝師傅，華老前輩可是翻城牆出去的麼？」謝品謙道：「這可不曉得。」梁公直道：「還是明早坐船走吧。這工夫快四更了，何必爭在一時？」

石振英也從旁攔勸，怎奈搏沙女俠華吟虹和陳元照一樣，都是一衝的性格。沒有石振英攔勸還好，有他這一開口，反倒勃然了。她低著頭，目視著腳，腳點著地，說道：「我爹爹去了，我不在這裡住了，我總得追了去。我找找他老的藥箱去吧。」說著往外就走。梁公直忙道：「姑娘，是真的，這工夫城門關著哩，你出不去。」華吟虹不答，找到彈指翁的住處，把藥囊等物找出來，自己收拾俐落，帶好兵刃；把石振英和謝品謙都丟在一邊；既不邀他們做伴，也不邀他們引路；獨斷獨行，立刻要走。梁公直留不住這位任性的女客，自覺面子上難堪，卻喜內宅女眷已有起來的，忙幫助勸阻。女俠賠笑道：「對不住，我此刻一定要走；我要看看我們老爺子去。」

梁公直不悅，面向石振英，帶出不滿的神色來，以為自己和華家父女交情本淺，無法深攔；石振英跟她是同門師兄，怎麼也不攔攔師妹呢？哪知女俠這種作為，就是專衝著石家叔姪來的，倒鬧得梁家父子做主人的搔頭搓手，無計可施。一看女俠去志已決，只得說道：「姑娘一定要走，我也不好深攔。等一等，我叫他們備轎去。」女俠忙堆笑臉道：「城門不是關了麼？坐轎出不去。梁老伯，您不用客氣，我打算翻城牆出去，就完了。您不用費心，我謝謝吧。」

梁公直有點忍耐不住，對石振英發話道：「石大哥，華老前輩不在這裡，咱們可不能看著華姑娘冒險。半夜越城是犯法的事，千萬使不得。我是個做主人的，我攔不住，我也得攔。姑娘一定要走，我已經備好轎了。城門關著也不要緊，我們可以叫得開；我還有這點面子。」說得石振英紅頭漲臉，橫身攔住屋門道：「師妹，我不是不攔妳，我是不敢攔哪。姑娘妳聽聽，連梁大哥也怪我不攔了。」向女俠連連作揖道：「好姑娘，坐轎走吧。跳城牆真不是鬧著玩的事，連我還不敢呢。」

摶沙女俠紅顏變色，越發緋紅。看了看眾人，都為自己著急，強把性子按住；仍不理石振英，單對梁公直道：「梁老伯，我實在對不住，你老別過意。我一聽我父親獨自去了，我心上很著急。我實在不能坐轎，那太慢了，我要在五更天趕到魯港。」跟著又說了幾句客氣話，梁公直方才釋然。這時候距四更已近。梁公直、石振英齊說道：「姑娘，妳看，現在什麼時候了？只剩一個更次，妳要趕六七十里路，如何來得及？就是抄小道，也有五十多里地呢！何必忙在一時，還是坐轎走吧。」

女眷們也七言八語，幫著攔勸。梁公直又對石振英說：「你們坐轎走，趕到城門，也就快五更了。我教你姪子送了去；城門不開，也可以教他叫。你們生人是叫不開城門的。」

亂了一陣，摶沙女俠到底拗不過眾人，梁公直把自備的小轎抬出來，卻只有這一頂。華吟虹無可奈何，向梁宅女眷道擾，又向梁公直道歉，上了小轎。另外從鏢局拉來三匹馬，由石振英、謝品謙和梁公直的兒子梁少佑分乘，一直往蕪湖城南關走來。至於梁公直本人，卻定於明日午間，邀眾前往。

備馬備轎，耽誤工夫很大。梁宅上下鬧了個通夜沒睡。到了城門口，已經雞叫。梁少佑叫開城門，送出城廂，下馬作別。梁少佑就要騎馬先行回去；剩下一轎、二馬要往魯港去的；馬由石、謝騎，轎由女俠坐。不想摶沙女俠突然變了卦，站在地上，不肯上轎，說道：「梁少爺，勞你的大駕，你坐轎回去吧。我打算借你這匹馬騎騎。」梁少佑道：「這個……」見女俠辭色堅決，他一個年輕人，無法拒絕；半晌說道：「我父親教我騎馬送行……」底下的話赧赧地說不出口來。摶沙女俠把頭一扭道：「你要是不肯借給我馬，那麼對不住，把轎也抬回去好了，我正打算步下走呢。」說罷，甩手就走。石振英和謝品謙都牽著馬站在旁邊，見華吟虹使性子，又要鬧僵，忙攔阻道：「姑娘，別價別價。」女俠道：「還是步下走著爽快，我就是不喜歡坐轎。」石振英咳了一聲道：「梁世兄，沒法子，你坐轎回去吧。」忙趕上一步，將女俠攔住道：「師妹騎我這匹馬。」女俠道：「不用，我騎你這匹馬，你騎什麼？」石振英道：「我騎梁世兄那匹。」女俠道：「犯不上。」石振英作揖道：「師妹，妳饒了我吧。」女俠怫然道：「這是什麼話！石師哥，我沒得罪你呀，你怎麼罵我？」梁少佑聽著不像話，忙和謝品謙插言排解，把馬拉來，讓女俠騎了。

梁少佑坐轎回去，臨行對石振英說：「小姪不到晌午，準跟家父趕來。」石振英道：「好！」當下女俠咬著嘴唇，踏鐙上了馬，也不搭理石振英，「啪！」一鞭子，策馬如飛地奔去。

石振英向謝品謙吐舌道：「我這位師妹，跟我彆扭上了！」

謝品謙道：「那是怎麼的？這位女英雄想必很嬌慣吧？」石振英道：「那倒不是的，有她爹爹在面前，她老實極了，一點刺也不敢炸。」謝品謙道：「離開她老子，就鬧脾氣麼？」石振英道：「有那麼一點。不過，她這是誠心跟我過不去，我得罪她了。」

謝品謙道：「你怎麼得罪她了？哦，你大概是瞧不起她，拿她當小孩子了吧？」

石振英不由一怔，想不到謝品謙這個人倒看出稜縫來。他搔頭嘆道：「真是的，別提了！我是從小看著她長大的。一別多年，初見面時，我不認得她了。一時失於檢點，叫出她的小名來，她就跟我惱了。」謝品謙撲哧一笑，兩個人說了幾句私語，拉過馬來，就要扳鞍認鐙，猛抬頭一看，摶沙女俠已走得沒影了。

石振英失聲道：「這丫頭她居然很會騎馬，咱們快追吧。」

和謝品謙慌忙飛身上馬。謝品謙笑道：「你老還這麼說話，怨不得人家惱你了。」石振英爽然失笑道：「我自命涉世很深，待人細密，這一回真是失著了。可是，這丫頭實在是我從小抱過的。十幾年不見，她居然練會這麼一身好功夫，我不由要誇獎誇獎她；哪知她倒疑心我小瞧她了！謝大哥，我謝謝你提醒。我從今天起，真得多加小心。她本是一個小孩子，我怎能不拿她當小孩子呢？」謝品謙笑了笑，心中暗說：「這個老頭子還是不肯認錯。」越是年輕人，才越怕人拿他當小孩子。人家已經是二十幾歲的姑娘，你還拿舊日眼光來看承她，你簡直是自找釘子碰！

石、謝二人馬上加鞭，尋逐前面的蹄聲，如飛地奔馳下去。那摶沙女俠揚鞭疾馳，認準西南方，專找捷徑，繞走下去。意思是想把石、謝二人拋開，一來她討厭石振英，二來也不願跟謝品謙這個野男子同行。一路上竹林掩蔽，道路坎坷，馬奔起來，不勝顛頓。女俠卻將轡繩勒住，控縱自如。走了一程，夜色朦朧，漸至破曉時候，春風撲面吹來，發亂神清。回頭看一看，果然把石、謝二人全拋得無影無蹤了。摶沙女俠不由得暗暗一笑，十分快意。但有一件，她馬上的功夫雖然可觀，卻不認得道路。這一回策馬疾馳，往西南方魯港奔去，不想錯認方向，誤衝到別處去了，她自己並不知道。

石振英和謝品謙是常出門在外的人，順大道奔了一個多時辰，天色大明，農人赴耕，路行過半。再找摶沙女俠，越發連蹄聲蹄跡都已不見。

石振英張目前望，心中發急道，這位姑奶奶，想不到騎術不在你我之下，咱們快趕吧！謝品謙有點支持不住道：「這可真丟人，咱們兩個男子漢累個臭死，反教一個小姑娘落下，也太難了。」石振英道：「你是教江水激著了。」謝品謙道：「你老不知道，起初我真有點發冷發燒。這一跑，渾身出了汗，倒覺著好受得多了。」這是強撐門面的假話，他此時渾身骨節都顛頓得生疼了。跟著說道：「可是，莫非咱們趕過了頭不成？怎麼越追越沒影呢？」說著，又回頭看，後面更沒有女俠的影子了。石振英也回頭望了望，道：「不好，她不認得路，別是走丟了吧？」謝品謙道：「那倒不見得。我初見她時，她曾經仔細問過我，旱路多遠，該怎麼走；水路多遠，有夜航船沒有？她問得很仔細，不至於走迷失了。」

石振英徬徨四顧，連連搖頭道：「不妥，不妥，我們真得找找她！」謝品謙實在累乏，說道：「我們先趕到魯港談宅，看一看她到了沒有。如果沒到，再找不遲。」石振英咧嘴道：「那一來，太丟人了。萬一她竟沒到，你倒沒什麼，我可真丟臉。我偌大年紀，竟把師妹帶丟了，我怎麼見我們華師叔！我的意思，我要先找找她，好在這條路上岔道不多，我想她未必趕過我們去。她從來很少出門，我敢斷言她必定走迷惑了。」

謝品謙不以為然。其實他不是不肯找，他是打算先趕回談宅，緩一口氣。這一老一少兩個武師又意見參差起來。謝品謙把馬放緩，抹著頭上的汗，說道：「依我看，咱們還是先回談宅。萬一她沒有到，咱們可以多邀人，迎上來找。這一路岔道不少，你老要想亂尋，如何尋得著？說個笑話，你這個尋找迷路的人，弄不好也跟著迷了路呢。回頭我再找你，豈不更麻煩了？」石振英笑道：「你不要小瞧我呀，你的道路比我熟，我可是常出門的，我的鼻子底下還長著一個嘴哩。我偌大歲數，再迷了路，找不著家，我可真是廢物蛋了。」

謝品謙還是喘吁吁地堅持著要先回魯港。石振英忽一眼看出他的神色帶有不支之象，這才恍然大悟道：「這麼辦吧！謝大哥，你先回魯港福元巷，給他們送一個頭報。我就在這裡，打圈打聽打聽。好在此地處處有田莊人家，我可以問他們。江南道上騎馬的不多，女子騎馬的更少。只要有她，我總可以打聽得著。就怕半路上，出了別的差錯。」

說到這「出了別的差錯」一句話，石振英自己把自己嚇了一跳，不由叫道：「糟糕，糟糕，我可真後悔了。那時候我們真不該跟她隔開。我知道她討厭我，心想她獨自在前頭走，隔遠一點也好。況且她又是個姑娘，跟生人一塊騎馬，也太扎眼。因此我沒有緊催你追趕。真格的半路上迷了道，倒是小事。萬一遇見峨眉派，憑她那個裝束，就瞞不過行家，倘或動起手來……」石振英說到這裡，越發焦急道：「不好，不好。謝大哥，你快回魯港。我越想越覺得著急，我一定得找找她。萬一出了差，她又是個沒出閣的閨女，我怎麼對得住她父親呀！」謝品謙低頭一想，也覺不妥，說道：「這一慮，慮得有理。」兩個人十分焦灼。立即分途。多臂石振英向謝品謙問明近處的道路，忙忙地往橫道上抄尋過去。謝品謙強提精神，策馬急投魯港。謝品謙且走且打聽。沿路上遇見酒攤和小鋪，必定下馬詢問：「有一個騎馬的女子，從打這裡走過沒有？」真糟，人人都說沒見。謝品謙也惶急起來，又想：「他們出攤太晚，也許搏沙女俠已經走過去了。」但是，越打聽越無形跡，越覺著懸虛。

一直進了魯港地方，沿街打聽，居然問出騎馬的人來了；卻是三個騎馬的人，除有一個女子外，還有一個老頭子和一個年輕小夥子。他暗想：這又是誰呢？

等到問及容貌，卻又奇怪。那女子年輕貌美，身材健挺，像個會武藝的；那老頭兒鬚眉皓然如銀，那年輕小夥子長身玉立，都是穿著長袍馬褂，背著黃包袱，急匆匆地穿魯港走過去了。謝品謙問罷，十分納悶。想了想，只得先到福元巷，看一看再講。

只是這一陣亂打聽，又耽誤了時候；趕到福元巷，已過辰牌。來到談宅後門口，敲門而入。談宅上空空曠曠，除了談大娘倪鳳姑、談維銘談秀才，和幾個談宅的打手，餘人俱已不在；連談大娘娘家的兩個弟兄倪元福、倪元祿也出去了。

第十三章　搜敵覓伴

談大娘倪鳳姑和談秀才叔嫂二人，忙向謝品謙道乏，問他二番邀人的結果如何。謝品謙拭著汗，張目四顧，驚問道：「怎麼，彈指翁和搏沙女俠爺倆全沒到麼？」倪鳳姑忙道：「到了，到了，老先生早就到了，剛才已經跟段二爺出去了，我問的是別位。怎麼，妹妹和石老先生沒有同來麼？還有梁大爺父子，他們什麼時候來？」

謝品謙一聽瞪了眼，拍桌子道：「搏沙女俠還沒有到麼？石老前輩回來沒有？」倪鳳姑也大詫異，雙方互問起來。始知彈指翁果然輕功驚人，出了蕪湖城，一路飛馳，早於四更二點，趕到了魯港。他那小徒孫陳元照，背著一對卍字銀光奪，拚命地追趕下來，跑了個紅頭漲臉，到底沒追上師祖。這一來是路不熟，繞了遠；二來也是彈指翁有心儆戒他。他暗綴彈指翁，為能瞞得過久涉江湖的彈指翁？身雖直奔，眼觀六路，早瞥見他了。卻故意伸量他，把他甩在半路上。兩人都是從談宅後院，跳牆進來的。彈指翁先打招呼，後才躍入。守後院的正是段鵬年；彈指翁告訴他：「後面還有人，留神不要傷了他。」

陳元照這小夥子果然冒冒失失硬往院裡跳，連個招呼也不打。

彈指翁捫鬚大笑，把陳元照數落了一頓：「你狗大的年紀，竟要跟你師爺弄詭？不教你跟著，是怕你墜腿，你到底墜下來。這幸虧是我囑咐過了，天又明了；若要不然，你難逃你段師叔的梅花針。下次別來這一套了！」

段鵬年和談大娘忙著安慰道：「英雄出在少年，不要難為他了。」彈指翁又道：「元照，我告訴你，天已大亮，你還跳後牆，太不妥當了。沒的教鄰居看見了，多惹猜數；教官面看見，更找麻煩。我說對不對？」陳元照滿臉是汗，低頭瞥了彈指翁一眼，強笑道：「我知道你老看見我了。」依然不肯認輸。

彈指翁不由失笑，對段鵬年：「你從小就很沉穩。我年輕的時候，跟他一樣，也有這麼一股子衝勁。前不怕狼，後不怕虎，要幹就幹起來，可是難免多碰釘子。元照，你往後別冒失了，師爺到底比你多吃幾年老米。你要知道，你師姑很不高興你。她是我的女兒，我不能偏向著她。但是我們中最講究尊卑長幼，你對你師姑也瞪眼，你又跟我瞪眼。你的眼珠子本來就大，再一瞪，還嚇壞了人哩！不許那麼樣！」說罷，呵呵地笑了起來。

陳元照更加臉紅了。華老是個性情嚴耿的人，他這樣待承陳元照，已經很刮目了。陳元照坐在那裡，一句話不說，仍很忸怩。他在路上本有所遇，要告訴華老：因為這一笑，索性憋在心裡，任何人也不告訴了。暗暗盤算著，要獨力辦一下，辦出眉目來，等義父多臂石振英來了再講。

當下彈指翁吃了一杯茶，向談家叔嫂二人細問峨眉派捲土重來、二次尋仇的詳情。問罷，心中潛動無名火，眼望二弟子段鵬年道：「鼠子們忒也無理！」立時站起身來，把段鵬年叫到一邊，師徒低聲計議了一回；帶好兵刃，穿好長衣，對談秀才叔嫂道：「我師徒先搜搜他們看。」談大娘倪鳳姑忙道：「仇人來得很多，又沒有落腳的準地方；我看還是叫我二兄弟、三兄弟，陪你老去吧。」

彈指翁道：「不用。我現在就是要現挖他們的窯。令弟二位，我另有相煩之處。現在天色已亮，我也無須跟他們峨眉派動真的。」遂命倪鳳姑的兩個兄弟倪元福、倪元祿，走後門，先到碼頭上等候。臨行又對陳元照道：「你跟我去吧，給我打打下手也好。」陳元照忙道：「我還餓著呢，我先吃點東西，行不行？」華老眉峰一皺道：「囉唆！你索性看家吧。可是你別弄詭，老老實實地等著我們。」囑罷，急率二弟子段鵬年，匆匆下樓。談秀才、倪鳳姑、二倪和陳元照，一齊送下樓來。還要往門外送。

華老急急止住道：「別出去，看露了相！仇人的落腳處，我自然有法子摸。你們就誰知道咱們的家門口，會沒有仇人的耳目在暗中盯著嗎？我只怕我這一到，他們早就得了信，又驚走了，卻是麻煩，所以非趕快不可。」說著，一撩長袍，與段鵬年縱身上房，從鄰房跳出去，繞道走了。就依著段鵬年所訪的賊蹤，師徒二人同訪下去。

隔過一會兒，二倪也開後門出去。天剛亮，門外沒有人，倪元祿笑向倪元福道：「彈指翁老先生也太仔細了。你看他那黃病臉，竟有那麼好的功夫。」倪元福道：「人不可貌相，他還是武當派領袖呢。」兩人繞著道，也奔碼頭而去。談宅還剩談氏叔嫂和陳元照，並別位護院的人。談大嫂道：「陳少爺，你餓了，我給你弄飯去。教仇人擾得我們簡直不成個家了，連廚子都不在這裡了。我教女僕好歹給你做點。」陳元照忙道：「大娘太客氣了，用不著費事，我出去買點什麼吃吧。」談大嫂道：「那豈有此理？二叔，你陪著陳少爺，我去叫王媽做飯去。」姍姍地下樓去了。

談秀才和陳元照攀談道：「陳兄今年貴庚？……教你受累了。」說了幾句閒話，陳元照忽然站起身道：「對不住，廁所在哪裡？」談秀才道：「我領你去。」旁邊一個壯僕道：「我領陳大爺去。」陳元照大喜道：「好。」竟跟隨壯僕下樓，說道，「你們宅中的人，我知道全不在這裡，不是全躲出去了麼？」壯僕道：「是的，下邊只剩下六七個人了。」

陳元照道：「你們現給我做飯，一定很麻煩……」剛說出做飯二字，忽覺出不對，這僕人一定代主留客。忙改口道，「我有一點小事，要到街上看看；我這就回來，你隨我關門。」僕人果加勸攔，陳元照不聽；前門已鎖，急急開了後門，飄然而去。僕人想招呼主人攔阻，也來不及了。

陳元照到底溜了出來。他一出福元巷，先張目一望，見後巷空曠無人；心中暗道：華老頭子簡直瞎小心，嚇唬我們！立刻獨自一人，往慶合長、招遠棧兩家店房找去。

招遠棧果然有三個騎馬的客人，是一個精神矍鑠的老翁，一個長身玉立的青年壯士，一個身形稍矮、面圓貌美的大腳少婦。（這三個人，正是索奪寒光劍、南訪獅林觀的鐵蓮子柳兆鴻，和他的女婿玉幡桿楊華、女兒柳葉青柳研青。）陳元照溜走之後，又隔過一會兒，謝品謙方才趕到；問起來，方知摶沙女俠本是同時來的，但已走失。而多臂石振英又找女俠去了，現在還沒回來。談大娘一聽，心中十分著急，道：「剛才陳元照也溜走了，你瞧這怎麼說！為我們的事，弄得華老門下五個人，分成好幾處。有的慪上氣，有的又逞能……」忙又噤回去，改口道：「萬一妹妹半路上鬧出差錯來，我可怎麼對得住華老？華老是找尋峨眉派去了，等他回來，一聽他的女兒和徒孫這麼胡來；他又脾氣大，不知要怎麼發氣哩！咱們千萬別告訴他，瞞著一點，省得他們爺幾個吵嘴，叫我們做主人的怪難過的。」

謝品謙又問峨眉派重來的情形，談大娘說：「他們倒還沒有動手，只是圍著福元巷，時有形跡可疑的生人，不分晝夜，前來刺探，以此教人很擔心。這兩天幸未出事，但像這樣鬧下去，真叫人睡不安枕，食不甘味了。」

談秀才已經私地裡託了官面，官家遣來幾個高手捕快，改裝小販，在談宅梭巡。但是峨眉派來的這些刺探的人幾乎個個是高手。他們並不在談宅逗留，只一走而過，教你抓不著把柄。捕快們反去跟隨他們，不是跟不上，就是撲空；再不然，被誘出好幾十里地去。仇人這次來的人數既多，而且做法又與上次不同。這一回居心要擾得人不得安生，再伺機潛施暗算。

談秀才空花了許多賞錢，捕快們只抓著一個嫌疑犯，連仇人潛伏的準地方都沒有尋著。倒虧了段鵬年，乘仇人的底線用全神提防捕快的時候，把賊人的一個住處大概地探著，卻不曾迫近了去看，怕的是弄驚他們。但賊人忽分忽聚，潛伏之處並不準在魯港，而且又時時搬場。他們二次尋仇，比上次加上十倍的小心，談宅這邊防範上越加艱難了。談大娘深知賊人用的是「伍員疲楚之計」，要把人弄得時時驚擾，日久天長，乘懈怠之時，再行下手。因此她迫不得已，才把彈指翁重請回來。

談大娘這時的心情最為難過。她深為自己一家人的生死惴惴擔憂；已將婆母、兒子、弟婦藏到親戚家，遣派妥當人旦夕守護。自己一個寡婦，反與一群邀來的武林壯士護守這所空宅，時時怕賊人放火夜襲。只這二十多天，折磨得如大病一場。最麻煩的，還有小叔子談秀才，他自恃有膽有智，一心要借仗官府之力，來對付這夥江湖人。談秀才幼秉家風，儘管手無縛雞之力，卻心雄萬夫，不肯隨女眷藏起來，他仍是不住地出主意。秀才出主意，應付這武林仇殺，好比紙上談兵；倒教談大娘多添一層心事，還得跟他講理。而且又有一件難事，是摶沙女俠至今未回，還得找一找她。

談大娘想起公公和丈夫來，真是不勝悲哀；背著人流了一回淚，偷偷擦乾，強賠笑顏，再來調遣這幾位幫忙的壯士。備好午餐，請謝品謙吃了飯；加派兩名壯僕，教他們分兩股道，再去找摶沙女俠和多臂石振英去。謝品謙是二倪的盟兄弟，不顧勞乏，忙帶人找尋出去。談大娘囑咐他，找到天夕，無論尋著與否，千萬先打發一個人，回來送信。謝品謙點頭答應。

謝品謙出得門來，和兩個壯僕分為三路，往蕪湖大路和小路、水路迎了上去；沿途並打聽過路行人和擺攤小販。按說還得打聽船家，謝品謙說：「別人可以打聽，唯有船家和腳行，千萬打聽不得；他們恐怕是和仇人通氣的。」兩個壯僕連聲應諾。三個人在歧路上分開了，各找各的。轉瞬到了申牌，談大娘既盼尋仇的彈指翁，又盼迷路的摶沙女俠，心如火燒一般著急。只得命人看住門戶，身登高樓，悄悄開了樓窗，往四面窺望。這後院佛樓，可以直望到江堤和魯港全鎮。當年飛刀談五蓋造宅子時，本有深意。這佛樓不僅是瞭望臺，而且還有菜窖、花房，潛通道地，越過後巷，可通到對巷鄰宅。這本是飛刀談五當年在武林爭名創業，預備防仇避禍的一種打算。這道地堵塞有年，輕易不用；直到峨眉派登門尋仇，方才用上。仇人把談宅前後門把得很嚴，談秀才和談大娘這才悄悄挖通隧道，把女眷潛運出去。峨眉派巴允泰諸人雖然有智，無如人生地疏，買不著泄底的人，終於沒把談宅看住；談宅利用對面鄰宅，反倒可以自由出入了。

談大娘登樓瞭望多時，從西窗口遠遠望見魯港大道上，人來人往，獨不見往福元巷走來的人。再望北窗口，碼頭岸上，忽上來了一大批人，猜想是剛下船的搭客。這些人進了鎮，並不散開，徑往這邊走來。

談大娘心中微微一動，回頭叫道：「二叔，你過來看看。」

談秀才連忙憑窗一看：來人足有八九位，越走越近，將入福元巷。談秀才道：「哦，這不是那位梁鏢頭麼？」談大娘道：「是的，是的！那個穿長衫的，不就是梁少爺麼？」叔嫂二人急呼男僕，開後院門，趕緊迎上去，把來客引進後巷。

來的人正是梁氏父子——梁公直和他的兒子梁少佑。其餘六位邀來的武林朋友，也都是談家的知交，和梁鏢頭轉邀來的。梁公直等直上佛樓，見面就問道：「華老前輩呢？峨眉派的這些人，怎麼這麼不識相！華老救了他們三個人的性命，他們怎麼還等華老走開，又來死纏？他們一共有多少人？」談秀才親自獻茶，答道：「據小姪託的人送來祕信，他們大概一共來了二三十人。」梁公直駭然道：「他們要造反嗎？我們邀的人已有多少？」談秀才皺眉道：「早請的武林朋友，連本地的，和我們自己人，一共七位。再加上華老先生父女，和石老英雄叔姪，剛剛十一位。小姪又叫了幾名捕快。我們看家的人數，實在太少。我很想稟官剿匪，家嫂只不教辦，說弄不好倒教差隸勒索。其實這些官役在小姪面前，還不敢胡為。」梁公直道：「那個自然，二爺乃是當地紳士，他們焉敢訛人？不過他們這種人未必有用，免不了虛報討賞。仇人潛伏的地方，探著了沒有？」談秀才道：「聽捕快和街面上的李疤狗說，他們是藏在船上。」原來談秀才為了這事，公然屈尊，找了地面上的幾個閒漢流氓，以及衙門中的狗腿子，教他們暗訪臉生的人。卻不防他們探不出仇人的實底，卻專會虛揑情報，騙他的賞錢。談大娘攔不住他，只可依著，但只囑他：「我們邀鏢客的事，你千萬不要洩漏。」因此才免誤事。

談大娘倪鳳姑忙道：「二叔，你不要聽他們的話。」轉臉對梁氏父子道：「他們這些狗腿子的話，十有八九靠不住。我也看出仇人來了不少，但是算來算去，他們也不過十幾個人罷了；只是他們正和船幫、腳行勾著。我曾對他二叔說，這些捕快腿子不是沒用，只叫他們鎮嚇住船幫、腳行就行了。對付峨眉派，還得另想法。就如仇人潛伏的地方吧，段二爺費了半天一夜的工夫，刺探的結果，以為峨眉派的頭目人，都不在魯港；全都分散著，潛藏在江對面小漁村裡呢。可是我們二叔託人訪查的，說是他們現在船上，我就疑心不確。」

談秀才道：「怎麼不確？我要是專聽李疤狗一個人的話，也許有假。嫂嫂要曉得，我不是傻子；那個捕快張立奎也是這麼說，前街上的蔡海軒也這麼說。三個人全說得有眉有眼，仇人一定就在船上。我的意思，打算請諸位鏢頭到碼頭上看看。萬一是真，我們就稟官把他們抓了。」

談大娘著急道：「使不得，使不得！那一來倘或是假，豈不空費了手腳？萬一是真，更怕捉不住他們，落個打草驚蛇！我想我們還是一面等一等，聽彈指翁的回信；一面派人先找摶沙女俠。」談秀才道：「一味傻等，豈不誤事？還是分頭辦事的對。不拘怎麼著，船上也該去人查一下。」

叔嫂二人幾乎抬起槓來。梁公直忙插言道：「大嫂不用著急。二爺是很精明的，也不至於上了他們的當。碼頭上，船上都可以去個人看看；只小心一點，不要太露了形。至於虹姑娘，倒也得派人找找。」勸解了一陣，方才開始商量正事。暫由梁公直出主意，把人派開。有的過江接應彈指翁，有的到碼頭船上，窺看敵情，有的尋找摶沙女俠；其餘的人便留下看家。

不想剛剛派定，蹄聲過處，後門忽然大響。看門的人開門窺看，叩門的正是多臂石振英。他一路橫搜，竟沒有迎著摶沙女俠華吟虹。折回來進了魯港，在福元巷慌慌張張下了馬，進了後門，向看門人問道：「華姑娘來到沒有？」僕人答道：「沒有。」石振英一跺腳道：「唉！」又問：「謝品謙呢？」答說：「來了，又走了。」石振英點著名把彈指翁、陳元照等頭一撥人，問了一遍。曉得諸人均已來到，獨獨地女俠不見，越發著起急來。匆匆告訴僕人幾句話，命他把馬拉進去，石振英抽身又要走。僕人忙道：「梁老鏢頭已經到了，你老不見見麼？」石振英擦著頭上的汗，懊惱已極；尋不見華吟虹，就不肯見梁氏父子，當下轉身便要出巷。但是梁公直和談大娘倪鳳姑，已經在樓上望見。等了一會兒，不見石振英進來；大家忙忙地迎了出來，把石振英喚回，邀入佛樓，齊問緣由。

石振英上了樓，僕人把馬牽到馬號。梁公直看著石振英的面色，問道：「石四哥，你怎麼才到？路上有事嗎？」談大娘接問道：「怎麼你老還沒找著妹妹麼？剛才謝品謙謝大哥又出去尋找她去了，沒跟你老碰見麼？妹妹到底怎麼走丟的？路上擺攤的，走道的，竟沒有一個人看見她的麼？」石振英垂頭喪氣，不住打咳道：「這位姑奶奶，她簡直跟我過不去！我直找出好幾十里地，沿路上逢人打聽，都說有一個騎馬的女子，進了魯港鎮甸。我只道她已經回來了，誰想她竟沒有到！我還得找尋她去，她跟我慪上氣了！」

倪鳳姑詫異道：「唔？既然她進了鎮，怎麼不上我們這裡來？莫非她投了店了？……不過斷無此理呀！可是的，你老怎麼跟她慪氣了？」因見石振英汗流滿面，在屋中打轉，便命僕人，打來一盆洗臉水。石振英擦了擦臉上的汗，喝了數杯茶，才向眾人訴說搏沙女俠和自己慪氣的因由。眾人暗笑石振英這個老江湖，倚老賣老，竟得罪了師妹，現在受窘了。石振英又諄囑眾人，千萬別對師叔彈指翁說。他心下仍然沉不住氣，稍為歇過一陣，問了問峨眉派的情形，仍要步行出去，尋找師妹。無論如何，他今天得把女俠找回才行；應付峨眉派的事，他竟顧不過來了。他連連舉手，向談氏叔嫂道歉；又向梁公直父子拜託，請他們偏勞。

談氏叔嫂見石振英如此著急，都以為搏沙女俠半途失蹤，固然有些可慮，但未必準遇見仇敵。一齊安慰石振英道：「謝大哥已經帶著人，出鎮尋她去了，你老先歇歇。」石振英瞪著眼說道：「你們不曉得，我這華師叔門規最嚴，家教更嚴，平常就不許女孩子們獨自出門的。這一回她竟為跟我慪氣，單人走去；倘或出了一點閃失，我簡直不能活！談大嫂，談二爺，我不能幫你們的忙，反給你們添煩，我真真對不住！一到天黑，她再不回來，我的罪過可就更大了！我越想越覺可怕；憑她那份聰明，斷不會迷路，半路上一定出錯了！我必得找著她，我這就得走。」說著站起來，連陳元照的情形都不暇詢問了。談秀才忙勸道：「你老總得先吃飯，飯這就做得。」石振英道：「我還吃飯麼？我飽飽的了！」談大娘道：

「飯已經做好了，你老多少吃點。」

樓梯響處，僕人果然端進飯來，共是兩桌。談秀才堅請石振英、梁公直等一同用飯。梁公直也勸道：「既是石四哥著急，飯後我就陪你一同去找找。我看她未必是迷路，也不見得是遇敵；只怕她一時貪功，獨自訪仇去了。」石振英饑腸轆轆，早已餓透，一聽這番解說，稍稍寬心；這才勉強坐下，大嚼起來。

剛剛吃了一碗飯，談宅前門忽又砰砰砰砰大敲起來。五進深的院子，居然在三層佛樓上聽得出聲音來。這敲門的動靜已經很大了。這些男客聚坐進膳，談秀才談維銘在末座相陪，談大娘坐在小茶几旁凳子上，看著說話。一聽這陣響動，眾人愕然停著，側耳道：「快聽聽哪裡敲門，是這裡不是？」談大娘關心急切，忽地站起身來，趨近樓窗，往下面尋看，竟看不見前門口敲門的人是誰。忙回顧僕人道：「你們快到前院瞧瞧去，這是誰叫門呢？」僕人應命下樓，談大娘忙又追到樓門口，囑道：「要是生人，千萬問明白了，不要先開門。要是熟人，你們教他繞走後巷，從後門進來。」

正吩咐處，石振英把筷子一丟，也奔到樓門口，往下探望。叩門的人已由前門轉到後巷，身形下掠。石振英忽然大詫道：「咦，這個小孩子禿頭禿腦，我認得他，快快放他進來！」

眾人都要扶窗窺看，梁公直道：「你們不要全聚在窗口。」不一刻，後門上的人進來回稟，敲門的果然是個小窮孩。他說是奉命前來送信，要見姓石的一位老爺子，當面討賞交信。石振英急忙下樓，回顧談大娘和眾人道：「大嫂，你可知道，你們此地有個叫唐六的小窮孩麼？這敲門送信的就是他。」談大娘如何知道，談秀才也說不知道。門房的人在旁答道：「你老說的是，來人的確是本街上的貧苦小孩，他已經十六七歲了，專在碼頭上給客人扛行李引路的。他手裡拿著一張紙條，說是一位姓陳的青年客人寫的，言明面交石大爺。」談秀才忙道：「既然石老先生認得他，快快教他進來。」石振英道：「等一等，我出去問他吧。」眾人也就跟了出來。

來人真就是窮孩唐六，手持一張紙條，見了石振英，忙作揖叫道：「客人，你老好！我給你老送信來了。」石振英心中詫異非常，面上不露，含笑道：「好好好，是誰給我來的信？是那位姓陳的？」唐六湊過來低聲道：「就是你老那個夥伴，那個年輕小夥子，他不是會武藝，拿著那麼一對半截戟的兵器？他不是管你老叫伯伯麼？是他寫的這紙條，教我送給你老，別教別人看見。」石振英道：「哦！」回頭看了看，梁少佑已經跟在背後，忙對梁少佑道：「你先請回，我跟這個唐六說兩句話。」

立刻把唐六叫到一邊，問他在何處見了陳元照，並伸手接取那封信。

唐六這小子依然鬼頭鬼腦，手中紙條不肯交出來，只低聲說：「剛才在慶合長客棧門口外，碰見了你那位姪兒，一個人在街上蹓躂，見了我，他把我領到茶館，現寫了這張紙條，教我務必親手交給你老。」石振英道：「拿來我看。」唐六笑了笑道：「我丟下生意，給你老送信，你老就不給我幾個酒錢麼？」

石振英道：「好小子，你真會訛人！我那姪兒他就沒給你謝犒麼？」唐六笑道：「他給是他給的。你老請想，我得了他的賞，要是丟下不送呢？」

石振英道：「好好好，你這小子真刁，看這意思，我不給錢，你就把信昧起來呢。」唐六道：「那可不敢，你老瞧我是個窮人，你老還不可憐可憐我麼？」石振英道：「好一個鬼羔子，真會說話！」心中尋思，搏沙女俠還沒尋回，陳元照這孩子又出新把戲了，急忙從身上掏出錢來，遞給唐六。直添到一串，唐六才歡喜道謝，把紙條交給石振英，又特表殷勤道：「你老還寫回信不寫？」石振英道：「不用。」唐六便又重謝了一聲，轉身要走。石振英忙道：「等一等，等我看完這紙條。」這紙條已被唐六揉成了一個泥團似的了。急急地展開一看，陳元照果然又弄出好把戲來了。石振英失聲罵道：「好小子！」

這一罵，唐六在旁心驚，忙搭腔道：「你老別起疑，這信真是你老的姪兒寫的；絕不是我捏造的，我也不認識字。」石振英道：「好，你這是揀罵，我沒有罵你呀。滾你的吧。」唐六才要轉身，石振英又叫住道：「等等再走。」忙向唐六打聽陳元照現時的行蹤。唐六道：「他出了茶館，順著街往南走去了。他催我立刻來送信，我實在不知道他要往哪裡走，他也不肯告訴我。」

石振英問不出所以然來，只得將唐六囑咐幾句。對他說，如果看見陳元照，和那個賣野藥的郎中一黨，趕快前來送信，必有重賞。唐六歡諾而去。多臂石振英持信揣思，忽一回頭，梁少佑上來問道：「石老伯，什麼事？是誰給你老送的信？」石振英搖著頭，唉了一聲道：「上樓再告訴你。」梁少佑跟著問道：「是陳元照陳大哥來的信麼？他上哪裡去了？」石振英還想瞞著，知道瞞不住了。一齊進入院中，上了佛樓，眾人都跟了進來。

石振英向談家叔嫂、梁公直父子說道：「你們看，元照這小子，他訪出一點線索，他也不回來送信，就自己追下去了！」

把紙條鋪在飯桌上，大家都湊過來看。談大嫂歡喜道：「這不是得著仇人的下落了！」紙條上明寫著：一個男子，一個女子，一個老人。這正像是峨眉派唐林和韓蓉夫妻；只是還有這個白髮老頭兒，卻沒有露過面。談秀才道：「這許是他們邀來的幫手吧？」梁公直道：「可是的。方才聽說，彈指翁師徒過江訪仇去了，怎麼仇人又在這裡出現？」談秀才道：「我們四處邀人，仇人自然也會四處邀人的。」談大娘道：「這女子一定是那天夜間跟虹妹動手的，可惜虹妹跟段二爺都不在這裡；若在這裡，可以設法暗地認一認。」梁公直道：「那天夜裡，元照和石四哥不是也在場麼？元照他一定認得，他現在綴了下去，一定是賊黨無疑。我看我們應該趕緊接應他去。」

陳元照寫的那紙條上本說：「頃在街上看破仇蹤，有男女二人與一老翁同行，姪刻徑追趕下去。如能究出頭緒，定必趕回馳報。」末句並請石振英不要聲張，不必著急。至於男女三賊的年貌和落腳地點，陳元照並未寫明，也許他是不肯告訴別人。眾人看著這小小紙條，都顧不得吃飯，向石振英盤問送信人可還有什麼話沒有。

石振英此時心裡最為躊躇，摶沙女俠和陳元照都該由他追回。論情理，應先尋摶沙女俠。可是女俠不過是迷路，還不一定有險；陳元照卻是綴下仇人，分明涉險。眾人向他問話，他只一味搔頭。半晌，拍桌子說道：「不行，這小子讓他糊弄去吧，我不管了。我還得尋找我們師妹去。」說罷，飯也不吃了，披衣就走。梁公直忙道：「他們年輕人不知輕重，你別跟他們瞎著急。咱們大家想法分頭找找他們。」談氏叔嫂關切著本身的利害，齊勸石振英，先跟尋陳元照，就便追究仇蹤。至於華吟虹，已有謝品謙率僕往尋。談大娘道：「石四哥若還不放心，我們可以再煩梁家父子辛苦一趟。」梁公直道：「對，我們爺倆去，石四哥先吃飯吧。」

石振英實在沉不住氣，說道：「我已經飽了，我先走吧。找一人是找，找兩人也是找，我就一道把他倆都找找吧。」站起來，把兵刃匆匆帶好，立刻走出去。

哪知他剛剛走到大街，迎面忽有一個牽馬而來正是談宅派出尋找摶沙女俠的僕人。石振英不認得他，他卻認得石振英，忙上前叫道：「石大爺，你老往哪裡去？我們主人等你老半天啦。」石振英把他看了一眼，道：「你是誰？你可是談府上的人麼？你牽著這匹馬做什麼？這是誰的馬？剛借來的麼？」僕人答道：「不是的。小的是談宅的張升，這匹馬是華小姐騎來的。」

石振英哦了一聲，道：「你遇見華小姐了？這可好了，華小姐現在哪裡？」僕人道：「主人告訴我，說華小姐迷了路。我們一共兩個人，跟著謝品謙謝大爺，分三路出去尋找。是小的遇見華小姐了，她老叫我把這馬牽回。」石振英忙道：「我問你，她到底現時在哪裡？」僕人說：「她老隨後就來。」石振英道：「嘻，這麼囉唆！我問的是你在什麼時候，在什麼地方，遇見的她？」僕人道：「就是剛才，在東鎮口外。」

多臂石振英頓足道：「好好好，這些年輕人，到家門口還不進來！」又怨僕人道：「你怎麼不催她回來？不用說，她把馬交給你，她又不知往哪裡去了！」僕人見石振英抱怨他，心中很不快，立刻答道：「石大爺，你老聖明，人家是位小姐。她老對我說，女人騎著馬進鎮，不大方便，教我把馬牽回來。她老說，她跟著就來。小的我要給她老雇轎，她老不肯，只催我牽馬走。我是個下人，我怎敢強迫宅上的女賓呢！」

多臂石振英自恃是老江湖，不想這一次二番出山，到處碰壁，索性連一個奴僕也不會應付了。多臂石振英臉上訕訕的，忙把女俠華吟虹現時的趨向，草草問過，吩咐僕人：「得了，你快把馬送回宅裡去吧，把剛才的話告訴他們。」立刻舉步如飛，找尋過去。但當他奔到東鎮口，摶沙女俠早已不在那裡了。魯港不過是彈丸大小的市鎮，石振英踏遍鎮內外，始終沒有找著女俠，連那陳元照也沒有遇見。

轉瞬天黑，梁公直父子在魯港內外找了一圈，也沒遇見華吟虹，重轉回談宅。談宅上下的人都著起急來。談大娘、談秀才尤其焦灼，不時站在樓窗畔，盼著尋伴覓仇的消息。卻只回來一匹空馬。接著謝品謙撲空重返，二侃也從碼頭折回，沒有發現賊蹤。別的人竟一個也沒回來。彈指翁、段鵬年師徒渡江未歸，陳元照和摶沙女俠獨行不見，連石振英也不回來了。談大娘心中難過，望著天色叫道：「你看，這就到二更天了！」談秀才也嘆了一口氣道：「求人真難，倒不如花錢找捕快幫忙了。」說到這裡，見寡嫂面目變色，忙又嚥回去。勸道：「嫂嫂別著急，好在還沒事。」談大娘潸然掉下眼淚來。

第十三章　搜敵覓件

第十四章　摶沙女俠徬徨歧路

摶沙女俠華吟虹騎著梁宅那匹馬，五更時分，由蕪湖城南關，往魯港奔來。她聽不慣師兄石振英的拍「老腔」，不肯隨師兄同行；也嫌謝品謙粗魯，不願跟他搭伴；竟把馬鞭亂打，獨奔西南，落荒走下去。

吟虹姑娘自幼學會一身武功，騎術也很精；十三四歲時，常隨昆仲姪男，出城試馬。一到十六歲，便大門不出了。這一回卻是第一次出這遠門，她連東西南北也不很明白。順著小道直跑下去，起初還聽見背後蹄聲和石振英喊著「師妹」的呼聲，跟著便聽不見了。又奔了幾里路，天色發明，摶沙女俠回頭一看，果然把石、謝兩個男子拋遠，心中歡喜起來；暗道：我的騎術還沒有忘下，這兩人居然沒有追上我。

她卻不知道自己走錯了路，當然石振英趕不上她，她也當然聽不見後面的蹄聲。又攢行十餘里，天色大明，摶沙女俠忽覺得路徑有些可疑。她離開魯港往蕪湖走時，本是坐船，沒有看見陸路。但是她竟從直覺上，忽然覺出自己走的路大概不很對。她仰面看天，朝陽已出，高掛天空，發出赤色的光芒。摶沙女俠在馬上昂首而望，忽然哎呀一聲，道：「我準是走錯路了！」她把馬勒住，想起了一首古詩：「日出東南隅，照我秦氏樓。」知道早晨的太陽是在東南方的，她心中盤算道：「我這是往西南走，太陽應該照我的左半邊臉才對，怎麼太陽整照我的對面呢？哎呀，我許是錯往東南走下去了吧？」

其實她倒不是錯走到東南，她此刻實是錯走到正南方去了。吟虹姑娘立刻張目四望，心中又說：「聽說由蕪湖奔魯港的旱路上，沿路有很多市鎮。我現在全走的是田野地，我一準是走差了路。哎呀，我說我跑在他們前頭，誰想反倒落了他們後頭！我不能在他們面前丟臉，趕緊改道吧。我還得趕快跑，找個過路人問問才好。」閃目一尋，發現一個在田邊走路的人，急上前問路。這一問，方知當真錯走了十六七里地。

吟虹姑娘問明道路，飛身上馬，照著過路人指點的路徑，走了下去。但只走了幾步，她回頭看了看，忽又動疑：「不對！這個男子直著眼總打量我，我身上有什麼可疑處麼？莫非他告訴我的路不對，他騙了我不成？我攏共才走出不到二十里地，怎麼倒錯出十六七里地？不對，不對，我得斟量斟量！」

她不知自己的打扮和口音是江南人少見的，人家覺得她異樣，自然要多看她兩眼。她更不知自己策馬飛奔，跑得很快，自覺才走出二十里，其實差不多快三十里了。她卻過分慎重，無端猜疑起來。忙張目四顧，打算再跟人打聽打聽。旋即尋到一家小村，恰有一個農家少婦，在井邊打水。女俠翻身下馬，慢慢走過去；先求水飲馬，跟著問路。這少婦也是上眼下眼打量女俠，問她是哪裡人？幹什麼的？可是跑馬賣解的麼？這少婦的口音比剛才那個過路人還難懂。女俠是陝南口音，又不常出門，這少婦卻也沒有見過北方人。兩個女人互問了好半晌，打了許多手勢，方才聽懂彼此的話。那少婦用手指著方向，不厭其煩地把往魯港去的路，告訴了搏沙女俠。原來剛才那個過路人告訴她的路，並沒有差錯，倒是自己過疑了。

女俠掏出十數文錢，謝了少婦，立刻飛身上馬，照著準確的路線，直奔魯港。這一回特加小心，走了一段路，打聽一回。不想在半路上，又打聽出一樁可疑的事情來。

摶沙女俠言語扞格，舉動詭異，奔馳在江南道上，頗為行人所詫視；當她下馬打聽道路時，更招人疑猜。緊趕了數十里，算計著將近魯港，被這江南的春陽曬得臉通紅，但覺口渴。路旁樹蔭下，支著幾座布篷子，內有一兩座賣米酒的小攤。女俠下了馬，走過去，想買些鮮果止渴。但是酒攤上沒有水果，旁邊卻有個小茶攤。女俠一向不肯喝酒，更不肯路飲。

現在渴極了，只得把馬拴在小樹上，到蔭涼下站著歇汗，一面張目尋看。

擺酒攤的是個瘸腿中年人，有兩個小販在那裡喝酒。擺茶攤的是一個老婆子和一個半大孩子，倒有一些蒸食和爛杏青梨。女俠皺眉看了看，不肯購食，便想買茶；但跟腳伕同坐在一處，又嫌不好看，只遠遠地站著。那賣茶的老婆竟和賣酒的私議起來，用一種江南的土音說道：「這個姑娘想是走失了伴的。」賣米酒的說：「恐怕是的吧。」低聲說話，女俠一字也聽不懂；但看他們旁睨竊指的神氣，已經猜出他們是在議論自己。女俠乍覺含愧，旋復一整面色，向他們瞪了一眼。心想：「我索性過去，買碗茶吃，太渴得難受！」

女俠直走到茶攤面前，賣茶的老婆子立刻不出聲了，仰面問道：「姑娘可是要一杯茶吃？這裡還有梅湯。」吟虹看了看不由噁心。黃沙碗，濃黃色的粗茶，蒼蠅飛來飛去，往爛果實、粗點心上面落。摶沙女俠和江東女俠柳葉青不同，她不曾久涉江湖，看不慣這種髒的飲食。低瞧了半晌，方才指著茶桶說：「我要買一碗茶。」老婆子取碗便斟，吟虹忙道：「你把碗擦一擦，再拿水洗一洗。」老婆子仰著臉說：「這碗是乾淨的。」早嘩啦斟上一滿碗了。吟虹姑娘唉了一聲。催老婆子把這碗茶倒去，就用這碗茶洗碗。老婆子就像聽不懂似的，看看女俠的嘴，說：「這碗人家剛使過了，真是乾淨的。」一直舉到女俠面前。

吟虹姑娘性子急，奪過碗來，自己就用這茶水把碗洗過，用自己的手巾，把碗擦了；又用水重新沖了沖，方才奪過茶桶，自己斟了一碗，舉到口邊便喝。不想這茶又很熱，只得放在茶案子上。老婆子伸出兩個手指頭嚷道：「姑娘，妳得給兩碗茶錢！」吟虹姑娘也打手勢笑道：「老奶奶，不用著急，我給三碗茶錢。」老婆子聽懂了，這才欣然說道：「到底是走江湖的姑娘闊氣，姑娘請這邊坐。」拿一塊汗手巾，把長凳撣了又撣，讓女俠坐下。女俠點點頭道：「謝謝妳，我只在這站著，涼快涼快。」

老婆子見女俠很大方，極力兜攬，轟著蒼蠅，指著她的爛果子、乾蒸食，說道：「姑娘，這都是新趸來的，這上面一點土星都沒有，姑娘可吃些？」女俠看了看，笑著搖頭，道：「我先喫茶。」老婆子就搭訕道：「姑娘這是往哪裡做生意去？」女俠只當是問她往哪裡去，便答道：「我麼？我上魯港。」老婆子歡然道：「我看姑娘一定功夫很好，妳一定會踩繩吧？也會蹬皮缸吧？」

搏沙女俠半聽懂半聽不懂地答道：「你說我麼？我不會功夫啊。」低頭看了看自己身上，心想：這老婆子倒高眼，她怎麼會看出我有功夫來呢？一回頭，看見自己騎的馬，恍然道：哦，她一定看見我騎馬帶劍了。

這老婆子仍然打量女俠，由頭面直看到腳下；見吟虹腳下穿著纖瘦的皮靴，指著說道：「姑娘，你穿這種靴子，恐怕不能蹬皮缸吧？我記得我看見過你們賣藝的，都是纏得很小很小的腳，穿著小紅繡鞋，好看極了。姑娘你是上魯港，趕生意去麼？沒聽說魯港有社戲呀。我說小三，今天是幾兒？不是離藥王廟還遠著哪？」那個半大孩子叫小三的，在旁左一眼，右一眼，偷看女俠；把一對眼都看直了，他祖母說的話，他一字也沒聽見。

一起初，女俠也聽糊塗了，這賣茶的老婆子竟把她當作了跑馬賣藝的繩妓。老婆子一口的皖南土話，女俠竟不曾全聽明白。但一聽到趕生意的話，又見那個半大孩子的呆相，把個女俠不由臊得滿面通紅。心想：不好，他們把我看成什麼人了？

怨不得老爺子不許女孩子出遠門。我趕快問一問路，離開這裡吧，遂忙著喝茶，一面從身上掏錢。誰知那婆子不待女俠問路，反先問她道：「姑娘別是迷了路的吧？」

女俠心中一驚，把手端的那碗茶都晃灑了，忙問道：「老奶奶，你怎麼知道我是迷了路的？」老婆子道：「不只是妳一個人嗎？我知道你們都是成夥的；剛才頭半個時辰，我瞧見妳的夥伴騎著馬，打這裡走過去了。」

女俠又不禁心中一動，旋又恍然，忙問道：「我的夥伴，我的什麼夥伴？可是一個五十多歲的黑短鬍老頭子，身量很矮；一個三十來歲的小夥子，粗眉大眼的麼？他們兩個人可是一個騎黑馬，一個騎白馬，從蕪湖往魯港去的麼？」她說的是石振英和謝品謙。那賣茶的老婆子道：「這個，不是的呀。你的夥伴不是一個六十多歲的白鬍鬚老頭；一個二十幾歲的白面青年，背著個彈弓子嗎？還有一個姑娘，也像妳這樣，就是身量比妳矮，小圓臉，大眼睛，面龐長得很俊；可就是一雙大腳，糟了，比姑娘醜多了；她也是背著一把寶劍。我說對不對，小三？」小三倒把這句話聽見了，應聲道：「那個姑娘穿著一身綠，沒穿著裙子，腳很大。」

摶沙女俠駭然一震：這是誰呢？忙向老婆子問道：「這個女子是閨女，還是媳婦？」老婆子搖頭道：「不像是個姑娘，像個小媳婦，開過臉的了。」

摶沙女俠顧不得喫茶，把茶碗放下，這才往茶攤旁那個長凳上一坐，口中說道：「噢，是個媳婦？」仰臉回想起來，「這女子可是那個打毒蒺藜的女賊麼？她是個婦人，記得那天夜戰，面目雖未辨得十分清楚，聽口音，看舉動，好像她足有三十多歲了。莫非不是她，是她另邀來的人？還有那個男子，大概是她的丈夫。可是的，那個白鬍鬚老頭兒，是他們的什麼人呢？」

女俠側臉凝眸，深思不語。賣茶的老婆子仍在一旁嘮叨道：「姑娘跟他們不是一夥麼？他們已經打夥兒走過去了。姑娘還不快追他們去，他們過去好一會子了。」

摶沙女俠道：「他們早走過去了？他們就只三個人麼？他們都帶著什麼物件？」賣茶婆仰面想了一想道：「他們是三個人一夥，都帶著小包袱。後來還有一個年輕小夥子，在步下走著，直打聽他們，大概跟他們也是一夥。」

女俠道：「哦，都帶小包袱。還有一個小夥子，……這小夥子什麼長相？」賣茶婆比手畫腳，形容了一番；這小夥子拿著一對奇怪的短兵刃，好像虎頭鉤，又像方天畫戟，頭上有個卍字錠。女俠聽了，心中似雪一般的明亮。這過去的老少三個男女，一定不是石振英，不是謝品謙。這步行的小夥子多半是陳元照。賣茶婆說這三個男女，人人騎駿馬，帶兵刃，自然定是武林中人。只不知他們是不是過路的拳家，還是賣藝的江湖。

賣茶婆的口音十分難懂，問她話很費事，在路口上，人來人往，都拿著眼打量女俠。茶攤酒攤上的腳伕們、小販們，也都大瞪著眼珠子偷看她。公然悄聲私論，品頭評腳，把女俠看成繩妓。女俠十分恧顏，顰眉惱怒。但她有要緊話，必須打聽明白，便顧不得這些，仍向茶婆殷殷攀談，細問這三個男女的來蹤去向，和舉止言談；又問這三個男女，都帶著什麼行頭，有多少件兵器。賣茶婆說不出來，只說道：「那個小媳婦是掛著一把劍。那個小夥子背著一張弓，插著一條鞭。老頭空著手騎馬，好像只拿著一條馬鞭子。」

女俠道：「噢！」又問道，「他們沒有帶花槍、大刀、流星、三截棍、梢子棍、白蠟桿這些兵刃麼？」茶婆子搖頭道：「不，他們只有一把劍、一條鞭、一張弓。想必他們這賣藝的還有好些行頭，早有人抬過去了。」跟著又絮絮地問了些跑馬賣藝的事情。

女俠聽罷，抬頭往前路一看，心中盤算：「這三個男女很是怪道。哼，他們一定不是賣藝的江湖人。若不是談家新邀來的助手，定是峨眉派後趕來的黨羽。」忙又向茶婆追問這三個男女的口音。賣茶婆說：「他們騎馬從這裡走過去，只在井邊飲過牲口，沒有聽見說話。」側著臉，反問女俠道，「怎麼樣，這三位是你的同伴麼？」女俠笑了笑道：「也許是的。」

摶沙女俠心想：這事情有譜，我不要耽誤吧。這三個人實在可疑，非仇即友；我應該順路打聽打聽他們。心想著非仇即友，卻不知何故，女俠總覺著這三男女必是峨眉派，必非談家邀來的武林朋友，就好像有什麼預兆似的。又想：陳元照這小子是早走的，怎麼才到這裡？大概他也是要追這三個騎馬的人吧？把茶啜了數口，又要了些涼茶，兌得可口，連飲了兩碗，把枯渴止住。井臺離此尚遠，就向賣茶婆買了半桶水，把馬也飲了。她掏出一塊銀子，不知輕重，不知多少，隨手丟給茶婆道：「老奶奶，給你茶錢。」一轉身，衝著酒攤上那些大張嘴、直瞪眼的人們，惡狠狠還瞪了一眼；也不言語，帶過馬來，攀鞍而上。才走出數步，隱隱聽得背後人聲道：「小婆娘準是個賣藝的雛兒。」女俠惱怒道：「這一群東西！」不由得又回頭一瞥，竟有一人大聲喝彩道：「回頭了，回頭了，要命得啦！」

摶沙女俠又不由得勒馬回顧，眉橫殺氣，目含怒焰，後面的人登時不言語了。摶沙女俠哼了一聲，到底強忍住一口氣；勒轉馬頭，馬上加鞭，往前途走下去。

春風拂面，驕陽正熾，把女俠曬得紅顏渥丹。一口氣奔進魯港鎮口，翻身下馬。仍找到一個在路口賣茶的老頭兒，客客氣氣地上前問道：「老爺子，這裡是魯港麼？」老頭兒答道：「不錯，這裡就是魯港。」又問道：「勞您駕，往福元巷怎麼走？」老頭兒指了一指，「往東一拐，往南一轉。」這老頭兒說了一大堆，女俠簡直聽不明白。女俠忙又伸出三個手指頭，問道：「老爺子，你可看見三個騎馬的人，剛走過去沒有？是一老，一少，一個女的，都騎著馬，帶著兵刃。」這老頭兒立刻說道：「哦，不錯，有這麼三個人，騎馬帶劍，早走過去了。」

女俠忙又問：「他們往哪邊去了？」老頭兒又一指街東道：「他們進東大街去了。」

女俠暗喜道：「有影。」也不再上馬，竟這麼走一段，問一段，跟蹤找尋過去；很費了半晌唇舌，居然問出確切的去向來。原因江南道上騎馬的人少，一問一個準。沿路攤販因為摶沙女俠是個異樣的美貌女子，個個是忠告善道，有問必答，每答必詳必盡。卻有一樣，這些人都把女俠認作迷路失伴的江湖女子了。女俠牽著馬，到了東大街，站在小攤前邊，打聽三個騎馬人的下落。問不到幾句，竟走過好幾個閒人來。有的直眉瞪眼地偷看，有的七言八語地反問。一個流氓模樣的漢子，公然涎著臉跑來，盤問女俠：「喂，你們往哪一家店？打算投靠誰？現時應生意不應？」又有一個賣炊餅的夥計，站在小攤旁邊，插手問道：「那三個騎馬的是妳什麼人？」把個摶沙女俠鬧得臉上紅一陣，白一陣，心中羞怒異常；外面仍然鎮定著應付他們。這樣問來問去，居然得知那男女三騎客是落在慶合長客棧裡了，慶合長客棧究在何處，比福元巷是遠是近，還須探問。

不過，這些男子們圍著女俠，擠眉弄眼，個個的神氣都很可恨。女俠心想：「怨不得爹爹說我自己出不得門，這可是真的。這些臭男人真真該殺該剮！」她哪裡曉得，這些市井之徒都把她看成繩妓，自然流露出輕薄之態了。女俠心中發狠道：「我倒要鬥鬥他們，我害什麼臊！」心中一彆扭，倒逗起她的倔強之氣來；手提馬鞭，向眾人叱道：「借光！你們躲開一點。我沒有問你們！」把馬鞭一掄，馬韁一帶，這匹馬四蹄亂踏，繞了個半圈。這些看熱鬧的怕馬踩著，鞭子抽著，哄然往四外倒退。摶沙女俠單找那有年紀正派些的人，重新問了一回。含嗔把眾人瞪了一眼，提鞭又走。這時候，她的師姪，初踏江湖的陳元照，正藏在街北一條小巷內，向外探頭。

這過路的男女三騎客，先後驚動了摶沙女俠華吟虹和陳元照。但這三男女的來路，摶沙女俠是過晌午，在半路上聽人說的；陳元照竟是一清早，在江邊親眼碰見的。摶沙女俠心懷疑竇，猜不透這三男女究是何等人物，因此要追蹤看看這三人的真面目。陳元照卻是半信半疑，推想騎馬佩劍的女子，或者就是夜鬥摶沙女俠的那個峨眉女賊，因此要跟蹤究探這三人的下落。陳元照這青年由江邊綴來，直跟進魯港慶合長客棧。看準男女三客落了店，方才退出來，一口氣折奔談宅。正要把這目睹之事對眾人說，不意劈頭被師祖彈指翁華風樓教訓了一頓；一賭氣把話嚥住，索性任誰也不告訴了。

直等到華老走後，他才冷笑道：「華老不知從哪裡得了這個謊信，反倒渡江尋仇去了。焉曉得這裡還冒出三個來！只怕他這一回要輸眼。我倒要來一手，給他們看看！」心想著十分得意，決計乘這機會，一顯身手。扯了一個謊，溜出談宅，再奔店房，把男女三客重窺伺了一回。事逢湊巧，又遇上那個小窮孩唐六；便把唐六調出店外，打算支使他，給石伯父透個祕信。

就在這時候，瞥見摶沙女俠華吟虹牽著那匹馬，也找到這邊來了。陳元照心中一動道：「好嘛，我這位師姑怎麼也摸到這裡來了？」忙一縮身，退入巷內，以為她被閒人圍住了，未必看得見我。又想：她這是一個人撞到這裡，還是同著別人呢？情不自禁，又往外一探頭，要看看女俠是否同著她父彈指翁。只見他那師姑摶沙女俠華吟虹揚鞭牽馬，孑然一身，一步一步往這邊走來。在她身旁背後，別無他

第十四章　摶沙女俠徬徨歧路

人。她面含怒容，睜著一雙俏眼，正往街兩旁看望。陳元照道：「不好，要教她看見！」又一縮身，拖著唐六，連忙藏起來。暗想：她一定沒有看見我，我卻看見她了。他卻不曉得摶沙女俠何等眼尖，由打陳元照乍一露面，便被她看了個正著。

摶沙女俠詫然張目，陳元照已經縮身不見了。女俠心中也自納悶：「這小子搗什麼鬼，怎麼瞧見我，反倒藏起來？許是怕給我磕頭吧？我那個師哥石振英，怎麼沒有跟著他呢？」心裡想著，也張目一尋；人影一晃，只看見有一個禿頭禿腦的窮孩子，被陳元照拖著一隻手臂，正往小巷內一個大門洞鑽去。

女俠不由生氣道：「好小子，原來只他一個人，他居然安心躲我！這東西，早晚我得給他一點苦頭吃！」心裡尋思著，佯作看不見，昂然舉鞭，分開眾人，仍按著剛才打聽的方向，一直尋找過去。

只轉了幾個彎，摶沙女俠居然把慶合長客棧找著。牽著馬，直入店院；店夥剛剛上前招呼，女俠一掏衣袋，想起身上沒有帶錢。不覺站住了，她心中作難道：「一個店錢也沒有帶，這怎麼辦？我還是先到談宅，把馬丟下，把我耳聞眼見的事，告訴爹爹，再作道理。」

這樣一盤算，女俠又牽著馬，打算離店。店夥不知就裡，也把女俠當作闖江湖的女子了；笑嘻嘻地橫身攔住，伸手就來接馬韁，口說：「姑娘，咱們這店有的是好房間。妳要單間，要連三間，全有。」女俠略瞥店院，搖頭道：「我先不住店，我先看看。」店夥道：「得了吧，妳老不用看，魯港這裡頂數我們這店房講究。」

摶沙女俠擺手道：「我先不住嘛！」店夥嬉皮笑臉地說道：「妳老住下吧。我光說妳老也不信，妳把馬給我，我先給妳老遛著；妳老只管往別處看去，保管走遍碼頭，頂數咱們這裡是第一家。妳老一共是幾位？剛才就有妳老幾位同行住在咱們這裡了。」

女俠嗔道：「什麼同行？」雙眸一瞪，把手一擋，生起氣來，喝道：「你躲開！」店夥不覺往後倒退，忙正色賠笑道：「真是的，妳老瞧，就在西廂房，有妳老的三個同行，一老一少，一位堂客。」

摶沙女俠猛然省悟，暗道：「我找的就是他們，我怎麼倒矇住了？」立刻改嗔為喜，細細打聽這一老一少一位堂客的形色。果然不錯，馬的匹數、毛色，人的衣履、年貌，和賣茶婆說的正相仿。卻不知這裡所謂堂客，究竟是否那個峨眉女賊。和店夥搭訕著，眼睛直注廂房。偏偏廂房中，只看見那個白鬚老人不時在窗前門口露形；壽眉皓髮，氣度豪邁，竟不像江湖生意人。那個長身量的男子，和那個短身量女子，竟沒有瞥見。問及店夥，才曉得這一男一女大概是兩口子，已於飯後相攜出去了，也許是相伴攬生意去了。

女俠手勒馬韁，側目凝視東廂；那東廂老頭兒也手捻白鬚，直看女俠。女俠低下頭來，向店夥盤問話，那馬忽然一掙，女俠喝道：「吁！」扭身一帶，忽望見東廂單間，有一個人影在門口一晃，就不見了；倉促看時，又好似陳元照這小子。

女俠道：「唔？這小子也摸來了不成？」急拖馬走進數步，才待審視，那東單間忽隆一響，將門扇關上。

這人影果然是陳元照。陳元照和摶沙女俠，這一對青年，竟你瞞我，我蒙你，對捉起迷藏來了！

女俠這一回沒很看清，還想再看，店夥在身畔忍耐不住，竟攔在面前，發話道：「姑娘拿準主意沒有？到底開房間不開？打算在這裡住不？我可伺候妳老好半天了。」摶沙女俠華吟虹斥道：「不住！」店夥計道：「妳老要是不住店，對不住，妳老請便，我好照應別的客人去，我可要失陪了。」順手往店門口一指，簡直是欺負女客，硬往外驅逐人了。女俠華吟虹厲聲說道：「我先看看店，回頭才住呢，你忙什麼？」店夥道：「妳老看好了沒有？可得放下定錢，才好給妳留房間。」女俠怒道：「回頭給你店錢，我是來找人，你們這店不許找人麼？」

此時有幾個店夥和客人跟過來看熱鬧，嘻嘻嘖嘖，怪聲咳嗽；女俠乾生氣，沒法子發作，只得抽身出店。心想：「我只好回談宅，找爹爹去了。真是的，敢情沒有爹爹跟著，竟有這些麻煩！這些臭男人實在可惡，他們不知把我當成什麼人了。還有陳元照這小子，鬼頭鬼腦的，倒先趕到店來；一定他也看破這三個男女的來歷可疑了。這三個男女大概準是峨眉派餘黨。」思思量量，走了數步。因見牽著馬，人多瞅她；她便躍身上了馬，徑往福元巷走來。道路不熟，又轉了向，繞了遠。半路上遇見談家的男僕，男僕忙迎上來，叫了一聲。

這男僕正是奉命尋找女俠的。女俠靈機一動，把男僕叫到一邊；問了問，才知她父親彈指翁早已趕到，此時已離談宅，渡江尋賊去了。談府上現時只有談大嫂倪鳳姑和談秀才；正為女俠先發後到，十分著急。男僕說罷，便請女俠同行。華吟虹忽然一笑，道：「你先把這匹馬牽回去吧，我慢慢地往回走。」

男僕還想說話，又要給華吟虹雇轎，華吟虹搖頭道：「不用。」從馬鞍韂上，將黃包袱包著的寶劍抽出來，藥箱也拿下來；板著臉，催男僕先走。

男僕剛要牽馬轉身，搏沙女俠忽又將他喚住，問道：「你知道我爹爹什麼時候回來？」男僕答道：「這個可不知道。」女俠又問：「你估摸著呢？」男僕道：「這個，只要一過江，怎麼著也得明天回來。」女俠道：「哦！」想了一想，又道：「我說，你身上帶著銀子沒有？」男僕忙說：「帶著呢。」女俠道：「拿來，借給我用用，回頭還你。我要買點東西。」男僕曉得女俠是宅中的親眷，和談大娘是姑嫂相稱，只道她要買禮物，忙將身上銀子取出，捧呈過來道：「妳老要買什麼，我給妳老買吧。宅上靜等妳老呢，妳老可別花錢。」女俠搖頭不答，很忸怩地接了銀子，揮手道：「你去吧，我要自己買，不是買禮物。這個藥箱子你給帶回去，不要教別人動，交給你們大奶奶收著，趕明天交給我們老爺子。」囑罷，抽身就往回走。

男僕愣睜著眼，不知怎麼回事，牽著馬站住了。女俠忽又回頭道：「你趕快回去吧，我這就回去。」眼看著男僕牽馬走了，她方才邁步進街，鑽入小巷。四顧無人，立定了腳，暗打主意。自己對自己說：「石振英自居是師哥，總跟我裝老前輩，討厭極了。哼，他跟我一路走，找不著我，一定很著急。我偏不回去，也教他憋一憋。他的姪兒陳元照這小子，一個人出來轉磨，一定是看準了三個男女有什麼可疑的地方。好在爹爹過江去了，回來總得明天，我此時先不回去，我趕天黑再說。我得追追陳元照這小子，我倒要看看這小子，究竟要鬧什麼鬼。」身邊有了銀子，當然可以住店了。

摶沙女俠看了看前後巷口，就在巷內一塊大石頭上，把黃包袱打開，取出自己的裙子來，繫在腰間。把包袱重新裹了裹，為的是將那把五鳳劍的外形裹嚴，教外面看不出來。那五毒神砂此刻只剩下半袋。有劇毒的，那天早被彈指翁華風樓收回，另給她換上半袋有麻痺性而不致命的藥砂子，這全為防止女俠手狠惹禍。此外，尚有鐵尖窄鞋、軟底鞋和隨身替換的衣裳，也都包了。還有梅花針和雙筒袖箭，也都是用麻痺藥餵的，各有布囊裝著。女俠仍把這些東西包好，暫時不往身上佩帶。她想：「等到天黑了，用得著的時候再帶。」當下收拾停妥，將小包袱往臂上一挎，逢人打聽店房，另找到招遠客店，選了一個單間住下。

摶沙女俠趁她父過江未歸，決計借這一夜的工夫，要一面跟追陳元照的行止，一面偷窺那男女三騎客的真相。她以為陳元照一定不曉得她的行蹤，她萬沒想到這陳元照已經覺察出來，那男女三騎客中的老人也已經覺察了。她不投慶合長客棧，另投招遠客店，她自覺辦得很好。她想：白天躲遠點，等到夜半，我再來一探！

同時，陳元照憋著一肚子的詭計，也正藏在慶合長客棧內，躺在三騎客對面房間的板床上，仰面裝睡，側耳傾聽外面的動靜。他也要一面躲著女俠，一面暗窺男女三騎客的來由。

他也和女俠一樣，自作聰明，把人當作傻子，只道自己在小巷躲避得很快，女俠一定沒有看見他；又想男女三客雖然一味對他翻眼珠，也未必料出他的用意。他也是打定主意，要夜窺三客的後窗。

轉瞬天黑，摶沙女俠在招遠店吃了晚飯，對著紙窗坐著。一盞孤燈半明不亮，面前一壺清茶，已經不很熱了；女俠雙肘拄案，目視燈焰，用牙咬著指甲，在那裡思索到底什麼時候，到慶臺長棧去才好。她已將包打開，裙子已脫下來，兵刃、暗器要帶未帶。她心中很著急，恨不得立刻奔到慶合長客棧，先看一看；唯恐男女三客走了，又怕陳元照離開店。但她一想到店夥那種惡奴相，那種輕嘴薄舌，她心中又生氣，又有點發怵，實在不願去早了。她想：還是按夜行人的規矩，候到二更天以後，再換夜行衣，竄房越脊，前往暗探為妙。可是，天光竟變得這麼遲慢，坐了好久，方才定更。女俠焦急地站起來，坐下去，在房間內來回走溜。直耗到二更剛過，她就奮然立起，收拾停當，倒鎖房門，出了招遠客棧。

第十五章　男女三騎客

那一邊，初闖江湖的陳元照，也和搏沙女俠一樣沉不住氣。從江邊跟追三騎客，他第一次進入慶合長客棧；白天從談宅出來，又去重勘了個第二次。竟對著人家的房間，也賃了一個單間；假做納涼，在店院中走來走去，暗窺三男女的舉動，偷聽他們彼此間的稱謂。三騎客只賃了一明一暗兩個房間。那白鬚老人獨居一室，那長身量男子和矮身量女子同住在內間一室之內，好像是夫妻。這時候，三個人剛剛叫來酒飯，聚在一處吃喝。天暖窗開，一窺可見。三個人分坐在飯桌旁，大一聲、小一聲地且吃且談。但是他們談的話，竟沒打算教陳元照偷聽。

陳元照偷聽了好半晌，只辨出三個人的口音，不是四川人，不像峨眉派。卻有一樣，這三人一定得是武林中人，連那女的也算上，話語中時時流露出江湖切語。那個女的好像管那男的叫「哥」，男的管女的叫「妹」。兩人說說笑笑，眉來眼去，很顯得親暱。不知那男的說了句什麼，女的攢起粉團似的拳頭，照男子肩上打了一下。那男的大笑起來，那老頭兒忽然皺眉，往外一看，似說了一句申斥攔阻的話；女的嘰嘰呱呱地笑起來。好像這一對男女都是老頭兒的晚輩，都稱他為「老爺子」。他們是南方口音，在陳元照聽來，他們說的似是藍青官話。

陳元照簡直聽呆了，這老少三個男女，竟猜不透是什麼來路。看言談舉止，都桓桓有武氣，卻又大方不俗，肚裡像有墨汁。接著見他們吃完飯，淨面喫茶；老頭兒坐在板床上，青年男子和那女子對桌坐著。那女的忽然放下茶杯，走了出來，毫不介意地向陳元照瞥了一眼，轉身往馬號走去。原來這三個人的坐騎，都拴在店房馬棚裡了。那女子親自走出來，給三匹馬上料，又用刷子刷馬。那老頭兒也走出來，向陳元照望了一眼，竟到店門道櫃房去了。屋中只剩下那個青年男子，咳嗽了一聲，也走出來，當門一站，上眼下眼打量陳元照。陳元照是青年人，初踏江湖，見那男子睜大眼，一勁地盯自己，他反倒傲然不理，仍在院中走來走去。隔著洞開的窗，往人家房內張望，一點也不顧忌。這房間內板床上，只放著三個小包袱，沒有行李。床頭上還擺著一張彈弓、一個袋子、一條豹尾鞭、一柄寶劍。

那青年男子停立片刻，轉身進了房間，憑窗而坐，斟茶自飲；仍然拿眼掃著陳元照，又似觀望店院出來進去的人。陳元照也就走回自己的小單間，把門敞開，啜著茶，仍然往外張望。隔過一會兒，忽見那白鬚老頭兒，帶著一個半大小夥子，扛著四五床薄被縟，走進店院；這自然是剛賃來的鋪蓋了。那個半大小夥子竟是熟人，便是那個貧苦的窮孩子唐六。

唐六這小子把客人新賃來的被縟放在床上，討下腳錢，轉身就走。店夥提著水壺走來，截住唐六，笑罵著，照例打他的禿頭。唐六且躲且喊，忽望見陳元照，叫道：「客人，你老怎麼又住在這裡了？」陳元照欣然站起來，將唐六叫住。唐六這小子躲開店夥的囉唣，和陳元照客氣了一陣，便問：「你老那一位同伴呢，他上街去了麼？告訴你老……」放低聲音說道：「福元巷談家上次打架的事，鬧得可真兇啊！我聽人說，有仇人放火，要燒談家的房子，連地方都驚動了。」陳元照低聲道：「唐六，你不用嘮叨了，我正要和你打聽一點事。我說，你又見過那個賣野藥的郎中沒有？」陳元照問這話時，特為離開窗戶，湊到屋心，在外面看不見的地方坐下。唐六更詭，立刻跟了過來，眼瞧外面，手攏嘴唇道：「我看見他了！」

陳元照道：「哦！你真看見他了麼？在什麼地方？是哪一天看見的？」唐六把禿頭一歪，放起刁來。他委實沒有看見那個賣野藥的巴允泰；陳元照竟上了他的當，掏出一個小銀錁子來，要買他的實話。唐六其實一無所知，但看在銀子的面上，只得有鼻有眼地捏造了一段假消息。他說：「大前天，在碼頭上，碰見那個賣野藥的了，還同著兩個人。」陳元照道：「真的麼？他是坐船過江麼？」唐六道：「這個，也許是要過江，不過我看他好像剛打江北渡過來的。他手裡還拿著一把刀，氣哼哼的。好像要找誰拚命似的。」陳元照詫異道：「怎麼，青天白日，他敢攜帶兵刃麼？」唐六臉一紅道：「不，不，不是白天，是前天晚上，傍黑的時候，他那把刀還拿布包著呢。」

陳元照更加迷惑了，心想：峨眉群寇真敢明目張膽，隻身獨返麼？忙又問：「他臉上的傷好了沒有？他的同伴可有女人麼？」唐六這東西只為騙錢，順口答音地捏造下去，道：「他臉上的傷快好了。你老想，他有的是藥。」陳元照道：「我問你，他的同伴到底有女人沒有？」唐六道：「有的，有的，有兩個女人哩。」陳元照道：「兩個女人？都是什麼長相？」唐六想了想，說道：「她們的長相嘛，哼，都像她娘的跑馬賣藝的女筋斗，又像戲臺上的刀馬旦。」這本是一句胡謅，卻碰巧了，陳元照暗吃一驚，忙探頭外窺，暗指對面房間道：「你看這男女三個客人，跟賣野藥的可是一塊的麼？」唐六也跟著探頭往外看了看，忙故意一縮脖，閃身躲開窗口；又這麼一咧嘴，低聲道：「哼，有八成兒！那個年輕高身量的小夥子，準跟他們是一夥，保管也不是好人！」說話時，那個長身量的男子正和那個老頭兒，並肩負手，站在門口，往陳元照的屋子這邊閒看，兩人臉上都帶著哂然的笑意。

陳元照急急地往外瞥了一眼，眼光對觸，連忙縮回頭來，從心坎裡覺著不對勁。暗道：「我做錯了！我應該暗盯他們，看這樣子，他們多是覺察出來了。不好，我露形了！」忙低囑唐六：「我還有事要支使你，還有要緊話跟你打聽，你慢慢溜出去，不要教他們看出來。你瞧，他們直瞧咱們，他們也不知是幹什麼的。你說得對，他們反正不是好人。這麼辦，你先出店，在店外小巷口等我。」唐六忽覺這謊扯得太大了，忙推託道：「這個，我還有事哩。」陳元照怒道：「我花錢雇你，你愛去就去，不去就給我滾，把錢吐出來！」唐六道：「我去，我去，你老別急。」立刻一溜煙出了店房。院中的老少二客人微微一笑，一齊轉身看著唐六的背影。那個青年女子也手拿著馬刷子，從馬號出來，睜大眼，往陳元照這邊看。

陳元照大聲把店夥叫來，鎖上房門，從老少二客身旁，慢慢走過去。出了店院，又慢慢地來到街上。回頭瞥了一眼，男女三客竟未跟出來。便心中尋思：「這男女三個人不用說，一定是峨眉派邀來的黨羽了。瞧他們那精神，一來會武，二來心虛。他們好像很留神看我。他們一定是歹人，好人何必怕我看？」想著緊走數步，把唐六喚住，立刻尋一小茶館坐下，把唐六翻來覆去，盤問了一遍，又問：「店中那個女子是賣藥郎中的同伴麼？」唐六信口道：「這倒不是。」陳元照道：「怎麼，你剛才不是說那男的跟賣藥郎中是一夥嗎？這女的跟那男的是一夥，跟賣藥的自然也是一夥了，怎麼你又說不是？到底怎樣，說實在的，你別胡扯。」唐六眼睛一轉，故作思忖道：「店裡這個女的，我沒大看清，她可是大腳片麼？」陳元照道：「是大腳。」唐六立刻道：「對了，她們保準也是一夥，我記得她們全是大腳片。」

陳元照這才相信為實，想了想，對唐六道：「我煩你送一個信，你可辦得到？」唐六道：「那算什麼，你老把信拿來吧。」

陳元照道：「你等著，我這就寫。」想好詞句，自己對自己說：這件事我必須通知石伯父，我自己恐怕看走了眼。遂向茶館借來筆硯，草草寫好了一張信條。看了看，茶館中有幾人瞅他。

心知自己形跡可疑，便又會了茶錢，把唐六帶到小巷口，囑咐他許多話，又給了錢，同出小巷，剛要把他遣走，忽瞥見摶沙女俠站在街頭。陳元照連忙藏起來，繞走小道，重回慶合長客棧。

接著，摶沙女俠「不期而遇」，也趕到慶合長客棧。陳元照只道自己行蹤被師姑追上。忙躺在板床上，仰面裝睡。只聽得女俠走了，他才放了心；又探頭露面，側耳傾聽外面的動靜。

這時男女三客中，那一對青年男女已經結伴離店，只剩下那個白鬚老人了。陳元照沉不住氣，熬了一會兒，假裝解手，從店院走過，趁便往三客住的房間內探頭。天氣很熱，這男女三客的房間，竟把窗戶打開，直到掌燈，仍不關上。陳元照站住腳，往裡面急急一瞥，屋中只有那老人躺在板床假寐，那青年男女仍然不見回來。桌上仍擺著一把寶劍、一根豹尾鞭、一張彈弓、一袋子彈丸。

陳元照忍不住蹺著腳，往屋裡細看。那老人猛然坐起來，咳了一聲，雙目如夾剪似的往外一掃。陳元照急往後退身，那老人呵呵地笑道：「朋友，進來坐坐！」陳元照詫然，臉上很磨不開；一聲不響，低頭走了過去，心想，這老頭子一點不怕人，恐怕不是峨眉派邀來的人吧？但又轉想，哪有這麼巧的事！我在路上走了這些日子，很少遇見騎馬的行路人。結伴聯鏢、攜劍帶刀的武林人士，更是罕見；偏偏談家出事，偏偏這裡就有江湖人路過，這絕不能說是偶然！

他仍舊不死心，沉了一會兒，又假裝上街，仍從對面屋前走過。此時天色已經昏黑了，那對面屋中的人仍不點燈。陳元照走近窗根，剛要停足探頭，黑影中，那老人忽然當窗現出身形來。跟著燈光一閃，那老人捫著白鬚，面對著元照直笑；兩道壽字眉，一雙闔目，直笑得闔成一線了。陳元照又不勝惶惑，急忙抽身走開。如此兩次，陳元照後悔起來：「我這是怎麼窺察人家？豈不真成了打草驚蛇了！我應該假裝不理會，暗地留心才對。」想罷，索性邁步往店門口走去。

已入門洞，他忽然得計：「我應該查一查店簿。」忙到櫃房中，和司帳搭訕了幾句閒話，便說出借閱店簿的話來。那司帳拿眼打量著他，說道：「對不住，客人，這店簿已經呈給官面了，沒在咱們這店裡。」陳元照道：「不能吧？我只看一看這九號房的三個客人姓什麼，是幹什麼的。」司帳道：「你老要打聽那三位客人麼？不用看簿子，我告訴你老吧。那是夫妻倆，跟他們老人家，由打南京來，往湖北探親去的。」陳元照道：「他們姓什麼？」司帳道：「姓劉。」陳元照道：「我看他們很像闖江湖的。」司帳搖頭道：「你老看錯了，人家自說是做武官的家眷呢。」陳元照道：「不像不像，那個女的倒像個賣藝的武妓。」

司帳忙道：「你老可別那麼說，萬一不對，看人家聽見不答應。」說著笑了。

櫃房中正有兩個人擺著象棋，內中一個胖子抬頭搭腔道：「不是那三個騎馬的麼？那是賣解的女筋斗，一點也不錯。」對棋的另一人是個瘦子，就說道：「那個女的長得真俊，可惜腳太大，是半截美人。那個細高個兒準是她的爺們，不是她的爺們，也是她的相好的。」司帳答道：「人家本來是兩口子嘛。」

那胖子一面走棋子，一面說道：「我是頭一回看見女人騎馬，很有意思。她男人那麼高，她那樣矮，可是騎在馬上，倒不很顯，站在地上，竟差半頭。」那瘦子就說：「別看馬上不顯，睡在床上可就顯形了。」說來說去，口吻上漸露出輕薄來！司帳忙攔阻道：「別胡說了，你們再說，我可要掀你們的棋盤了。」

陳元照聽了，心目中越發有了準譜，認定這男女三客，必非有來頭的正經客人。因見這下棋的兩個人，像是串門子的街坊，嘴頭很敞，便插言道：「我說二位，我跟你二位打聽打聽。你們可知道你們本街上福元巷談家，最近出的事情麼？」

那個胖子答道：「那怎麼不知道，我們這裡都哄嚷動了。那是飛刀談五爺家，由打半月前，就鬧起賊來。有一個賣野藥的黑賊，到福元巷踩道。」那瘦子搭腔道：「別瞎說了，哪裡是什麼鬧賊，那是仇人找上門來打架。來了一群仇人，大概也是幹鏢行的，足有一二十個；先是堵著門罵，罵完了，半夜三更跳牆進去放火。教談府上的寡婦大奶奶一頓飛刀，給砍跑了。

聽說還把賊人砍下一隻膀子來。」又對胖子說道：「那個賣野藥的，敢情並不是踩盤子的賊，原來是尋仇的正對頭。」

那胖子拿著「馬」往棋盤上一放，說道：「將！……你說的不對，賣野藥的實實在在是賊。我二姨夫的舅舅，跟談宅住對門，他親口聽談宅的聽差張升說的。不是仇人尋仇，是來了幾個什麼峨眉派的飛賊，有男有女，到談宅要搶什麼值錢的東西。被談大奶奶的兩個兄弟，還有請來的能人，把那些男女飛賊誆在地牢裡，全都捉住了。拷打了一頓，後來才把為首的賊人砍了一隻手臂，全給放了。」

瘦子卻不服道：「你這才是造謠呢，談家哪有地牢？你道我不曉得麼？我們二外甥的丈人家，跟談家的長工蔡五福，是換帖的盟兄弟，是他告訴我的。那天仇人登門找到談家，蔡五福還幫著坐夜防守哩。喂，你那麼走不行！『明車暗馬偷吃炮』，你吃我的『車』，一聲也不言語，那可說不下去！」胖子笑道：「屎棋，就讓你緩一招吧。」瘦子且下棋，且說道：「蔡五福說，他們宅裡的人那天晚上都藏起來了，就剩下談大奶奶和請來的鏢客，留在宅裡，和仇人答話。要照你這麼說，只是鬧賊，談家老太太躲起來做什麼？」

兩個下棋的各誇自己的消息確，竟拌起嘴來。司帳先生皺眉道：「你二位天天跑到我們櫃上來下棋，天天窮吵；回頭我們東家來了，看見成什麼樣子！」回顧陳元照道：「客人，你老還不歇歇去？聽他倆胡扯個什麼！」陳元照站起身來道：「我不過閒打聽。我說掌櫃的，你看你們店裡這男女三個客人，可像那賣野藥的夥伴不像？」司帳目動手搖道：「不不不，你老可別這麼猜，那不是鬧著玩的！」

陳元照還想再問，司帳臉上帶出不耐煩來，一力設詞催陳元照回屋。陳元照遂從櫃房出來，剛剛一邁步，忽然見人影一閃；他急急走出門道，那人影不知上哪裡去了。

此時店院中已經點起燈火，九號房依然窗開燈暗。店中客已上滿，出來進去儘是人。忽有人彈唱起來，卻是串店的妓女，被客人留住了。賣零食的小販，也不時挎籃出入。陳元照復出房間，來在店院中，走來走去，不時偷看九號房的窗。又過了一會兒，忽見一男一女，從店外並肩走進來，且說且笑，樣子一點也不拘束。陳元照正站在自己房間檐下，燈影裡忙凝眸一看，恰是對面九號房騎馬來的那一對男女。二人手裡纍纍贅贅，也不知拿了些什麼東西。陳元照顧不得檢點形跡，忙健步迎上去看。

只見這一男一女，男左女右，並肩走來；果然顯得男子高得太高，女的矮得太矮，相差足有三四寸。燈火影裡，見那男子穿長衫，沒披馬褂，光頭頂，未戴帽子。那女子穿窄衫，曳長裙，體態很輕盈，腳步很健快；兩個人直奔對面九號房間走來。已到門口，那女子先搶一步叫道：「喲，怎麼這樣黑？爹爹出去了吧？怎麼還不點燈？」男子道：「不能，不能，他老人家說了，不出門。喂，夥計！」那女子道：「可不是，門沒有鎖，爹爹許是睡著了。我說喂，你可接一把呀。」一轉身，把手中拿的累贅物，轉遞給男子；她便伸右手，要推屋門。

那門不待推，吱的一聲開了；燈光一閃，全室通明。那長眉白鬚老人巍然立在門口，道：「你們怎麼這時候才回來？」男子道：「怎麼樣，師父等急了不是？你老人家不知道，師妹見了什麼，都覺著新鮮。你老瞧瞧，這全是她給你老買的。也不管你老愛吃不愛吃，見什麼，買什麼。末後見了米酒館，她……」

那女子忽然發嗔道：「你說，你說！」男子縱聲笑了起來，道：「你不用推我，我一定要說。師父，她可是下酒館了，她教我別告訴你老，她一連氣喝了……八碗。」女子也笑了。

男女二人都已進了屋。屋中燈火大亮，紙窗聚合，人影在紙窗上照得亂晃。一男一女又說又笑，親暱火熾。忽聽那老人說了幾句話，這男女突然住了口。門扇吱地響了一下，那女子當門探頭，往外瞥了一眼；那男子立在女子背後，也探頭往外詳看。

陳元照恰巧站在九號房窗前，二人一探頭，元照急抽身退回來。只聽那男女二客冷笑了一聲，掩門進了屋子。屋中的聲息登時沉靜起來，但又轉眼嘩笑起來。

陳元照折回己室，自覺太露相了。忙將門窗掩好，將油燈挑得半明不滅，挪到屋隅；自己就橫身往床上一倒，暫且假寐，細加思量。記得石伯父早告訴過自己：「踩探敵人，最忌逼近。先要把自己身形掩住了，更要有耐性，等機會。不可心急，不可把敵人小看了，尤忌伸頭探腦。自己剛才這一來，恐怕是弄錯了。」想罷，心中暗道：「我剛才真是太失檢點了，我應該等到二更以後。」他索性把燈吹滅，躺了一會兒。隔壁的寓客招妓侑酒、彈唱聲歡，十分嘈雜。想側耳傾聽對面房的動靜，已被這隔壁的聲音壓下去了。陳元照心上又浮躁起來。

又挨過一會兒，忽然聽自己屋前窗格上微微一響，門扇也微微一動似的。陳元照一翻身，從床上跳起來。隔壁還是縱酒喧鬧；陳元照目注門窗，極力將耳音攏住，依稀辨出窗外似有叩指之聲。叩指甲，乃是夜行人招呼同伴的暗號，陳元照聽他石伯父說過。不由失聲低喝道：「呔！」忙又噤回去，一聲不響，把兵刀操到手中。輕輕移步，輕輕拽門，側面從門縫往外一瞥，恍惚見店院中一條人影。嗖的一個箭步，奔對面東廂房後去了。這時候才打二更，夜行人本不該出動。陳元照大怒道：「他倒窺探起我來了！」哐啷一聲，推門出來，飛身直追過去；從九號房門前一掠而過，也奔房後。九號房的前窗屋門，燈暗聲沉，人似入睡。

陳元照奔到房後，房後乃是小夾道，亂堆著破桌碎凳。用一堆堆碎磚壘成短牆，把夾道口堵住；高有五六尺，下有臭水桶。陳元照直追到短牆根，那人影已經不見。這九號房與鄰室一排三間，都有後窗。陳元照吃驚暗道：「這人好快的身法！

一定是這屋中的人。但是，也許不是，也許是……」他伏身一躍，越過亂磚堆，跳到後窗根。往上一長身，探手往裡一推，這後窗忽悠悠地要開。陳元照連忙住手，又看鄰窗，試推了推，卻推不開。能推開的，只有這九號房內間的後窗；後窗漆黑無光，和前窗一樣。

陳元照退一步，張皇四望，四面都無可疑。拐角處，耳房旁，卻有一廁所，油燈閃亮。陳元照急奔過去，廁所中也沒有人。身形一轉，捷如狸貓般，復往後夾道一撲。從短牆根跳過去，正要攀窗內窺；忽聞履聲橐橐，起於前面。人未到，燈光先照射過來。陳元照道：「不好！」急一伏身，蹲在地上。燈光逼近過來，似是一個穿短衫的店夥，打著燈籠，陪著一個客人模樣的人，往跨院走去，恰巧從這裡經過。

陳元照膽氣壯，一點也不介意，便又站起身來。可也多了一個心眼，暫不攀窗，先把夾道內的形勢看好，預備著退身步。這夾道很窄，兩面房高，不好跳上去。但兩頭牆矮，萬一遇警，還可以越上去，再往房上跳。夾道的一隅，還亂堆著一堆碎磚，也可以用作墊腳物，借勢能夠上房。這有三條出路了。陳元照便放了心，不慌不忙，重到九號房後窗下，翹足探身，往上一攀。用左臂挎住窗臺，懸身而上；

用右手一沾唾津，要點破後窗紙。後窗紙七穿八洞，用不著濡點，便可內窺。陳元照暗喜，急探頭努目，往房內一張。這正是九號房一明一暗兩間房的明間，卻是黑洞洞，連一點燈光也不見，什麼都不易看清。

陳元照記得這九號房是那一對青年男女在暗間住，那白髮老人在明間住。怎奈兩間屋內全沒給他點燈，他就看不見內情；三客又似入睡，不出一點聲息，更聽不見半點動靜。陳元照摸著黑，懸身以窺後窗，白白地偷看了半晌，一無所得，又不由心焦起來；到底這條人影是否屋中人，還是屋中人的同伴，還是屋中人的仇敵，竟難判斷。尤可惡的是，屋中人連一點鼾聲也沒有，教人摸不著一點邊際。陳元照把手一鬆，剛要溜下身來，另想辦法；忽聽內間屋內撲哧一聲，似有誰笑出聲來。陳元照詫然一動，立刻停身側耳。裡面沒有聲息了，卻透出一線燈光；在後窗一晃，隱隱聞得呶呶私語之聲。

陳元照心裡說：「有譜！」立刻重攀窗臺，挎臂側臉，用右眼往裡面張望。外間依然漆黑，燈光從內間透露過來，斜射在對面屋牆上。

陳元照忙懸身微挪，換用左眼，極力往裡端詳。內間屋中的景象仍然望不見；只聽見男女喁喁臥語，也聽不清說的什麼。外間屋只隱約看見床頭凸起黑影，好像睡著那個白鬚老頭兒，但又不十分像。

陳元照心中著急，正要繞奔前窗，忽聽內間話聲一縱，一個女子聲音，隔門向外間問道：「怎麼樣，爹爹，該是時候了吧？」外間無人回答，內間卻有男子打著呵欠說道：「早得很呢，還沒打三更，你忙什麼？」女子道：「我也不知是怎的，翻來覆去，總睡不著；我這工夫，恨不得立刻飛了過去，給他們一刀一槍，出出這口氣，方才心滿意足。」男子道：「我也是這樣，足見你我太嫩了。有一點小事，便沉不住氣。還是師父，你看他老人家，睡得多麼香甜。」女子也打一個呵欠，說道：

「那誰能比得上！他老人家無論遇見多麼大的事情，無論遇見多麼硬的仇敵，該睡總睡，該吃就吃，一點也不在意。你看吧，等到咱們找到點子的家門口的時候，他老人家更沉穩了，不慌不忙的，準跟投帖拜客一樣。」

這些話有的聽得十分明確，有的便很含糊，但已引起陳元照的注意了。這一對男女形色可疑，話風尤其詭祕。忙用左臂挎住窗臺，聚精會神地傾聽。那女子話聲最大，男子的話聲稍低，雖然看不見，卻都可以聽出稜縫來。

只聽那女子又道：「不過他老人家固然比我們小心，有時候我總覺得他老人家過於多疑。即如今天吧……」剛說到這裡，忽然把話聲打斷，好像受了攔阻似的。只聽這女子說的一句：「那怕什麼？」便格格地嬉笑起來。笑完了，男女二人依然喁喁共語，聲音更低了。猜那意思，儼然是夫妻倆身在逆旅，同床並枕；夜半夢醒，臉對臉的說話。只有那白鬚老頭子，按這一明一暗的房間格局看，他該在外間睡；外間屋本有板床，陳元照現在摸著黑，窺見床頭有物，卻毫不聞鼾睡之聲，也不聞轉側之音，這是最怪的事。陳元照的輕功並不算壞，在後窗懸身內窺，工夫很大；把全身懸在一肘上，一點不覺吃力。可惜他的夜行經驗太差，只顧提神附垣，忘了掩藏形跡；而且那白鬚老人是否在屋，他也忽於探究了。

內間屋語聲變低，霎時聽不見了。陳元照漸覺肘酸，便想跳下來，轉到前窗，再看一看究竟。遂一縮身，輕輕往下一跳；還未容他走開，內間屋的話聲忽又一縱。那女子格格地笑道：「我才不怕呢！我就憑一把寶劍，一袋暗青子，不管他是男是女，是一個是兩個，小子當真不睜眼，我一定給他點苦頭吃。」陳元照愕然：「她罵的是哪個？是誰不睜眼？難道她罵的是我？難道她曉得我偷窺了麼？」忙又躍回後窗根，攀窗探頭，傾耳再聽；那男女二客又換了話頭。陳元照聽了，起初好似不相干；但聽這男女二人的口氣，必也是武林中人，過路來找誰尋仇的，已無可疑了。

那女子分明說道：「我們反正不能吃這大虧，我們早該登門找了去；我們現在才找，實在晚了。你想他們還不防備麼？」

那男子說：「君子報仇，十年不晚，這怎能算晚？我們武林中最講究恩怨分明，睚眦必報；怎麼吃的，還得怎麼吐出來，遲早倒不限定。不過我只覺著邀人找場，總不如親自動手，來得體面。」女子道：「誰說的報仇不許邀幫手？咱們不邀幫手，人家也要邀幫手的。」男子道：「那倒難說，他們就不外邀幫手，也得邀本門中的人。可有一樣，強龍不壓地頭蛇；咱們是人生地疏，人家卻是人傑地靈。我總覺著師父出的那個主意不大妥當。」女子道：「怎麼不妥當？咱們明目張膽地去登門投帖，邀期賭鬥，也教他們死而無怨。若照你的意思，是要抽冷子暗算他們，那反倒太差事了。」男子道：「賭的就是暗的，那怎能算丟人？況且我們人太少，又是外來的，暗中下手，很講得下去。我想師父他老人家順路再邀幾位幫手，這是很對的。我們還是先把幫手邀好，然後再登門找他們去。」

女子道：「那是自然。爹爹本要邀他的老朋友霹靂手去，無奈霹靂手老英雄不在家。」又道：「不行，我越說話越睡不著，躺在床上翻來覆去的更難受；索性起來吧。不然，你陪我走一趟，看看那個小子去。那小子直眉瞪眼，一定不是好貨。」

男子道：「咱們省點事吧，別在這裡惹麻煩了。」女子不服道：「這怎能算惹事，你敢說那小子不是那頭的奸細麼？」

屋內夫妻倚枕而談，十分舒暢；陳元照這小夥子懸肘而聽，十分吃力。可是他越聽越有勁，越覺這男子二人話藏詭祕，隱含殺機。自己對自己說：「這兩個男女一定是武林，一定是尋仇來的。那麼，這還用亂猜麼？一定是找談家來的了！」不過只聽不行，還得把他們的黨羽認準，把他們的行止盯住才好。

屋中夫妻夜談無忌，那男子忽又說道：「我說青妹妹，那個獅林觀，你到過沒有？白雁耿秋原外表像是個文弱的道人，單掌竟能劈花梨木的桌角。師父從前會過他沒有？聽說他的大師兄黃鶴謝秋野道人武藝倒平常；他的二師兄尹鴻圖雖是個俗家，可是盡得他師一塵道人的武技。江湖上人說，『獅林三鳥，飛鴻最好』。飛鴻就是指尹鴻圖，這話可真麼？」女子道：「我爹爹走遍天下……」剛說出這半句話，又戛然住口，同時聽見前邊有彈窗之聲，內間屋燈光一晃。陳元照微一怔神，那女子忽對前窗叫道：「是爹爹麼？」外面一個蒼老的喉嚨低聲喝阻道：「噤聲！」屋中燈光驟滅，有人下地。

陳元照驚異道：「這是怎麼回事？」急急地一鬆手，輕輕跳到平地，腳尖輕滑，飛奔碎磚短牆。先探頭往外看了看，立即縱身跳出去。忙趨奔廁所，假裝小解；慢慢地繫著衣帶，從廁所門出來。他要到九號房前窗，看看究竟；卻忘了自己身上，還帶著一對奇形兵器卍字銀花奪！從拐角轉出來，剛到前院，九號房門吱溜一聲，燈光已滅復明，背後猛然吧嗒響了一下。

陳元照相獅子似的，驟轉身一尋，房上牆上任什麼也沒有。在背後一丈以外，黑乎乎有一物放在地上。俯腰拾起來，是一塊問路石子，不知是誰投過來的。

陳元照張目環顧，毫無所見；竟將那石子放在衣袋內，躡足仍奔九號房前窗。外屋仍然漆黑，內間燈光復又大亮；他忍不住迫近來窺看。窗紙不用點破，本有一大塊破洞。陳元照傍窗臺，覷一目，往裡一張；卻又奇怪，剛才分明聽見那白鬚老人說話，此時竟不知他置身何處。只見那個女子面朝裡，站在床前，摸摸索索，正在扣衣鈕，繫腰巾，好像剛剛起來。那個男子也擁被坐起，正在披衣，也忙忙地要起床。床頭上擺著寶劍、鋼鞭、彈弓和裝暗器的豹皮囊、小包袱、行囊。男子一面披衣，一面揉眼，對女子說道：「時候早得很呢，妳總是瞎忙。」女子說道：「早走總比誤了強；你快收拾吧，我先看看馬去。」兩口兒說著話，眼神都望著前窗；燈光閃閃，不放在桌上，反置在床邊。

陳元照歷歷看明，心中嘀咕道：「他們莫非要走？那個白鬍子老頭到底藏在哪裡去了？」尋思著，探頭一湊；那女子和男子忽然驚覺，兩顆頭四隻眼，一齊往破窗洞尋來。陳元照退閃不迭；那女子猛然一旋身，往床頭一撲，把那口寶劍抄到手內。男子突然抓起豹尾鞭，從床頭跳起來叫道：「不好，有人窺探！」女子把燈光一扇，燈光頓滅，滿屋全黑。暗影中，屋內窸窸窣窣發響，隱聞男子告驚道：「留神暗李子！」又聽他喝道：「呔，相好的，把招子放亮了，少管閒事！」女子也吆喝道：「爹爹快來，有人摸咱們來了！……好小子，別走！」

這麼一鬧，算是挑明簾了。陳元照初生犢兒不怕虎，並不管這男女三客到底是誰，立刻回手抽兵刃，就要揚聲答話。不料，就在此時，背後又聽吧嗒一響，陳元照霍地往旁一竄，伏身按刃，閃目回顧。就在對面房，自己住的那屋中，門扇大響一聲，猛然冒起火亮，把窗紙映得通紅。陳元照大驚，顧不得與人鬥口，像獅子似的，雙足一頓，又直奔自己屋撲去。

第十五章　男女三騎客

第十六章　陳元照誤綴柳葉刀

陳元照膽大氣豪，吼一聲，掄卍字雙奪，闖進屋內。

「咦！」屋地上熊熊地冒起三尺來高的火苗，用雙奪一撥，還道是綠林人物留上的松香火，哪知不是；不過是幾張毛頭紙，蘸著燈油，烘烘地燒著。也不知是何人惡作劇，把油燈放在地上，紙放在燈上燃著。再看屋內，一切如舊，自己的小包袱卻被人打開了。

陳元照把火踏滅，油燈也壞了，滿屋漆黑。心中大怒道：這一定是那個老頭子幹的，他們一定不是好人，我得找他們去！一時惱怒，往外就走，不想把店家驚動了。跑來兩個夥計，挑著燈籠，攔問客人道：「你老有什麼事？」陳元照忙退回來把兵刃藏了，急迎出來，堵著門掩飾道：「沒事，沒事！」對門屋中燈光又亮，那個白鬚老人敞著懷，反從屋中走出來，好像沒有事似的，揉著眼說道：「店家，怎麼了？可是走水了吧？」

陳元照糊塗起來，竟摸不清是怎麼回事了。店中最怕火燭、小偷，定要進屋查看；陳元照遮飾不迭。那個白鬚老人笑了笑，反倒幫著陳元照，把店家支走。店夥給陳元照又送來一盞燈；陳元照垂頭喪氣，回到屋內，往床上一躺，心中想：「這把火是誰弄的呢？男女二人全在床上，這老頭子又沒動地方，這是誰呢？」

這時更鑼三敲，店中的更夫已經上班。陳元照悶氣不出，又一翻身坐起來，向對面探頭罵道：「我要好好思索思索他們，我不能反教他們思索了我！」

他此時已經看明這男女三騎客，大概不是峨眉同黨，許是過路的武林高手。但是他窺探人家，反被人家看破；他要算計人家，反被人家跑到他屋中，放了一把火；他越想越不是味。

他再想不到，這時候摶沙女俠已經來到！

陳元照自己抱怨自己：「我總是太魯莽了。石伯父告訴我，武林踩道，要在三更以後，我索性挨過三更天再說吧。」把剛送來的油燈撥得小小的，自己就和衣睡倒；將兵刃潛握在掌中，假寐起來。不意睡魔忽臨，一覺睡到四更天，方才一蹶趔跳起來。

揉揉眼，悄悄走出屋來，抬頭看星——觀星辨時，也是夜行人應有的技能——恰已四更將半。再一看對面屋，又已黑洞洞，把燈熄了。陳元照抖擻精神，把兵刃、暗器帶好。這一次特別小心，把小包袱繫在身上，把屋門掩好，做了暗記。到院心四顧無人，悄悄溜過去，仍假裝解手，先奔廁所；折到後夾道，奔九號房後窗。攀窗細窺，良久無聲，復又繞到前窗，探窗重窺，故意地做出一點響聲，裡面仍無反響。想了想，把一塊問路石子掏出來，直投入屋中；只聽落地有聲，吧嗒一下，屋中連個人哼聲也沒有。陳元照暗罵道：「他們弄詭，裝睡哩！」一鬆手跳下來，越過碎磚牆，重奔後窗。就破窗洞，凝眸細看，故意地把窗格彈了三下，屋中人仍無反響。陳元照道：「可惡！我倒要驚動驚動你們！」內間沒有反響，遂又踱到外間門口，把門旁的小窗點破，閉一目，睜一目，往內細看。卻真奇怪，裡面依然不聲不響。陳元照怔了，搔頭想主意，打算撬門入窺。不想他在這裡盤旋得久了，忽聞得值更房內，有人喝道：「誰呀？」

陳元照回頭一看，從馬號旁邊小屋內，出來一個值更的店家；挑燈持槍，重重地咳嗽了一聲。望見陳元照的身影，大聲喝問：「喂，你是誰呀？」陳元照急急退避，前邊櫃房，也有店家答了聲；兩個店夥拿著木棍，往這邊尋來。

陳元照幼稚得很，若早早繞奔夾道，越後牆出去，也可以掩住形跡；他卻在九號房前窗來回一打晃，被店家看個正著。

值更的店家高舉燈籠，提著花槍，嚷問起來。前邊過來的店夥接聲喝問：「你是哪屋的客人？三更半夜，你這是幹什麼來了？」陳元照造次不開口，只想回本房間。值更店家忙攔住他，橫著花槍，一個勁地盤問：「你到底是幹什麼的？快說話！」陳元照張口結舌，反而發橫道：「我是住店的。」店夥舉起燈籠，往他臉上一照；忽瞥見他手中拿著兵刃，又穿的是短打扮。佩豹皮囊，分明是夜行人模樣。店夥嚇得一驚，不覺往後倒退，亂嚷起來。

九號房燈火忽亮，有人在屋內竊笑。又有一人揚聲發話道：「店家快來，這裡有人挖窗眼了！」給陳元照加上一層罪狀。陳元照大窘之下，一句話不說，還是覓路要走。三個店夥舉槍棒吆喝，都截住陳元照，不讓他走。正在不可解，突然間，九號房後面夾道上，有一個清脆的異鄉口音，振吭大呼道：「店家快來，這裡有賊了！」撲通一聲大響，似一件重物摔在地上。跟著又聽喊道：「唉喲，殺了人了！」店院中人一齊駭顧；隔著房，看不見夾道上下的情形。但已聽見很大的響動，似有人被害。那個清脆的呼聲接連喊道：「有賊，有賊！店家快看那邊茅廁吧！出來了，往西北跑去了！」又喊道：「上牆了，快追呀，殺人啦！」接著聽見一個人發出呻吟呼痛的聲音來。

店中人登時驚擾，值更的店夥張皇失措，只空嚷，不去追尋。陳元照見景生情，驀然叫道：「店家，快追呀！剛才我看見一個賊。我是本店的客人，你們快來，我同你們追去！」值更的店夥半信半疑，急問道：「你，你，你是哪屋的客人？」忽聞後夾道又打通地大響了一聲，似倒了一堵磚牆。牆頭屋頂分明看見一條人影，突然立起，不慌不忙，奔西北逃去。陳元照大叫道：「還不快追！」牽引店夥，奮身撲過去。

這一亂，居然給陳元照解了圍。前邊的店夥都鬧起來了，有的認出陳元照是四號房客人。既聽見夾道後亂喊殺人，又眼睜睜看見牆頭人影奔馳，便一齊尋傢伙，點燈籠，大呼拿賊，奔西北追去。牆頭人影轉身揚手，打下幾塊飛蝗石子，竟將店夥手中的紙燈打滅了兩盞。旋見這人影一栽身，跳到後牆不見了。

店夥還是鬧得很凶，奔出奔進，搬梯子上房，挑燈照夾道，亂成一團，別屋客人也都驚醒。店東披著短衫，吃吃地說道：「諸位別出來，各人守著各人的行李，不要害怕。這是鬧小賊，沒沒沒有傷人！」一面飾辭安眾，一面率夥友，亂搜賊蹤。但是，夾道前後搜了一個到，並沒有發現被賊殺傷的屍體，也沒尋見血跡。剛才分明聽見呻吟求救之聲，現在全沒有了，店中人越發詫怪。卻笑煞了九號房的男女三客，把燈剔亮，門窗洞開，白髮老人大聲說道：「好一個調虎離山計呀！」

那一男一女就嘰嘰呱呱地笑起來。

陳元照混在眾中，很覺丟人。多虧著鬧賊這一場騷亂，若不然，店家必將自己認成賊人了。「這夾道大嚷有賊的，卻是什麼人呢？」跟店家瞎竄了一陣，向店主表了一回功，自稱是：「上廁所，看見賊影，特意回屋取來兵刃，要替你們捉賊。」店家聽他這番解說，似信不信的，一面向他道謝，一面挑燈往後夾道重加搜看。想不到這大動靜，只是先摔碎一個大瓦盆，後推倒一堆磚；卻不知是何人幹的，問也沒有問出來。

陳元照心中更納悶，又很慚愧。聽那大喊有賊的口音，十分清脆，頗近北音，又似女子；初疑她是九號房那個女客，但那女客是皖北口音，這卻是北方山陝口音。

陳元照一時腦中滯住，他竟沒想到這聲喊有賊的女子，其實是他的師姑華吟虹。那呻吟之聲也是華吟虹裝的，那牆頭人影也是他的師姑華吟虹。華吟虹一面裝賊，一面喊賊；無形中露了一手，把陳元照暗中救出，暗中壓倒。但是，陳元照沒有把她猜出來；那九號房的男女三客，卻已看出陳元照存心要暗窺他們，同時也已覺察出來陳元照還有一個同伴，在暗中幫忙。

夜深時，陳元照再三出來窺探，圍著九號房亂轉；那摶沙女俠恰好趕到，就伏在鄰院房脊後，偷看陳元照的舉動。女俠和陳元照全是初出茅廬的雛兒，但陳元照心粗膽大，女俠卻心細氣凝。陳元照繞著房，扶著窗，往人家房間裡偷看，竟不管背後。摶沙女俠手捻飛蝗石子，不由冷笑，暗罵陳元照混蛋。

女俠眼見陳元照攀人家後窗時，人家竟從前門奔出來一個老人，乘虛鑽到陳元照的屋內，反把元照搜檢了一遍。摶沙女俠大加嗤笑道：「元照這小子想不到這麼廢物！難為石振英吹氣冒泡，自覺了不得，他教出來的徒兒，原來遇事就迷糊了！」

忍不住將手中那塊飛蝗石子，照當院拋下去，吧嗒一響，把陳元照嚇得一竄，女俠匿笑著藏了起來。隨後女俠又溜到陳元照屋中，放了一把假火，把他再嚇一跳，陳元照這一回到底輸給摶沙女俠一著了。

摶沙女俠又抓機會，輕輕躍下鄰垣，到九號房攀窗一窺，把屋中人逐個認清。但只看出那一對青年男女的貌相，沒尋見那個老人。女俠心說：這不是峨眉派那對男女，或許是他們邀來的幫手？屋中的男女二客並枕私談，聽口氣知是夫妻；女俠是沒出閣的處女，不願看人家伉儷燕昵之私，只瞥了一眼，連忙抽身退出。

女俠惱恨陳元照叔姪，不該拿她試招；本打算折回談宅，把窺店之事面告她父。卻一轉念，還要看看陳元照這傻小子弄什麼把戲。這才一伏身，又躍登鄰垣，把身軀順臥在瓦壟，側耳凝神，候觀究竟。陳元照到底受了屋中人的愚弄，把更夫驚動出來；女俠賣弄一手，把陳元照從窘地救出來；暗罵道：「你這小子，到底鬥不過人家呀！要不是姑奶奶，你小子今天免不了出醜！」於是摶沙女俠得意地一笑，假裝賊人，飄然而走，暫時離開了慶合長客棧的鄰房。

那陳元照卻很悶氣，折回己室，尋思一會兒，納悶一會兒，只得睡下。到五更天還未亮，一骨碌爬起來，重到九號房一窺望時，那屋中門戶嚴扃，窗扇復閉，悄然沒有人聲。忙又奔到馬號一看，男女三客的三匹馬已經沒有了。陳元照道：「不對！」忙又尋到櫃房，要向店家打聽。恰有一個店夥從櫃房出來，陳元照在門道中迎住問道：「那九號房的三位客人呢？」

店夥道：「那三位騎馬的客人麼？人家走了。」陳元照道：「怎麼走了？什麼時候走的？可知道上哪裡去了？」店夥很詭祕地笑道：「剛走的。」把手一伸道，「你老看，這是人家給我的酒錢，我可不知人家奔哪裡去的。」陳元照忙道：「那三位客人沒說是往福元巷去麼？」店夥道：「這可說不上來；人家客人們上哪裡去，哪肯告訴我們店夥？」說時，睒縫著一對眼，直看陳元照。

陳元照問不出所以然來，忙掏出一塊銀子，要行賄賂。忽然櫃房門一開，那店主和司帳先生一同出來；因夜間鬧賊，猶懷疑慮，竟同聲向陳元照發話首：「客人早起來了，今天就走嗎？」那店夥連忙走開了。陳元照轉向店主和司帳，打聽男女三客的去向；這兩人的口風更緊，一字也不吐，而且盼望陳元照趕快離店，情見於詞。陳元照不肯就走，仍在絮絮地動問；那司帳比店主還詭，就說道：「那三位客人大概是奔西南走的。你老要找他們，趕快追，還追得上。」

陳元照道：「是真的麼？」司帳道：「我聽見他們說，是奔西南方荻港去的。」店主忙順口幫腔道：「不錯，我也聽見他們念叨了，真是上荻港去的。」陳元照信以為實，忙告訴店夥：「我這就找他們去，他們跟我有事。我走後，如有一個姓石的矮胖子來找我，你就費心告訴他說：我往荻港，找那三個客人去了。請你費心，叫姓石的客人趕快跟著追來。掌櫃的，你可認識那位姓石的麼？就是上半月間，跟我一塊在你們這裡住店的那一位。」半月前的客人，店家早不記得了；但為要趕緊把陳元照打發走，司帳就說：「認得認得！」陳元照道：「我的話你可準給帶到了。」司帳道：「你老放心，準沒有錯；只要姓石的來，我們一定告訴他。」陳元照果然很放心，以為這都布置好了，就立刻回房；取了兵刃行囊，交了店錢，急急奔西南趕下去。

店家本是騙他的。荻港正是往西南去的下一站，三客由東北來，自然是往西南去。但是事逢湊巧，那男女三客當真是順大江，奔荻港走的。

陳元照抖擻精神，火速地沿江緊趕，這正是他的來路。仗他腳程很快，走出十幾里地，沿路打聽，居然問出男女三客的蹤跡來。江邊小攤販說：「不錯，有這麼一老一少一女三個騎馬的，搭夥從這裡過去了。」

陳元照大喜，又問了問，說是過去的工夫不大；他就拭了拭頭上的汗，拔步又趕。他心中又打好主意：這男女三人實在可疑，我不能放鬆他們。好在我已經把店夥囑咐好了，我石伯父一定跟追過來。想著，往前看了看，又往後看了看。霎時間，穿過一帶竹林，遙望見前面有三匹馬，聯轡而行，是一黑二白，正是那男女三客的坐騎。陳元照大喜道：「哈哈，我居然追上你們了。」如飛地狂奔過去。

前面那三匹馬本來走得不慢，那白鬚老人偶一回頭，看見後面奔來一個人；忙招呼一對青年男女，一齊勒馬回望。陳元照掙命地趕來，那三匹馬登時放慢，無形中似等候陳元照。相隔漸近，陳元照緊貼叢林，還想掩藏形跡；但已望見男女三客，拿馬鞭指點自己。索性不管那些，一直逼了過去。相隔一兩箭地，前面三客突然一齊下馬，竟把馬拴在樹上；三個人到樹蔭涼下一站，忽然都不走了。

陳元照貼林湊過去，相隔半箭地站住，也尋了一片樹蔭坐下。兩隻大眼不住打量男女三客，男女三客也打量陳元照。陳元照細看這個女子，橢圓臉，柳葉眉，直鼻小口，雙頰嫣紅，十分俊俏，舉止氣派很像個江湖上會武技的女子，卻又不帶粗俗氣，不由多看了幾眼。那白鬚長眉老人看見了，只捫鬚微笑，淡淡地仰望天空；那女子卻驀地含嗔。那青年男子也直瞪眼生氣。只聽那女子嘰嘰呱呱地說了幾句話，突然站起來，竟從馬上抽出短劍，往陳元照這邊走來。青年男子立刻也摘取彈弓，緊緊跟了過來。女子提著劍把叱道：「你這東西是幹什麼的？」

男女二客氣勢洶洶，似欲動武。陳元照連忙站起來，厲聲說道：「爺們是走道的，誰也管不著誰！」回手將長條形的小包袱打開，只一抖，亮出一對卍字銀花奪，他就預備著打架。那長眉老人哈哈一笑，振聲叫道：「青兒回來！」陡然一竄，超越到女子身旁，把她攔住道：「都是走道的，你管人家做什麼，你這樣可是做什麼？」他又說了幾句什麼話，把那女子勸回去，大聲向陳元照道：「喂，朋友，都是走道的。別這麼看人，人家這是女眷啊。」

陳元照手持雙奪，也不走，也不退，還是瞪著眼看男女三客。那長鬚老人把女子勸回樹蔭下。把那長身男子也叫到身邊；三人低聲說了半晌，忽抬頭看了看陳元照，都笑起來。

過了半晌，三個人突然上馬，齊向陳元照望了望，登時加鞭，如飛地走下去。陳元照一看這情形，料定三人必然情虛膽怯，他就急急忙忙拔腿緊追下去。他一點也不怕疲累，拿兩條腿的人，硬要追趕四條腿的馬。他認定這三人準是峨眉派，殊不知他上了人家的大當；人家乃是故意做出可疑的情形來，給他開一個小玩笑。但是這一來，卻把他支帶出好幾十里路去；人家的馬飛跑不休，他就急趕不休。

這男女三客實在不是峨眉群雄的黨羽，也不是過路的綠林。人家乃是為討寒光劍，特赴青苔關的兩湖大俠鐵蓮子柳兆鴻父女翁婿三人。長眉老人就是鐵蓮子柳兆鴻，少年女子是他的愛女江東女俠柳葉青柳研青，少年男子是他的愛婿玉幡桿楊華。

江東女俠柳葉青本是柳兆鴻的姪女。當年鐵蓮子隻身遊俠，曾與岳陽十兄弟結怨；岳陽十兄弟惹不起鐵蓮子，竟把他的族弟夫妻殺害。只剩下柳葉青，那時尚幼，正寄居在舅家，才僥逃毒手。鐵蓮子聞耗悔恨，揮刃復仇，把十兄弟殺死八個。遂將姪女柳葉青領走，親加撫養，授以全身武藝。鐵蓮子自覺對不起亡弟，待柳葉青未免寵愛逾恆，因此把她養成一種嬌豪性格。到她二十幾歲時，始與玉幡桿楊華談藝訂婚，做了楊華的未婚繼配。臨近婚期，這未婚夫妻竟因閨中調舌，園內比武，鬧起誤會來。楊華比拳輸給柳葉青，賽彈弓打傷柳葉青的乳頭。柳葉青一怒折弓，又把未婚夫打了一個嘴巴。激得楊華羞恚萬分，拂袖辭婚；多虧岳父鐵蓮子與女兒一再陪情，這頭場風波方罷。

但女俠柳葉青性子嬌憨、倔強，吃了虧，氣不出，便變著法兒要思索未婚夫婿。有一天，她忽然說起一個叫呼延生的少年壯士，盛誇他如何貌美年輕，如何勤學多能，如何性情溫和，故意的逗弄楊華；楊華果然動疑，又含著醋意。

這呼延生本是鐵蓮子的仇人遣來臥底的，乃是潼關大豪談九峰的弟子。談九峰曾被鐵蓮子砍折一臂，因此暗遣弟子，更名改姓，投到柳門，要伺機報仇。乃這鐵蓮子很愛惜呼延生的聰明，潛存相婿之意，要將他收為門徒。呼延生也潛慕女俠柳葉青的豔質英風，竟然違師變節，不肯暗算柳氏父女。談九峰聞風大怒，把呼延生尋著，斥罵一頓，砍了一刀。鐵蓮子已尋聲躡及，將談九峰逐走，把呼延生救了。療傷贈金，告誡他一番，把他遣走。事實本來有點尷尬，又經柳葉青故意一形容，楊華更聽了外面的風言，說什麼呼延生投入柳門，有無理的舉動，才被柳葉青砍了一刀。傳言歧誤，更滋疑竇；這一來楊華終於不辭而別，逃婚出走，前後差不多快兩年。後來從各方訪問，始知他的未婚妻柳葉青，實在是個貞烈的女俠，他這才意轉回頭。

偏偏橫生枝節，旅途上搭接了一塵道人，弄得有始無終，一塵道人到底毒發身死。那把寒光寶劍，雖承一塵道人臨終遺命，親手贈送給他；卻被一塵道人的弟子耿白雁明奪暗換，給扣留下了。歸途上，又路遇舊友肖承澤，持刀夜奔，為搭接宦門小姐李映霞，獨鬥群盜。楊華仗義拔刀，居然救了李映霞，卻與肖承澤失散。弄得李映霞無依無靠，靠在他身上，多生出這些擺脫不開的纏障。

李映霞原是一個知府小姐，不幸半年前被仇家陷害。父親氣死，母親教仇人殺害；她自身也被仇家雇買的一群巨盜擄走。義兄肖承澤奮勇奔救，獨力難支；玉幡桿楊華陌路仗義，彈打群賊，把她救出來。可憐她已經禍遭滅門，老母慘死，胞兄失散，已落得無家可歸了。——楊華既將她救出，只得想法子安頓她。問明淮安府有她一位表舅，遂買舟僱車，由魯南投奔淮安。不意她那表舅懼內，表舅母勢利眼，竟然飾辭拒絕收留，把楊華和李映霞困在店中。幸遇楊華舊友當地紳士李季庵，把兩人接到己宅。這一對孤男弱女竟在李宅，一住兩月。

李氏夫婦見李映霞冰心玉貌，身世顛連；又知楊華是她的恩人，曾從群盜手中把她救出，並曾背負而逃通夜，同店而居多時。楊華今年二十八歲，前年喪妻；李映霞今年十七歲，小姑獨處無郎；兩人相差十一歲，也還不算很多。況且這宦家小姐成了辭條之葉，斷梗之蓬，並且她還負著血海深仇。胞兄李步雲不知存亡，義兄肖承澤不知下落；她無依無靠，最為親近的，實在只有這個救命全貞的恩人。李季庵夫人很憐恤她，又很愛惜她，並且很替她的終身發愁。這夫妻倆便動了撮合良緣之念。終由李夫人自告奮勇，向楊華提媒，勸楊華把映霞納娶為妻。這麼一個貞潔秀美的宦門少女，論品貌實在少有；替楊華想，也應該把她娶來做個繼室。替李映霞想，把恩人變成良人，更是全貞酬德，兩濟其美，正好是「恩愛良緣」。李季庵夫人把這些好話說了無數；她不但自己提，又慫恿她丈夫李季庵幫說。玉幡桿楊華卻怪，聽李氏夫妻勸娶映霞的話，既峻辭拒絕，抬出不能逼婚被救女子的大理來；又隱瞞著自己業已訂婚之事，不肯說出。卻又在李宅這麼住起閒來，口不言歸，婚不言諾；似有情，似無情，悠悠忽忽三個來月，竟不知他真意何在。引得李氏夫妻猜不透他的心思，越發地出力慫恿他。那李映霞又因身世無依，感恩鍾情，一片芳心全繫在楊華身上。

正在割不斷擺不開的時候，那江東女俠柳葉青兩年別緒，一段幽思，跟著她父鐵蓮子，千里尋婿，突然來到了淮安。

見面之後，楊華神情踧踖，惹得鐵蓮子動了疑。當日攜女夜探李紳宅，竟撞見楊華、李映霞一燈對話，淒戀纏綿。女俠柳葉青醋意大發，忍不住破窗入室，抽寶劍大鬧。李紳夫妻出興勸解；柳家父女逼著楊華立刻同回鎮江，把李映霞拋在淮安李紳家。楊華無辭推卸，李映霞進退無路。那柳葉青罵楊華別戀新歡，話風中明譏映霞無恥。李映霞羞忿難堪，望斷路絕，竟潛出李宅，持絹巾自縊，偏偏又被楊華救活，柳葉青更增嫉妒。鐵蓮子見這事不了，心生一計，將李映霞認為義女，要把她帶回鎮江；打算物色一個年貌相當的少年，把映霞嫁出去，使楊華斷念，無形中就給己女削去了情敵。偏柳葉青不了解其中的深意，倒嫌她父引狼入室，不該把映霞帶回家中，父女竟吵起來。鐵蓮子大怒，當著人罵柳葉青糊塗；柳葉青又羞又怒，次早悄悄地仗劍策馬出走了。

後來把女俠尋回，由李映霞引咎釋疑，由楊華賠情敘舊，柳葉青才得展顏一笑，重歸好合；立即同返鎮江，涓吉成禮。

夫妻倆新婚歡愛，一洗前疑；獨對李映霞，不免猶存芥蒂。並且一想到一塵道人那把寒光利劍，柳葉青尤其氣憤不出，恨不得立刻奪回來才罷。

這把寒光劍本是雲南獅林觀的重寶。當日一塵道人在鄂北老河口地方，慘遭峨眉群雄的暗算時，因感玉幡桿楊華陌路相救之情，在臨命前，曾經親書遺囑，將這劍當面贈給楊華。卻要求楊華，把他的一封遺書，專誠送到豫南、鄂北青苔關獅林觀下院，面交三弟子白雁耿秋原；令白雁等知會同門，為師報仇。囑罷，一塵道人毒發身死。楊華費了很大的事，嚇唬著店家，把一塵的屍體，埋在老河口鴻興客棧的店後空地內。楊華這才攜著寶劍遺書，專誠奔到青苔關獅林觀下院。哪知白雁耿秋原等，披讀遺書生疑，見字跡傾斜，不似一塵親筆；經大家會議結果，因寒光劍乃鎮觀之寶，例歸掌門師兄承受，斷不會傳給外人；遂取出數十兩金珠，贈給楊華；意思之間是拿金珠換寶劍。楊華大怒不受，雙方說僵了，擊掌為誓，約期賭盜寶劍。雖經楊華把劍盜取手內，卻又逃至中途，被人家暗中抵盜回去。玉幡桿楊華將這情形，對岳父鐵蓮子柳兆鴻、妻子柳葉青說了；柳葉青心愛此劍，立逼著她父去討；父女翁婿三人這才聯騎登程，直奔青苔關，打算由鐵蓮子面見秋原道人，先向他拿好話依理討劍；他們如敢恃強不給，鐵蓮子便要變臉，大展身手，以武技向他們索奪。

鐵蓮子柳兆鴻臨行時，早將主意打好。由鎮江偕婿女出發，決計先奔荻港，轉赴銅陵，找他一個老朋友名叫駱翔麟的。因這駱翔麟和已故的一塵道人，有很深的交情；鐵蓮子柳兆鴻意欲邀著駱翔麟，一同前往青苔關。有他一個中間人做說客，將來索討寒光劍，也好教獅林觀眾道人轉得過面子來；鐵蓮子絕不願落個登門強討之名。

鐵蓮子柳兆鴻、柳葉青、楊華，由鎮江溯長江西行。不喜走水路，騎著三匹馬，走到蕪湖、魯港之間，突然和那初踏江湖的陳元照相遇；跟著又遇見摶沙女俠華吟虹。陳元照這個二十二歲的青年，膽子非常大，氣兒非常粗，可是心眼不多，經驗太少。他心中有事，是要訪峨眉派；他竟把這男女三人當作尋仇的賊人，直追到慶合長客棧。那老人愚弄了他，他還不省悟；人家突然策馬離店西行，他又跟追下來。那女子性子剛強，見陳元照直眉瞪眼地看人，她心中大怒，就要發作。那老人忽然想出一個惡作劇的招數來，先把女兒勸住，故意嘀嘀咕咕，做出怕人跟綴的樣子來；在半路上和陳元照耗了一陣，卻低聲對兩個青年說：「這個小夥子，看樣子好像是個丟鏢尋鏢的鏢行雛兒，又像是初入公門的小狗腿子；他直眉瞪眼的，不知把咱們看成什麼人了。青兒別生氣，待我跟他鬥鬥。」三人遂故意都做出東張西望，疑心生暗鬼的樣子；然後說了一句江湖黑話，道：「快走吧，鷹爪來了！」三人立刻飛身上馬，飛跑起來。陳元照果然上當，不顧死活地緊趕下去。

那老人回頭一看，遙見陳元照揮汗飛跑，忍不住揚鞭大笑；對二青年道：「仲英，青兒，你們看，這小子快要累煞了！」二青年勒馬回頭，也縱聲大笑起來。畢竟馬快人慢，走了半晌，將陳元照落遠。那青年男子回顧道：「師父，你老看，這小子跑不動了。」那女子笑得前仰後合道：「爹爹，這傻小子站住了。」那老人看了看，道：「不要緊，我再叫他趕。」遂一起將馬放慢。

第十六章　陳元照誤綴柳葉刀

陳元照呼哧呼哧地奔來，本想不趕了。見三人駐馬當途，衝著自己指指點點，又說又笑；他不由大怒道：「好賊子們，這是誠心逗我。我非追上你們不可！叫你們看看大爺的腳程！」遂一伏腰，如箭似的撲上去。

第十七章　林邊誘戰

春風撲面，驕陽當頭，三匹馬乍緊乍慢，忽東忽西，亂踏著一片片的竹林田徑，投向西南。陳元照性子倔強，縱然渾身汗下，依舊窮追不捨。鐵蓮子柳兆鴻父女拿著陳元照開心，竟這麼忽快忽慢的，把他直溜出二十多里。忽然天色陡變，雲合風起；鐵蓮子急看前途，偏南有一片村舍。父女翁婿忙拍馬直投過去；就井臺樹蔭，飲馬納涼，打算借地避雨。問了問村民，此處沒有客店；若要投宿，還得再走二十餘里。

鐵蓮子柳兆鴻問罷，又一回頭，見陳元照竟又遠遠地跟了過來。鐵蓮子不由綽鬚強笑道：「這小子太奇怪了；你們看，他還是追。」柳葉青和楊華夫妻勃然大怒，不由罵道：「這東西一定不是好人；若說他是衙門中的狗腿子，他不會有這麼好的腳程。」因問鐵蓮子道：「你老人家可知道近處有綠林巢穴沒有？」鐵蓮子搖頭道：「這哪裡說得清，我有許多年沒到這裡來了。」柳葉青道：「這小子別是獅林觀那群老道暗派來跟綴咱們的吧？」鐵蓮子不禁失笑道：「他們會算卦，準知道你們夫妻完過婚，立刻討劍來了？真是笑話。」柳葉青道：「那麼，這小子，一個勁地追咱們，他到底有什麼用意呢？」鐵蓮子笑道：「我不是神仙！」

玉幡桿楊華這時站在樹蔭下，挨在他妻柳葉青的旁邊，把馬蘭坡的大草帽摘下，拿著當扇子扇，遠望了陳元照一眼。忽然一笑，低聲對柳葉青說道：「青妹妹，我說妳可別惱，他的用意，我倒猜著了。」柳葉青用手巾拭汗，回眸問道：「你說他是什麼用意？」

楊華附耳道：「這小子直眉瞪眼，我猜他沒安好心；他瞧妳長得漂亮，他是盯上妳了？」柳葉青紅暈兩腮，低聲往地上啐了一口道：「我罵你了！」楊華哈哈地笑了起來。鐵蓮子問道：「你們倆笑什麼？」柳葉青雖然闐奢，到底有點害羞，斜瞪了她丈夫一眼，輕輕答道：「他胡說八道，他他他說這小子直看我！」楊華忙掩飾道：「師父總知道，外面壞小子專好綴女人，這小子也許是這種壞蛋。」

鐵蓮子柳兆鴻情知他們新婚小夫妻，難免調笑戲謔；可是楊華這句話也很近情理。這老人綽鬚往這面一看，陳元照眼看追到；他果然大瞪眼，大張嘴，直往這邊看。鐵蓮子柳兆鴻不由動疑，微哼了一聲道：「這小子果然有點邪魔怪道！這小子怎麼只憑兩條腿，硬敢追馬？他把咱們看成什麼人了？這小子舉止太嫩，絕不像衙門狗腿子，也不像踩盤子小賊，莫非這小子真是採花淫賊不成？」

鐵蓮子想罷，對女婿楊華說道：「你說的這話很有一點意思。」楊華驀地也紅了臉。鐵蓮子沒有理會，接著說道：「這東西我真猜不透他；莫非他把青兒看錯了？我說，我們莫如等他來。試向他逗弄逗弄。他如果真是這種壞人……」說至此長眉一挑，面露殺氣道：「我可就要剪除了他！」

柳葉青道：「爹爹說的對，你老人家上去審審他。」楊華說道：「等一等，師父，依我說，我們不必在這裡生枝節了。你老看，天氣好像要下雨，我們索性往前趕一站，先住店再說。倘若這東西真是壞人，仍然跟綴我們，我們再收拾他，也不為遲。」

柳葉青忽然振奮起來，道：「那不對；咱們當真要收拾他，莫如把他誘到野地外頭，就把他捉住。好了，打一頓，捆上他，等過路人搭救；不好，就把他處死，掘個坑一埋。」說著面對楊華道：「我說華哥。我打算毀他一下子，你讓我毀不讓我毀？」楊華笑道：「我不讓你毀。」

柳葉青把腰一扭道：「我說的是你讓我毀他不讓，誰說毀你呀。你不毀我，我就念佛。」

鐵蓮子皺眉道：「罷罷罷，你們又鬥起口來了，回頭又真發急。」柳葉青道：「看爹爹說的我們，誰發急來？……喂，華哥，說真格的。你和爹爹先走，我靠後走。我過去逗弄他，看他小子出什麼相。他若是真犯壞種……」遂一彈劍道：「先把小子的胳臂卸下一隻來，再講。」說罷，催她父和她丈夫先上馬。

楊華有點不願意，道：「何必那麼狠？」叫著柳兆鴻道：

「師父，青妹又要發厲害。」柳兆鴻才要答話。柳葉青指著楊華怫然道：「你又『吃味』？你就怕我跟老爺們過話是不是？你放心，我只勾引他上當，他只敢無禮，我就給他一劍。」

楊華赧然說道：「妳又多疑了，誰怕妳跟男子說話來。妳來不來就要動刀動劍；萬一這小子不是壞人，或者武藝很高……」柳葉青道：「咦咦咦，剛才你不是說他是壞人麼？怎麼又不是壞人了？我知道你那小心眼子，我一跟男子說話，你就起心眼裡不樂意；你又怕他武藝高了，武藝高又怎樣？你可知道我江東女俠……」

楊華大笑道：「江東女俠，好大口氣！」

夫妻倆不住鬥口，鐵蓮子身為翁丈，只捫著白鬚微笑。忽然說道：「你們看，你們只顧抬槓，這小子可湊過來了。快看，快看，這小子還藏在影壁後頭，伸頭探腦的藏『馬虎』哩。」

楊華和柳葉青急往後面看；果然看見陳元照把身子藏在一家影壁後，不肯逼近來，只遠遠的偷眼注視三人的動靜。三人談話他斷定是談論他自己，越發側耳傾聽；無奈相隔稍遠，一字也聽不出來。他只道人家沒看見他，哪知鐵蓮子柳兆鴻眼觀六路，耳聽八方；雖然與婿女共談，卻精神四注，把前後左右都顧到了。

楊華和柳葉青都年輕，比起陳元照來，他們倆的江湖經驗究竟高一頭。兩人都看見陳元照，卻都假裝沒看見。聽鐵蓮子一說，倆人只有意無意，偏頭偷瞥一眼。柳葉青低問她父鐵蓮子和丈夫楊華道：「這小子神氣太不對，咱們還是把這東西誘出村外的好。」往前途一看，是一片曠野。此時烏雲密布，陽光盡遮，天空雨意轉濃；可是不大起風，反倒特別悶熱，柳葉青抽劍邁步，當真要找陳元照。

鐵蓮子柳兆鴻曉得愛婿楊華的心意，是不願柳葉青跟這漢子對頭。遂對女兒柳葉青說：「妳不要任著性子胡來，還是看我老人家的吧。年輕輕的，幹什麼這樣冒失？可是，妳出的主意很不錯。咱們先不搭理他；就依著妳，把他誘到野地沒人處，看事做事好了，用不著妳出頭。」說著看了看楊華，又道：「仲英說的也很有道理，天要下雨，咱們趕緊投集鎮落店；不要陪著這小子，淋在半路上。……這小子當真窮追不捨，還敢跟到店裡，咱們就不再放過他。」

玉幡杆楊華欣然點頭道：「師父說的對，咱們走吧。」這樣辦，就和緩多了。

柳葉青卻截住他道：「那不成，爹爹剛才不是說，要審這小子，最好找個沒人地方麼？怎的又要容他跟到店裡再動？與其那樣，咱們在魯港就該動手毀他。」轉身瞅著楊華說道：「你憑良心說，不許跟我彆扭，到底是你的招兒好，還是我的招兒好？是我誘他的好，還是誰誘他的好？」玉幡杆楊華笑道：「自然是妳的招兒巧，自然是妳誘他的好。可是不管怎樣，咱們還是先上馬吧，天就要落雨點。」

鐵蓮子道：「對！先上馬，出了村，咱們再看這小子的動靜；該怎麼著，就怎麼著，現在用不著抬槓。」低囑楊華、柳葉青：「這回不要再往後看了，這回務必跟他裝傻。」一齊解轡，扳鞍上馬。楊華不知不覺，回頭往後看了一眼。鐵蓮子沒說活，柳葉青卻得了理，低叱道：「喂，呆子，不教你回頭露相，你怎麼偏回頭？你瞧瞧我，爹爹沒告訴你麼？遇上綠林人，千萬沉住氣，別毛骨。像你這樣嘀嘀咕咕的，簡直沒見過大陣仗，怨不得你到處倒楣。」

鐵蓮子失聲一哂，楊華也笑起來，道：「是了，是了，青姑娘今天又講道了，我是外行雛兒，應該向妳請教。剛才回頭倒不要緊，現在回頭就不應該了；究竟這是怎麼個講究，我倒要請問請問。」

柳葉青道：「你再也不肯認錯，你問我怎麼個講究麼？剛才咱們是明教他知道，現在咱們是要裝傻。你沒看見這小子藏在影壁後頭，自以為咱們全眼瞎，沒有看見他；咱們就將計就計，給他來個明眼瞎。他蒙咱們，咱們就要耍他，你明白了麼？」

玉幡桿楊華諾諾連聲說道：「哦，是是是，原來如此，我卻不懂得；我實在嫩，往後我全靠你多多的指教呢。」柳葉青覺得這話有點刺耳，她又不願意了；拿鞭鞘指著楊華道：「不用你又挖苦我！」

鐵蓮子柳兆鴻忙道：「算了，算了，你們說吵就吵，說惱就惱，拿拌嘴解悶，弄不好就噘嘴。你們倆全是大行家，在大路上還這麼嘮叨，不怕人聽出來？……仲英，我告訴你，要打算往回看，你應該在拐彎時，勒轉馬韁，假裝馬鬧性，就瞥見了。……喂，快走吧，真個落雨點了。」

溼風倏起，天愈陰沉，豆大的雨點直往人臉上落。玉幡桿楊華、柳葉青齊說道：「不好，真要挨雨淋！」立刻把馬韁一勒，馬頭兜轉，順勢往回掃了一眼。陳元照抄小道遠遠抄來；衣襟敞開，手提小包，健走如飛，依然往這邊趕。鐵蓮子柳兆鴻道：「放馬吧，不用管這小子了。為他挨雨淋，太不值得。」翁婿父女三人登時將馬韁一撒，馬鞭連拂，三匹馬放開健蹄，豁剌剌地向荻港奔去。這一場暮春的野雨，斷斷續續，大一陣小一陣地下，將彌望皆綠的野地加了一層濃霧，給行人身上加了一些潮溼。

第十七章　林邊誘戰

烏雲低降，溼風帶暖，更覺不爽快。挨到酉牌時分，涼風驟至，雨才放晴。前途路上，緊貼江濱，有一座大鎮甸，鐵蓮子策馬前行，楊柳夫婦並轡在後。

柳葉青拍馬前趕了幾步，大聲說道：「爹爹，這前面可是荻港麼？」鐵蓮子扭頭答道：「不錯，是荻港。」

柳葉青自視其身，口吐怨言道：「這裡的雨怎麼比咱們家鄉的雨還討厭？自從離開鎮江，走了這些日子，十天倒有七八天陰天下雨。早知這樣，還不如不騎馬，坐船走呢，你瞧這身上，溼漉漉的也不知是汗是雨，裡外都溼透了。咱們趕快尋個店吧，我們也好換換衣裳。」鐵蓮子道：「這麼一點雨，你就受不住了。咱們進鎮吧。」

三匹連轡前進，到了鎮口；三個人不禁同時回頭。柳葉青道：「呀，那小子沒影了；準是累不了，不綴咱們了。」

鐵蓮子笑道：「你不要小看人，這小子實在有種。你看吧，回頭他一準尋找過來。咱們三個人騎著馬，他這小子一個人在步下趕，足見他有膽量，有橫勁。假若他是好人，倒是可造之才；他若不是好貨，保不定就是單人獨闖的少年巨賊。……」

楊華道：「只是這小子太有點不知自量。」說著，三人拍馬進街。鐵蓮子首先下馬，楊柳夫妻一齊甩鐙離鞍，牽馬步行，趁著暫晴，忙忙的尋店。

荻港也是很熱鬧的水陸碼頭。鐵蓮子找到一家店房，字號叫四合棧，占用了一明兩暗三間北房。翁婿二人命店夥打水淨面、泡茶、餵飲馬匹。柳葉青先不顧這些事，忙忙鑽進西內間，把小行囊打開；取出自己的衣裳來，先更換好；順手把丈夫楊華的單褲單衫，也找出來，往床板上一丟，自己扣好衣鈕；

又將她父親的一身乾衣服，抱送到東內間，說道：「爹爹，你老換上衣衫吧，回頭看著了溼氣。」又向楊華一努嘴道：「喂，你的兩件皮，我也給你找出來了；別只顧喫茶了，快給我換上吧。」

楊華站起來，看了看自己身上道：「我身上只稍微有點溼，換不換不相干。」柳葉青道：「不行，不行，我給你找出來了。」

一指西內間道：「你老老實實的快給我換上，我好把咱們的溼衣裳，一塊兒晾晾。回頭我還打算找店夥，借個洗衣盆來，給你們爺兩個洗一洗呢。就只帶了這麼兩套替換衣裳，天又潮溼，汗漉漉的，你不嫌穿著難受啊？」

柳葉青一味催，楊華笑扶門框，往外面看雨，並不動彈。

鐵蓮子也只喫茶，笑著說：「姑娘忽然愛起乾淨來了。」楊華道：「誰說不是，青妹妹剛剛學會了洗漿衣裳，有這份能耐，出門在外，還想施展。」

柳葉青不悅道：「人家好心好意地催你換，給你洗，你倒挑剔！不是我逞能，爺兒三個每人就只帶這兩件衣服，髒了就得洗。我不洗，誰洗？我好歹洗一洗，當夜就能晾乾；明早就可以穿了走。若交給洗衣房，非等兩三天不成；我們真的住在店裡傻等麼？我本來不會洗衣裳，我是初學乍練；我知道我不如人家李映霞李小姐手巧，人家又會洗，又會做，又會……」

這一套話又扎著楊華的心病上了。玉幡桿楊華只嘻嘻地笑了幾聲，一時無話可答。柳葉青拿眼盯著他，半晌，也笑了。

楊華忽然輕輕說道：「少奶奶有完沒完？」柳葉青說道：「沒完，一輩子沒完！」

鐵蓮子柳兆鴻聽見了，叫了一聲：「青兒。」柳葉青回頭道：「做什麼，爹爹？」鐵蓮子把頭一搖，發出厭氣的聲口道：「算了吧！」竟不教她再往下說了。

當天下晚，父女翁婿換好了衣裳。吃完飯，鐵蓮子躺在木床上，閉目養神。楊柳夫妻搬了兩把椅子，坐在門口，隔簾看雨，噥噥共話；外面雨又淅淅瀝瀝下起來，倒特別大了。

隔了一會兒，陳元照居然急匆匆地從外面奔到店中。店夥持雨傘跟著他。他渾身是水，滿頭是汗，一面張目四顧往裡走，一面和店夥搭訕道：「你們這裡有好房間沒有？」

楊華看見了他，忙觸了柳葉青一下，回頭道：「師父，那東西來了！」柳葉青立刻撩簾探頭，故意大聲咳嗽了一下。陳元照兩眼一掃，登時看見，連忙止步，對店夥說：「店家，我只要一間房，好歹都行，有吧？」店夥說：「有。」立刻把陳元照領到一個單間去了。

楊柳夫妻氣急，目送陳元照轉到別院，回頭來，齊對鐵蓮子說道：「這東西真該死，萬不可容，我們該怎麼動他的手？」

鐵蓮子欠身而起，徐徐說道：「好東西，真找來了。這可是他作死，休怪我們無情。」翁婿父女三人立刻把算計陳元照的步驟，悄悄議好；鐵蓮子踏著雨，出去勘查誘擒的地方。

陳元照自在單間屋內一狠，把渾身的溼衣脫下擰乾，收拾好了，把卍字銀花奪也擦乾包好。摸了摸身上，因追得太倉促，只有一筒袖箭帶在身邊，別的防身暗器全忘了帶；人眾我寡，須防他們暗算自己。便急急出店，也踏著泥路，到刀剪鋪，買了一槽鏢。又買了一根絨繩、一幅帶子、一雙鞋，另外還有幾塊石子；回轉店來，把柳家父女重窺了一遍。

倏忽二更，雨又略住。陳元照將全身結束好了，換鞋繫帶，佩好鏢箭，把卍字奪順在床頭，出去重窺視一回。這才嚴啟門戶，頂上木凳，要躺在床上，止燈假寐。這樣辦，敵人就來，他也可以立時警覺。不料他一路狂奔，疲極瞌睡；耳才貼枕，倦眼再睜不開。陳元照道：「不好，這可睡不得！」忙跳起來，在屋中來回走溜。小小油燈在面前桌上放著，並未熄滅，吐出閃閃黃光。……忽然間，聽窗外嗤的一聲冷笑，窗孔破露處，有一隻俏眼，往自己這邊窺視。陳元照一轉身，厲聲喝道：「什麼人？」那只俏眼一閃，忽換來一隻皓白的手，公然把窗紙一扯，撕破一個很大的窟窿，把半個面孔放在那裡，公然往屋裡明窺。

陳元照勃然大怒，伸手要抄兵刃，忽聽後窗啪的一響，跟著一個人低聲呼道：「朋友，是熟人；請出來，到店外會會！」

陳元照往旁一跳，回頭急看。本想賊人膽虛，斷不敢明來動手；哪知他們公然叫陣！將卍字奪一把抓來，交到左手；右手潛掏暗器，卻仍忘了扇燈。退步負隅，眼觀前後兩窗，低喝道：「出來又怕什麼？呔。你們到底是幹什麼的？可是騎馬的三位？」前窗哂笑道：「算你會猜！別害怕，慢慢地出來，店外東南空地上見。」

陳元照把牙一咬，掂了掂掌中暗器，未肯先發，還答道：「別賣狂，陳太爺龍潭虎穴也敢去，三打一也不怕。堵門口憋著我，可不成；放暗算，是屎蛋！」燈影中，他已看清前窗的半面是圓臉、杏眼、桃腮，不露唇吻，不見髮髻；聽音辨形，知是那個女子。後窗只聽見語聲，不見身形，料是那個男子；此時又在後窗根發話道：「朋友，放心大膽鑽出來吧，有好話跟你商量，沒人算計你。」

陳元照說了一個「好」字，突往前一撲，抖手打出一鏢，順手把燈扇滅。前窗人影挾著笑聲，一晃不見。後窗人聲拍窗罵道：「沒出息的東西，還想挾詐？快滾出來吧！」

陳元照喝道：「太爺是開道，不得不然！」又抖手打出一鏢，趁勢搶一步，移凳拔門，把門扇猛一開闔；右腳點地，騰身斜竄，躍出屋門，往右首一落。雙奪急分，提防暗算，「夜戰八方」式，往四面一掃，雙眸跟著一尋；空庭寂寂，敵人並未碰著自己。

陳元照抬頭再看，房頭上也沒有人，院裡面也沒有人。心中一動：「他們好快的身法呀！」略一猶疑，雙奪一按，嗖的一個箭步，往男女三騎客的房間撲去。剛剛竄到轉角處，忽從背後襲來一股寒風。陳元照急急的一抽身；斜刺裡又閃出一個人影，低聲叫道：「朋友，往這邊走！」眼見這人影一指東牆根，緊走數步，一竄上去。「金雞獨立」，登著牆頭，衝陳元照連連點手。

陳元照奮不顧身地吼了一聲，也緊走數步，嗖地往鄰牆上一竄。身如風擺荷葉一般，連連拿樁，方才立穩；這雨後的牆頭竟十分滑濘，好容易才得立住。再看敵人，冷冷一笑；容得陳元照竄上來，就立刻一栽身，跳到外面去。陳元照也往下一跳，跟蹤出去。一面跑，一面提神四顧；恐防三打一，半途上受了人家的暗算。

但是敵人並不打算半路上暗算他，他自己卻踏入人家的埋伏了。前邊那人影正是鐵蓮子柳兆鴻，把陳元照誘出來，直奔到東南林邊，便即站住。那玉幡桿楊華和柳葉青夫妻，從側面倒綴陳元照，霎時也已來到。翁婿父女三人恰巧把陳元照圍在垓心；再看陳元照，竟傲然不懼，把雙奪一舉，挺立在空地上；滿地儘是爛泥，他一點也不介意。閃目看清了敵人的人數，微微一笑，振亢叫道：「朋友，在地下跑，比騎著馬跑差不多了吧！喂，我來了；你們從店裡把我調出來，請問打算怎麼樣吧？」楊柳夫妻惱怒已深，相顧一笑。柳葉青道：「這小子還裝沒事人嘿！我說喂，華哥，是我過去問他？還是你過去問他？」那鐵蓮子柳兆鴻自居是前輩英雄，不屑跟陳元照一個後生小子交手；只遠遠立在林邊，捫長鬚，看勝負。

柳葉青提著那把青萍劍，直往陳元照這邊湊。她口頭上和楊華商量誰先過來，實在她自己要過來，跟陳元照動手：「把這東西撂倒，先剜他的大眼，再砍掉他的狗腿。」

玉幡桿楊華依然保持著做丈夫的體統，忙橫身阻住道：「青妹妹，妳閃開了，看我教訓他。」柳葉青從鼻孔中呼哧地笑了一聲，把劍往對面一指道：「小心點。教訓不成人家，別教人家教訓了你！」

說話時，楊華早提豹尾鞭等空一竄，撲嚓一聲，腳踏泥路，濺起水花，竄出一丈多遠。柳葉青連連追呼道：「留神別滑倒了，黑燈瞎火的……」說到這裡，忽起了戒懼之心，忙又叫道：「爹爹，他要先過去，他不教我去。這麼大黑的天，又剛下完雨，他的眼勁不大行，爹爹攔攔他吧！」

黑影中，玉幡桿楊華不由一陣臉皮發燒。一賭氣，為求必勝，立刻插鋼鞭，把彈弓摘下來。鐵蓮子柳兆鴻在林邊努目凝神，既已辨清敵人手中的兵器，不由心中一動，道：「這小傢伙是哪一門的徒弟呢？怎麼竟會使一對兵刃？這可得多加小心。」正要諄囑婿女，不可輕敵；恰巧聽見愛女在那邊直嚷，立刻應聲道：「是了，我知道啦。我說仲英，天裡道濘，你可要多加仔細。對面點子使的可是一對卍字奪。別教他咬著你的兵刃。喂，你還是用其所長吧。唔，對了，把鞭收起來太對了。嘿，不要先動手，先問問他是幹什麼的，是哪一門的？」

人家翁婿父女雖然當著敵人，仍自殷殷對話，互相關情。

陳元照立在當中，把一對大眼睛瞪得像雞子似的，照顧這面黑影，照顧那面黑影。他一點也不退縮，而且一點也不想退縮；只舉起卍字銀花奪，靜等楊華過來。

玉幡桿楊華教他的嬌妻岳父這麼一鬧，真有點不好意思。不便對岳父說話，就衝著妻子柳葉青說道：「你把人家看成呆子了，連天上下雨地上滑，都不曉得？漆黑的天，我幹什麼跟他真打，還不會給他個球兒吃吃！」挪近數步，與陳元照對了面，把彈弓一提，彈丸握在掌心，這才厲聲叫道：「呔！朋友，你問我們要怎樣麼？好小子，老實告訴你，我要審審你，要訓訓你！你這東西由打魯港，綴我們一道；我們走到哪裡，你跟綴到哪裡。我問你，你到底是幹什麼的？你這種無禮的舉動，究竟安著什麼心？當著你楊二太爺，趕快把實話說出來，或者能饒你一死！」

陳元照聽了，哈哈大笑道：「小子，你倒想審我，太爺還想審你哩！官街官道，隨著爺爺走，怎麼太爺是跟綴你？你頭上長著犄角了，太爺綴著你，要看稀罕景麼？……你說我無禮，你這東西更無禮；太爺好好住在店裡，你們成群搭夥，把太爺誘出來，我倒要問問你們安著什麼心？可是看見太爺手裡拿著這對寶貝了麼？」把卍字奪一擺道：「呔！太爺手裡這對玩意兒真是寶貝，就怕你們連男帶女三塊料，沒大膽量敢搶！」說著，一指柳葉青，又一指鐵蓮子。

楊華喝了一聲，剛要還口，柳葉青早跳著腳罵道：「你這小子一定是下五門的賊子賊孫！我問你，你賊眉鼠眼的綴著姑奶奶做什麼？」

陳元照冷笑著罵道：「太爺不喜歡綴好人家的婦女，專好綴女賊。妳這娘們不用說，準是峨眉派的黨羽，專會堵著門，欺負人家孤兒寡母的。妳就是女人，太爺手下也不留情，妳過來！」

柳葉青道：「啐，你這該死的小賊蛋子！……」楊華立刻也罵道：「狗賊，不消說了，你一定是下五門的賊子，死有餘辜的！教你嘗嘗太爺的彈子，先打瞎你這一對狗眼再講！……」

夫妻倆這個還在罵，那個就要打；陳元照立刻準備上招。

那邊鐵蓮子聽出稜縫來，急喝道：「等一等，呔，少年人，你說的什麼峨眉派？我們並不是峨眉派。喂，你老實說，你是哪一門的？你可認得鐵蓮子麼？」

話喊晚了，其實不喊晚，陳元照也不肯聽。柳葉青把劍一揮；楊華急將彈弓一拉，黑影中，嗖嗖嗖，一連三彈，照陳元照打去。陳元照雙奪一錯，往前上一步；彈丸破空打到，他急往旁一閃。他才初出世，還沒有遇見楊華這樣的連珠彈法；頭一彈剛剛閃開，第二彈、第三彈已俐落打來，圍著他身上下亂迸。空有雙奪，竟上不進招去；身上就有暗器，也掏不出來了。

柳葉青一見丈夫取勝，縱聲笑道：「我當是怎樣一個人物，原來是個小草包；華哥，別往上二路打，打他下面，捉個活的來問問吧。」

鐵蓮子也叫道：「別下毒手，最好打掉他的兵刃。」

楊華取得妻子意外的讚許，心中得意，手中的彈弓嗖嗖地打個不住。頗想依著岳丈的話，把陳元照的兵刃打掉；但是還不能取準。陳元照頭一次對敵，碰上釘子，被打得手忙腳亂。

黑影中，泥路上，只聽他腳下，撲嚓撲嚓的亂響，只見他一個人像「海裡進」似的亂跳，柳葉青笑得花枝亂顫似的，幾乎直不起腰來。

鐵蓮子柳兆鴻慢慢踱過來，留神著陳元照的身法。忽對柳葉青說道：「青兒，別傻笑了。你看仲英這裡取勝，還不繞到那邊堵著去？這小子眼看鬥不過，必要扯活……」

這麼一句話，給陳元照提了一個醒。楊華的彈法厲害，他既不能攻，又不能守，也不肯走，只這麼躲閃閃招架，勢必久耗致敗。他負氣戀戰，一時沒想開；只顧用盡身法，勉強對付。經鐵蓮子這麼一喝，他陡然醒悟；急急的一閃，往旁一穿，罵道：「小子有本領，咱們鬥鬥兵刃？」登時抹轉頭，往回路上逃去；弄得一頭汗，滿腿泥。

楊華大喝道：「哪裡跑，快截住他！」急忙收弓摘鞭。鐵蓮子道：「怎麼樣？跑了不是？」忙奔左邊堵截過去。柳葉青道：「真跑了，快追！」忙挺劍橫竄，奔右邊截過去。

陳元照搶到左邊，鐵蓮子張空拳攔阻道：「小夥子，可以歇歇吧。」陳元照發恨道：「那不見得！」右手銀花奪唰的直刺過去，左手奪跟著攔腰橫剪。鐵蓮子施展開三十六路擒拿法，空手入白刃，硬來奪取陳元照的兵刃。陳元照忙將雙奪一抹，轉眼間換了三四招；鐵蓮子幾乎直欺到他懷內，拳影嗖嗖劈面。陳元照慌忙一退，大吃一驚，努力揮雙奪往外一劃；鐵蓮子哈哈大笑。百忙中，一股寒風襲到，柳葉青的劍影已從右側攻來。陳元照雙腳一頓，退竄出一兩丈；腳尖一點泥路，抽身急往旁走。柳葉青揮劍跟上，劍、奪交鬥起來。

陳元照到此方才曉得：「天外有天，人上有人。」這老少男女三人不想個個功夫都硬，自己也太輕敵了。可是仍不服輸，揮動雙奪，且戰且走，仍想打倒個把敵人。柳葉青的劍被他雙奪克住，竟不能取勝；楊華恰恰背弓掄鞭追到。柳葉青剛從雙奪交鎖處，冒著險招，很快地將劍抽回來；把楊華嚇了一跳，拚命的揚鞭來援；「力劈華山」，用一股猛勁，硬砸下去。陳元照微一側身，讓過鞭風，用單奪一捋；楊華腳下一滑，不覺失招。陳元照大喜，猛喝道：「呔！」奪光一閃，楊華手中鞭竟被甩出去，吧嗒一聲，落在雨地上。陳元照得理不讓人，銀花奪趁勢一送，直攻咽喉，旁掃肩頭。

這一招險極，鐵蓮子道：「呀！」抖手發出一粒鐵蓮子，柳葉青吆的一聲驚叫，手中劍「秋風掃落葉」、「疾如電掣」，抵住卍字奪，努力一顫，磕開奪鋒，把楊華救出。陳元照左手奪忙一遮，又來剪柳葉青。當此時，鐵蓮子的暗器似一點寒星唰的打到，陳元照驀地覺出，急一側身；啪的一下，這一粒鐵蓮子打著他的左腕。的一聲，一支卍字奪竟被打落，和楊華的鞭都掉在泥地裡了。楊華和陳元照都掙命往外一竄。

柳葉青驚忙怒恨交迸，如飛奔來。陳元照竄出來時，兩眼早盯著墜刃處；忙借勢又一竄，伏身急撿自己的鋼奪，卻遲了一步，柳葉青趕上去，一腳踏住銀花奪；右手劍一晃，咬牙斥道：「看劍！」一縷青光，直取陳元照的後項。

陳元照這少年好不兇猛，連腰也不直，竟翻腕抬右手奪，往外一推，用了個十二分力。劍鋒砸奪柄，叮沂一震，火花直迸。柳葉青哎喲一聲，縮足往後一退，罵道：「好賊子，好狠！」柳葉青的膂力不如陳元照強，陳元照的手法也不如柳葉青快，陳元照借這一下，把已失的兵刃拾起來；喘了口氣，覓路急逃。

但是，玉幡桿楊華失鞭之後，愧忿之餘，竟不重拾，早在那裡把彈弓摘下。恍惚看見他的愛妻與敵交手驟退，只道是受了傷；玉幡桿楊華一聲不哼，唰唰唰，展開了連珠彈，恰如驟雨驚雹，照陳元照打來。

陳元照冷不防挨了一下，忙往旁一跳；哧溜的一下，滑倒在地。黑影中，玉幡桿、柳葉青夫妻倆雙雙奔過來，要活捉他。

忽然聽鐵蓮子柳兆鴻叫道：「咦，又有人來了？……呔？什麼人？快給我站住！」一聲未了。果然在北面有人答了話。

一個清脆的女人聲音喝道：「好你們膽大的峨眉走狗，膽敢半夜在這裡行兇害人；待我姑娘來拿你！……陳元照小子，別害怕，你師姑救你來了。」

人影一閃，比箭還快，一直撲過來。

鐵蓮子雙手一張，忙招呼婿女：「青兒、仲英，你兩口子快拿住這個小子，我擋來人。」立刻橫身迎上去。

楊華、柳葉青雙雙動手，把陳元照按住。陳元照拚命掙扎，一聽這呼聲，楊、柳二人不由扭頭巡視。陳元照怪吼一聲，猛然掙出一隻手來，劈面一掌，打在楊華的臉上。楊華大怒道：「嚇，好東西！」叉脖頸，復將陳元照一按。柳葉青忙騰出一隻手來，來拔插在地上的劍。陳元照渾身用力，拚命又一掙，突然跳起來，拔腿就跑。楊、柳夫妻一齊大呼，各抄兵刃急追。陳元照揮手一鏢，楊華急閃。柳葉青揚手打出一鐵蓮子，陳元照急一伏腰，這暗器從頭頂打過去。

後記

林邊誘戰，陳元照被困，摶沙女俠馳至助戰。楊、柳夫妻一以利劍近取，一以彈弓遠攻，伉儷合戰，摶沙不支。而鐵蓮子猶恐暗中伏敵，亟掣雁翎刀，為婿女聲援，目力所注，反在路邊。果見二人影奔來，臨陣前，高呼報名，乃彈指翁華雨倉、多臂石振英也。

收刃止爭，握手道故。問談門拒敵之事，則「螳螂捕蟬、黃雀在後」；彼峨眉群雄尋仇不捨，其仇家獅林三鳥亦尋仇不捨，追到皖南。唐林、韓蓉輩懼獅林聲威，已哄然逃避。鐵蓮子婿翁正欲南訪獅林觀討劍；今於不意中，得三鳥蹤跡；乃倩友駱翔麟說項，請與三鳥一會。獅林三鳥謝黃鶴、耿秋雁、尹鴻圖，念其師一塵道長既遭峨眉暗算，殉命鄂北；而移靈開棺，不見屍首，斷為峨眉所盜割，啣恨益深；必欲先雪師仇，次議還劍。鐵蓮子怫然，不肯久待；片言失和，賭劍動武。秋野戰敗，失劍漚血；同門共憤，與柳結仇。由是峨眉、獅林、楊柳三家冤怨相報，仇讎相尋，惹起紛爭。局外之華氏父女、石氏叔姪，因緣湊合，亦無端參與其間，左袒右袒，重重掀起波瀾。

中華民國三十年八月十五日初版

後記

整理後記

《血滌寒光劍》白羽自稱《十二金錢鏢》二部作，寫於1940年，原敘楊華、女俠柳研青、李映霞三角戀愛及獅林奪劍的故事，以青年武士陳元照初踏江湖開篇，但卷三末尾第十七章楊華、柳研青剛剛露面。1941年，本書由天津正華出版部連續出版三卷約20萬字以後，白羽輟筆，未再敘寫。1949年，白羽又撰《毒砂掌》續完此書，但結局卻與本書所附後記中白羽最初構思大有差異。

《血滌寒光劍》連載之後，曾更名《獅林三鳥》出版，該書內容除結尾處比《血滌寒光劍》少約萬字外，其餘全部相同。故本全集中只收《血滌寒光劍》，是為正本。

本書根據1941年天津正華版校訂，忠實原貌。

整理後記

第一章　初踏江湖

第三章　半隻手臂一條命

第五章　江邊決鬥

第七章　摶沙女俠怒鬥師兄

第九章　彈指翁尋賊贈藥

第十一章　峨眉派捲土重來

第十三章　搜敵覓伴

第十四章　搏沙女俠徬徨歧路

第十六章　陳元照誤綴柳葉刀

第十七章　林邊誘戰

血滌寒光劍：

若為報仇故，性命皆可拋

作　　者：白羽
發 行 人：黃振庭
出 版 者：崧燁文化事業有限公司
發 行 者：崧燁文化事業有限公司
E-mail：sonbookservice@gmail.com
粉 絲 頁：https://www.facebook.com/sonbookss/
網　　址：https://sonbook.net/
地　　址：台北市中正區重慶南路一段六十一號八樓 815 室
Rm. 815, 8F., No.61, Sec. 1, Chongqing S. Rd., Zhongzheng Dist., Taipei City 100, Taiwan
電　　話：(02)2370-3310
傳　　真：(02)2388-1990
印　　刷：京峯數位服務有限公司
律師顧問：廣華律師事務所 張珮琦律師

定　　價：385 元
發行日期：2024 年 02 月第一版
◎本書以 POD 印製
Design Assets from Freepik.com

國家圖書館出版品預行編目資料

血滌寒光劍：若為報仇故，性命皆可拋 / 白羽 著 . -- 第一版 . -- 臺北市：崧燁文化事業有限公司 , 2024.02
面；　公分
POD 版
ISBN 978-626-357-975-0(平裝)
857.9　　113000270

電子書購買

臉書

爽讀 APP